Julia Drosten

Die schwarze Taube von Siwa

amazon publishing

Das Buch

Wie entfliehst du dem Schicksal, das dir eine alte Wahrsagerin auf dem Basar von Kairo prophezeit?

London 1888: Für das junge Fotografenpaar Larissa und Ernest Wood erfüllt sich ein Traum, als sie für den Reiseveranstalter Thomas Cook die jahrtausendealten Sehenswürdigkeiten Ägyptens fotografieren sollen.

In Kairo lernen sie den Archäologen Max Wellink kennen, der ihnen die faszinierende Welt der Pharaonen zeigt. Doch als sie durch Ungeschicklichkeit den Zorn einer alten Wahrsagerin erregen, schwindet ihr Glück. Max umwirbt die hübsche Larissa und Ernest erfährt, dass sich in der Oase Siwa das verschollene Grab Alexanders des Großen befinden soll. Von Eifersucht und der Gier nach Ruhm getrieben, schließt er sich einer Karawane nach Siwa an und lässt Larissa allein in Kairo zurück. Doch seine Spur verliert sich in der Wüste. Von dunklen Albträumen gequält, beschließt Larissa, das Schicksal herauszufordern.

Die Autoren

Das Autorenpaar Horst und Julia Drosten lebt im schönen grünen Münsterland und hatte schon immer den Wunsch, Bücher zu schreiben. Fast genauso viel Spaß macht den beiden die Recherche. Sie flogen schon zusammen in einem alten Doppeldecker, sahen einem Landschlachter über die Schulter oder ließen sich von einer Kosmetikerin verwöhnen. Für ihren neuen Roman *Die schwarze Taube von Siwa* recherchierten Horst und Julia zwei Wochen in Äygpten.

Ihr Bestseller *Die Löwin von Mogador* schaffte es im Juni 2014 auf Platz 1 der historischen Romane bei Amazon. Bisher erschienen von Julia Drosten: *Das Revuemädchen* (2009), *Die Seidenrose* (2011), *Die Löwin von Mogador* (2013), *Die Honigprinzessin* (2014), *Die schwarze Taube von Siwa* (2015).

JULIA DROSTEN

Die *schwarze* *Taube* von *Siwa*

Roman

amazon publishing

Die Erstausgabe erschien 2015 unter dem Titel »Die schwarze Taube von Siwa« im Selbstverlag.

Veröffentlicht bei
Amazon Publishing, Amazon Media EU Sàrl
5 Rue Plaetis, L-2338 Luxembourg
November 2015

Umschlaggestaltung: bürosüd° München, www.buerosued.de
Umschlagmotiv: © www.buerosued.de
Lektorat: Bernadette Goebel
Satz: Dr. Rainer Schöttle Verlagsservice, www.schoettle-lektorat.de
Printed in Germany
by Amazon Distribution GmbH
Amazonstraße 1
04347 Leipzig, Deutschland

ISBN: 978-1-503-95455-7

www.apub.com

»Einst flogen zwei schwarze Tauben von Theben in die Welt. Die eine erreichte Dodona in Griechenland und ließ sich auf einer Eiche nieder. Die andere flog nach Siwa in der Libyschen Wüste. An beiden Orten wurde ein Orakel gegründet.«

Zitiert nach Herodot

1

Mumifizierung

Ein Leben nach dem Tod war im alten Ägypten ohne intakten Körper nicht möglich. Die Ursprünge könnten in der prädynastischen Zeit liegen, als man die Toten im Wüstensand vergrub. Trockenheit und die Hitze des Sandes entzogen dem Körper alle seine Flüssigkeiten und gaben den Verwesungsbakterien keine Nahrung – die Toten wurden auf natürliche Weise mumifiziert.

Wie Nebel stieg der Weihrauch aus den Messinggefäßen auf und durchzog die Halle mit seinem betäubend süßen Duft. Die hundert Männer und Frauen verharrten regungslos, den Blick auf die geschlossenen Flügeltüren gerichtet. In den Öllampen auf dem Boden zuckten die Flammen. Das Licht der Fackeln, die in Halterungen an den vier Ecken eines langen Tisches steckten, tanzte über das weiße Laken auf der Tischplatte.

Zwei Flötenspielerinnen hockten vor den massig aus dem Halbdunkel aufragenden Pyramiden im Sand. Ihre durchsichtigen weißen Leinenkleider schimmerten. Als sie ihre Instrumente an die Lippen hoben, klackerten die in ihr Haar geflochtenen Holzperlen leise aneinander.

Eine klagende Melodie, flüsternd erst, dann lauter werdend, wie der Wind, der über die Wüste weht, füllte den Saal. Schließlich verebbten die Flötentöne und die Trommel setzte ein. Dumpf und gleichmäßig hallte ihr Ruf. Der Trommler hatte die

Augen geschlossen und wiegte den nackten Oberkörper im Takt vor und zurück. Wenn er mit den Handflächen den Rhythmus auf der Ziegenhautbespannung schlug, leuchteten die goldenen Reifen an seinen Oberarmen.

Plötzlich erstarrte sein Körper. Ein letztes Mal hob er die Arme und ließ sie mit Wucht auf das Instrument fallen. Ein Schlag ertönte, der die hundert Zuschauer aus ihrer tranceartigen Faszination riss. Einen Atemzug lang herrschte vollkommene Stille, dann hob der Gesang der Flöten wieder an, untermalt vom tiefen Dumdum der Trommel.

Lautlos öffnete sich die Flügeltür und eine Tänzerin schwebte in den Saal. Sie trug ein hoch geschlitztes, eng anliegendes Kleid aus dünnem weißem Leinen, unter dem ihre dunklen Brustwarzen schimmerten. Ihre Augen waren mit Khol umrandet und ihr schwarzes, zu kleinen Zöpfchen geflochtenes Haar fiel auf ihren Rücken. Um den Hals trug sie mehrere Ketten aus bunten Fayence-Perlen, an Hand- und Fußgelenken saßen glänzende goldfarbene Spangen. Ihre nackten Füße stampften den Boden im Gleichklang mit der Trommel, ihre Hände mit dem wie eine Mondsichel gebogenen Schwert reckten sich empor. Als sie die Musikergruppe erreicht hatte, blieb sie stehen und senkte die Arme. Das Schwert hielt sie wie eine Opfergabe quer vor ihrem Körper, und sie wandte sich jetzt wieder den Flügeltüren zu.

Die Köpfe der Menschen folgten ihr und ein Raunen ging durch die Menge, als ein fremdartiges Wesen die Halle betrat. Es hatte den Körper eines Mannes, aber den Kopf eines Raubtieres, pechschwarz mit gelben Augen, spitzen Ohren und langer Schnauze. Seine muskulöse Gestalt war schlank und sehnig, Öl glänzte auf der bronzefarbenen Haut. An Fuß- und Handgelenken trug das Wesen goldene Reifen und um die schmalen Hüften hatte es ein Tuch gebunden. Am Gürtel hing sein Erkennungsmerkmal, der Dreschflegel. In der rechten Hand hielt es einen Stab, das Was-Zepter, und in der Linken das Ankh genannte Henkelkreuz. Beides waren Symbole göttlicher Macht und ewigen Lebens.

Dieses Geschöpf, halb Raubtier und halb Mann, war der Seelenführer – der, der die Herzen zählte und das Geheimnis des ewigen Lebens kannte. Es war Anubis, der schakalköpfige Gott der Totenriten.

Lauter ertönte nun das Lied der Flöten, getragen von der Trommel. Sich zu ihrem schweren Rhythmus von rechts nach links wiegend, tauchten die vier Kinder des Himmelsgottes Horus aus dem Dunkel auf: Hapi, der Pavian, Kebechsenuef, der Falke, Duamutef, der Wolf, und Amset, der Mensch. Sie trugen eine Bahre auf den Schultern, und als Larissa Wood erkannte, was darauf lag, hielt sie den Atem an und fasste nach der Hand ihres Mannes.

»Ernest«, flüsterte sie, »ist das wirklich …?«

»Ja. Das ist eine Mumie.« Er starrte gebannt auf die Szene.

Der Schakalköpfige stand nun vor der Tänzerin. Sie kniete vor ihm nieder und streckte ihm das Schwert entgegen, den Kopf demütig gesenkt.

»Sie reicht ihm das Chepesch, das heilige Krummschwert«, raunte Ernest Larissa zu und presste ihre Finger. »Genauso stelle ich es mir vor, wenn die alten Ägypter einen Pharao zu Grabe getragen haben.«

Larissa verfolgte, wie Anubis das Schwert nahm und sich damit einmal langsam im Kreis drehte, sodass alle Zuschauer die Waffe in seinen ausgestreckten Händen sahen.

Man konnte wirklich fast übersehen, dass die Pyramiden nicht aus weißem Kalkstein und rosa Granit gebaut, sondern auf Sperrholz gemalt waren, und dass die Fackeln nicht an den Wänden einer Königsgruft, sondern an einem Billardtisch in einer Privatbibliothek befestigt waren. Der Sand verlor sich auch nicht in den endlosen Weiten der Wüste, sondern bedeckte nur in einer dünnen Schicht den Parkettboden. Ja, und die Musiker, die Tänzerin, die vier Horuskinder und sogar der Schakalköpfige? Die traten morgen wahrscheinlich wieder in einem Varieté im Londoner Westend auf.

In diesem Moment fühlte Larissa sich wirklich wie im Ägypten der Pharaonenzeit und vergaß, dass sie sich eigentlich im London des Jahres 1888 befand und draußen der kalte Novemberregen vom Nachthimmel fiel.

»Und das liegt nicht zuletzt an der Mumie«, dachte Larissa und starrte mit leisem Schaudern auf die in vergilbte Binden gewickelte Gestalt.

Anubis bewegte sich, gefolgt von den Horuskindern mit der Bahre, feierlichen Schrittes auf den großen Tisch zu. Larissa, Ernest und mit ihnen eine Traube von Zuschauern bildeten eine Gasse, damit der Zug passieren konnte.

Am Fußende des Tisches angelangt, wandte sich der Schakalköpfige mit gebieterischer Geste zu den vier Trägern, worauf sie die Bahre mit der Mumie vorsichtig auf das weiße Tuch gleiten ließen.

»Ich habe ja schon gehört, dass es solche Veranstaltungen gibt«, raunte Ernest Larissa zu, »aber geglaubt habe ich es nicht.«

Sie wusste, was er meinte, und wisperte zurück: »Du meinst, die angekündigte Geburtstagsüberraschung ist eine Auswickelparty? Dann ist diese Mumie also echt und in den Binden steckt wirklich und wahrhaftig ein toter Ägypter der Pharaonenzeit?«

Sie konnte den Blick nicht von der Mumie wenden, die steif und unbeweglich wie eine Puppe auf der Tischplatte lag und in ihrem Korsett aus fest gewickeltem Leinen nichts Menschliches an sich hatte. Larissa merkte, dass ihre Knie zitterten. Sie verspürte den Drang wegzurennen und blieb doch wie festgenagelt stehen. Außerdem waren Ernest und sie nicht als Gäste auf dieser Feier, sondern um zu arbeiten. Ernest hatte den Auftrag, Fotos von diesem Ereignis zu machen, Larissa begleitete ihn als seine Assistentin.

»Wood!«

Ernest und Larissa drehten gleichzeitig den Kopf in Richtung der ungeduldigen Stimme.

Der Hausherr John Mason Cook war ein Mann in mittleren Jahren mit einem silbernen Haarkranz, sauber gestutztem silbernem Kinnbart und tief liegenden Augen. Er trug einen Frack mit steifer Hemdbrust und winkte sie ungeduldig herbei. Neben ihm stand seine Frau Emma, die zu ihrer Abendrobe aus Seide und Spitze kostbaren Perlenschmuck trug. Zwischen ihnen saß in einem ledergepolsterten Rollstuhl der gebrechlich wirkende Vater des Hausherrn, Thomas Cook, dessen achtzigster Geburtstag heute gefeiert wurde.

Der Körper des Greises wirkte vom Alter krumm und gebrechlich, aber sein Blick war wach und interessiert. Mit der Rechten hielt er ein Monokel vor ein Auge und beugte sich in seinem Rollstuhl vor, um nur ja nichts von diesem Schauspiel zu verpassen. Die knotigen Finger seiner Linken umklammerten die Fransen der Wolldecke auf seinen Knien. Als junger Mann hatte Cook die organisierte Gruppenreise erfunden und aus dieser Idee mit seinem Sohn ein florierendes Reiseunternehmen aufgebaut.

»Das ist ein fantastisches Geschenk, mein Sohn«, sagte er heiser. »Eine großartige Überraschung.«

»Fangen Sie an, Wood«, gebot John Mason Cook. »Postieren Sie sich am Kopfende. Von dort bekommen Sie die besten Bilder.«

»Jawohl, Mr Cook. Die sollen Sie kriegen.« Ernest bückte sich zu seiner mitgebrachten Kiste, die ein Diener vor der Tischplatte abgestellt hatte, nahm seine Kamera und ein zusammengefaltetes schwarzes Tuch heraus. Larissa griff nach der Magnesiumblitzlampe und legte sie an den Rand der Tischplatte. Danach klappte sie das Stativ auf und Ernest schraubte die Kamera darauf fest. Zuletzt faltete Larissa das schwarze Tuch auf und legte es über den hinteren Teil des wuchtigen Apparates. Ernest zog den Deckel vom Objektiv und schlüpfte unter das Tuch.

»Anubis, bitte beugen Sie sich über die Mumie. Halten Sie das Chepesch vor sich und bleiben Sie so, bis die Aufnahme beendet ist«, tönte seine dumpfe Stimme, während er den Schakalköpfigen mit einer Handbewegung in die gewünschte Position dirigierte.

»Dürfte schwierig sein, in dieser Haltung zu verharren. Wenigstens bewegt unser Pharao sich nicht mehr«, kommentierte ein Zuschauer zur Freude des Publikums.

Das Stativ ruckte, als Ernest den Ziehharmonikabalg der Kamera ein wenig weiter aufzog.

»Jetzt ist das Bild scharf«, murmelte er, schraubte den Deckel wieder auf das Objektiv und tauchte unter dem Tuch auf.

Nun fehlte nur noch die Glasplatte. Ernest nahm eine Kassette aus der Kiste, schob sie vorsichtig hinten in die Kamera und zog den schwarzen Belichtungsschutz zur Seite. Jetzt konnte das Bild auf die mit Silberbromid beschichtete Glasplatte gebannt werden.

»Bist du so weit?«, fragte er Larissa.

Sie nickte konzentriert. Während Ernest die Kamera aufbaute und einstellte, hatte sie geprüft, ob sich genug Magnesiumpulver im Magazin der Blitzlampe befand, und ein Bällchen mit Benzin getränkter Wolle in das offene dafür vorgesehene Behältnis der Lampe gestopft.

»Ladys und Gentlemen«, wandte Ernest sich an die Zuschauer, die ihm am nächsten standen. »Bitte begeben Sie sich an die Längsseiten des Tisches. Wir arbeiten mit gefährlichen Chemikalien und wollen niemanden verletzen.« Er wartete, bis alle ihren Platz gefunden hatten. John Mason Cook schob den Rollstuhl mit seinem Vater zur Mitte der rechten Längsseite.

Dann blickte Ernest zur Galerie, wo sich direkt über ihm eine neugierige Menschentraube über das Geländer beugte. »Und Sie, verehrte Leute, treten bitte ebenfalls drei Yards zur

Seite. Es wäre doch schade, wenn eine Stichflamme Nasenspitzen und Backenbärte versengte.«

Im Publikum wurde gelacht, aber die Leute zogen sich eilig zurück.

»Feuer, bitte«, wandte Ernest sich an Larissa.

Sie entzündete ein Streichholz und hielt es an die Wolle. Flammen züngelten empor und es roch scharf nach Benzin. Ernest zog den Deckel vom Objektiv und Larissa drückte einen kleinen Blasebalg. Über einen Schlauch wurde das Magnesium nun in die Lampe gepustet. Gleißend helle Funken schossen empor und verglühten heiß und zischend binnen Sekunden.

»Das war es, Ladys und Gentlemen. Sie dürfen wieder atmen. Das Bild ist im Kasten«, sagte Ernest zu den noch vom Licht geblendeten Zuschauern.

Er schob den Belichtungsschutz über die Glasplatte, zog die Kassette aus der Kamera und lächelte Larissa zu. »Gut gemacht, Liebling.«

John Mason Cook beugte sich zum Rollstuhl. »Nach dem Auspacken wird Mr Wood noch mehr Aufnahmen von der Mumie machen, Vater. So haben wir unvergängliche Erinnerungen an deinen Ehrentag. Möchtest du die Amulette behalten, wenn wir welche finden?«

»Selbstverständlich! In meinem Alter kann man auf Glücksgaben für das ewige Leben nicht mehr verzichten«, erwiderte der Greis lächelnd und gab dem Schakalköpfigen einen Wink. »Walten Sie Ihres heiligen Amtes, Anubis!«

»Was meint Mr Cook mit ›Amuletten‹?«, flüsterte Larissa ihrem Mann zu, während sie frisches Magnesium in das Magazin der Blitzlampe füllte.

»Zur Zeit der Pharaonen hat man den Toten Amulette mitgegeben«, klärte Ernest sie auf. »Edelsteine oder Schmuckstücke. Manchmal auch einen Fetzen Papyrus vom Totenbuch. Die Gegenstände wurden in die Leinenbinden gesteckt. Mit ziemlicher Sicherheit werden wir einen Herzskarabäus finden, der … Oh, pass auf, Liebling – es geht los.«

Larissa blickte mit gemischten Gefühlen auf den Billardtisch. Einerseits teilte sie Ernests Faszination, andererseits gruselte sie sich bei der Vorstellung, gleich jemanden zu sehen, der vor Tausenden von Jahren gestorben war. Kurz schaute sie auf die übrigen Gäste. Sie schienen Ähnliches zu fühlen, denn Larissa las in den Mienen die ganze Bandbreite der Gefühle von Neugier über Ekel bis hin zu Entsetzen. Aber nicht einer wandte den Blick von dem Toten auf dem Tisch.

Anubis stand zu Füßen der Mumie. Langsam drehte er seinen Schakalkopf von links nach rechts und musterte alle Gäste.

Gleich darauf begann der Trommler wieder rhythmisch zu spielen. Der Gott der Totenriten hob das Krummschwert, senkte es dann feierlich und führte die Spitze zwischen die Binden an den Füßen der Mumie. Konzentriert und sehr langsam schob er die scharfe Schneide vorwärts und zerteilte das Gewebe. Dann wiederholte er den Vorgang am Leib und am Kopf. Noch hatte er die zerschnittenen Stoffstreifen nicht geöffnet, die Geburtstagsgesellschaft hatte noch kein Fetzchen Haut der Mumie gesehen, und die Spannung im Saal stieg spürbar. Auf der Galerie wurde gehüstelt, in einer Ecke ertönte nervöses Frauenlachen.

Noch einmal ließ Anubis seinen Raubtierblick schweifen. Dann verstummte die Trommel und der Gott der Totenriten schob das vergilbte Leinen mit dem Chepesch zur Seite.

Ein frischer, harziger Duft stieg Larissa in die Nase, gefolgt von einem süßen, warmen Aroma.

»Riechst du das?«, flüsterte sie ihrem Mann zu.

»Das ist die Mumie.« Er wies mit dem Kinn auf den Tisch. Larissa war verblüfft. Das hatte sie nicht erwartet, dass ein Tausende Jahre alter Toter angenehm duftete.

Ernest fuhr fort: »Nachdem der Priester seine Organe entnommen und seinen Körper getrocknet hatte, wurde der Leichnam mit Harzen und Bienenwachs eingerieben.«

Ein Raunen ging durch die Menge, als der Schakalköpfige die Beine der Mumie freilegte. Die uralte Haut war dunkel, fast schwarz, und faltete sich ledrig über den fleischlosen Knochen. Die Knie stachen auffällig heraus und wirkten an den mageren Beinen unverhältnismäßig groß.

Als Nächstes schob Anubis die Binden über dem Leib beiseite und legte einen eingefallenen Bauch und dürre, über den hervorstehenden Rippen gekreuzte Arme frei. Schließlich zog er behutsam die Kopfverbände auseinander.

Larissa stockte der Atem. Sie blickte in das Gesicht eines Mannes, das trotz der uralten verfärbten Haut erstaunlich lebendig wirkte. Volle Lippen bogen sich leicht nach oben, als lächelte er, und unter den nicht ganz geschlossenen Lidern schien er seine Umgebung zu mustern. Mimikfalten hatten um die Augen und auf der hohen Stirn Spuren hinterlassen. Über den Ohren sah Larissa Büschel von schütterem dunklem Haar. Das eckige Kinn und die falkenartig hervorspringende Nase offenbarten einen willensstarken Charakter.

»Wer warst du?«, schoss es ihr durch den Kopf.

Wer war dieser Mann gewesen, der vor langer Zeit in einer Gruft in Ägypten bestattet worden war und jetzt, zwei- oder dreitausend Jahre später, auf einem Billardtisch in London lag, entblößt und begafft von hundert Augenpaaren?

»Wo sind die Amulette?« Die gereizte Greisenstimme von Thomas Cook durchschnitt die Stille.

Anubis richtete sich auf und nahm die Schakalmaske ab. Der hochrote Kopf eines jungen Mannes mit verschwitztem blondem Haar kam zum Vorschein. »Nix gefunden, Sir«, verkündete er in bestem Cockney-Akzent. »Nich mal 'nen Krümel Wüstensand.«

»Schauen Sie noch einmal gründlich nach«, befahl John Mason Cook.

Der junge Mann setzte die Maske auf den Rand des Tisches und fuhr mit beiden Händen durch die Leinenbinden. Plötzlich hielt er inne. »Mich laust der Affe! Da is' was!«

Er hielt einen flachen, runden und fast handtellergroßen Gegenstand empor, der aus glänzendem orangerotem Stein geschnitten und mit einem Netz feiner weißer Adern durchzogen war.

»Der Herzskarabäus«, bemerkte Ernest andächtig zu Larissa. »Siehst du, wie genau die Käferform herausgearbeitet wurde? Vorn der Kopf mit den Fühlern, dann der Rumpf und schließlich der Hinterleib mit den Flügeln.« Vor lauter Aufregung vergaß er, dass er lediglich als Fotograf und stummer Zuschauer hier war, und fragte den Anubisdarsteller: »Befinden sich Hieroglyphen auf dem Skarabäus?«

»Ja, schauen Sie nach«, stimmte Thomas Cook zu.

Tatsächlich waren Bauch und Rücken des Käfers mit einer Vielzahl winziger bildhafter Schriftzeichen bedeckt.

Der Greis nahm Anubis den Käfer ab, legte ihn in seinen Schoß und rollte damit zu Ernest und Larissa.

»Sie scheinen gute Kenntnisse über die alten Ägypter zu besitzen, Wood.«

»Nun ja, Sir.« Ernest straffte die Schultern. »Ich interessiere mich sehr für die Ägyptologie. Ich lese alles darüber und habe auch schon die ägyptische Abteilung im Britischen Museum besucht.«

Zu dritt beugten sie sich über den Skarabäus und betrachteten die fein ziselierten Zeichen. Sie zeigten Zacken und Linien, Kreuze, menschliche Figuren und Tiere.

»Unglaublich, was alles auf diesen kleinen Käfer passt«, murmelte Larissa.

John Mason Cook, der sich inzwischen ebenfalls genähert hatte, nahm den Skarabäus in die Hand. »In Ägypten habe ich die kleinen Kerle überall als Souvenir gesehen. Antik oder von geschickten Handwerkern nachgeahmt. Gibt es hier jemanden, der Hieroglyphen lesen kann?« Er hielt den Steinkäfer in die Luft, aber sämtliche Gäste schüttelten bedauernd den Kopf.

»Sie auch nicht, Wood?«, wandte John Mason Cook sich an den Fotografen.

»Leider nein, Sir«, erwiderte Ernest. »Obwohl ich mir schon lange vorgenommen habe, es zu lernen. Doch erstens ist es gar nicht so einfach, einen Lehrer zu finden, und zweitens bin ich ein viel beschäftigter Mann. Ich nehme jedoch an, dass auf diesem Amulett ein Zauberspruch eingraviert ist, der den Toten in der jenseitigen Welt beschützen sollte.«

»Oder ein Fluch, um Grabschänder zu vertreiben«, mischte sich Larissa ein.

John Mason und Thomas Cook sahen sie überrascht an.

»Ich kann zwar auch keine Hieroglyphen lesen, aber dafür die Bücher meines Mannes«, erklärte Larissa. »Es ist sein größter Wunsch, einmal eine Reise in das geheimnisvolle Ägypten zu unternehmen.«

Vater und Sohn Cook wechselten einen Blick. Doch dann sagte John nur: »Lassen Sie uns noch ein paar Fotos machen, Wood.«

Ernest und Larissa fotografierten nicht nur Thomas Cook, sondern auch die Geburtstagsgäste. Viele wollten mit der Mumie verewigt werden, die für diesen Zweck gegen die stützende Rückenseite eines Sessels gelehnt und vor der Sperrholzkulisse der Pyramiden aufgestellt wurde.

»Sie haben sich mit dem Armen wie mit einer Jagdtrophäe ablichten lassen«, zischte Larissa ihrem Mann zu, als sie spät in der Nacht ihre Ausrüstung zusammenpackten.

»Ja, Liebling«, entgegnete Ernest abwesend. Er hockte auf dem Boden und kramte in den Leinenstreifen, die die Mumie umwickelt hatten und jetzt in einem unordentlichen Haufen in einer Ecke der Bibliothek lagen.

»Wie dieselben Leute es wohl finden würden, aus ihrem Grab gerissen und zum Vergnügen vor Wildfremden zur Schau gestellt zu werden?« Larissa verstaute die Magnesiumblitzlampe in der Kiste. Der seltsam lebendige Gesichtsausdruck des toten Ägypters wollte ihr nicht aus dem Kopf. »Hörst du mir eigentlich zu oder wühlst du lieber in diesen alten Stoffstreifen herum?«

Ernest fuhr auf. »Entschuldige, Liebling. Natürlich höre ich dir zu. Ich wollte mir nur ein paar von diesen Leinenstreifen als Erinnerung mitnehmen.« Er knüllte eine Handvoll der Bahnen zusammen, stopfte sie in die Kiste und breitete das schwarze Tuch darüber.

»Der Wagen steht bereit. Die Herrschaften wünschen sich jetzt zu verabschieden.« Der Butler war hinter Ernest und Larissa aufgetaucht.

»Wir kommen.« Ernest schloss mit einem Knall den Deckel der Kiste und richtete sich auf.

»Warum bist du so rot im Gesicht? Hast du Angst, wegen der Leinenstreifen verhaftet zu werden?«, neckte Larissa ihren Mann, während sie dem Butler folgten.

»Quatsch! Ich habe doch nur etwas genommen, was sie sowieso in den Abfall geworfen hätten.« Ernest fuhr sich mit dem Jackenärmel über die Stirn und starrte auf den schwarz befrackten Rücken des Butlers.

Nachdem die Mumie ausgepackt worden war, hatten die Diener Fackeln und Öllampen gelöscht und die moderne elektrische Beleuchtung angeknipst. Larissa, die endlich Zeit hatte, die festliche Umgebung zu betrachten, sah sich neugierig um.

An allen vier Wänden des großen Raumes befanden sich Regale, in denen sich dicht an dicht lederne Buchrücken drängten. Eine Wendeltreppe führte auf die Galerie, die in halber

Höhe vor den Regalen rund um den Saal verlief. In einer Ecke sah Larissa eine Sitzgruppe mit einem Sofa und zwei Sesseln, in einer anderen standen ein paar Stühle um einen Spieltisch mit einem Schachbrett.

Die Gäste hielten Champagnergläser in den Händen und unterhielten sich angeregt. Die Herren trugen schwarze Anzüge mit langen Frackschößen. Die Kleider der Damen besaßen tiefe Ausschnitte und geschnürte Taillen. Bei jeder Bewegung raschelten die üppigen Volants ihrer Röcke.

Es war eine elegante Gesellschaft, doch Larissa hätte lieber noch ein wenig die geheimnisvolle Magie des alten Ägyptens genossen, die sich in dem künstlichen Licht in Nichts aufgelöst hatte.

Nachdem ein Diener das Laken entfernt hatte, sah der Billardtisch wieder wie ein Billardtisch aus. Die Sperrholzplatten mit den aufgemalten Pyramiden wirkten wie eine Jahrmarktkulisse. Davor hockten die Musiker im Sand und spielten unermüdlich. Die bronzefarbene Schminke hatte Streifen auf ihrer Haut und dunkle Flecken auf ihrer Kleidung hinterlassen. Neben ihnen lehnte, von niemandem beachtet, die Mumie etwas schief an der Rückenlehne ihres Sessels.

John Mason Cook stand neben seinem Vater, umringt von einer kleinen Gruppe Menschen.

»Bitte reg dich nicht auf, Vater«, hörte Larissa ihn sagen. »Du wirst sehen, wir finden dein Amulett wieder. Du hast bestimmt nur vergessen, wo du es hingelegt hast. Ich weise die Diener an, dass sie beim Aufräumen die Augen offenhalten. Ah, Wood. Da sind Sie ja. Und Ihre reizende Frau auch!« Er wandte sich Ernest und Larissa zu. »Sie haben viele Aufnahmen gemacht. Ich hoffe, sie sind gut geworden.«

»Die Fotos sind gewiss genauso gut geworden wie die, die der junge Mann zu unserer Silberhochzeit gemacht hat.« Mrs Cook legte ihrem Mann eine Hand auf den Arm. »Du hast Mr Wood doch engagiert, weil du mit seiner Arbeit so zufrieden warst.«

Der alte Cook hielt sein Monokel vor das Auge und musterte Larissa interessiert. »Sagen Sie, meine Liebe, woher kommt Ihr Akzent? Sind Sie Russin?«

Larissa schüttelte den Kopf. »Ich bin in Leipzig geboren und aufgewachsen. Aber seit ich vor einem Jahr meinen Mann geheiratet habe, bin ich Engländerin.«

Die wässrigen Augen des Alten wanderten zu Ernest. »Dann haben Sie Ihrer Frau beigebracht, so virtuos mit einer Blitzlichtlampe zu hantieren?«

Ernest nickte lächelnd. »Meine Frau kennt sich mit der Fotografie inzwischen sehr gut aus. Und mit der Blitzlichtlampe kann sie genauso gut umgehen wie ich.«

Thomas Cook musterte sie. »Sie scheinen in der Tat eine sehr fähige Frau zu sein.«

Sein Sohn räusperte sich. »Wie sieht es aus, Wood? Haben Sie die Fotos bis morgen Nachmittag fertig?«

»Selbstverständlich, Mr Cook. Ich werde mich gleich morgen früh darum kümmern.«

»Sehr gut!« Cook streckte ihm die Rechte entgegen. »Dann kommen Sie morgen um drei Uhr in mein Büro an der Fleet Street. Und bringen Sie etwas Zeit mit.«

2

Herzskarabäus

In die Mumienbinden eines verstorbenen Ägypters wurde oft ein Herzskarabäus gewickelt, der den Spruch 30B des Totenbuches enthielt: »Mein Herz meiner Mutter, mein Herz meiner Mutter, mein Herz meiner wechselnden Formen – stehe nicht auf gegen mich als Zeuge, tritt mir nicht entgegen im Gerichtshof, mache keine Beugung wider mich vor dem Wägemeister!« (nach E. Hornung) Damit sollte das Wiegen des Herzens vor dem Totengericht positiv beeinflusst werden.

»Das ist also der alte Mr Cook«, sagte Larissas Schwiegermutter Catherine am nächsten Nachmittag und nahm eines der Fotos von dem dicken Stapel. »Ich war ein junges Mädchen, als er seine ersten Gruppenreisen organisiert hat. Die Anzeigen standen im Daily Telegraph. Zuerst fanden die Reisen nur in England und Schottland statt, aber in den Sechzigerjahren ging es schon nach Paris. Meine Cousine Beth hat eine der Reisen in die Alpen mitgemacht und ihn dort selbst kennengelernt.« Sie legte das Bild zur Seite.

»Das ist sein Sohn, John Mason Cook.« Larissa reichte ihrer Schwiegermutter das nächste Foto. »Ich habe Ernests Aufnahmen zweimal vom Glasnegativ entwickelt, einmal für Mr Cook und einmal, um damit für Werbezwecke unser Schaufenster zu dekorieren. Zum Beispiel dieses Bild hier. Es zeigt einen Herzskarabäus, der sich bei der Mumie befand.«

Catherine beugte sich über die Fotografie. »Man kann die Hieroglyphen genau erkennen. Der Stein, aus dem der Käfer geschnitten wurde, glänzt so schön. Was hat er für eine Farbe?«

»Ein dunkles Orangerot. Ernest sagt, dass es ein Karneol ist.«

Die Türglocke läutete und die beiden Frauen sahen von der Fotografie auf. Ein Mann trat ein. Beim Zusammenfalten seines Regenschirmes tropfte ein Rinnsal auf die Matte im Eingangsbereich.

»Was für ein Wetter«, stöhnte er. »Meine Stiefel sind völlig durchweicht. Können Sie sich erinnern, wann es das letzte Mal im November so viel geregnet hat?«

»Guten Tag, Mr Thatcher«, grüßte Catherine.

Sie blickte durch die Schaufensterscheiben, an denen das Wasser herunterlief. Die Cherryblossom Street war eine schmale Seitenstraße der geschäftigen Fleet Street, zwischen der Sankt-Pauls-Kathedrale und dem altehrwürdigen Sankt-Bartholomäus-Krankenhaus. Hier befand sich in einem schmalen alten Haus aus rotem Backstein »Woods fotografisches Atelier und Geschäft«. Ernests Großvater hatte das Fotoatelier gegründet, als die Fotografie noch in den Kinderschuhen steckte. Ernests Vater Paul hatte das Atelier in die Räume zum Hof verlegt und vorn den Laden für Fotobedarf eingerichtet. Seit einiger Zeit verkündete er, dass er sich allmählich zur Ruhe setzen und das Geschäft an sein einziges Kind Ernest übergeben wollte.

Draußen war es stockdunkel, nur im gelben Licht der Gaslampen tanzten die Regentropfen. Geisterhaft tauchten Passanten, unter ihre Schirme geduckt, aus dem Dunkel auf, waren sekundenlang im Lichtschein sichtbar und verschwanden wieder.

»Letztes Jahr um diese Zeit hatten wir Sturm und Hagel, wenn ich mich nicht irre«, sagte Catherine nachdenklich. »Fürs Geschäft ist beides nicht gut. Heute kam kaum Kundschaft vorbei.«

Mr Thatcher nickte. »Man jagt keinen Hund vor die Tür. Ich bin auch nur hier, um meine Fotografien abzuholen. Meine

Frau kann es nicht erwarten, die Taufbilder ihres ersten Enkels zu sehen.« Er trat vor die Verkaufstheke, die die gesamte Breite des Raumes einnahm.

»Sie sind hervorragend geworden, Mr Thatcher.« Larissa zog eine der Schubladen im Tresen auf, nahm einen dicken Umschlag heraus und überreichte ihn dem Kunden. »Und Ihre Kamera haben wir auch neu bestückt.« Sie griff in das Regal an der Wand hinter dem Tresen und stellte den lederbezogenen boxartigen Apparat vor den Kunden. Verglichen mit Ernests wuchtiger Kamera aus Holzplatten war dieses Modell klein und leicht. In der Höhe und in der Breite maß es nur eine Handspanne und in der Länge gerade anderthalb. Vorn saß ein kreisrundes Loch mit dem Objektiv. Oben besaß die Kamera einen Halter, an dem der Film, der im Inneren des Gehäuses saß, angebracht war. Im Gegensatz zu Ernests Fotoapparat wurde dieser nicht mit Glasplatten bestückt, sondern mit einem neuartigen Rollfilm aus Papier.

Ernest lachte über die kleinen Kameras, die der Amerikaner George Eastman erfunden und auf den Namen Kodak Nr. 1 getauft hatte. Er behauptete, dass ein ernst zu nehmender Fotograf mit diesem Spielzeug nichts anfangen konnte. Doch die kleine Kodak war ein Verkaufsschlager. Sie war kinderleicht zu bedienen, wog nicht einmal zwei Pfund und weckte bei zahllosen Männern und Frauen Lust auf eine ganz neue Freizeitbeschäftigung – die Hobbyfotografie.

Zu Larissas Aufgaben gehörte es nicht nur, die Kunden zu beraten, sondern auch, die Filme zu entwickeln. In Woods fotografischem Atelier und Geschäft wurden aber auch Kameras repariert oder von Paul und Ernest selbst gebaute Apparate angeboten. Dazu bekam man Stative, Fototücher, Objektive, Glasplatten, Blitzlichtlampen, alle Arten von Chemikalien, die zur Bildentwicklung benötigt wurden, sowie Handbücher über Fotografie. Hinter dem Laden befanden sich die Dunkelkammer, die kleine Werkstatt und natürlich das Fotoatelier mit den verschiedenartigen Kulissen, die auf Schienen hin- und hergeschoben wurden, je nachdem, ob der Kunde als Hintergrund einen Berggipfel, das heidebedeckte schottische Hochland oder einen vornehmen englischen Landsitz wünschte.

Werkstatt und Atelier waren der Arbeitsplatz der beiden Männer. Darüber hinaus übernahm Ernest häufig Aufträge als Polizeifotograf, um das Familieneinkommen aufzubessern. Larissa und ihre Schwiegermutter halfen in der Dunkelkammer und bedienten die Kunden im Laden.

In den beiden Stockwerken darüber wohnte die Familie. Die älteren und die jüngeren Woods teilten sich Wohnräume und Küche im ersten Stockwerk. Unter dem Dach befanden sich die Schlafzimmer.

»So. Das müsste trocken bleiben, bis Sie zu Hause sind.« Larissa hatte Fotos und Kamera in wasserdichtes Wachspapier gewickelt und reichte beides Mr Thatcher.

Kaum hatte der Kunde sich verabschiedet, steckte ihr Schwiegervater den Kopf durch die hintere Tür, die ins Atelier, die Werkstatt und das Treppenhaus führte.

»Fünf Uhr, meine Damen. Teatime!«Er zeigte auf die runde Uhr über der Eingangstür. »Macht den Laden zu. Bei dem Wetter kommt sowieso kein Kunde mehr.«

»Ich fürchte, du hast recht.« Catherine nahm einen Schlüsselbund aus einer Schublade und ging zur Tür.

»Ernest ist noch bei Mr Cook«, bemerkte Larissa. »Schon über zwei Stunden. Dabei liegt das Büro fast um die Ecke.«

»Mag ja sein, aber deshalb verschiebe ich meinen Fünf-Uhr-Tee nicht. Und vergesst nicht, das Licht zu löschen.« Paul verschwand. Gleich darauf waren seine Schritte auf der Holztreppe zu hören.

Als die beiden Frauen die Wohnstube betraten, brannte bereits die Gaslampe über dem runden Tisch im Esszimmer und Paul hatte eine Platte mit Sandwiches, die Catherine heute

Mittag vorbereitet hatte, in die Mitte gestellt. Gerade goss er das Wasser, das im Teekessel sprudelte, in die große Teekanne. Catherine holte ein Stück kalte Schweinefleischpastete und einen halben Zitronenkuchen vom Vortag aus der Speisekammer, Larissa verteilte das Geschirr. In der Familie Wood gab es keine Dienstboten. Nur zum Waschen und Bügeln kam eine Frau ins Haus.

»Vielleicht ist es ein gutes Zeichen, dass Ernest so lange fort ist«, bemerkte Paul, nachdem Catherine Tee eingegossen hatte. »Es könnte bedeuten, dass Mr Cook ihm weitere Aufträge gibt.« Er nahm seine Tasse und pustete auf das dampfende Getränk. »Dann kann ich mich nach Weihnachten zur Ruhe setzen und das Atelier Ernest übergeben. Mein Rücken und meine Augen sind sowieso nicht mehr die Besten.«

»Ernest ist jetzt schon sehr fleißig und Larissa ist ebenfalls eine große Hilfe. Die Fotos, die sie von der Feier bei Mr Cook entwickelt hat, sind sehr gut geworden. Dank der Trockenglasplatten bekommt sie auch keine schwarzen Finger mehr, so wie ich damals«, bemerkte Catherine lächelnd.

Paul schob sich ein Stück Pastete in den Mund. »Was ist eigentlich aus dieser Mumie, diesem armen Teufel, geworden?«, fragte er kauend.

»Der jüngere Mr Cook möchte die Mumie dem Britischen Museum spenden«, klärte Larissa ihn auf. »Ernest hat gehört, wie er mit einem der Gäste darüber gesprochen hat.«

Paul schüttelte missbilligend den Kopf. »Was mit dem alten Knaben alles angestellt wird. Also, ich möchte nach meinem Tod nicht so ausgestellt werden.«

Catherine stand auf, ging zum Büffet, nahm einen Brief, der dort auf einem Tablett lag, und gab ihn Larissa. »Hier, meine Liebe. Der ist heute Morgen gekommen.«

Larissa warf einen Blick auf den Absender. »Von meiner Mutter. Ich werde ihn später lesen.« Ihre Stimme klang bedrückt, als sie den Umschlag in ihre Rocktasche stopfte.

»Nun mal Kopf hoch, Kind. Das kommt schon wieder in Ordnung.« Paul tätschelte ihr ungeschickt die Hand und Catherine nickte aufmunternd.

Im Untergeschoss fiel dumpf eine Tür ins Schloss, Stiefel polterten das Treppenhaus empor. Gleich darauf flog die Esszimmertür auf.

»Ihr werdet nicht glauben, was passiert ist!« Ernest stand im Türrahmen. Wasser tropfte von seinem Hut in den Nacken, Rinnsale liefen über den Mantel und bildeten kleine Pfützen auf den Dielen, wo die Sohlen seiner Stiefel nasse Spuren hinterlassen hatten. Doch davon schien Ernest nichts zu bemerken. Seine Augen glänzten, seine Wangen waren gerötet und sein Gesicht strahlte. »Meine Fotos haben Mr Cook gefallen, und zwar so außerordentlich gut, dass …«

»Junge, zieh dir sofort die nassen Sachen aus, oder willst du krank werden?«, unterbrach ihn Catherine. »Immer sage ich dir: Nimm einen Schirm mit bei diesem Wetter, und immer vergisst du es!«

»Sofort, Mutter. Erst will ich euch …«

»Hat der alte Mr Cook seinen Skarabäus wiedergefunden?«, fiel Larissa ihrem Mann ins Wort.

Ernest lief rot an. »Was? Soviel ich weiß, nicht. Darf ich jetzt bitte ausreden?« Er holte tief Luft. »Also: Ich werde nach Ägypten reisen!«

Larissa, Paul und Catherine starrten ihn sprachlos an.

»Ägypten?«, echote Larissa schließlich.

»Ja, Liebling!«, jubelte Ernest. »Mr Cook junior und Mr Cook senior haben meine Fotos so gut gefallen, dass sie mir einen ganz besonderen Auftrag erteilt haben. Sie möchten für ihre wichtigsten Kunden und Geschäftspartner einen Bildband über Ägypten erstellen. Von Land und Leuten und natürlich von all den phänomenalen Sehenswürdigkeiten. Dafür brauchen sie einen erstklassigen Fotografen, und dieser Fotograf bin ich!

In drei Tagen soll es losgehen.« Wieder blickte er gespannt von einem zum anderen. »Da verschlägt es euch die Sprache, was?«

»Drei Tage? So bald schon?« Catherine wirkte betroffen.

Paul hatte auf seine Fingernägel gestarrt. Als er jetzt den Kopf hob, waren die Falten in seinem müden Gesicht tief eingegraben. »Dann ist es also schon beschlossene Sache? So eine Reise dauert gewiss sehr lange. Ich habe mit deiner Hilfe gerechnet, Junge, jetzt in der Adventszeit. Die Kulissen zu schieben und die Kameras zu tragen fällt mir immer schwerer, und meine Augen machen nicht mehr so gut mit.«

Die überschäumende Freude in Ernests Gesicht verblasste. »Versteh doch, Vater – vielleicht ist das meine einzige Gelegenheit, nach Ägypten zu reisen. Und ich werde dafür sogar noch bezahlt. Für morgen Mittag hat Mr Cook mich wieder in sein Büro bestellt, dann ist der Vertrag fertig, und ich habe vor, ihn zu unterschreiben.« Er ging auf das Grüppchen am Tisch zu. »Freut ihr euch denn gar nicht? Nicht einmal du?« Er blickte zu Larissa.

Zu seiner Erleichterung lächelte sie. »Ich finde, das klingt wunderbar. Bestimmt wird der Auftrag gut bezahlt. Dieses Geld sollten wir uns nicht entgehen lassen.« Sie stand auf und legte beide Handflächen auf seine nassen Wangen. »Ich kann es kaum erwarten, die Pyramiden zu sehen!«

»Äh, das wird gewiss großartig.« Vorsichtig umfasste er Larissas rechte Hand, drehte sie um und küsste die Handfläche. »Aber genau genommen richtet sich der Auftrag nur an mich.«

»Wie bitte?« Sie entriss ihm ihre Finger. »Hast du Mr Cook denn nicht gesagt, dass wir immer zusammenarbeiten?«

»Nun ja …«, stotterte Ernest. »Ich fürchte, nicht so direkt.«

Sie holte empört Luft, ihre dunkelbraunen Augen funkelten ihn an.

»Du solltest dir jetzt die nassen Sachen ausziehen, mein Junge«, mischte Catherine sich eilig ein. »Ich werde den Rum aus der Speisekammer holen und etwas davon in deinen Tee geben. Wenn du krank wirst, ist es mit der Reise nämlich vorbei.« Sie schob ihren Stuhl zurück und stand auf.

»Ja, dann werde ich mal hinaufgehen.« Hastig trat Ernest den Rückzug an.

Larissa starrte mit gerunzelter Stirn auf seinen Rücken. »Entschuldigt mich bitte«, stieß sie hervor. Dann rannte sie ihrem Mann hinterher.

»Davon kann ich jetzt auch einen Schluck vertragen.« Paul griff nach der Rumflasche und goss einen guten Schuss in seinen Tee. »Diese Reise kommt sehr plötzlich. Wer hilft uns jetzt im Weihnachtsgeschäft? Larissa hat zwar schon eine Menge gelernt, aber sie weiß noch längst nicht alles.«

Catherine seufzte. »Ich würde fast meine Hand dafür ins Feuer legen, dass wir auch auf sie verzichten müssen. Sie wirkte nicht so, als würde sie Ernest allein reisen lassen. Und sie versucht immer zu erreichen, was sie will. Erinnerst du dich, wie ihre Eltern gegen die Hochzeit mit unserem Ernest waren? Aber sie hat ihren Kopf durchgesetzt.«

»Und wie ich mich erinnere«, schnaubte Paul. »Unser Junge war den feinen deutschen Teppichhändlern nicht gut genug. Aber die Kleine ist ein anständiges Ding, da besteht kein Zweifel. Sie ist sich für Arbeit nicht zu schade.« Er goss sich Rum nach.

»Ernest beschäftigt sich schon so lange mit der Pharaonenzeit«, versuchte Catherine ihren Mann zu besänftigen. »Er wünscht sich so sehr, die Wunder Ägyptens mit eigenen Augen zu sehen.«

»Glaubst du, das weiß ich nicht?« Paul nahm einen tiefen Schluck und wischte sich mit dem Handrücken den Mund ab.

»Dann sollten wir uns mit ihm freuen.«

»Aber was ist mit dem Weihnachtsgeschäft?«, wandte Paul wieder ein.

Catherine hob die Schultern. »Wir stellen für ein paar Monate einen Fotografen ein. Und im Geschäft bin ich doch früher auch allein zurechtgekommen.«

»Ich könnte den jungen Mann ansprechen, der sich vor Kurzem bei uns um eine Anstellung beworben hat. Ich habe ihm abgesagt. Hätte ich damals schon geahnt, dass unser Sohn bald zu einer ausgedehnten Reise aufbricht …« Pauls Stimme verlor sich.

»Gleich morgen fragst du ihn noch einmal. Ich bin sicher, er sagt zu. Und Ernest wird dir so dankbar sein, dass du ihm seinen Traum ermöglichst. Er wird das Geschäft übernehmen, wenn er wieder da ist, und mit Larissa eine Familie gründen.«

Paul nickte langsam. »Du bist eine kluge Frau, Kate.« Er beugte sich vor und tätschelte ihre Hand.

Über ihnen tappten Schritte hin und her. Gedämpfte Stimmen waren zu hören. Paul blickte zur Decke und grinste. »Ich wette, sie macht ihm gerade die Hölle heiß! Und wenn er sie nicht mitnehmen will, geht sie zu Mr Cook und macht dem die Hölle heiß.«

»Mr Cook weiß doch, dass ich deine Assistentin bin. Er stand sogar daneben, als sein Vater meine Fähigkeiten gelobt hat. Ich verstehe einfach nicht, wieso du nicht zu ihm gesagt hast, dass du meine Unterstützung in Ägypten brauchst!« Larissa nahm ein paar Seiten altes Zeitungspapier aus einem Korb unter dem Waschtisch, knüllte sie zusammen und stopfte sie in Ernests durchweichte Stiefel.

Ihr gemeinsames Schlafzimmer war ein kleiner quadratischer Raum mit niedriger Decke, der fast ganz von dem breiten Ehebett und einem wuchtigen Kleiderschrank aus dunklem Holz eingenommen wurde. Zwischen den beiden Fenstern, die zur Straße führten, stand der Waschtisch mit Krug und Schüssel. Daneben lagen Ernests Rasierzeug, Larissas Haarbürste und eine Dose mit ihren Haarnadeln. An der Tür war ein Spiegel angebracht. Rechts und links davon befanden sich eine Wäschekommode und ein paar Kleiderhaken, an denen Ernests tropfender Mantel und sein klatschnasser Hut hingen.

Trotz seiner Einfachheit wirkte der kleine Raum gemütlich. Über dem Bett lag ein gesteppter Quilt, auf Larissas Nachtkonsole stand eine kleine Vase mit einem Zweig Christusdorn und auf Ernests lag ein Stapel Bücher. An den Wänden hingen Fotografien von Larissas und Ernests Hochzeit. Sie zeigten einen großen schlanken Mann mit hellem Haar und verträumten blauen Augen. Die Braut war klein, mit beneidenswert schmaler Taille und dunklen Augen. Das lange, ebenfalls dunkle Haar hatte sie hochgesteckt. Lächelnd blickte sie auf ihren Mann und wirkte nicht nur hübsch, sondern auch glücklich.

Ernest saß nackt, bis auf ein Handtuch um die Hüften, auf der Bettkante. Seine Augen folgten Larissa, während er sich mit einem anderen Handtuch die Haare trocken rubbelte.

Sie zerrte seine nasse Kleidung vom Stuhl vor dem Waschtisch und pfefferte sie in einen Weidenkorb für Schmutzwäsche. Dann flitzte sie zur Kommode, nahm frische Unterwäsche heraus und warf sie auf das Bett. Aus ihrem Knoten hatten sich ein paar Haarsträhnen gelöst, die sie jetzt ungeduldig hinter die Ohren zurück strich. Die zarte Haut ihrer Wangen, die Ernest so gerne mit seinen Fingerspitzen streichelte, war leicht gerötet, die geschwungenen Augenbrauen über ihrer niedlichen, leicht aufwärts gebogenen Nase gereizt zusammengezogen. Am liebsten hätte er sie in seine Arme geschlossen und so lange geküsst, bis sie ihm nicht mehr böse war.

»Mir ist ganz schön kalt«, bemerkte er schmeichelnd. »Siehst du, was für eine Gänsehaut ich habe? Magst du mich nicht ein bisschen warm rubbeln, Liebling?«

Als sie ihn ignorierte, bat er: »Gibst du mir wenigstens ein frisches Hemd und eine Hose aus dem Schrank? Und ein Paar Socken?«

»Hol dir deine Kleider selbst. Das musst du in Ägypten nämlich auch.« Sie stand neben der geöffneten Schranktür und sah ihm entgegen, die Arme in die Hüften gestemmt.

Seufzend erhob er sich und blieb dicht vor ihr stehen. »Ich habe jetzt verstanden, dass du böse auf mich bist. Aber ist es das wirklich wert?« Er machte Anstalten, sie zu umarmen.

Sie wich einen Schritt zurück. »Lass das!« Resignierend wandte er sich ab und griff nach einem frischen Hemd. Während er sich anzog, klaubte Larissa sein nasses Handtuch vom Bett und warf es zu den übrigen Sachen in den Wäschekorb.

»Ich verstehe nicht, warum du dich darauf eingelassen hast, ohne mich zu reisen«, wiederholte sie. »Brauchst du denn niemanden, der sich in Ägypten um dich kümmert?«

Er zögerte. »Ich habe befürchtet, dass Cook mir den Auftrag nicht gibt, wenn ich Bedingungen stelle.«

»Du hättest fragen können. Man kann doch über alles sprechen.«

Er knöpfte seine Hose zu, ging zur Waschkommode und griff nach seinem Kamm.

Sie sah ihm zu, wie er sein Haar scheitelte. »Wie lange soll diese Reise überhaupt dauern?«

»Ungefähr ein halbes Jahr. Zuerst werde ich Aufnahmen in Kairo machen. Dann von den Pyramiden in Gizeh und Sakkara. Schließlich geht es mit dem Schiff tausend Meilen nilaufwärts bis Abu Simbel. Unterwegs soll ich Tempelanlagen und die Gräber im Tal der Könige fotografieren.«

Als er all die wunderbaren und sagenhaften Sehenswürdigkeiten aufzählte, die er ohne sie besuchen würde, wallte ihr Zorn erneut auf. »Ich will dich begleiten, Ernest. Ich will, dass du dich bei Mr Cook für mich verwendest. Ich bin schließlich deine Frau!«

Entnervt warf er den Kamm auf den Waschtisch. »Versteh doch, Larissa! Ich bin achtundzwanzig Jahre alt. Mein Vater will, dass ich sein Atelier übernehme. Meine Mutter will, dass wir eine Familie gründen. Wann soll ich diese Reise machen, wenn nicht jetzt?«

»Und ich bin dreiundzwanzig Jahre alt! Wann soll ich diese Reise machen, wenn nicht jetzt? Haben wir erst Kinder, kann ich dich nicht mehr begleiten!«

Er bückte sich, um seine Schuhe zuzuschnüren. »Egal, was ich sage, du willst mir einfach böse sein.« Er schlüpfte in sein Jackett und ging zur Tür. »Ich bin hungrig, Larissa. Lass uns später weiterreden.«

Nach dem Abendessen allerdings ergab sich keine Gelegenheit, das Gespräch fortzuführen. Ernest beschäftigte sich lieber mit seiner Kamera und tauschte das in der Porträtfotografie gebräuchliche lichtstarke Objektiv gegen ein Weitwinkelobjektiv aus, wie es in der Landschaftsfotografie benutzt wurde.

Als sie zu Bett gingen, schnitt Larissa das Thema erneut an: »Sagst du Mr Cook morgen, dass ich mit nach Ägypten reisen werde?«, fragte sie, während sie auf der Bettkante saß und ihr Haar bürstete.

Ernest rutschte so tief unter die Decke, dass nur noch sein heller Schopf hervorlugte, und brummelte: »Ich bin müde, Liebling. Lass uns schlafen.«

Doch als die Glocken der nahen Sankt-Pauls-Kathedrale Mitternacht schlugen, wälzte Larissa sich immer noch von einer Seite auf die andere.

Sie wollte es sich nicht eingestehen, aber sie war enttäuscht. Nie hätte sie sich träumen lassen, dass ihr Mann sich bei Mr Cook nicht für sie einsetzen würde, dass er lieber ohne sie als überhaupt nicht nach Ägypten reisen würde. Ihre große leidenschaftliche Liebe zu Ernest hatte einen klitzekleinen Kratzer bekommen.

Larissas Blick wanderte zu den Fenstern. Durch einen Spalt zwischen den Vorhängen sah sie das beschlagene Glas der Scheiben schimmern. Immer noch trommelte der Regen dagegen.

Sehnsucht nach ihrer Mutter und ihrem Vater packte sie und jenes vertraute, schmerzhafte Ziehen in der Brust stellte sich ein, wie immer, wenn sie an ihr Zuhause dachte.

Ihre Eltern hatten sehr schockiert auf ihre Heirat reagiert. Nicht nur, weil der fremde Engländer ihre einzige Tochter von Leipzig nach London entführt hatte. Sie konnten auch nicht verstehen, warum ihr Kind eine sorglose Zukunft in Muße und Wohlstand unbedingt gegen den harten täglichen Broterwerb und das glanzlose Leben der Mittelschicht eintauschen musste.

Aber Ernest war genau der Mann, den Larissa wollte. Und sie war genau die Frau, die er wollte.

Wie hatte er sie angehimmelt, als sie vor etwas mehr als einem Jahr mit ihrer Freundin Claire in Woods fotografisches Atelier und Geschäft gekommen war, um Fotos zur Erinnerung an ihren Besuch in London machen zu lassen. Schon bei dieser ersten Begegnung hatte Ernest sie ununterbrochen zum Lachen gebracht und so hemmungslos mit ihr geflirtet, dass Claire nachher behauptete, sie habe von dem Funkenflug fast einen elektrischen Schlag bekommen.

Nach dieser ersten Begegnung war für Ernest und Larissa klar gewesen, dass sie zusammengehörten. Larissas Vater, der nach England geeilt war, um seine Tochter nach Hause zu holen, war zu spät gekommen – die beiden hatten sich wenige Tage zuvor trauen lassen. Er war tief gekränkt wieder abgereist und verweigerte seither jeden Kontakt mit Larissa.

Fröstelnd zog sie die Decke bis zur Nasenspitze. In Ägypten war es gewiss auch im November warm und trocken, denn nach allem, was sie wusste, schien die Sonne über diesem Land und seinen uralten Kulturschätzen ohne Unterlass. Wie wundervoll wäre es, Ernest zu begleiten. Auch, um noch Jahre später mit ihm die Erinnerungen an dieses Erlebnis teilen zu können.

Sie wandte den Kopf zur Seite, sodass sie das Profil ihres Mannes in der Dunkelheit erahnen konnte, und lauschte dem ruhigen Auf und Ab seines Atems. Als habe er ihren Blick gespürt, drehte er sich um, streckte eine Hand aus und ertastete mit seinen warmen Fingern ihre Wange.

»Larissa«, flüsterte er schläfrig. »Bist du immer noch wach?«

Sie rutschte näher an ihn heran, beugte sich vor und flüsterte in sein Ohr: »Ich werde mitkommen nach Ägypten. Hörst du, Ernest? Ich werde mit dir reisen. Und wenn Mr Cook sich auf den Kopf stellt.«

»Ist gut«, murmelte er. Langsam glitt seine Hand tiefer, schlüpfte in den Ausschnitt ihres Nachthemds und streichelte sanft ihre rechte Brust. »Ich weiß sowieso nicht, wie ich ein halbes Jahr auf dich verzichten soll.«

»Ssssss!« Die riesige dunkelgrüne Lokomotive der South Eastern Railway zischte und schnaubte, als könne sie es nicht erwarten, endlich vorwärts zu stampfen.

Auf dem Bahnsteig sechs der Charing Cross Station, unter dem halbrunden Kuppeldach aus Glas und gusseisernen Verstrebungen, herrschte Hochbetrieb. Achtzig Menschen wollten heute Nachmittag unter der Leitung des Reiseunternehmens Thomas Cook & Sohn zu einer ausgedehnten Tour nach Ägypten aufbrechen und verabschiedeten sich von Freunden und Familie. Es wurde gelacht und geweint, Geschenke wurden übergeben und Umarmungen ausgetauscht. Reisende irrten den Bahnsteig entlang auf der Suche nach ihren Waggons, einige riefen nach den Schaffnern, um sich zu beschweren, weil jemand anderes ihren Platz besetzt hatte. Ein Reiseleiter von Thomas Cook, mit dem goldenen Schriftzug des Unternehmens auf der Schirmmütze, eilte von einem Grüppchen zum anderen, hakte Namen auf seiner Liste ab und beruhigte aufgeregte Gemüter.

Ganz vorn ging der Lokomotivführer neben seinem Dampfross auf und ab und sprühte aus einer Kanne Öl auf die mannshohen Räder. Am anderen Ende des Zuges luden Träger Postsäcke und das Gepäck der Passagiere in den letzten Waggon.

Mitten im dichtesten Getümmel standen Claire und Larissa. Larissa trug ein einfaches graues Reisekostüm mit einer Schleife am Kragen. Auf dem dunklen Haar saß ein flacher, runder Hut mit einem blau-weiß gestreiften Band. Mit vor Freude glänzenden Augen blickte sie sich um, während sie Claires Abschiedsgeschenk, ein Exemplar von »Cooks Handbuch Ägypten und Sudan«, festhielt. Neben ihr wartete ihr Handkoffer, in dem sie außer frischer Wäsche, Waschzeug und Zahnbürste auch ihre eigene Kamera verstaut hatte, die handliche kleine Kodak Nr. 1.

»Und mit dieser Gruppe fahrt ihr bis Kairo?«, fragte Claire.

»Mr Cook fand, es sei das Einfachste, wenn wir uns einer seiner Gruppen anschließen«, klärte Larissa die Freundin auf. »In Kairo arbeiten wir auf uns selbst gestellt. Aber auf dem Weg nach Abu Simbel und zurück nach London werden wir uns wieder einer Cook-Reisegruppe anschließen.«

Die Freundinnen musterten die Reisenden. Es gab Ehepaare gesetzten Alters, ebenso wie jungverheiratete Flitterwöchner. Dazu gesellten sich gelehrt aussehende Herren, die versuchten, zu zweit reisende Damen ohne männliche Begleitung mit ihren Fachkenntnissen zu beeindrucken. Auch einige Lungenkranke waren mit von der Partie, gut zu erkennen an den bleichen, eingefallenen Gesichtern. Sie wurden von Krankenschwestern oder Pflegern begleitet und hofften, im warmen, trockenen Klima Ägyptens Heilung zu finden.

»Wie hast du es eigentlich geschafft, Mr Cook zu überzeugen, dich reisen zu lassen?«, erkundigte Claire sich neugierig.

»Nachdem mir das richtige Argument eingefallen ist, war es ganz einfach«, erwiderte Larissa. »Ich habe Mr Cook gefragt, ob ein Bildband über Ägypten nicht auch das Leben der Frauen dort zeigen sollte. Als er bejahte, habe ich ihn darauf aufmerksam gemacht, dass Ägypten ein muslimisches Land ist, in dem die meisten Frauen in einem Harem leben. Und zu einem Harem hat Ernest als Mann keinen Zugang …«

»Du aber schon!«, rief Claire. »Du bist wirklich schlau.«

»Zumindest liegen meine Chancen, mit ägyptischen Frauen zusammenzutreffen, sehr viel besser als die meines Mannes«, bekräftigte Larissa stolz. »Ich habe Mr Cook sogar überzeugt, mir einen eigenen Fotografenvertrag auszustellen. Er zahlt mir auch mein eigenes Gehalt. Auf Ernests Konto zwar, denn er ist mein Ehemann, aber trotzdem ist es mein Geld. Das habe ich Ernest schon gesagt.«

»Ich sehe, die Ägypter müssen sich vor dir in Acht nehmen«, scherzte Claire. »Und dein Mann ist mit allem einverstanden?«

»Oh ja. Er freut sich sehr, dass ich mitkomme.« Larissa schaute zum Ende des Zuges. Dort lief Ernest aufgescheucht zwischen den Kofferstapeln herum und passte auf, dass die Gepäckträger die Kisten mit seiner Kamera, den Chemikalien, Glasplatten und der Magnesiumblitzlampe nur ja vorsichtig verluden. Während sie ihn beobachtete, wurde ihr Blick weich. Sie trug es Ernest nicht länger nach, dass er sich bei Mr Cook nicht für sie stark gemacht hatte. Sie war viel zu stolz, dass es ihr allein gelungen war, den mächtigen Reiseunternehmer zu überzeugen.

»Larissa!« Catherine tauchte winkend aus der Menschenmenge auf. »Ich habe euch ein paar Sandwiches eingepackt und kaltes Hühnchen. Wer weiß, was ihr zu essen bekommt, bis ihr in Ägypten seid.« Sie drehte sich zu Paul, der hinter ihr stand und den Proviantkorb trug, den er neben Larissas Handkoffer stellte.

»Das ist sehr lieb von dir, Mutter. Vielen Dank«, sagte Larissa.

»Habt ihr auch alles, was ihr braucht?« Catherine war so aufgeregt, dass sie regelrecht nach Luft schnappte. »Pässe, Geld, Chinin-Tabletten, Kampfertropfen, Creme gegen Sonnenbrand?«

»Aber ja, Mutter. Du weißt doch, dass ich die letzten beiden Tage von früh bis spät herumgerannt bin, um alles zu besorgen«, beschwichtigte Larissa. »Ich habe sogar diese praktischen Reiseschecks von Mr Cook bekommen. In Kairo können wir sie gegen ägyptisches Bargeld eintauschen.«

Ernest erschien und wischte sich mit dem Handrücken über die Stirn. »Puh, das war keine Kleinigkeit, aber nun sind unsere Kisten bis Dover sicher verstaut. Hoffentlich stellen die Gepäckträger sich beim Umladen auf die Fähre nicht genauso tölpelhaft an wie hier.«

»Du hättest vielleicht auch eine Kodak Nr. 1 mitnehmen sollen. Der Rollfilm ist aus Papier und kann nicht zerbrechen. Und tragen kann man sie auch allein«, antwortete Larissa.

Ernest schüttelte entrüstet den Kopf. »Ich bitte dich, Liebling. Deine Kamera ist etwas für Amateure!«

»Willst du vielleicht behaupten, ich bin nur ein Amateur?«, fuhr sie auf. »Ich kann mit einer Plattenkamera genauso gut umgehen wie du!«

»Aber kannst du sie auch stundenlang auf dem Rücken durch die ägyptische Hitze schleppen?«, konterte er.

Paul unterbrach das Geplänkel, indem er ein schmales Päckchen aus seiner Manteltasche zog und es seinem Sohn reichte. »Das sind Brillen mit getönten Gläsern. Zum Schutz gegen das Sonnenlicht. Die könnt ihr gewiss gebrauchen.«

»Danke, Vater. Jetzt haben wir wirklich alles.« Ernest klang gerührt.

Von der Lokomotive ertönte durchdringendes Pfeifen, gefolgt von lautem Puffen und Knallen. Eine dunkle Rauchwolke qualmte aus dem Schornstein und stieg in das Kuppeldach der Bahnhofshalle empor. Kleine Rußflocken regneten auf die Menschen auf dem Bahnsteig herab, aber niemand nahm davon Notiz, denn nun gellte es schrill aus der Trillerpfeife des Schaffners. Der Expresszug von London nach Dover war abfahrbereit.

»Oh Gott, jetzt wird es wirklich Zeit.« Catherine warf einen Blick auf die große Bahnhofsuhr an einer der Stirnseiten der Halle. »In fünf Minuten geht es los. Ihr müsst sofort ein Telegramm schicken, wenn ihr in Ägypten angekommen seid.«

»Natürlich tun wir das«, versicherte Ernest. »Aber das dauert ein paar Tage. Heute Nacht sind wir mit einer Fähre auf dem Ärmelkanal unterwegs. Dann reisen wir von Calais mit dem Zug quer durch Europa und schließlich mit dem Dampfschiff von Brindisi nach Alexandria. Ach bitte, Mutter, jetzt weine doch nicht. Wir kommen ja wieder.«

Catherine hatte ein Taschentuch aus der Manteltasche gezerrt und tupfte sich die Augen. Ernest umarmte seine Mutter und wandte sich dann Paul zu. »Ich danke dir, Vater, dass du mich diese Reise machen lässt, obwohl du dadurch mehr Arbeit im Atelier hast. Wenn ich zurück bin, übernehme ich das Geschäft. Du hast mein Wort darauf.« Er streckte die Rechte aus. Paul ergriff sie. Mit der anderen Hand klopfte er seinem Sohn ungeschickt auf die Schulter. »Gute Reise, mein Junge, komm mir heil wieder. Und mach dir keine Sorgen wegen der Arbeit. Der neue Fotograf fängt morgen an.«

»Letzter Aufruf für die Passagiere des Expresszuges von London nach Dover!«, wiederholte der Schaffner und pfiff erneut.

Ernest bückte sich nach Larissas Handkoffer und dem Korb mit dem Essen. Dann kletterten die beiden in ihren Waggon.

Ratternd und schnaufend fuhr der Zug an. Larissa hing aus dem geöffneten Fenster ihres Abteils und winkte ihren Schwiegereltern und Claire zu, die auf dem Bahnsteig immer kleiner wurden. »Willst du denn gar nicht winken?« Sie drehte sich zu ihrem Mann.

Er stand hinter ihr, kehrte ihr den Rücken zu und blickte auf etwas in seiner rechten Hand.

»Ernest?« Sie berührte ihn vorsichtig an der Schulter.

»Larissa! Um Himmels willen!« Wie ertappt zuckte er zusammen. Sie erschrak ebenfalls. Aber sie sah trotzdem, dass er die Hand in Windeseile zur Faust schloss.

»Versteckst du da etwas vor mir?«, fragte sie ungläubig. »Oder ist das eine Überraschung für mich?«, fügte sie halb scherzhaft hinzu.

Er holte tief Luft. »Leider nein, Liebling. Ich fürchte, das ist nur mein Taschentuch.«

Ein Zipfel weißen Baumwollstoffs blitzte in seiner Hand auf. Dann schob er die Faust rasch in seine Hosentasche.

3

Der Nil

Der Nil ist mehr als fünfmal so lang wie der Rhein und versorgt etwa 90 Prozent der Landbevölkerung an seinen Ufern mit Wasser und fruchtbarem Schlamm. Der einzige afrikanische Fluss, der die Sahara durchläuft, verwandelt das öde Wüstenland in eine etwa 1000 Kilometer lange, blühende Oase. Ohne den Nil hätte das alte Ägypten vermutlich seinen kulturellen Stellenwert nicht erreichen können.

»Bumm!« Ein ohrenbetäubender Knall zerriss die Luft.

Die achtzig Menschen der Thomas-Cook-Reisegruppe, die nach einer fast einwöchigen Reise im Kairoer Hauptbahnhof El Hadid den Expresszug aus Alexandria verließen, fuhren erschrocken zusammen.

Auch Larissa rückte unwillkürlich näher an ihren Mann. »Was war das?«

»Keine Ahnung. Aber es kam aus dieser Richtung.« Ernest blickte zum Ausgang des Bahnhofsgebäudes.

»Bitte machen Sie sich keine Sorgen, Ladys und Gentlemen!« Der Reiseleiter, der in Ägypten Dragoman genannt wurde und die Gruppe begleitete, seit sie in Alexandria das Schiff verlassen hatte, eilte von einem zum anderen. Er war ein syrischer Christ aus Aleppo und nannte sich Monsieur Adil.

»Jeden Mittag um Punkt zwölf wird von der Zitadelle ein Kanonenschuss abgefeuert. Daran kann sich jeder in Kairo orientieren«, erklärte er und wandte sich einem Herrn im Tweedanzug zu, der die Box mit seinen Sportgewehren vermisste.

Ernest blickte auf die Kisten mit seiner Fotoausrüstung, die er dicht neben sich platziert hatte. »Unsere Sachen sind glücklicherweise vollständig hier angekommen. He, was tun Sie da? Lassen Sie das sofort los! Sie auch! Diebstahl! Hilfe!«

Eine Horde Ägypter in langen flatternden Gewändern, einen wild entschlossenen Ausdruck im Gesicht, stürzte sich auf die wertvollen Kisten. Doch Ernest warf sich rasch dazwischen. Dabei wurde er von Larissa unterstützt, die einen der Männer an der Galabija packte und nach Kräften daran zerrte.

»Verschwindet, ihr Gesindel! Yalla!« Monsieur Adil war wie der Blitz zur Stelle und wedelte mit den Händen, als wolle er ein paar Hühner verscheuchen. Die Männer trollten sich murrend.

»Nehmen Sie nicht diese Gepäckträger, sondern die Cook-Porter, Mr Wood. Die anderen verlangen zu viel Bakschisch«, sagte der Dragoman zu Ernest und winkte einem Mann zu, der über dem langen Gewand einen Pullover mit der Aufschrift »Cook-Porter« trug.

»Bakschisch?«, fragte Larissa verwundert.

»Trinkgeld«, mischte sich der Sportsmann ein, dessen Gewehre inzwischen wieder aufgetaucht waren. »Davon müssen Sie in diesem Land eine Menge springen lassen.«

Als Larissa sich umsah, erblickte sie noch weitere Gepäckträger der Reisegesellschaft, die sich die schweren Schrankkoffer, Kisten und großen runden Hutschachteln der Damen aufluden und damit erstaunlich schnell Richtung Ausgang eilten.

»Kommen Sie.« Monsieur Adil schob Ernest vorwärts. »Draußen warten Gepäckwagen und Kutschen. Bis zum Shepheard Hotel können Sie mitfahren. Von dort bis zu Ihrer Pension ist es nicht mehr weit.«

Im Gegensatz zu den zahlenden Touristen, deren Unterkunft in dem traditionsreichen Luxushotel mitten im europäischen

Viertel von Kairo lag, mussten Ernest und Larissa als Angestellte der Reisegesellschaft mit einer einfachen Pension vorliebnehmen. Doch das machte ihnen nichts aus. Sie freuten sich viel zu sehr, dass sie zusammen hier in Ägypten waren.

Sie betraten hinter Monsieur Adil und dem Cook-Porter den Vorplatz des Bahnhofes und blieben wie angewurzelt stehen. Aber sie waren nicht von den vielen Menschen überwältigt, die in allen Sprachen der Erde durcheinanderredeten oder von den Erfrischungsverkäufern, die duftende Brotfladen, gelbe Bananen, violette Feigen und rosige Pfirsiche anboten. Sie achteten auch nicht auf die Kinder, die sich lachend an sie drängten, die schmutzigen Ärmchen ausstreckten und nach Bakschisch kreischten.

Es war der Anblick von Kairo, der sie sprachlos machte. El Kahira – die Siegreiche – erhob sich wie eine Königin vor ihnen: ein Meer von Wohnhäusern, durchsetzt von schlanken Kirchtürmen, schimmernden Kuppeln und unzähligen, nadelspitzen Minaretten.

Links vom Bahnhof strömte eine Gruppe Jungen in Schuluniformen aus dem Jesuitenkolleg, rechts von ihnen befanden sich das Zollhaus und mehrere Lagerschuppen. Breite Boulevards führten sternförmig in alle Richtungen. Am Horizont verschwammen die Mukattamhügel im Dunst. Davor erahnte man die in goldenes Sonnenlicht getauchte Zitadelle. Und über allem spannte sich ein wolkenloser, blauer Himmel.

»Wunderbarer als jeder schöne Traum, nicht wahr?« Larissa nahm Ernests Hand und sie lächelten sich an.

Wenig später schaukelten sie über eine breite ungepflasterte Straße Richtung Süden. Staub wirbelte um die Hufe der Pferde. Rechts und links des Boulevards wuchsen hohe Akazien, die auch im Herbst noch ihr grünes Laubkleid trugen. Unter dem Schattendach der Blätter hatten Straßenhändler kleine Stände aufgebaut, Menschen flanierten auf den Trottoirs.

Larissa sah europäische Paare, die ihre Reiseführer studierten. Sie sah Ägypter an kleinen Tischen vor den Cafés sitzen und Mokka trinken. Zum westlich geschnittenen Anzug trugen sie den roten Tarbusch mit der schwarzen Quaste auf dem Kopf. Kaufleute in langer, weiter Galabija und Sirwalhose, mit flachen Pantoffeln an den Füßen, standen vor ihren Geschäften und saugten an einer Wasserpfeife. Ebenholzschwarze Afrikaner fegten die Bürgersteige, kleine olivbraune Nubierjungen führten Esel, auf denen tief verschleierte Frauen saßen, am Straßenrand entlang. Auf der Fahrbahn drängten sich Kutschen, Reiter und Fahrräder.

Ein Hotel reihte sich ans andere. Mit ihren stuckverzierten Sandsteinfassaden, gusseisernen Balkonbrüstungen und säulengeschmückten Portalen hätten sie auch an einem Boulevard in Paris stehen können. Dazwischen befanden sich europäische Konsulate mit den Flaggen ihres Landes über dem Eingang, aber Larissa entdeckte auch ein Gebäude mit der Aufschrift »Deutscher Verein« und ein anderes, über dem »Lutherische Mission« stand.

»Ehrlich gesagt habe ich mir Kairo ein bisschen orientalischer vorgestellt«, sagte sie leise zu Ernest.

»Die Mutter aller Städte hat tausend Gesichter«, mischte Monsieur Adil sich freundlich ein. »Den islamischen Orient finden Sie rund um die Sayyida-Zainab-Moschee und auf dem großen Basar Khan el Khalili, den koptischen in Al-Fustat am Nilufer und den jüdischen in Al-Muski. Das prächtige Kairo mit seinen Palästen liegt auf der Insel Al-Gezira, das der Pharaonen vor den Toren der Stadt in Gizeh und Sakkara. Wir befinden uns hier im modernen Kairo des neunzehnten Jahrhunderts, in Ismailia. Der Khedive Ismail Pascha ließ es in seiner Begeisterung für die Fortschrittlichkeit der westlichen Welt errichten.«

»War das nicht der Knabe, der sich beim Bau des Suezkanals so verschuldet hat, dass er ins Exil gehen und seinem Sohn Tawfiq die Regierung überlassen musste?«, warf der englische Sportsmann gut gelaunt ein.

»Nun, er war vor allem ein sehr großzügiger …«, begann Monsieur Adil.

»Balek!«, brüllte es in diesem Moment auf der Straße vor ihnen. »Vorsicht! Attention!«

Passanten, die den Boulevard überqueren wollten, flüchteten Hals über Kopf zurück aufs Trottoir, Eseltreiber zerrten ihre Tiere an den Straßenrand, die Köpfe der Cook-Touristen flogen alarmiert herum. Nur das magere Pferd vor der Kutsche von Larissa und Ernest bewahrte die Ruhe.

Gleich darauf tauchten zwei dunkelhäutige junge Männer im Laufschritt in der Straßenmitte auf. Sie waren prachtvoll in weiße Pluderhosen und weite weiße Hemden gekleidet. Dazu trugen sie reich bestickte Westen, bunte Schärpen und einen Fez mit langer fliegender Quaste. In der rechten Faust hielten sie einen dünnen Stock, den sie wie eine Peitsche vor sich durch die Luft sausen ließen. Dabei brüllten sie unaufhörlich weiter: »Balek! Attention! Vorsicht!«

»Der Khedive passiert!«, rief einer der Reisenden.

»Nein, das ist ein Attentat!« Eine verängstigte Frau duckte sich hinter den Rücken des Dragomans.

»Keine Angst, Ladys und Gentlemen!«, beschwichtigte Monsieur Adil die aufgeregten Gemüter. »Das sind die Sais, die nubischen Läufer. Sie machen den Weg frei für ihre Herrschaft.«

Schon befanden sich die beiden jungen Männer auf der Höhe der Kutsche. Direkt hinter ihnen folgte in scharfem Trab ein Gespann. Die Cook-Touristen reckten die Hälse, aber der Wagen war verschlossen, sodass man niemanden darin erkennen konnte. Sekunden später war der Spuk vorbei. Ernest sah der wilden Jagd träumerisch nach. »Diese Sais hätte ich gerne fotografiert.«

Wenig später hielten die Kutschen der Reisegruppe vor dem Shepheard. Das Luxushotel wirkte pompös wie eine Operndiva mit dem überdachten Eingangsbereich, der stuckgeschmückten

Fassade und den hohen Fenstern. Einige standen offen, sodass die hellen Vorhänge im leichten Wind wehten, vor anderen waren die Läden zum Schutz gegen das Licht geschlossen. Palmen und Flammenbäume flankierten die breite Eingangstreppe. Rechts und links davon befanden sich großzügige Terrassen. Die Sitzgruppen waren mit elegant gekleideten Menschen bevölkert. Einige beobachteten interessiert die Ankunft der neuen Gäste, aber die meisten lauschten der Militärkapelle, die vor dem Hotel aufmarschierte und dabei »The British Grenadiers« spielte.

Livrierte Diener rannten herbei, um das Gepäck abzuladen, während die Neuankömmlinge von den Portiers begrüßt wurden.

Larissa und Ernest standen etwas verloren neben ihren Koffern auf dem Trottoir.

»Hier trennen sich unsere Wege«, sagte Monsieur Adil. »Bis zur Pension von Mrs Potter ist es aber nicht weit. Sehen Sie das Gebäude mit der Flagge der Vereinigten Staaten auf der anderen Straßenseite? Das ist die amerikanische Mission. Ihre Unterkunft liegt direkt dahinter. Gegenüber von den Esbekia-Gärten.«

»Und wie sollen wir unser Gepäck transportieren?«, fragte Ernest.

»Ich besorge Ihnen einen Träger.« Monsieur Adil rief etwas auf Arabisch und winkte einem älteren Ägypter zu, der geduldig am Straßenrand wartete und das Treiben vor dem Hotel betrachtete. Er hielt einen kleinen grauen Esel am Zaumzeug, der vor eine wackelig wirkende zweirädrige Karre gespannt war. Monsieur Adil gab ihm ein Zeichen. Darauf ließ der Ägypter den Esel los und kam näher. Ein kurzer Wortwechsel auf Arabisch folgte, dann sagte der Dragoman zu Ernest: »Er bringt Sie zu Mrs Potter.«

»Ich weiß nicht, ob ich ihm meine Ausrüstung anvertrauen möchte. Vor allem, wenn wieder die rasenden Sais wie aus dem Nichts auftauchen«, murmelte Ernest. Zweifelnd beobachtete er, wie der Alte die Kiste, in der sich die Kamera befand, auf seine mageren Schultern packte.

»Sie können ihm vertrauen. Er wird Ihr Gepäck behandeln, als sei es das Herz seiner Mutter«, beruhigte ihn Monsieur Adil.

»Und wenn nicht? Ohne meine Sachen kann ich meinen Auftrag für Mr Cook nicht ausführen.«

»Ich habe ihm gesagt, dass der Herr sein Haus verfluchen wird, wenn er nicht vorsichtig ist«, verkündete Monsieur Adil gut gelaunt. Dann verabschiedete er sich.

Fünf Minuten später standen Ernest und Larissa neben ihrem Gepäck vor einer kleinen Villa, die wie alle Gebäude im Viertel im europäischen Stil errichtet war.

»Bakschisch!« Der alte Ägypter strahlte Ernest an und streckte die Rechte aus.

»Verflucht«, sagte Ernest zu Larissa. »Wir haben noch gar kein ägyptisches Geld eingetauscht.«

»Aber er hat eine Entlohnung verdient«, erwiderte sie beunruhigt.

»Geben Sie ihm einen Shilling«, sagte eine tiefe rauchige Stimme hinter ihnen. »Sie sollten sich angewöhnen, für solche Gelegenheiten immer ein Säckchen mit Münzen bei sich zu haben, Kupferparas für die Kinder, Piaster für alle anderen Gelegenheiten, bei denen Sie Bakschisch zahlen.«

Larissa und Ernest drehten sich um und sahen sich einer Frau mittleren Alters gegenüber, die ihnen zulächelte und dabei an einer Zigarette zog, die in einem langen Halter aus Ebenholz steckte. Sie trug ein bodenlanges Gewand, das in allen Farben des Regenbogens gemustert war. Um das grau gesträhnte Haar hatte sie einen Fransenschal geschlungen und bei jeder Bewegung klingelten zahllose Silberreifen an ihren Unterarmen.

»Ich bin Honora Potter.« Sie musterte die Neuankömmlinge. »Sie müssen die Woods sein. Herzlich willkommen in

Kairo! Lassen Sie uns ins Haus gehen und dafür sorgen, dass Ihr Gepäck aufs Zimmer gebracht wird.« Sie pfiff durchdringend. Gleich darauf rannten zwei tiefschwarze Jungen aus dem Haus. Einer griff nach einem Koffer, der andere schulterte eine Kiste mit Fotoplatten.

Nachdem Ernest den Alten entlohnt hatte, folgte er Larissa und Mrs Potter ins Innere des Hauses.

Gegen das grelle Mittagslicht waren die Fensterläden geschlossen. Ernest blinzelte und sah, dass er in einer kleinen Halle stand, deren Steinboden fast ganz von einem verblichenen Perserteppich bedeckt war. An einer Seite führte eine Treppe in die oberen Etagen. Außerdem gab es verschiedene Türen, die, wie Ernest vermutete, in den Salon, das Speisezimmer und die Küche führten. An einer Wand stand eine Sitzgruppe um einen niedrigen Tisch, auf dem ein Stapel Zeitungen lag. Vor der anderen Wand befand sich der Empfangstresen. Darüber hing ein Vogelbauer mit einem herzergreifend singenden Kanarienvogel.

Mrs Potter trat hinter den Tresen und trug die Namen der Neuankömmlinge in ihr Reservierungsbuch ein. »Früher habe ich in diesem Haus mit meinem Mann gelebt. Er war Captain der britischen Armee und ist im Jahr zweiundachtzig während der Revolte von Urabi Pascha bei Tel-el-Kebir gefallen.« Sie seufzte tief. »Von der Armee bekommt eine Witwe nicht mehr als den ausstehenden Sold, also vermiete ich jetzt Zimmer. Mit Ihnen sind meine vier Fremdenzimmer belegt. Die anderen Gäste werden Sie heute Abend kennenlernen.« Sie nahm einen Schlüssel von einem Haken hinter sich an der Wand und gab ihn Larissa. »Das Essen wird um sieben Uhr serviert, Dinnerkleidung ist nicht nötig. Ich bin nicht förmlich, aber wenn Sie Lust auf einen Gin Fizz haben, treffen wir uns kurz vor sieben im Salon.«

»Wir müssen ein Telegramm nach England schicken«, sagte Larissa. »Wo können wir das tun?«

Mrs Potter blies Zigarettenrauch durch Mund und Nase. »Direkt neben dem Shepheard ist ein Büro von Thomas Cook. Dort können Sie Briefe und Telegramme aufgeben und auch Ihre Reiseschecks einlösen, falls Sie welche mitgenommen haben.«

Das Zimmer lag in der ersten Etage des Hauses. Es war nicht groß und mit einem französischen Bett, einem Schrank, einem Schreibtisch samt Stuhl und einem Waschtisch einfach eingerichtet. Während Ernest die beiden Gepäckboys mit ein paar Pennys entlohnte, trat Larissa ans Fenster. Begeistert betrachtete sie den kleinen Innenhof, in dessen Zentrum eine prächtige alte Maulbeerfeige wuchs. Zwischen dem ledrigen grünen Laub entdeckte sie noch ein paar späte Früchte. Eine Katze hatte sich auf einem Korbstuhl unter dem schattigen Blätterdach zusammengerollt. Durch das halb geöffnete Fenster hörte sie Vogelgezwitscher.

Hinter ihr rumorte Ernest im Gepäck.

»Gott sei Dank, alles ist heil geblieben«, sagte er erleichtert. »Keine Gepäckversicherung könnte den Verlust der Kamera oder der Platten ersetzen.«

Sie vernahm seine Schritte, die über die knarrenden Holzdielen näher kamen. Dann spürte sie seine Arme um sich und seinen warmen Atem in ihrem Nacken. »Ich bin so glücklich«, sagte er leise. »Ich weiß, dass wir hier eine großartige Zeit haben werden.«

Als sie kurz vor sieben Uhr den Salon betraten, stand Mrs Potter hinter der Anrichte und goss Gin in bereitstehende Gläser.

Die anderen Gäste bestanden aus einem weißhaarigen Paar, das schon in den Siebzigern sein musste; dann gab es noch einen Herrn mit auffallendem schwarzem Schnurrbart, der ein bekanntes französisches Chanson an einem ziemlich verstimmten Klavier klimperte.

Honora Potter blickte Ernest und Larissa entgegen und sagte, ohne ihre Zigarette aus dem Mund zu nehmen: »Sie kommen genau richtig. Die Drinks sind gleich fertig.«

Behände schüttete sie aus einer großen Karaffe Sodawasser und aus einer kleinen Kanne Zitronensaft zu dem Gin und rührte etwas Zucker unter. Dann ging sie mit dem Tablett von einem zum anderen und stellte die Anwesenden einander vor.

Die Eheleute hießen André und Sibylla Rouston. Sie hatten sich in Marokko kennengelernt, wo sie seit vielen Jahren lebten.

»Aber auf unsere alten Tage haben wir begonnen, die Welt zu erkunden«, erzählte Monsieur Rouston und lächelte seiner Frau zu. »Es fällt uns zwar nicht mehr so leicht, aber das Reisefieber packt uns immer wieder.«

»Wir wollen den Nil auf einer Dahabije erkunden, wie in alten Zeiten, nicht auf einem modernen Dampfer«, ergänzte Madame.

Der andere Gast hieß Hakan Tusan. Er war Journalist und arbeitete für eine traditionsreiche osmanische Zeitung.

»Mr Tusan behauptet ja, dass er über das britische Leben in Kairo berichten soll, aber ich bin überzeugt, dass er ein Spion ist.« Honora Potter warf dem Türken einen schelmischen Blick zu. »Die Hohe Pforte ist seit dem Aufstand von Urabi Pascha nur noch pro forma Herrscherin am Nil. Jetzt zieht Sir Evelyn Baring im Auftrag von Königin Victoria die Fäden der Macht.«

»Nun wohne ich schon sechs Wochen bei ihr und sie glaubt mir immer noch nicht, dass ich nur ein einfacher Zeitungsschreiber bin«, sagte Mr Tusan zu den Woods und nahm sich einen Drink.

Mrs Potter fuhr fort: »Doktor Wellink kann ich Ihnen leider nicht vorstellen. Er ist wieder einmal verspätet. Wenn das die berühmte deutsche Pünktlichkeit sein soll …« Sie schüttelte den Kopf.

»Sie haben einen deutschen Arzt zu Gast? Woher kommt er?«, erkundigte Larissa sich interessiert. Die Aussicht, sich wieder einmal in ihrer Muttersprache unterhalten zu können, gefiel ihr.

»Aus Berlin. Aber ich muss Sie enttäuschen, Mrs Wood. Doktor Wellink ist nicht Arzt, sondern Altertumswissenschaftler. Er führt Ausgrabungen in Sakkara durch, aber am Wochenende oder wenn er in Kairo zu tun hat, wohnt er bei mir. Wie ich sehe, haben Sie alle Ihre Gläser geleert und wir können uns zu Tisch begeben. Mr Tusan, würden Sie mir freundlicherweise Ihren Arm reichen?«

»Ein Altertumsforscher«, raunte Ernest Larissa zu. »Ich freue mich schon darauf, mich mit ihm auszutauschen.«

Im Speisezimmer brannte ein Kristalllüster unter der Decke und beschien die an etlichen Stellen gebrochenen Mosaikfliesen auf dem Fußboden. Samtvorhänge, die einmal dunkelgrün gewesen sein mochten, inzwischen jedoch von der Sonne verschossen waren, hingen rechts und links der Glasflügeltüren zum Innenhof. In den Scheiben spiegelten sich vor dem nächtlich dunklen Hintergrund die gedeckte Tafel, die Anrichte aus dunklem Holz an der hinteren Wand und die sechs Menschen.

Mrs Potter nahm am einen Ende des Tisches Platz und Monsieur Rouston am anderen. Rechts von ihm saß seine Frau, neben ihr Larissa. Die Hausherrin wurde von Ernest und Mr Tusan flankiert. Der Platz Larissa gegenüber blieb leer.

Larissa betrachtete interessiert die großformatigen Panoramatapeten. Sie zeigten eine Gruppe Beduinen, die unter Palmen lagerte. Dahinter ließen sich die Ruinen eines tempelartigen Bauwerkes erahnen. Am Horizont zog eine Karawane durch die endlose Wüste.

»Gibt es diese Oase wirklich?«, fragte sie.

Honora Potter nickte. »Man sagte mir, das Bild sei der legendären Oase Siwa in der Libyschen Wüste nachempfunden. Ob es stimmt, weiß ich nicht, ich war nie da. Die Reise dorthin gilt als anstrengend und gefährlich.«

»Wieso legendär?«, warf Ernest ein. Er fand die Tapete ziemlich kitschig.

Honora Potter lächelte ihm zu: »In der Antike gab es ein berühmtes Orakel in Siwa. Mächtige Männer, zum Beispiel Alexander der Große, haben es befragt.«

»Und wissen Sie auch, was das Orakel Alexander geantwortet hat?«, fragte Ernest gespannt.

»Es erkannte ihn als Sohn des Gottes Amun an, des Königs aller ägyptischen Götter, und prophezeite ihm die Weltherrschaft. Und genauso kam es.«

»Faszinierend«, murmelte Ernest.

»Ich bitte Sie, das Orakel hat ganz genau das geantwortet, was der Eroberer hören wollte«, ließ sich Mr Tusan ironisch vernehmen. »Sich zum Sohn eines Gottes erklären zu lassen war pures Kalkül in einem Land, das er gerade erobert hatte.«

Mrs Potter gab ihm einen spielerischen Klaps auf den Arm.

»Ihre Bemerkung zerstört die Magie dieser wunderbaren Legende! Aber selbst ein nüchterner Geist wie Sie muss zugeben, dass die Entstehungsgeschichte des Orakels höchst romantisch klingt.« Sie hob die Hände und deklamierte feierlich: »›Einst flogen zwei schwarze Tauben von Theben in die Welt. Die eine erreichte Dodona in Griechenland und ließ sich auf einer Eiche nieder. Die andere flog nach Siwa in der Libyschen Wüste. An beiden Orten wurde ein Orakel gegründet.‹ Das steht bei Herodot. Aber nun wollen wir an unser leibliches Wohl denken.« Mrs Potter drückte ihre Zigarette in einem kleinen Aschenbecher aus und läutete energisch ein silbernes Glöckchen, das neben ihrem Gedeck stand.

Eine junge Frau von höchstens zwanzig Jahren kam mit einer Suppenterrine in den Händen herein. Sie trug das hochgeschlossene schwarze Kleid und die weiße Schürze eines Dienstmädchens und wirkte mit ihrer schlanken Figur und ihrem schönen Gesicht wie die vollkommene Mischung aus

Verführung und Unschuld. Anmutig stellte sie die schwere Terrine in die Mitte des Tisches und schöpfte Suppe in die Teller. Ihre goldene Haut schimmerte samtig, die Lippen mit den aufwärts gebogenen Mundwinkeln waren voll, die mandelförmigen braunen Augen von langen Wimpern umkränzt. Auf der Stirn, etwas oberhalb der Brauen, saß eine mondsichelförmige Tätowierung und im rechten Nasenflügel schimmerte ein schmaler silberner Ring mit einer kleinen Glasperle.

Ernest bekam runde Augen und starrte noch auf die Tür, als das Dienstmädchen längst wieder verschwunden war.

»Deine Suppe wird kalt«, flüsterte Larissa eifersüchtig und stieß ihn leicht mit dem Ellbogen in die Seite. Er zuckte zusammen und beugte sich rasch über seinen Teller.

»Das war mein Dienstmädchen Semiramis«, bemerkte Honora Potter. »Ihr Vater ist Franzose, ihre Mutter Nubierin. Sie ist nicht dumm, spricht französisch, arabisch und sogar englisch, weil sie als Kind einige Jahre die Schule besuchte. Trotzdem habe ich sie auf der Straße vor dem Haus aufgelesen, als sie sich ausländischen Männern anbot. Ein Schicksal vieler Mischlingsmädchen. Ihre Schönheit ist mehr Fluch als Segen. Sie finden weder in der Welt der Europäer noch in der der Ägypter eine Heimat.«

Niemand antwortete. Ernest bekam rote Wangen und löffelte stumm seine Gemüsesuppe in sich hinein.

»Wie sind Ihre Pläne, Mr und Mrs Wood?«, erkundigte sich schließlich Sibylla Rouston. »Wissen Sie schon, was Sie fotografieren wollen? Meine persönliche Empfehlung lautet ja: Besuchen Sie die Basare. Eine solche Vielfalt von Waren aus aller Herren Länder finden Sie im Orient kein zweites Mal.«

»Die Pyramiden dürfen Sie sich nicht entgehen lassen oder die Moschee der berühmten Al-Azhar-Universität«, ergänzte Monsieur Rouston.

»Halten Sie nicht nur die Sehenswürdigkeiten im Bild fest, die ohnehin jeder besucht«, mischte sich Mr Tusan ein. »Gehen

Sie zum Karameidan-Markt. Dorthin kommen die Beduinen, um Pferde, Ziegen und Kamele zu handeln. Und dann besuchen Sie gleich den Gabal el Khashab, den versteinerten Wald südlich von Kairo.«

Jetzt blickte Ernest auf. »Mr Cook hat uns eine Liste mit allen Sehenswürdigkeiten, die wir fotografieren sollen, zusammengestellt. Daran werden wir uns halten. Meine Frau will außerdem Fotos in einem Harem machen, aber wir wissen bis jetzt noch nicht, wie wir Zugang zu dieser verschlossenen Welt finden sollen.«

»Bringen Sie Ihr Anliegen beim britischen Generalkonsulat vor und bitten die Herren Diplomaten, ihre Verbindungen spielen zu lassen. Mit etwas Glück erhalten Sie Einladungen in muslimische Häuser«, bemerkte Madame Rouston. »Den Harem darf allerdings nur Ihre Frau besuchen. Können Sie auch fotografieren, Mrs Wood?«

»Mein Mann hat mir den Umgang mit der Plattenkamera beigebracht«, erwiderte Larissa stolz.

»Dennoch wird es schwer, dort Fotos zu machen. Muslime zeigen ihre Frauen nicht vor aller Welt«, warf Mr Tusan ein.

»Sie sollten generell behutsam vorgehen, wenn Sie die Einheimischen fotografieren wollen. Es hilft, Bakschisch anzubieten«, erläuterte Mrs Potter. »Allerdings nicht, um damit in einen Harem zu kommen.«

Larissa sah Ernest an. »Ich könnte die Einheimischen fotografieren. Meine kleine Kodak erregt nicht so viel Aufsehen wie deine Plattenkamera.«

»Aber die Fotos von der Kodak sind oft sehr grobkörnig«, gab er zu bedenken.

»Und ich habe immer geglaubt, du findest meine Arbeiten gut!«, kam es ungläubig von Larissa.

»Sie sind ganz ordentlich, aber nicht so gut wie die eines professionellen Fotografen«, erwiderte er gönnerhaft. Als er jedoch ihren Gesichtsausdruck sah, fügte er rasch hinzu: »Du hast eben noch nicht so viel Erfahrung wie ich, Liebling. Außerdem ist die Technik der Kodak nicht so ausgereift.«

Larissa starrte verärgert auf ihren leeren Teller. Wie kam Ernest dazu, ihre Arbeit vor der ganzen Gesellschaft zu kritisieren!

Honora Potter läutete eilig mit ihrer Glocke und Semiramis erschien, um die Suppenteller abzuräumen und die Horsd'œuvres zu servieren. Larissa betrachtete sie verstohlen. Die junge Frau war wirklich sehr schön. Larissa konnte es Ernest nicht völlig verübeln, dass er Semiramis angestarrt hatte.

Am Tisch begann gerade eine Unterhaltung über die Angewohnheit der Einheimischen, für jede noch so kleine Dienstbarkeit Bakschisch zu verlangen, als die Esszimmertür geöffnet wurde und ein Mann im Türrahmen erschien. Tiefblaue Augen leuchteten in einem sonnenverbrannten Gesicht, als er in die Runde lachte. Sein hellbraunes Haar war zerzaust und auf Wangen und Kinn zeigte sich ein Bartschatten. Er trug einen leicht verknitterten Leinenanzug, ein Hemd ohne Krawatte und staubige Stiefel. Larissa schätzte sein Alter auf Anfang dreißig.

»Meine liebe Honora, bitte entschuldigen Sie, dass ich zu spät bin, aber man wollte im Ministerium für öffentliche Bauten wieder einmal ganz genau wissen, was ich in Sakkara ausgegraben habe.« Er eilte auf die Wirtin zu.

»Mr Wellink, ist das eine Ausrede für Ihre ständige Unpünktlichkeit oder glauben die Beamten immer noch, dass Sie ägyptische Antiquitäten ins Ausland schmuggeln wollen?« Sie zog ironisch die Augenbrauen empor.

»Die Herren sind misstrauisch, das stimmt«, räumte Wellink ein. »Vermutlich hängt es damit zusammen, dass ich mit Altertümern handle und große europäische Museen und Sammler meine Kunden sind. Aber meine Verträge mit der Regierung sind wasserdicht. Die Hälfte der Funde für Ägypten, die andere für mich.« Er blickte so arglos, dass die anderen lachten.

Honora Potter wies auf den letzten Stuhl, der noch frei war. »Nun essen Sie erst einmal mit uns zu Abend. Auch, wenn ich gewöhnlich keine unzulänglich bekleideten Herren an meinem Tisch empfange.«

»Die Krawatte, ich weiß. Ich kann diese Dinger nun mal nicht leiden.« Mit zerknirschter Miene ließ Wellink sich auf die Sitzfläche fallen.

»Ich glaube, Sie kennen meine neuen Gäste noch nicht.« Mrs Potter lächelte Ernest und Larissa zu. »Die Woods sind Fotografen aus London. John Mason Cook hat sie beauftragt, Ägyptens Schönheiten in einem Bildband festzuhalten. Wir überlegen gerade, wie wir Mrs Woods Kamera in einen Harem schmuggeln können.«

»Ach ja? Wieso?« Wellink blickte Larissa an.

»Ich habe Mr Cook junior versprochen, Fotos von ägyptischen Haremsfrauen zu machen«, erklärte Larissa und fügte hinzu: »Haben Sie vielleicht eine Idee?«

»Bedaure, im Moment nicht«, antwortete Wellink. »Thomas Cook und sein Sohn waren übrigens einmal meine Arbeitgeber. Sie haben anno 1881 eine Ausgrabung von Monsieur Maspero in Sakkara finanziert. Ich war damals Masperos Assistent. Besuchen Sie mich doch in Sakkara. Ich würde mich freuen, Sie beide herumzuführen.«

»Eine großartiger Vorschlag!« Ernest war begeistert.

»Die Gelegenheit, gute Fotos zu machen, lassen wir uns nicht entgehen«, ergänzte Larissa auf Deutsch.

Wellink strahlte und antwortete ebenfalls auf Deutsch: »Eine Landsmännin! Was für eine Überraschung. Woher kommen Sie, Frau Wood?«

Larissa machte den Mund auf, aber Ernest kam ihr zuvor: »Bisher haben wir am Tisch englisch gesprochen. Das versteht jeder der Anwesenden. Ich finde, wir sollten dabei bleiben.«

»Selbstverständlich. Entschuldigen Sie meine Unhöflichkeit.« Wellink faltete seine Serviette auseinander.

»Erzählen Sie uns von Ihren neuesten Ausgrabungen«, bat André Rouston. »Haben Sie etwas Spektakuläres entdeckt?«

»Das könnte sein. Wir haben im Grabmal des Pharaos Unas noch eine Kammer mit Pyramidentexten freigelegt. Die gilt es nun zu entziffern.« Wellink nahm sich ein Stück Brot aus dem Korb in der Tischmitte, brach es entzwei und stopfte es in den Mund. »Die Ausgrabungen, die die Herren Cook finanziert haben, wurden übrigens auch an der Unas-Pyramide durchgeführt. Damals fanden wir die ersten dieser Texte.«

»Wovon handeln sie?«, fragte Mr Tusan gespannt.

»Es sind Liturgien, die sich damit beschäftigen, was der Tote braucht, um im Jenseits existieren zu können. Bei Unas geht es um sehr irdische Dinge wie Brot, Bier oder Kleidung. Vermutlich war er der erste Pharao, der sein Grab mit solchen Texten ausstatten ließ«, erklärte Wellink, während er sich einen Berg Horsd'œuvres auf den Teller lud. »Diese Totentexte wurden direkt in die Steinwände der Grabkammern gemeißelt. Erst viel später, etwa zur Zeit der achtzehnten Dynastie, schrieb man sie auch auf Papyrus. Unas war der letzte Pharao der fünften Dynastie.«

»Kurz bevor wir nach Ägypten gereist sind, haben wir Fotografien auf einer Mumien-Auswickelparty gemacht. In den Binden hat man einen Herzskarabäus mit Hieroglyphen gefunden. Könnten Sie die entziffern?«, erkundigte Ernest sich.

»Selbstverständlich. Das gehört zu meinem Beruf. Vorausgesetzt natürlich, die Hieroglyphen sind keine Fantasiegebilde.«

»Wie meinen Sie das?« Ernest war verblüfft.

»Vielleicht handelte es sich bei der Mumie um eine Fälschung. Dann sind natürlich auch die Amulette gefälscht.«

»Wie kann man eine Mumie fälschen?«, fragte Ernest ungläubig.

»Indem man einen erst jüngst Verstorbenen mumifiziert. Das Ergebnis ist meistens ziemlich unprofessionell, aber das kann ein Laie wie Sie natürlich nicht erkennen.«

»Wollen Sie damit sagen, solche Fälschungen kommen häufiger vor?«, fragte Sibylla Rouston schockiert.

Wellink zuckte die Schultern und schob sich den Rest von seinem Brot in den Mund. »Ich möchte nicht wissen, wie viele dieser Fälschungen in namhaften Museen als ägyptische Pharaonen ausgestellt werden.«

»Aber die Mumie auf dieser Feier war echt!«, fiel Ernest ein, ohne den Einwand zu beachten. »Sie war fachgerecht mumifiziert und eingewickelt. Deshalb muss auch der Skarabäus echt sein.«

Wellink griff nach einer Karaffe mit Rotwein, goss sich ein und trank einen tiefen Schluck. »Ich möchte Ihre Begeisterung gewiss nicht trüben. Es stimmt schon, dass Hunderte echte Mumien aus ihren Gräbern gerissen und von Händlern in alle Welt verkauft werden. Aber wenn Sie mir verzeihen, Sie sind Fotograf und kein Archäologe. Wie wollen Sie den Unterschied feststellen?«

»Ich beschäftige mich seit Jahren mit der Zeit der Pharaonen. Völlig unwissend bin ich nicht«, gab Ernest beleidigt zurück.

Wellink schob sich seelenruhig eine Gabel Krautsalat in den Mund. »Was Sie Zeit der Pharaonen nennen, umfasst eine Spanne von knapp dreitausend Jahren, in denen sich die Bestattungsriten und Einbalsamierungstechniken mehr als einmal veränderten.«

»Es wird Zeit für den Nilbarsch in Cognacsoße!«, flötete Honora Potter und läutete heftig. »Mein lieber Monsieur Rouston, Sie als Franzose wissen dieses Gericht gewiss zu schätzen.«

»Dieser Besserwisser!«, zischte Ernest Larissa zu. »Der Herzskarabäus war echt! Darauf verwette ich meine Kamera.«

»Wieso interessierst du dich so für diesen Skarabäus?«, wollte sie wissen. »Er gehörte dir doch gar nicht. Außerdem ist er sowieso verschwunden.«

Bevor Ernest antworten konnte, kam Semiramis mit dem nächsten Gang herein, einer schweren Platte mit Fisch. Als sie sich vorbeugte, um die Platte auf den Tisch zu stellen, streiften ihre Hüften Wellinks linken Arm. Galant streckte er die Hände aus, nahm ihr die Last ab und stellte sie auf den Tisch.

»Noch ein Mann, der nicht immun ist gegen die Reize der schönen Semiramis«, dachte Larissa, die den Vorgang beobachtet hatte.

Genau in diesem Moment schob Wellink einen kleinen zusammengefalteten Zettel zwischen Semiramis' Finger, den sie blitzschnell in ihrer Schürzentasche verschwinden ließ.

Larissa hielt verblüfft den Atem an. Mrs Potters Worte über Semiramis' Vergangenheit fielen ihr ein. Vorsichtig blickte sie zu der Wirtin. Doch die lachte gerade über eine Bemerkung, die Mr Tusan gemacht hatte. Ernest hörte den beiden zu und die Roustons waren in eine leise Diskussion über den Wein vertieft. Offensichtlich hatte niemand außer ihr den kleinen Vorfall bemerkt.

In diesem Moment spürte sie, dass Wellink sie ansah. Er lächelte und hob leicht die Schultern, doch sein Blick war ohne Bedauern. Sie errötete, ärgerte sich darüber und runzelte die Stirn.

»Tun Sie das nicht«, sagte er leise auf Deutsch.

»Was meinen Sie?«, rutschte es ihr, ebenfalls auf Deutsch, heraus.

»Wenn Sie lächeln, sehen Sie noch viel hübscher aus.«

»Sie finden sich vermutlich unwiderstehlich!«, fuhr sie ihn an.

»Keineswegs«, erwiderte er freundlich.

Ernest bemerkte verärgert: »Tauscht ihr Geheimnisse aus oder warum redest du schon wieder deutsch mit ihm?«

Hitze schoss ihr ins Gesicht. Sie schwieg und beugte sich über ihr Essen.

Später in ihrem Schlafzimmer bemerkte Ernest in ziemlich galligem Ton: »Du hast meine Frage noch nicht beantwortet.«

Larissa saß in Mieder und Unterwäsche auf der Bettkante und bürstete ihr Haar.

»Welche Frage?«, gab sie zurück, obwohl sie genau wusste, was er meinte. Sie wollte nicht lügen, aber Ernest sagen, dass Wellink mit ihr geflirtet hatte, wollte sie auch nicht.

Er machte sich an den Knöpfen seines Hemdes zu schaffen. »Ich möchte wissen, warum meine Frau sich mit einem Wildfremden in einer Sprache austauscht, die ich nicht verstehe.«

Sie ließ die Bürste sinken. »Jetzt übertreib nicht, Ernest. Ich habe mich einfach gefreut, wieder einmal in meiner Muttersprache zu reden. Man könnte meinen, du wärst eifersüchtig.«

Er fuhr herum, als habe ihn eine Tarantel gestochen. »Sollte ich Grund dazu haben?«

»Du bist ja verrückt!«, fuhr sie ihn an. »Dass du überhaupt auf so etwas Absurdes kommst!«

»Quietsch!«

Beide fuhren herum und blickten auf die Wand hinter ihrem Bett, denn das Geräusch kam von der anderen Seite dieser Wand.

»Was war das?«, fragte Larissa erschrocken.

»Quietsch!«, ertönte es wieder. »Quietsch, quietsch, quietsch.«

Ernest grinste: »Das sind Bettfedern. Dort vergnügt sich ein Paar. Und nicht gerade zurückhaltend. Sind das die Roustons?«

»Die Roustons?«, wiederholte Larissa ungläubig. »Das glaubst du doch nicht wirklich! Nicht in ihrem Alter!«

Ernest hob nur die Schultern. »Tusan hat sein Zimmer allein gemietet und Wellink auch.«

Sie starrte ihn an. »Ich weiß, wer sich da vergnügt!« Sie erzählte Ernest den kleinen Vorfall, den sie beim Essen zwischen Wellink und Semiramis beobachtet hatte.

»Quietsch, quietsch, quietsch«, hallte es laut und deutlich durch die Wand. »Quietsch, quietsch, quietsch!«

Ernest verzog den Mund. »Der hält sich für die Nummer eins.«

4

Khan el Khalili

Der Khan el Khalili gilt als der größte Basar Afrikas und wurde im 14. Jahrhundert auf dem Gelände eines ehemaligen Mamluken-Friedhofs gegründet. Der Name geht auf seinen Bauherrn, den Emir Dsch(ah)arkas al-Chalili, zurück.
Der Markt besitzt eine Vielzahl von kleinen Gassen, Läden, Kaffeehäusern und Plätzen. Vornehmlich werden Souvenirs, Antiquitäten und Schmuck verkauft, aber es gibt noch viele traditionelle Handwerksbetriebe. Der Schriftsteller und Literaturnobelpreisträger Nagib Mahfuz ließ seine Novelle »Die Midaq-Gasse« auf dem Basar spielen.

»Seit drei Stunden laufen wir jetzt auf dem Basar herum. Wenn wir nicht innerhalb der nächsten zehn Minuten eine Pause machen, fallen mir die Füße ab«, klagte Larissa.

»Mir tut der Rücken weh. Lass uns ein Café suchen«, stimmte Ernest zu.

In den Gassen des Khan el Khalili, des großen Basars in der arabischen Altstadt von Kairo, war es laut und es wimmelte von Einheimischen, Touristen, Handwerkern und Händlern. Im Viertel der Metallarbeiter wurde rhythmisch gehämmert. In dem der Instrumentenbauer gaben Flöten, Gitarren und Trommeln ein disharmonisches Konzert, dafür sangen die Sattler und Zaumzeugmacher klangvolle Koranverse. Überall verhandelten

Kaufleute und Marktbesucher lautstark miteinander. Wer von dem Trubel erschöpft war, suchte Zuflucht in einem der vielen Cafés und ließ sich dort von einem Geschichtenerzähler unterhalten.

Ernest und Larissa drängten sich durch die Menschenströme im Basar der Schneider und Stoffhändler. Zu beiden Seiten der engen Gassen saßen die Händler mit gekreuzten Beinen vor ihren winzigen Läden, rauchten und betrachteten seelenruhig das Treiben. Die Regale waren vollgestopft mit bunten Seidenballen aus dem Libanon, mit besticktem Damast aus Syrien und Kaschmir aus dem Himalaja. Einige boten dunkle Wollstoffe an, aus denen Abaja genannte Überwürfe gefertigt wurden, und andere weiße Baumwolle für die langen Galabijas. Zeigte ein Kunde Interesse, breiteten die Kaufleute ihre Schätze bereitwillig aus und vergaßen nicht, dabei ein Glas Tee zu servieren oder eine Shisha anzubieten.

»Hier ist ein Café!«, rief Ernest und zog Larissa mit sich. »Es heißt El Fishawy.« Er wies auf das Schild über dem Eingang, auf dem der Name sowohl in der geschwungenen arabischen als auch in lateinischer Schrift stand. In der engen Gasse vor dem Café befanden sich Sofas und flache Tische. Aber das El Fishawy besaß auch einen Innenraum. An den Wänden waren prachtvoll gerahmte Spiegel angebracht, Lampen aus gestanztem Metall und buntem Glas hingen unter der Decke, die Säulen waren mit Stuck üppig verziert und über einem steinernen Torbogen prangte ein ausgestopftes Krokodil. Um mehrere niedrige Tische standen bequeme Diwane. An einem saß eine Gruppe französischer Touristinnen, die sich kichernd die bestickten Pantoffeln und seidenen Schals zeigten, die sie gekauft hatten. An einem anderen hatten sich zwei Perser mit steifen dunklen Kappen niedergelassen, in ein Brettspiel vertieft. Nahe dem Ausgang rauchte ein Beduine genüsslich eine Shisha und in einer Ecke nippte ein bärtiger koptischer Priester an seinem Tee.

»Ich würde gerne draußen sitzen und das Markttreiben beobachten«, sagte Larissa.

Ernest stellte vorsichtig seine Fotoausrüstung, die er in einer Holzkiste auf dem Rücken trug, auf das letzte freie Sofa vor der Tür. Auf den beiden anderen saßen ein Schreiber, der den Passanten seine Dienste anbot, und zwei Engländer in Tropenhelmen, Tweedanzügen und Kniebundhosen.

Es dauerte nicht lange, bis ein Kellner erschien, um sich in gebrochenem Englisch nach ihren Wünschen zu erkundigen.

»Kaffee«, orderte Ernest und hielt zwei Finger in die Luft.

»Min fadlik«, setzte Larissa hinzu.

Der Kellner nickte höflich und verschwand.

»Was zum Teufel hast du bestellt?«, wollte Ernest wissen.

»Nichts«, erwiderte sie. »Min fadlik heißt bitte. Ich habe mir von Mrs Potter die arabische Übersetzung für die wichtigsten Ausdrücke hierzulande geben lassen. Es schadet schließlich nichts, wenn man Bitte und Danke in der Sprache seiner Gastgeber sagen kann.« Sie lehnte sich gegen die Polster und streckte seufzend die Beine aus. »Heute habe ich mir bestimmt ein paar Blasen gelaufen.«

»Und ich habe welche an den Schultern. Diese Kamera ist wirklich verflucht schwer, wenn du sie stundenlang auf dem Rücken durch die Gegend schleppst«, sagte Ernest.

»Aber du musst zugeben, dass die Regent Street nichts gegen den Khan el Khalili ist«, antwortete Larissa. »Ich habe noch nie so viele verschiedene Waren gesehen. Allein die Farben und Düfte auf dem Gewürzbasar waren überwältigend. Wir sollten Mr Cook vorschlagen, einige der Fotos vom Basar zu kolorieren.«

»Eine gute Idee«, stimmte Ernest zu und lachte. »Es war übrigens sehr lustig, als du deine Nase über den Sack mit dem Pfeffer gehalten und einen Niesanfall bekommen hast.«

Larissa musste ebenfalls lachen. »Wenn wir von unserer Reise nach Oberägypten zurück sind, sollten wir hier ein paar

Geschenke kaufen. Ich glaube, deinem Vater würde eine der Tonpfeifen gefallen und deine Mutter freut sich bestimmt über einen schönen Stoff oder einen Kaschmirschal. Ich habe übrigens Weihnachtsgeschenke für dich gekauft, als du gerade die Kamera aufgebaut hast, um den Bettler am Eingang zum Schmuckbasar zu fotografieren. Und du hast nichts gemerkt.« Sie lächelte pfiffig.

»Und ich habe welche für dich gekauft, als du im Schuhbasar drei Dutzend marokkanische Pantoffeln anprobieren musstest. Ich finde übrigens, die Leute lassen sich sehr bereitwillig fotografieren – wenn man ihnen ausreichend Bakschisch anbietet.«

»Saada? Masbuut? Ziyaada? Nicht süß, etwas süß, stark süß?« Der Kellner war wieder neben ihnen aufgetaucht. Er trug ein Zinntablett, auf dem ein kleiner Messingkessel, eine Zuckerschale und zwei Mokkatassen standen.

Ernest wollte seinen Kaffee stark gesüßt und Larissa etwas gesüßt. Der Kellner gab Zucker in die Tassen und sie beobachteten fasziniert, wie er die dampfende braune Flüssigkeit in hohem Bogen in die winzigen Tassen goss, ohne einen einzigen Tropfen zu verschütten. Ein feiner Duft nach frisch gemahlenem Kaffee, Kardamom und Zimt stieg auf.

»Wollen Shisha rauchen, Sir?« Der Kellner sah Ernest an. »Kaffee ohne Tabak wie Fleisch ohne Salz.«

Ernest schüttelte den Kopf. »Für Tabak habe ich nichts übrig. Euer Kaffee ist auch so hervorragend. Ich werde noch dem englischen Tee untreu.«

Als der Kellner weitergeeilt war, holte Larissa einen dicken Papierumschlag aus ihrer Tasche. »Hast du Lust, meine Fotos anzusehen? Ich bin schon so gespannt, wie sie geworden sind.«

In den knapp vier Wochen, die sie jetzt in Kairo waren, hatten sie die meisten Sehenswürdigkeiten, die Mr Cook ihnen aufgeschrieben hatte, fotografiert. Ernest hatte vor allem Panoramen, Porträts und Sehenswürdigkeiten aufgenommen. Larissa hatte sich mit ihrer kleinen Kamera auf Schnappschüsse konzentriert und so viele Fotomotive gefunden, dass sie ihren Rollfilm viel schneller als erwartet verschossen hatte.

Glücklicherweise kannte Mrs Potter ein kleines Fotoatelier, das sich in einer Seitenstraße hinter dem Shepheard Hotel befand. Der Besitzer hatte nicht nur den Rollfilm entwickelt, sondern Larissa auch gleich einen neuen verkauft. Ernest wollte seine Glasplatten erst kurz vor der Abreise nach Oberägypten selbst entwickeln.

»Schau mal.« Larissa nahm das oberste Foto von dem beachtlichen Stapel auf dem Tisch. »Das war an unserem ersten Tag in den Esbekia-Gärten. Am Teich unter der großen Mimose haben wir ein Picknick gemacht.«

Ernest nickte. »Ich hätte die Mimose gerne in Farbe fotografiert. Das grüne Laub, die rosa Blüten und das blaue Wasser sahen aus wie auf den Bildern von diesem Franzosen, der die Seerosenteiche malt. Am Nachmittag haben wir den steinernen Wald besucht, den Mr Tusan uns empfohlen hatte. Aber es war nicht leicht, in all dem Geröll versteinerte Baumstämme zu erkennen.«

Larissa nahm ein neues Foto und betrachtete es. »Erinnerst du dich? In Al-Fustat haben wir hauptsächlich koptische Kirchen gesehen. Heute ist es ein Stadtteil von Kairo, aber in meinem Reiseführer steht, dass Al-Fustat mehr als dreihundert Jahre früher gegründet wurde.« Sie legte das Bild beiseite und suchte ein anderes. »Das habe ich von Al-Gezira aus über den Nil gemacht. Wirkt der Fluss nicht majestätisch? Kein Wunder, dass die Leute hier sagen, Ägypten sei ein Geschenk des Nils.«

»Leider ist die Nilschwemme schon fast wieder vorbei. Mrs Potter meint, das Wasser würde dann bis an die Pyramiden reichen.« Ernest beugte sich über das Bild. »All die kleinen Felucken auf dem riesigen Fluss. Man kann erkennen, wie der Wind ihre Segel bläht. Da ist dir eine gute Aufnahme gelungen, Liebling.«

Sie lächelte erfreut. »Nicht nur eine ›ganz ordentliche‹?«

Er grinste verschmitzt. »Wenn du mich so fragst … au, warum kneifst du mich denn jetzt?«

Sie sah ihn streng an. »Strafe muss sein.«

»Ach, Liebling, jetzt schmoll doch nicht. Es ist doch klar, dass ich bessere Fotos mache als du. Ich habe die bessere Kamera und den Beruf von Kindesbeinen an gelernt.«

»Du hast eine andere Kamera, nicht unbedingt eine bessere, und ich habe auch schon viel über Fotografie gelernt«, beharrte sie.

Er versuchte, sie abzulenken. »Al-Gezira war schön, nicht wahr? All die Theater, Restaurants und noblen Stadtvillen. Sogar eine Pferderennbahn gibt es dort. Abgesehen von den Palmen auf den Plätzen und den schwarzen Dienern könnte man sich fast wie in Europa fühlen.« Er kramte in den Fotos. »Hast du gar keine Aufnahmen auf der Rennbahn gemacht?«

»Nein, wieso? Stand das auf der Liste von Mr Cook?« Larissa wühlte in den Tiefen ihrer Tasche und zog einen verknitterten Bogen Papier heraus.

»Ich wusste es ja, die Rennbahn ist nicht dabei«, sagte sie, nachdem sie die Liste überflogen hatte. »Bis auf Sakkara haben wir alles in Kairo fotografiert. Mr Cook wird zufrieden sein, wenn er unseren Zwischenbericht erhält. Ich werde ihn vor unserer Abreise nach Oberägypten schreiben.«

»Was ist das denn?« Ernest schüttelte ungläubig den Kopf und hielt ein Foto empor. »Hast du wirklich diesen Streuner fotografiert, wie er zwischen den Abfällen herumschnüffelt? Herrenlose Hunde stehen doch auch nicht auf Mr Cooks Liste.«

Larissa betrachtete das Bild. »Er war so süß und so klein, fast noch ein Welpe. Am liebsten hätte ich ihn mitgenommen.«

»Rasieren, Sir? Haare schneiden?« Ein älterer Ägypter mit sorgsam gestutztem weißem Bart baute sich vor Ernest auf und hielt ihm einen Handspiegel vor das Gesicht.

Der fuhr erschrocken zurück. »Wie bitte?«

Der Ägypter strahlte, sodass sich die Falten in seinem bronzefarbenen Gesicht vertieften, ließ den Spiegel in einer Tasche seiner Galabija verschwinden und förderte eine große Schere zutage, die er geräuschvoll auf und zu schnappen ließ.

»Haare allein, ein Riyal. Haare und Bart ein Riyal und ein halb. Gutes Geschäft, Sir!« Er stellte eine Blechschüssel mit einem Stück Seife darin auf Larissas Fotos und wollte Ernest ein Tuch, das er über einem Arm getragen hatte, umbinden.

Der wich entsetzt zurück. »Halt! Ich brauche keinen Haarschnitt und rasiert habe ich mich heute Morgen!«

»Ich fürchte, er meint es ernst, Schatz.« Larissa musste sich sehr anstrengen, um nicht zu lachen.

Glücklicherweise hatte der Kellner Ernests Notsituation bemerkt. Nach einer kurzen Debatte gab der Barbier auf und packte grummelnd seine Sachen zusammen.

»Vielleicht hätten wir ihm ein Bakschisch geben sollen«, sagte Larissa, als er verschwunden war.

»Blödsinn«, schnaubte Ernest. »Wenn wir andauernd Bakschisch geben, ist unsere Reisekasse bald leer.«

Er nahm das nächste Foto. »Was wolltest du hier fotografieren? Man sieht nur verwackelten Himmel mit ein paar Schatten davor.«

»Ich glaube, das sollen die Seiltänzer sein, die zwischen den Minaretten auf der Zitadelle ihre Kunststücke vorgeführt haben«, erwiderte sie nach kurzer Überlegung. »Ich habe wohl nicht richtig gepeilt.«

»Eine Kamera mit Sucher statt Peillinien wäre besser gewesen«, stimmte Ernest zu. »Ich habe ein paar Aufnahmen von der Zitadelle aus über die Stadt gemacht. Ich hoffe, man kann die Pyramiden am Horizont erkennen.«

»Es war furchtbar heiß an diesem Tag und das Sonnenlicht so gleißend, dass ich ohne die Schutzbrille von deinem Vater blind geworden wäre«, erinnerte sich Larissa.

»Aber die Sicht war so klar, dass die Pyramiden zum Greifen nah schienen. Kein Vergleich zu unserer Londoner ›Erbsensuppe‹.« Ernest wandte sich wieder den Fotos auf dem Tisch zu. »Dieses ist sehr schön geworden.« Er tippte auf ein Bild, das einen der vielen öffentlichen Brunnen Kairos zeigte. Zwei Wasserträger standen daneben, barfuß und in staubigen Kitteln, die frisch gefüllte Ziegenhaut auf dem Rücken. Auf der anderen Seite des Brunnens war eine Frau zu sehen. Mit einer Hand schöpfte sie Wasser, mit der anderen hielt sie ihren Gesichtsschleier gerade so weit zur Seite, dass sie trinken konnte.

»Probieren Datteln, Sir.« Ein Straßenverkäufer hielt Ernest ein Zinktablett unter die Nase. Mehrere bauchige Tüten aus Zeitungspapier lagen darauf. »Viel gut, Sir, viel lecker.«

»Nein«, sagte Ernest. »Danke.«

»Müssen probieren, Sir. Viel gut«, drängte der Verkäufer und hielt das Tablett noch dichter vor Ernest. »Nur fünf Piaster.«

»Ich sagte, ich möchte nicht. Danke. Shukran.« Ernest schüttelte nachdrücklich den Kopf.

»Für Sir nur drei Piaster.« Der Händler wackelte aufmunternd mit dem Tablett.

»Nun kauf ihm halt eine Tüte ab«, sagte Larissa. »Ich habe sowieso Hunger.«

Ernest seufzte. Dann zog er eine silberne Fünfpiastermünze aus der Tasche und legte sie auf das Tablett. »Stimmt so.«

»Barakah. Allah segne dich.« Der Verkäufer verneigte sich tief und ging weiter.

Larissa wandte sich wieder dem Foto zu. »Das ist fast das einzige Bild, das ich bisher von einer muslimischen Frau machen konnte, aber als sie es merkte, ist sie weggelaufen«, sagte sie bekümmert. »Das andere habe ich auf der Brücke zwischen Bulak und Al-Gezira aufgenommen. Die Frau, die auf dem Reitesel mit dem schönen Zaumzeug von ihrem Sklaven vorbeigeführt wurde. Aber sie war natürlich auch verschleiert.

Negerinnen, Nubierinnen oder Koptinnen sind kein Problem.« Sie kramte in den Bildern herum und zeigte Ernest eines, das eine Koptin in ihrer Tracht aus reich verzierter bunter Wolle zeigte. Ernst und feierlich blickte sie in die Kamera.

Ernest schob sich eine Dattel in den Mund. »Wir könnten zu den Lokalen am Fischmarkt gehen, wo diese halb bekleideten Zigeunertänzerinnen auftreten, die wir auf den Bildern in der Auslage des Fotogeschäftes gesehen haben. Die lassen sich fotografieren.«

»Aber ich wollte doch das Leben im Harem zeigen«, klagte Larissa. »Wenn mir das gelingt, könnte ich Mr Cook richtig beeindrucken. Madame Rouston sagte, ich solle versuchen, über das Konsulat Kontakte zu arabischen Familien herzustellen.«

»Aber Tusan meinte doch, dass du in einem Harem nicht fotografieren darfst. Vielleicht solltest du es einfach sein lassen. Oder wir verkleiden Semiramis als Haremsfrau und fotografieren sie. Niemand wird den Unterschied merken.« Ernest spuckte den Dattelkern in die Hand und legte ihn neben seine Kaffeetasse.

»Auf keinen Fall!« Larissa funkelte ihn an. »Das sagst du doch nur, weil Semiramis so hübsch ist.«

»Bestimmt nicht! Es war nur ein gut gemeinter Vorschlag«, verteidigte Ernest sich.

Larissa stopfte sich ein paar Datteln in den Mund und kaute verbissen. Als sie heruntergeschluckt hatte, wechselte sie das Thema: »Ich mag die Roustons.« Sie trank einen Schluck Kaffee. »Und ich bin froh, dass sie auf unserem Gruppenfoto sind.«

In den ersten Tagen nach ihrer Ankunft hatte Ernest das Foto der Pensionsgäste im Salon aufgenommen. Er war auch mit darauf, denn es war mit dem Selbstauslöser aufgenommen und Semiramis hatte sich bereit erklärt, die Blitzlampe an Larissas Stelle zu halten.

»Und was hat dir in Kairo am besten gefallen?«, fragte Larissa, während sie die Fotos zurück in den Umschlag schob.

»Gizeh natürlich. Ich bin so froh, dass ich dort sein und alles mit eigenen Augen sehen konnte. Ich werde nie verstehen, wie die Menschen es geschafft haben, diese riesigen Pyramiden nur mit ihren Händen zu bauen. Sie hatten nicht einmal Maschinen.«

»In Gizeh hat mir die Sphinx am besten gefallen«, sagte Larissa. »Dieses Wesen ist so rätselhaft – halb Löwe, halb Mensch mit dem Gesicht eines Mannes! Wusstest du, dass die Einheimischen die Sphinx Abu Hol, den Vater des Schreckens, nennen?«

»Ja. Unser Fremdenführer hat sie auch so genannt. Aber weißt du, was mir noch besser gefallen hat als die Pyramiden?«

»Noch besser? Was kann das sein?«

Er grinste breit. »Dein Gesichtsausdruck, als die arabischen Fremdenführer dich rechts und links am Arm gepackt und die Stufen der Cheopspyramide hinaufgezogen haben. Du sahst aus, als würdest du dich zu Tode fürchten – au, jetzt kneifst du mich schon wieder!«

Eine halbe Stunde später machten Larissa und Ernest sich auf den Nachhauseweg. Sie befanden sich in einer schmalen Gasse kurz vor dem Ausgang in Richtung der Al-Azhar-Moschee, als Larissa ihren Mann am Ärmel zupfte: »Schau mal, dort drüben!«

Er folgte ihrem Blick und schüttelte den Kopf. »Was, um Himmels willen, macht diese Frau?«

Zwischen Ständen, die Ansichtskarten und Souvenirs, Obst, Süßigkeiten und geröstete Maiskolben feilboten, saß auf einem niedrigen Schemel eine alte Fellachin.

Sie trug die typische Kleidung der ägyptischen Bäuerinnen: ein weites, dunkles Gewand, unter dem der Saum einer langen Hose hervorschaute, und ein im Nacken gebundenes Kopftuch.

Vor ihr standen zwei Touristinnen. Die Alte hatte mit der Linken das Handgelenk der einen Kundin umfasst. In der Rechten hielt sie einen Federkiel, mit dem sie etwas in eine flache, mit lehmiger Paste gefüllte Binsenstrohschale kratzte, die sie auf ihrem Schoß balancierte. Zu ihren Füßen stand ein Tonbecher, der bereits gut mit Münzen gefüllt war.

»Das ist eine Handleserin oder eine Wahrsagerin«, vermutete Larissa.

Ernest nickte. »Möglicherweise.«

Die Alte hatte die Augen geschlossen und den Kopf leicht zurückgelegt, der Ausdruck in dem bronzefarbenen faltigen Gesicht war konzentriert. Zwischen ihren Brauen saß eine auffällige Tätowierung, die eine züngelnd sich aufrichtende Schlange zeigte. Das Kopftuch war nach hinten gerutscht, sodass man ihren weißen Scheitel und das zu einem langen Zopf geflochtene Haar sah, das seitlich über eine Schulter nach vorn fiel. An den Handgelenken trug sie silberne Reifen und um den mageren Hals Lederbänder mit Anhängern aus Fayence-Keramik. Larissa erkannte das altägyptische Ankh wieder. Der andere Anhänger war ein Vogel mit einem langen, gebogenen Schnabel.

Ernest stieß Larissa leicht mit dem Ellbogen an. »Siehst du ihre Amulette? Das sind uralte magische Schutzsymbole. Das Henkelkreuz kennst du ja von der Mumienparty. Der Vogel könnte ein Ibis sein. Er wird Thot zugeschrieben, dem Gott der Weisheit und der Magie. Die Schlangentätowierung könnte Apophis symbolisieren, den Herrscher über Finsternis und Chaos.«

»Dann ist sie wirklich eine Hexe«, murmelte Larissa und konnte nicht verhindern, dass ihr ein kleiner Schauer über den Rücken lief.

Ernest lachte. »Liebling, wir sind hier nicht in einem Gruselmärchen! Ich finde, die Alte ist ein großartiges Fotomotiv. Willst du nicht hingehen? Ich mache von euch beiden eine Aufnahme.«

»Hältst du das wirklich für nötig?« Sonst war Larissa nicht abergläubisch, aber vor der alten Fellachin verspürte sie ein Unbehagen, das sie sich nicht erklären konnte.

In diesem Moment öffnete die Alte die Augen.

Larissa unterdrückte einen Aufschrei. Die Augen der Fellachin waren milchig weiß, wie zwei erblindete Spiegel, und dennoch direkt auf Larissa gerichtet.

Sie packte Ernests Hand. »Ich möchte lieber nach Hause.«

»Wir haben doch wohl noch zehn Minuten Zeit«, erwiderte er. »Außerdem ist das eine großartige Fotogelegenheit.« Er ließ die Kiste mit der Kamera von den Schultern gleiten.

Larissa beobachtete, wie die Touristinnen ein paar Münzen aus ihren Börsen kramten, in die Schale der Alten warfen und ihre Lehmteller in Empfang nahmen. Dann schlenderten sie kichernd und Arm in Arm davon.

»Vielleicht bin ich einfach nur ein bisschen albern«, dachte sie.

»Du!« Eine Stimme, scharf und kalt wie eine Messerklinge, drang an ihr Ohr. Sie fuhr zusammen.

»Du! Komm!« Die Fellachin streckte den rechten Arm in ihre Richtung.

Trotz der Wärme fröstelte Larissa. »Woher weiß sie, wo ich bin?«, dachte sie, »und warum spricht sie mit mir englisch und nicht italienisch, französisch, deutsch oder arabisch?«

Sie spürte, wie Ernest ihr eine Hand auf den Rücken legte und sie sanft vorwärts schob.

»Nun geh schon. Bevor jemand anders kommt und sich dazwischen drängelt. Beschäftige sie ein bisschen, bis ich alles aufgebaut habe.«

Zögernd stolperte Larissa ein paar Schritte, bis sie vor der alten Fellachin stand. Ihre schwielige Hand tastete durch die Luft und fand Larissas Handgelenk. »Wollen wissen deine Zukunft?«

»Nein!«, hätte Larissa am liebsten gerufen. Ängstlich blickte sie über die Schulter zu Ernest. Aber der hantierte mit der Magnesiumblitzlampe und beachtete sie nicht.

»Ja«, antwortete sie mit belegter Stimme. Nur ein paar Minuten musste sie in Gegenwart der unheimlichen Alten aushalten. Das würde sie schaffen.

Mit der freien Hand nahm die Fellachin einen neuen Binsenstrohteller mit Lehmpaste von dem Stapel hinter sich und platzierte ihn auf ihren Knien. Sie schloss die Augen, legte den Kopf wieder leicht in den Nacken und massierte mit dem Daumen kräftig die Innenseite von Larissas Handgelenk.

»Fühle Herz«, raunte die Alte, als sie den Puls gefunden hatte. »Herz mir sagen alles über dich.«

Während sie Larissas Handgelenk festhielt, begann sie, mit ihrem Federkiel etwas in den Lehm zu kratzen.

Angespannt sah Larissa ihr zu. Zwei der Zeichen erinnerten sie an Schwerter oder Messer mit breiten flachen Klingen. Eines schien eine Schlange zu sein, das letzte Symbol konnte sie nicht erkennen. Die Alte kratzte noch daran herum, als Ernest halblaut rief: »Ich bin so weit! Beweg dich jetzt nicht.«

Die Alte hatte es auch gehört. Irritiert öffnete sie die Augen. Ihr leerer Blick flog von Larissa zu Ernest, genau in dem Moment, als das gleißende Licht der Magnesiumlampe aufflammte.

»Was das?«, schrie sie. Offensichtlich waren ihre blinden Augen noch in der Lage, sehr helles Licht wahrzunehmen.

»Surah, Surah!«, rief ein Händler. »Foto, Foto!«

»La! Nein!« Die Alte sprang erstaunlich behände von ihrem Schemel. Der Teller mit dem Lehm rutschte von ihren Knien, aber sie achtete nicht darauf, sondern stolperte in Ernests Richtung. Dabei stieß sie eine Flut von Verwünschungen aus, die Larissa zwar nicht verstand, die aber so zornig klangen, dass kein Zweifel an ihrer Bedeutung blieb. Angstvoll wich sie zur Seite aus und traf mit der Schuhspitze den Tonbecher mit dem Verdienst der Alten. Er kippte um und die Münzen rollten klingelnd über den Steinboden.

»Dieb, Dieb!«, heulte die Alte und fiel auf die Knie. Ihre krummen Finger tasteten den Boden nach ihrem Geld ab. Dabei zischte sie die ganze Zeit weitere Verwünschungen.

Zwei der Händler näherten sich mit bedrohlichen Mienen, bereit, der Alten beizustehen. Larissa kramte fieberhaft in ihrer Rocktasche, fand ein paar Piaster und warf sie demonstrativ in den Tonbecher. Dabei sah sie den Teller mit der eingeritzten Weissagung. Er war unter den Schemel gerollt. Sie bückte sich, ergriff den Teller und hastete zu Ernest, der von einer Handvoll aufgeregter Ägypter umringt wurde, die grimmig die Fäuste schüttelten.

»Ist ja gut. Ich will doch nichts Böses. Nur ein harmloses Foto«, rief Ernest beschwichtigend. Doch anstatt sich zu beruhigen, rückten die erbosten Männer noch näher.

Hastig klappte Ernest das Stativ zusammen, schulterte die Kiste mit der Kamera und der Magnesiumlampe und packte Larissas Hand. »Höchste Zeit, dass wir verschwinden!«

5

Sakkara

Von der ersten Dynastie bis in die Spätzeit ist Sakkara als Begräbnisstätte belegt. Die ältesten bisher gefundenen Grabanlagen bestehen aus einer Reihe von Mastabas in Sakkara-Nord, dicht am Wüstenrand. In der zweiten Dynastie wurden die ersten Könige in Sakkara bestattet. Mit der Stufenpyramide des Pharaos Djoser um 2650 v. Chr. setzten die Pyramidenbauten ein.

Larissa wusste nicht, wie sie in das Innere des Berges geraten war. Seit Stunden stolperte sie durch schmale Gänge, in denen sie längst die Orientierung verloren hatte. Es war stockfinster. Sie hörte ihren stoßweisen Atem und das Tappen ihrer Füße auf dem harten Erdboden.

Tränen liefen ihr über die Wangen. Sie hatte unbeschreibliche Angst, dass sie nie wieder aus diesem Labyrinth von undurchdringlicher Schwärze herausfinden würde. Mit den Fingern tastete sie sich an rauen Wänden entlang, stolperte über Unebenheiten und Steine im Boden.

Plötzlich machte der Weg eine scharfe Biegung. Sie unterdrückte ein schmerzvolles Stöhnen, als sie sich an der Wand stieß – und blieb unvermittelt stehen. Ein Lichtschein durchbrach die Dunkelheit!

Mit neuem Mut hastete sie vorwärts. Wenn sie nur das Licht erreichte, war alles gut! Wieder lief sie um eine Biegung.

Doch vor ihr öffnete sich nicht der ersehnte Ausgang, sondern eine rechteckige Kammer. Fackeln steckten in eisernen Ringen an den Wänden. Ihr flackernder Schein fiel auf ein großes Auge, das jemand vor unendlichen Zeiten auf den Putz gemalt haben musste. Es war schwarz umrandet, die Pupille dunkelblau, aus dem Winkel lief eine große Träne.

Darunter stand ein mächtiger Sarkophag aus schwarzem Granit. Der Deckel war halb zur Seite geschoben, der Spalt gähnte Larissa wie ein aufgerissener dunkler Schlund entgegen.

Vor dem Sarkophag saß auf einem Schemel die alte Fellachin, die Wahrsagerin vom Khan el Khalili. Ihre milchigen toten Augen ruhten auf Larissa. Zwischen ihren Beinen stand ein aus Binsen geflochtener Korb, in dem sich eine pechschwarze Schlange zusammengerollt hatte.

»Du! Komm!« Die Alte streckte den rechten Arm aus.

»Nein!«, wollte Larissa rufen, aber sie bekam keinen Ton heraus. Sie wollte sich umdrehen und wegrennen, aber ihre Füße waren wie festgewachsen.

»Ich dir zeigen Zukunft.«

Wie unter Zwang trat Larissa näher und kauerte sich auf den Boden. Der harte Kalkstein drückte schmerzhaft gegen ihre Knie. Zwischen den Füßen der Alten zischelte die Schlange. Plötzlich schoss sie vor und wand sich um Larissas Handgelenk. Larissa schrie auf und versuchte, sie abzuschütteln. Doch je mehr sie sich anstrengte, desto fester wurde die Umklammerung der Schlange. Die Alte lächelte spöttisch und entblößte dabei verfaulte Zähne und schwarze Zahnlücken.

»Vor Schicksal du kannst nicht fliehen«, raunte sie.

Sie griff in den Korb, holte einen mit Lehm bestrichenen Binsenstrohteller heraus und legte ihn in ihren Schoß. Dann flog ihr Federkiel über den Lehm.

»Schau!«, befahl sie und hielt den Teller empor.

Larissa sah zwei Messer, vielleicht waren es auch Schwerter, eine Schlange und darunter den Umriss eines Menschen, der wie aufgebahrt auf einer Liege ruhte. Ihre Nackenhaare sträubten sich, Schweiß brach ihr aus.

»Ich dir mehr zeigen. Schau.«

Die Alte drehte sich halb um und wies mit ihren krummen Fingern auf den Sarkophag.

»Nein! Ich will nicht!«, schrie Larissa.

Die Schlange hob drohend den Kopf und zeigte ihre spitzen Giftzähne. Wieder versuchte Larissa, sie abzuschütteln. Sie holte mit dem Arm aus und es gelang ihr, die Schlange fortzuschleudern. Rasch sprang sie auf die Füße und rannte so schnell sie konnte davon. Im Rücken spürte sie die blinden Augen der alten Fellachin, hörte das böse Zischen der Schlange.

Jemand packte sie an der Schulter. »Nein!«, schrie sie panisch. »Verschwinde!«

»Larissa!« Die Stimme kam von weit her.

»Ernest?«, dachte sie unendlich erleichtert.

»Liebling! Wach auf!«

Er beugte sich über sie. »Du hast um dich geschlagen und geschrien. Hattest du einen Albtraum?«

Sie nickte stumm. Sie fühlte sich völlig erschöpft und war froh, als er sie in die Arme nahm.

»Du bist schweißgebadet«, stellte er fest. »Ich bringe dir ein frisches Nachthemd.«

»Nein. Bleib bei mir.« Sie drängte sich an ihn.

»Du holst dir sonst eine Erkältung.« Er schob sie sanft von sich. Dann stieg er aus dem Bett, ging zur Kommode, kramte ein Kleidungsstück heraus und gab es ihr.

»Ich helfe dir«, sagte er, befreite sie aus dem klammen Nachthemd und zog ihr das frische über den Kopf. Sie merkte, dass es eines von seinen war, aber das war ihr recht. So fühlte sie sich beschützter.

Er deckte sie zu und schlüpfte zurück ins Bett. »Was hast du geträumt?«

»Von der alten Fellachin auf dem Basar. Es war furchtbar. Sie wollte uns schaden, Ernest.«

Er schüttelte den Kopf. »Du musst diese dumme Begegnung vergessen. Das Ganze hat überhaupt nichts zu bedeuten.«

Larissa drückte sich an ihn. »Die Alte ist eine Hexe.«

Er lachte. »Was soll denn das, Liebling? Du bist doch sonst nicht abergläubisch.«

Aber Larissa ließ sich nicht davon abbringen. »Auf dem Basar hat sie englisch mit uns gesprochen. Woher wusste sie, dass wir aus England sind?«

Er zog sie an sich. »Dafür gibt es eine ganz einfache Erklärung«, erläuterte er so geduldig, als sei sie ein kleines Kind. »Blinde haben sehr feine Ohren. Sie hat gehört, wie wir uns englisch unterhalten haben.«

»Aber die Zeichen, die sie in die Lehmpaste geritzt hat. Ich habe sie im Traum wiedergesehen. Sie hat Messer, eine Schlange und einen aufgebahrten Menschen gezeichnet. Das kann nichts Gutes bedeuten. Vielleicht hat sie uns verflucht.«

»Hast du zu viele Schauerromane gelesen?«, rief Ernest ungläubig. »Wofür soll sie uns denn verfluchen? Wenn du mich fragst, hat sie sich die Zeichen ausgedacht und sie haben gar nichts zu bedeuten. Du hast einfach nur zu viel Fantasie, mein Liebling.« Er gähnte herzhaft. »Lass uns noch etwas schlafen. Und dieses Mal träumst du nicht von alten Hexen, sondern davon, dass morgen Weihnachten ist und ich dir etwas Schönes schenken werde.« Er küsste sie und war wenig später wieder eingeschlafen.

Larissa aber lag wach und starrte ins dunkle Zimmer. Sie dachte an den Binsenstrohteller, der seit ihrem überstürzten Aufbruch vom Basar in ein Halstuch eingewickelt in der hintersten Ecke der Kommode lag. Sobald sie die Augen schloss, tauchten die unheimlichen Bilder auf dem Teller wieder auf und sie fürchtete sich, einzuschlafen. Außerdem verspürte sie Heimweh. Gleich nach der Ankunft in Kairo hatte sie ihren Eltern einen Brief geschrieben und ihre Adresse angegeben, aber sie hatte keine Antwort bekommen. Offensichtlich wollten ihre Eltern ihr nicht einmal zum Fest der Liebe verzeihen, dass sie Ernest geheiratet hatte.

Sie seufzte schwer und blickte zum Fenster. Durch die Ritzen der Läden sah sie, dass die Schwärze der Nacht langsam der Dämmerung wich. Nur wenige Minuten noch und die Muezzine würden zum Fadschr, dem Morgengebet, rufen. Dann würden sie und Ernest in der Stadt der tausend Minarette Weihnachten feiern.

Direkt nach Weihnachten unternahmen Ernest und Larissa die lang geplante Tagesreise nach Sakkara.

Als sie frühmorgens auf Eseln durch die erwachende Stadt zum Regionalbahnhof in Bulak zuckelten, war die Luft noch kühl und fühlte sich weich wie Balsam an. Über dem Nil schimmerte das erste Licht des Tages. Die Muezzine riefen die Muslime zum Morgengebet und die Kirchenglocken die koptischen Christen in den Gottesdienst.

Auf dem kleinen Bahnhof von Bulak herrschte Hochbetrieb, denn eine ganze Thomas-Cook-Reisegruppe unternahm heute ebenfalls diese Tour. Lachend und rufend stürmten sie den Zug und brachten ihren Dragoman, der versuchte, das Durcheinander zu sortieren, zur Verzweiflung. Daneben gab es noch ein paar französische Touristen, die wie Larissa und Ernest auf eigene Faust unterwegs waren, und mehrere ägyptische Familien, die mit Kind und Kegel, Essenskörben und Geschenken zum Verwandtenbesuch auf dem Land aufbrachen.

Ernests und Larissas Ziel war Bedrashen. Von dort mussten sie auf Eseln bis Sakkara reiten.

Die Strecke verlief parallel zum Nil und der schnurgeraden, von Mimosen gesäumten Kutschenstraße. Das glitzernde Band des Flusses wurde von Papyrusstauden, Palmen und Feldern gesäumt. Am Ufer sah sie Wasserräder, die von nackten braunen Kindern angetrieben wurden, in den Senken glitzerten zahlreiche kleine Tümpel, die sich während der letzten Nilschwemme gefüllt hatten. Durch Ernests Feldstecher entdeckte Larissa Ibisse, Flamingos, Reiher, Wildgänse und Schwalben.

Es war die Zeit der Aussaat und des Wachstums. Ochsengespanne pflügten die nasse schwarze Erde. An anderen Stellen zeigte sich bereits das erste zarte Grün von Baumwolle, Zuckerrohr und Getreide. Ziegen knabberten Grasbüschel an den Wegrändern, ohne sich um die barfüßigen Kinder zu kümmern, die sie umtanzten. Die Alten saßen vor einfachen Hütten aus Lehmziegeln, genossen die ersten Sonnenstrahlen und warfen den Hühnern ein paar Maiskörner zu. Frauen pflanzten Gurken und Zwiebeln, Tomaten und Knoblauch in ihren Gärten und Männer führten hochbeladene Esel zu kleinen Bauernmärkten.

Hinter diesem schmalen Streifen voller Leben begann die Wüste. Hellbrauner Sand und graues Steingeröll reichten bis zum Horizont. Auch die Pyramiden ragten in unterschiedlichen Brauntönen wie der Sand aus der Unendlichkeit. Mehr als ein Dutzend zählte Larissa während der Fahrt. Manche waren nicht mehr als ein verfallener Haufen Gestein, andere reckten sich als stolze Zeugen der Jahrtausende gen Himmel.

Ernest konnte vom Anblick der Wüste nicht genug bekommen. »Sieht das nicht einfach unglaublich aus?«, rief er immer wieder. »Wie der Sand seine Farbe wechselt, je höher die Sonne steigt! Ich habe ja nicht geahnt, dass es so viele verschiedene Braun- und Gelbtöne gibt!«

Im hinteren Teil des Waggons feierte die Cook-Reisegruppe. Einige Herren rissen Witze, die die Damen zu kreischendem Lachen animierten. Aus den Essenskörben einer ägyptischen

Familie, die gegenüber von Ernest und Larissa auf der anderen Seite des Mittelgangs saß, zog der verlockende Duft von frischem Brot. Die schwarz verhüllte Mutter schaukelte ein Baby auf den Knien. Larissa zog ein paar Bonbons aus ihrer Rocktasche und gab sie den größeren Kindern.

»Bekomme ich auch ein Bonbon?« Ernests Lippen streiften ihr Haar. »Du duftest gut. Trägst du mein Weihnachtsgeschenk?« Er hatte ihr auf dem Basar ein Parfüm gekauft.

»Ja. Und das andere Geschenk trage ich auch.« Sie zog ihren Blusenkragen etwas auseinander, sodass er die Kette aus antiken Silbermünzen besser sehen konnte.

Er lächelte erfreut. »Dein Buch konnte ich leider nicht mitnehmen. Es ist zu schwer.«

Sie hatte ihm den Band der Historien von Herodot geschenkt, der die Beschreibung seiner Ägyptenreise enthielt. »Aber den Skarabäus trage ich bei mir.« Er holte den roten, von weißen Adern durchzogenen Karneol aus der Jacketttasche.

Larissa lächelte: »Ich habe versucht, einen zu finden, der dem auf der Mumienparty von Mr Cook ähnlich sieht.«

Er runzelte die Stirn. »Wieso das denn?«

»Weil ich weiß, dass er dir gefallen hat.«

Er drehte den Käfer um und betrachtete die Hieroglyphen auf der Bauchseite. »Was, sagtest du, steht hier?«

»Folge deinem Herzen, solange du lebst. Das hat mir jedenfalls der Händler auf dem Basar so erzählt.«

Ernest grinste. »Mit dem Spruch werde ich Wellink auf die Probe stellen.«

Sie war irritiert. »Muss das sein? Der Spruch geht ihn doch überhaupt nichts an.«

Ernest schloss die Finger zur Faust und schob den Skarabäus wieder in seine Jackentasche. »Ich will wissen, ob er wirklich Hieroglyphen lesen kann oder ob er sich nur wichtigmachen wollte.«

Wenig später hielt der Zug in Bedrashen.

»Du meine Güte, sind die alle wegen der Cook-Touristen hier?« Larissa starrte auf die Ansammlung von Eseln, Eseltreibern und fliegenden Händlern, die den kleinen Bahnsteig verstopften. »Meinst du, wir kriegen überhaupt noch zwei Esel ab?«

»Machst du Witze?«, schnaubte Ernest und reichte ihr die Hand, um ihr aus dem Waggon zu helfen. »Sie werden wie die Fliegen über uns herfallen. Da kommen schon die Ersten.«

Ein paar halbwüchsige Jungen lieferten sich ein Wettrennen in ihre Richtung und kreischten dabei aus Leibeskräften: »Frangi! Frangi! Ausländer! Ausländer!«

»Wir nehmen die ersten Esel, die wir bekommen, und sehen zu, dass wir vor den Cook-Touristen unterwegs sind«, sagte Ernest. »Sie sollen uns zur Unas-Pyramide führen. Und unterwegs will ich die Ramses-Statue in Memphis fotografieren.«

Bald lagen die Hütten des Dorfes hinter ihnen. Sie ritten einen schmalen Pfad entlang und passierten eine Salpeter-Manufaktur, aus der ein stechender Geruch zog. Langsam wurde es heiß und Larissa fächelte sich mit einer Hand Luft zu.

»Pharao!«, sagte ihr Eseljunge.

»Wo?« Larissa, die annahm, dass sie die Kolossalstatue von Ramses II. erreicht hatten, blickte seinem ausgestreckten Arm hinterher. Aber vor ihr befand sich nur eine Senke, in der sich das Wasser der letzten Nilschwemme gesammelt hatte. Palmen spiegelten sich in der glatten Oberfläche und aus dem Uferschilf flogen schnatternd ein paar Wildgänse auf.

»Hunaka, dort.« Der Junge zeigte unbeirrt aufs Wasser.

»Weißt du, was er meint?«, fragte Larissa ihren Mann.

Er schüttelte ratlos den Kopf.

Jetzt mischte der zweite Eseltreiber sich ein: »Da Ramses.«

Als er Larissas und Ernests verdatterte Blicke sah, fügte er hinzu: »Wenn Winter, Ramses in Wasser. Wenn Sommer, kein

Wasser. Dann können Ramses sehen. Liegen auf Bauch. So.« Er deutete die Haltung an.

Larissa unterdrückte ein Lächeln, Ernest aber wirkte verdrossen. »Mein Modell ist wortwörtlich untergetaucht. Aus diesem Foto wird also nichts«, seufzte er.

Sie ritten weiter und erreichten eine von Felsen und Geröll bedeckte Ebene. Als sie näher kamen, erkannte Larissa, dass die Felsen Granitblöcke waren, die einmal zu Tempel- oder Palastanlagen gehört haben mochten, und dass das Geröll aus zahllosen Tonscherben von zerbrochenen Krügen und Haushaltsgeräten bestand.

»Das ist alles, was von der alten Königsstadt Memphis noch übrig ist?«, sagte sie zu Ernest.

»Dem Erdboden gleichgemacht und geplündert. Noch eine geplatzte Fotogelegenheit«, erwiderte er enttäuscht.

Ein Stück nach dem Geröllfeld folgte eine Beduinensiedlung. Neben den Zelten waren Pferde und Kamele angepflockt. Larissa sah sich nach den Frauen um. Es war ihr immer noch nicht gelungen, in einen Harem zu kommen. Sie hatte Madame Roustons Rat befolgt, sich ein paar Namen vom britischen Generalkonsulat geben lassen und in höflichen Briefen um Erlaubnis gebeten, Fotos mit den Hausherrinnen machen zu dürfen. Leider war ihr Anliegen ebenso höflich abgelehnt worden. Sie selbst wurde zwar herzlich eingeladen, allerdings ohne ihren Fotoapparat.

Auch in diesem Beduinendorf sah sie nur Männer und Jungen. Sie hockten in Gruppen auf dem nackten Boden und waren eifrig damit beschäftigt, kleine Alabasterblöcke mit Meißel und Schleifstein zu bearbeiten. Offensichtlich fertigten sie Vasen, Schalen und Figürchen, wie Larissa und Ernest sie auch schon auf dem Khan el Khalili gesehen hatten. Andere polierten die fertigen Stücke und wieder andere wickelten sie in Holzwolle und packten sie in Kisten.

Ernest zeigte auf ein sandiges Plateau, das sich im Anschluss an das Beduinendorf erhob. »Ich glaube, wir haben unser Ziel erreicht.«

Vorsichtig suchten sich die Esel ihren Weg über den steinigen Untergrund. Auch hier hockten Beduinen in Gruppen zusammen, rauchten und palaverten. Als sie die Europäer sahen, entstand Aufregung, die sich jedoch legte, sobald sie merkten, dass es sich lediglich um zwei Touristen handelte. Larissa vermutete, dass sie auf die Cook-Reisenden warteten, um ihre Dienste als Fremdenführer anzubieten.

Ein kräftiger Wind wehte. Leise murmelnd trieb der Sand über den Boden. Er fand seinen Weg nicht nur in Larissas Schuhe und unter ihre Kleidung, sondern auch unter den Schleier, den sie über ihrem Hut trug. Wilde Hunde, mager und mit spitzen Schnauzen wie der Schakalgott Anubis, tauchten auf. Aber sie blieben in einiger Entfernung von den Eseln.

»Schau, Liebling!«, rief Ernest. »Die Stufenpyramide! Endlich etwas, das ich fotografieren kann!«

Larissa musterte das älteste steinerne Bauwerk der Menschheit, das zwischen zerbrochenen Säulen und Mauerresten emporragte. Es war kleiner als die Pyramiden von Gizeh. Es hatte auch keine glatten Wände, sondern war in sechs Stufen errichtet. Die Zeit war nicht spurlos an dem Bauwerk vorübergegangen, doch es strahlte immer noch die immense Macht und den unbändigen Stolz eines großen Herrschers aus. Auf dem weitläufigen Platz vor der Pyramide führten Beduinen ein paar Touristen auf Eseln und Kamelen im Kreis. Andere Besucher spazierten durch die Anlage. Immer wieder blieben sie stehen, um erst in ihren Reiseführern zu blättern und dann andächtig das uralte Bauwerk zu betrachten.

Ernests und Larissas Eseltreiber führten die Tiere jedoch an der Stufenpyramide mit den Resten von Vorhöfen, Tempeln und Säulengängen vorbei und hielten vor einem mächtigen

Haufen von Schutt und Sand. Ein Schacht führte unter den Schutthaufen. Beduinen mit leeren Kiepen auf dem Rücken verschwanden darin, während andere Beduinen die mit Sand gefüllten Kiepen wieder heraustrugen und neben dem Schacht ausleerten. Dort standen weitere Arbeiter und schütteten den Sand durch grobe Siebe. Sie wurden von einem Scheich beaufsichtigt. Er lehnte sich auf einen hölzernen Stecken, rauchte genüsslich und bellte ab und zu einen harschen Befehl. Kleine Jungen trugen alles, was in den Sieben zurückblieb, zu einem langen Brettertisch, auf dem bereits blaue und grüne Keramikscherben, Stofffetzen und Knochensplitter lagen.

»Das Unas-Pyramide«, sagte Ernests Eseltreiber.

Ernest stieg ab. Er entlohnte die beiden Jungen und ging zu dem Mann, der die Arbeiter beaufsichtigte: »As-salamu alaikum. Ist Doktor Wellink zu sprechen?«

»Wa-alaikum us-salam, Frangi«, antwortete der Beduine. Erst als Ernest ihm eine Münze gab, fügte er hinzu: »Almanie hier. Soll kommen?« Er rollte die Münze zwischen Daumen und Zeigefinger. Ernest seufzte und rückte noch einen Piaster heraus. Der Beduine schnippte mit den Fingern. Einer der Jungen kam angerannt und wurde mit einem Schubser losgeschickt, um Wellink zu holen.

»Wenn das so weitergeht, sind wir heute Abend bankrott«, murmelte Ernest.

Larissa scheuchte eine Fliege weg, die sie unablässig umschwirrte, und sah sich um.

Drei Zelte hatte man in der Nähe der Unas-Pyramide aufgebaut. Eines war verschlossen. Ein Beduine stand mit einem gut sichtbaren Gewehr in der Rechten davor, im anderen sortierten zwei junge Europäer Fundstücke, die auf einem Tisch ausgebreitet lagen.

Auf dem Erdboden des mittleren und größten Zeltes lagen orientalisch gemusterte Teppiche. Larissa sah Sitze aus Polstern um einen niedrigen Tisch. In einer Ecke stand ein Feldbett unter einem Moskitonetz, daneben eine Kleidertruhe und an der hinteren Wand ein Regal. Es war mit einem bunten Durcheinander von Büchern, Zeitschriften, Pinseln, Kellen, Spateln und Handschaufeln vollgestopft. Wellink tauchte im Eingang auf. Er steckte dem kleinen Beduinenjungen eine Kupfermünze zu und strubbelte ihm mit der anderen Hand durchs Haar. Dann eilte er Ernest und Larissa entgegen.

»Mr und Mrs Wood! Schön, dass Sie mich endlich besuchen.« Sein verknittertes Hemd stand am Hals offen, die Ärmel hatte er bis zu den Ellbogen hochgekrempelt. Dazu trug er Reithosen und kniehohe staubige Stiefel. »Willkommen in meiner Behausung!« Er ging seinen Gästen voraus ins Zelt. »Ich habe gerade die Funde des gestrigen Tages in mein Grabungstagebuch eingetragen.«

Ernest und Larissa folgten ihm und blickten neugierig zum Schreibtisch. Auf der Platte lag ein aufgeschlagenes Heft, daneben stand eine Teetasse, die wiederum auf einem Buch platziert war. Rund um den Schreibtischstuhl lagen Zeitschriften über altägyptische Sprache und Altertumskunde verstreut und auf der Leselampe hing ein Hut.

»Wir wollten Sie unbedingt besuchen, bevor wir nach Oberägypten aufbrechen.« Larissa schlug ihren Schleier über die Hutkrempe zurück.

»Wissen Sie schon, wann Sie fahren?«, fragte er.

»Direkt nach Neujahr«, warf Ernest ein.

Wellink drehte sich zu Larissa. »Ich werde Sie vermissen«, sagte er leise auf Deutsch.

»Was sollte das schon wieder? Hatten wir uns nicht darauf geeinigt, englisch zu sprechen?« Besitzergreifend nahm Ernest ihre Hand. Sie war blutrot geworden und konnte ihrem Mann nicht in die Augen sehen.

»Ich war unhöflich, verzeihen Sie«, erwiderte Wellink.

Ernest nickte widerwillig und nahm seine getönte Brille ab. »Arbeiten Sie immer noch an den Pyramidentexten, die Sie in der Unas-Pyramide entdeckt haben?«

Wellink nickte. »Einer meiner Studenten hat die Texte abgeschrieben. Ich übersetze sie.«

»Und Sie wollen behaupten, dass Sie alle Hieroglyphen entziffern können?«, erwiderte Ernest herausfordernd. »Es gibt doch mehr als sechstausend.«

Wellink grinste. »Wofür gibt es Wörterbücher? Aber es ist wahr, Hieroglyphen sind sehr komplex und schwer zu verstehen. Ich gebe Ihnen ein Beispiel.« Er schlug eine leere Seite in seinem Grabungstagebuch auf und malte einen Kreis mit einem Punkt in der Mitte. »Woran erinnert Sie das?«

»An ein Auge«, sagte Ernest.

»Leider völlig daneben«, kam es von Wellink.

»An eine Sonne?«, fragte Larissa zögernd.

»Sehr gut! Das Zeichen ist ein Bildzeichen. Es steht für das Wort Sonne. Aber so«, Wellink zog einen senkrechten Strich unter den Kreis, »heißt das Zeichen ›Sonnengott Re‹. Dieses heißt aber auch ›Sonnengott Re‹.«

Er malte eine hockende kleine Figur, die die Sonnenscheibe auf dem Kopf trug.

»Kein Wunder, dass niemand auf der Mumienparty die Inschrift auf dem Skarabäus entziffern konnte«, sagte Ernest nachdenklich.

»Neben den klassischen Hieroglyphen erfanden die Ägypter auch eine Schreibschrift und eine Kurzschrift, die vor allem in der Verwaltung gebraucht wurde«, erklärte Wellink. »Reste der altägyptischen Sprache finden sich bis heute im Koptischen.«

»Es ist wirklich interessant, Ihnen zuzuhören«, sagte Larissa begeistert. »Sie wissen so gut Bescheid.«

»Natürlich weiß er das. Das tun Fachidioten immer«, brummte Ernest.

Wellink lächelte breit. »Es ist mir eine Freude, mein Wissen zu teilen, und Sie beide erscheinen mir interessiert.«

Er blickte zu Ernest. »Mr Wood, ich möchte Sie um Ihren Rat bitten. Mein Fotograf liegt seit letzter Woche mit einem bösen Darmkatarrh im Europäischen Krankenhaus in Kairo. Ich kann mit seiner Plattenkamera nicht umgehen. Können Sie als Fachmann mir ein paar Handgriffe zeigen?«

Ernest stützte die Hände in die Hüften. »So nebenbei geht das nicht. Der Umgang mit diesen komplizierten Apparaten will gelernt sein.«

»Aber mir hast du es doch auch beigebracht!«, rief Larissa erstaunt.

»Liebling, das hat ein Jahr gedauert. Und du weißt noch längst nicht alles.«

»Ich weiß eine Menge!«, beharrte Larissa.

»Es ist nicht so wichtig«, mischte Wellink sich ein. »Mein Zeichner ist auch ein sehr guter Fotograf.«

Larissa riet: »Wenn Sie das nächste Mal in Kairo sind, gehen Sie in das Fotogeschäft hinter dem Shepheard Hotel. Dort verkauft man Ihnen eine Kodak, wie ich sie besitze.« Sie klopfte auf die Umhängetasche, in der sie ihren kleinen Apparat transportierte.

Wellink lächelte. »Ein sehr guter Hinweis.«

Ernest schnaufte, aber er verkniff sich einen Kommentar.

Wellink ging zum Regal, nahm ein Heft heraus und schlug es auf. »Das ist ein kleiner Teil der Hieroglyphen, die ich während der letzten Wochen übersetzt habe.«

Fasziniert beugten sich Ernest und Larissa über die Vielzahl von rätselhaften Zeichen und Symbolen.

»Was steht denn auf diesem Ausschnitt?«, fragte Ernest.

»Er beschwört die Auferstehung von König Unas«, erklärte Wellink. »Die Übersetzung lautet ungefähr so: ›Erhebe dich, König Unas! Nimm deinen Kopf, sammle deine Knochen, raff deine Glieder zusammen, schüttle die Erde von deinem Fleisch! Empfange dein Brot, das nicht schimmeln kann, dein Bier, das nicht sauer werden kann! Gerste ist dir gedroschen, Spelt ist dir gemäht! Erhebe dich, König Unas! Du sollst nicht gestorben sein!‹«

»Das klingt gruselig.« Larissa schüttelte sich.

»Nein, es ist faszinierend«, widersprach Wellink. »Besser kann man das Urbedürfnis des Menschen nach einem Weiterleben im Paradies doch nicht in Worte fassen.«

»Wenn Sie diesen Text übersetzt haben, dürfte der hier eine Kleinigkeit für Sie sein.« Ernest holte den Skarabäus aus seiner Jackentasche und reichte ihn Wellink. Der warf nur einen kurzen Blick darauf. »Das heißt: ›Folge deinem Herzen, solange du lebst.‹ Hoffentlich hat Ihnen niemand diesen Skarabäus als teure Antiquität verkauft«, setzte er hinzu.

Larissa wurde rot. »Wieso sagen Sie das?«

»Weil er nicht echt ist.«

»Das wusste ich natürlich, als ich ihn auf dem Khan el Khalili für meinen Mann gekauft habe! Vielleicht haben ihn sogar die Beduinen hier im Dorf angefertigt.«

»Gut beobachtet«, lächelte Wellink. »Sie machen mit der großen Nachfrage nach antiken Relikten tatsächlich einträgliche Geschäfte. Es ist ja auch besser, sie fertigen Kopien an und verkaufen diese, als dass sie die Gräber ausrauben.«

»Und wie haben Sie erkannt, dass der Skarabäus nicht echt ist?«, fragte Ernest lauernd.

»Zufällig weiß ich, dass dieser Spruch auf den Skarabäen, die für Touristen angefertigt werden, sehr beliebt ist.« Wellink verstaute das Heft wieder im Regal. »Ich schlage vor, dass wir jetzt mit der Führung beginnen.«

6

Frühe Archäologie in Ägypten

Von besonderer Bedeutung für die ägyptische Archäologie ist Auguste Mariette (1821–1881), der mehr als dreißig Fundstätten ausgrub. Seine Methoden waren brachial (beispielsweise Sprengladungen). Außerdem schaffte er rund 7000 Objekte nach Paris (Louvre). Später setzte er sich jedoch vehement dafür ein, dass Ägyptens Altertümer nicht mehr außer Landes verschleppt wurden, und gründete den Vorläufer des Ägyptischen Nationalmuseums in Kairo.

»Hier bewahre ich die Ausgrabungsfunde auf.« Wellink öffnete das Zelt, vor dem der bewaffnete Beduine stand. »Es ist kein einbruchsicherer Standort. Deshalb schicke ich die Funde in regelmäßigen Abständen nach Kairo. Nach den Vorschriften der Teilungsvereinbarung für ägyptische Altertümer geht die Hälfte von dort weiter nach Berlin.«

»Wieso ausgerechnet nach Berlin?«, wollte Ernest wissen und blickte neugierig in das Innere des Zeltes, in dem sich mehrere mit Vorhängeschlössern gesicherte Holzkisten stapelten. Außerdem gab es ein Regal, in dem die Funde lagerten, bevor sie verpackt wurden.

»In Berlin lebt Herr Busch. Vielleicht haben Sie schon von den Busch-Textilfabriken gehört.« Wellink blickte Larissa an.

Sie nickte. »Friedrich Busch ist ein mächtiger und einflussreicher Mann, der zu den Freunden des Kaisers zählt.«

»Genau«, bekräftige Wellink. »Und weil er nicht nur mächtig, sondern auch reich ist und sich für das alte Ägypten interessiert, finanziert er meine aktuelle Ausgrabung.«

»Dann gehört ihm alles, was Sie hier finden?«, warf Ernest ein.

»Die Hälfte«, berichtigte Wellink. »Die andere Hälfte gehört dem ägyptischen Staat. Zugegebenermaßen versuche ich, die wertvollsten Funde in der Hälfte meines Mäzens unterzubringen.«

»Deshalb haben Sie Schwierigkeiten mit den ägyptischen Behörden«, ergänzte Larissa, der die Unterhaltung vom Abend ihrer Ankunft einfiel.

Ernest setzte hinzu: »Keine sehr ehrenwerte Haltung.«

»Ich gebe Ihnen recht«, gab Wellink unumwunden zu. »Aber ich muss Herrn Busch überzeugen, dass er sein Geld gut in mich investiert hat. Diese Ausgrabung steht allein unter meiner Verantwortung und die Kosten sind enorm, angefangen von der Bezahlung der Arbeiter bis hin zum sicheren Transport der Fundstücke. An der Unas-Pyramide habe ich glücklicherweise viele sehr alte und sehr gut erhaltene Funde gemacht. Deshalb finanziert Busch ein weiteres halbes Jahr. Er hofft, dass ich die Gräber der Gemahlinnen von Pharao Unas finde.«

»Und wenn nicht?«, fragte Ernest gespannt.

»Dann ist für mich Ende Mai hier Schluss«, antwortete Wellink nüchtern.

»Können Sie uns ein paar der Dinge zeigen, die Sie gefunden haben?«, bat Larissa.

Wellink ging zu dem Regal mit den Ausgrabungsstücken und nahm einen in vergilbtes Leinen gewickelten Gegenstand heraus. Er hatte etwa die Länge und Breite seines Unterarms, am oberen Ende saß ein kleiner Raubtierkopf. Die Leinenbinden waren mit einem Katzengesicht bemalt und mit Blattgold belegt.

»Diese Mumie stammt aus einer Grube in der Nähe meiner Ausgrabungsstelle. Einer meiner Arbeiter hat sie zufällig entdeckt. Nach einer ersten Überprüfung schätze ich, dass an diesem Ort noch mindestens hundert dieser kleinen Gesellen beerdigt sind. Nicht ungewöhnlich in Sakkara. Eine italienische Forschergruppe hat erst vor zwei Wochen eine Grube mit mumifizierten Ibissen freigelegt.«

Larissa riss die Augen auf. »Und das ist eine echte mumifizierte Katze?«

»Exakt.« Wellink grinste. »Wollen Sie sie streicheln?«

»Lieber nicht!« Larissas Gesicht war anzusehen, dass sie sich ekelte.

»Meine Frau ist in diesem Land abergläubisch geworden«, bemerkte Ernest.

»Oh, das passiert leicht, wenn man sich tagaus tagein mit der Totenwelt der alten Ägypter beschäftigt«, sagte Wellink. »Ich habe etliche Nächte, in denen ich von Mumien und Grabkammern träume.«

»Sie auch?«, rutschte es Larissa heraus.

Ernest seufzte und schüttelte den Kopf.

Wellink legte die kleine Mumie zurück ins Regal. »Dieses Kätzchen symbolisiert die Göttin Bastet, die Beschützerin der Mütter und Schwangeren.« Er überflog die Bretter, ergriff hier eine Alabastervase oder dort eine blaue Fayencefigur. Er zeigte seinen Besuchern Ostraka genannte Tonscherben mit Hieroglyphen und auch gut erhaltene Werkzeuge.

»Das sind kleine Funde«, sagte er und strich liebevoll mit dem Daumen über eine hübsche bemalte Holzstatuette. »Es gibt Kollegen, die diese Dinge nicht zu schätzen wissen. Aber ich bin überzeugt, dass gerade die scheinbar unbedeutenden Funde wichtige Geschichten über das Leben erzählen, das vor Tausenden von Jahren hier gelebt wurde.«

»Und all diese Schätze werden in den Privaträumen von diesem Busch verschwinden?« Ernest ließ den Blick über das Regal wandern. »Finden Sie das richtig?«

»Nein«, sagte Wellink und ging seinen Gästen voraus zum Zeltausgang. »Deshalb habe ich Herrn Busch überzeugt, seine Sammlung öffentlich auszustellen.«

Als die kleine Gruppe wieder ins Freie trat, herrschte helle Aufregung. Die Cook-Reisegruppe war eingetroffen und hatte sich an der Stufenpyramide versammelt. Ein paar Herren versuchten, die erste Stufe zu erklimmen, indem sie einen an die Pyramide grenzenden Sandhaufen emporkrochen. Weitere Touristen durchsuchten Schutt und Sand nach antiken Fundstücken. Ein Paar versuchte, seine Initialen mit einem Taschenmesser in das Bauwerk zu ritzen.

»Lassen Sie das!« Wellink rannte los. »Hören Sie auf, die Pyramide zu beschädigen.«

»Hier hat schon einer viel mehr beschädigt«, antwortete der Mann unbeeindruckt. »Sie sind Deutscher, nicht wahr? Zufällig habe ich die Türumrahmung und die Wand, die Lepsius aus dieser Pyramide sprengen ließ, in Berlin im Museum gesehen.«

»Und der Brite Colonel Vyse hat versucht, mit schwerer Artillerie ein Loch in die Südwand zu schießen«, knurrte Wellink, als er wieder zu Ernest und Larissa kam. »Glücklicherweise ist der Versuch fehlgeschlagen.«

»Woher weiß man, dass diese Pyramide das älteste Steinbauwerk der Menschheit ist?«, fragte Larissa.

»Die Wissenschaft versucht, aus dem Vergleich mit anderen Grabanlagen Rückschlüsse zu ziehen. In Abydos zum Beispiel finden sich noch Königsgräber aus Flechtwerk und Lehmziegeln. Man nimmt an, dass diese Gräber älter sind als die Stufenpyramide, weil sie einfacher gebaut sind. Die Stufenpyramide wiederum ist noch nicht so perfekt wie die großen Pyramiden in Gizeh, von denen man aus den Aufzeichnungen des spätägyptischen Priesters Manetho weiß, dass sie eine ganze Dynastie jünger sind.«

»Und wie alt ist nun die Stufenpyramide?«, wollte Ernest wissen. Er hatte bereits begonnen, seine Fotoausrüstung aufzubauen.

»Sie ist schätzungsweise vier- bis fünftausend Jahre alt«, erwiderte Wellink.

Ernest machte ein paar Aufnahmen von der Stufenpyramide, dann zeigte Wellink seinen Gästen die Mastaba des ägyptischen Großgrundbesitzers und hohen Beamten Ti. Während er erzählte, dass der Name »Mastaba« den Gräbern in Anlehnung an die Bauweise gegeben worden war, weil sie an flache Bänke erinnerten, führte er seine Besucher durch einen von Säulen umgebenen kleinen Hof in die Kulträume und Opferkapellen der Mastaba.

Larissa war begeistert von den lebendigen Darstellungen des altägyptischen Lebens, die sie hier sah. Ob es um Jagdszenen am Nilufer, handwerkliche Tätigkeiten, Hirten, die ihre Viehherden versorgten, oder um Spiel, Spaß und Gelage ging, sie fühlte sich, als würde sie durch ein großes Bilderbuch des ägyptischen Alltags wandern. Sie und Ernest konnten mit dem Fotografieren gar nicht mehr aufhören.

»Wollen Sie Bekanntschaft mit dem Grabeigentümer machen?«, fragte Wellink. Er winkte seine Besucher zu einem schmalen senkrechten Spalt in der Nordwand der Kultkapelle.

»Man sieht nichts. Alles ist dunkel«, sagte Ernest enttäuscht, als er mit Larissa durch den Schlitz spähte.

»Abwarten.« Wellink hob seine Lampe, sodass Licht durch den Spalt fiel.

»Himmel!« Larissa wich überrascht zurück und stieß gegen Ernest.

Sie traten noch einmal vor den Spalt und spähten hindurch. Direkt auf der anderen Seite der Mauer stand ein Mann und blickte ihnen in die Augen. Er war groß und schlank, die Muskeln spielten unter der Haut seines nackten Oberkörpers, seine durchdringenden Augen funkelten. Larissa lief ein Schauer über den Rücken. Sie wusste, dass sie eine steinerne Statue sah und nicht einen lebendigen Menschen. Doch die Kristallaugen der Statue wirkten so wach, lebhaft und wissend wie die eines Menschen.

»Darf ich vorstellen: Ti, der Mann, der seit mehr als viertausend Jahren in diesem Haus der Ewigkeit wohnt«, sagte Wellink.

»Aber warum ist er in diesem dunklen Verlies ohne Tür und Fenster eingeschlossen?«, fragte Larissa.

»Dieser Raum heißt Serdab und ist ein Schrein für die Seele des Verstorbenen. So kann sie nicht nur zwischen den Welten wandern, sondern auch den Opferritualen der Hinterbliebenen beiwohnen.«

»Und ich mache jetzt eine Aufnahme vom Besitzer des Grabes.« Ernest hatte während Wellinks Erklärung seine Kamera und die Blitzlampe aufgebaut.

Danach wollte Wellink seinen Gästen das Serapeum, die Begräbnisstätte der heiligen Stiere, zeigen. Es lag nicht weit von der Mastaba des Ti, bei dem Haus seines Entdeckers, des französischen Archäologen Auguste Mariette.

»Das Serapeum war vollkommen von Sand verschüttet, als Mariette vor fast vierzig Jahren hierher kam«, berichtete Wellink. »Aber er hatte bei Strabo nachgelesen, dass ein von Sphingen gesäumter Weg zu den heiligen Begräbnisstätten der Stiere führt. Er begann zu graben und entdeckte eine Sphinx. Er grub weiter und fand eine Allee von hundert Sphingen, an deren Ende er vor dem Eingang des Serapeums stand. Inzwischen ist leider schon wieder fast alles verschüttet.«

Wellink wirbelte eine Sandwolke mit der Stiefelspitze auf. »Der Sand ist hier unser größter Feind. Er fließt wie das Wasser eines Ozeans und begräbt alles unter sich. Manchmal, wenn mir der Kampf gegen den Sand ausweglos erscheint, steige ich zu Mariettes Haus hinauf und blicke auf das Niltal, bis ich wieder genug Kraft verspüre, es mit dem Sand aufzunehmen. Schauen Sie selbst. Sieht das Niltal von hier nicht wie das Gelobte Land aus?« Er atmete tief durch.

Larissa und Ernest nickten stumm. In der Ferne verschwamm das schmale grüne Band, das den Menschen Ägyptens Nahrung und Leben gab, im Dunst. Im Norden erkannten sie die Pyramiden von Gizeh und etwas weiter entfernt konnten sie gerade noch die Kuppeln, Dächer und Minarette von Kairo ausmachen.

Ernest sagte: »Ein Erinnerungsfoto von uns beiden wäre schön. Doktor Wellink, trauen Sie sich das zu, wenn ich vorher alles genau einstelle?«

Das ehemalige Wohnhaus von Mariette war klein und einfach gebaut. Auf der Terrasse davor saß die etwas erschöpft wirkende Cook-Reisegruppe und ließ sich von den Beduinen mit Tee, Obst, Oliven und Fladenbrot bewirten.

»Möchten Sie ausruhen?« Wellink sah Ernest und Larissa an, aber beide schüttelten den Kopf.

»Sehr gut. Solange die Reisegruppe Pause macht, haben wir das Serapeum für uns.« Er winkte einem der Beduinen.

»Das ist Achmed«, stellte Wellink ihn vor. »Er war bei der Öffnung der Stufenpyramide dabei und ist eine Berühmtheit. Am Eingang hat er sich mit einem Handabdruck verewigt.«

»Ja, ja«, versicherte der Beduine, der offensichtlich Englisch verstand und strahlte, sodass man seine weißen Zähne sah. »Ich auch geholfen bei Pyramide von Cheops. Ich zeigen gerne Grab von Stiere. Kosten ...«, er wechselte einen kurzen Blick mit Wellink, der unmerklich mit dem Kopf schüttelte, und schloss mit leichtem Bedauern: »... zehn Piaster jeder.«

»Sie brauchen nicht zu handeln«, erklärte Wellink. »Das ist der übliche Preis.«

Achmed bedeutete ihnen, ihm zu folgen. Sie gingen über einen von zahllosen Besuchern ausgetretenen Pfad an einer

Senke vorbei und erreichten den Eingang des Heiligtums, der zwischen grob behauenen Felsen lag und von einem Gittertor verschlossen war.

»Leider ist von den Ställen und dem See, über den die Mumien der Tiere zum Tempel gefahren wurden, nichts mehr übrig«, erklärte Wellink. »Aber im Heiligtum gibt es noch etliche Gräber, die man besichtigen kann.«

»Mit Stiermumien?«, fragte Ernest.

»Leider nein. Die wurden längst geraubt.«

»Warum war der Stier so wichtig für die alten Ägypter?«, fragte Larissa.

Wellink wollte antworten, aber Ernest kam ihm zuvor: »Der Apis-Stier symbolisierte die Seele des Gottes Ptah, der in Memphis sehr verehrt wurde.«

»Das ist ein nebensächlicher Aspekt.« Wellink klang eine Spur gereizt. »Der Stier wurde dem Mond zugeordnet. In seinen Hörnern sahen die Ägypter Mondsicheln. Den regelmäßigen Wechsel des Mondes setzten sie mit dem regelmäßigen An- und Abschwellen des Nils gleich. Sie beobachteten den Himmel und konnten aus dem Stand der Sterne die Ankunft der Nilflut voraussagen. Davon hingen die nächste Ernte und das Überleben eines ganzen Landes ab.«

Ernest holte tief Luft. »Die Verehrung des Gottes Ptah war keineswegs nebensächlich. Er war ein Schöpfergott, der Lichtbringer und Vater aller anderen Gottheiten! So steht es in der Fachliteratur.«

»Ich weiß ja nicht, welche Fachliteratur Sie meinen, aber so wurde Ptah nur in Memphis gesehen«, behauptete Wellink. »Im ganzen übrigen Ägypten stand er in zweiter Reihe hinter Re, Amun und Osiris.«

»Sie halten sich wohl für …«, begann Ernest wütend.

»Wenn die alten Ägypter eine eigene Begräbnisstätte mit Tempeln und einem See für das heilige Tier des Ptah bauen ließen und eine Allee, die von hundert Sphingen gesäumt wurde, dorthin führte, muss dieser Gott wichtig gewesen sein, selbst wenn es Ihnen nicht gefällt, Doktor Wellink«, mischte Larissa sich demonstrativ ein.

Ernest lächelte zufrieden und nahm ihre Hand.

»Bitte Vorsicht am Eingang. Stufen und dunkel. Nicht fallen.« Achmed beendete das Geplänkel endgültig. Er holte einen Schlüssel aus seiner Galabija und öffnete das Gittertor. Dann entzündete er eine mitgebrachte Laterne und stieg die schiefen Stufen hinab in die Finsternis des Heiligtums.

Wellink folgte ihm, dann kamen Larissa und Ernest.

Trockene, unerwartet warme Luft schlug Larissa entgegen. Sie hörte, wie hinter ihnen die Gittertür ins Schloss fiel, und ihre Nackenhaare sträubten sich vor Unbehagen.

Achmed ging durch einen schmalen dunklen Gang voraus. Larissa hielt sich mit den Augen am flackernden Licht seiner Laterne fest. Schweiß brach ihr aus. Als Ernest hinter ihr stolperte und klappernd sein Stativ fallen ließ, entschlüpfte ihr ein erschrockener Ausruf.

Wellink drehte sich um. »Sie brauchen keine Angst zu haben.«

»Wenn die Lampe ausgeht, finden wir hier nie wieder heraus«, gab sie mit erstickter Stimme zurück.

Er machte eine Bewegung, als wolle er beruhigend nach ihrer Hand greifen, besann sich im letzten Moment aber anders und sagte: »Ich habe Kerzen und Zündhölzer dabei. Außerdem kennen Achmed und ich uns hier sehr gut aus. Wir würden auch mit verbundenen Augen hier herausfinden.«

»Ihr Wort in Gottes Ohr«, murmelte Larissa. Am liebsten hätte sie sich wie ein kleines Kind an seinen Arm geklammert.

Als sie merkte, dass ihre Augen sich an die Dunkelheit gewöhnten, beruhigte sie sich ein bisschen. Manchmal gab Wellink Achmed ein Zeichen. Dann stoppte der Araber und hielt die Laterne dicht an die Wand des Ganges. Im tanzenden Licht betrachteten Larissa und Ernest die Initialen, die frühere Besucher an den Wänden des Heiligtums hinterlassen hatten. Kurz vor der ersten Grabkammer hielt Wellink, entzündete drei Kerzen und gab Ernest und Larissa je eine. Hinter Achmed betraten sie das Allerheiligste. Larissa sah neugierig an Wellinks Schulter vorbei und unterdrückte einen entsetzten Aufschrei. Direkt vor ihr stand ein wuchtiger Sarkophag aus schwarzem Granit. Der Deckel war halb zur Seite geschoben, das Innere gähnte ihr wie ein dunkler Schlund entgegen. Es war das Bild aus ihrem Albtraum.

»Was hast du denn?«, ließ Ernest sich vernehmen. »Warum gehst du nicht weiter?«

Sie schüttelte nur stumm den Kopf und blieb wie angewurzelt stehen.

»Na, komm schon, mein kleiner Hasenfuß«, lächelte Ernest und nahm ihre Hand. »Hast du Angst, hier geistert eine Stiermumie herum?«

Bei näherer Betrachtung merkte Larissa jedoch, dass die Stiergruft nicht die Bilder ihres Albtraumes wiedergab. Es gab kein auf die Wand gemaltes Auge, sondern Nischen, in denen die Pilger der Pharaonenzeit kleine Tafeln mit eingeritzten Bittgesuchen hinterlassen hatten. Der Sarkophag selbst war riesig, viel größer als der aus ihrem Traum. Eine Leiter lehnte an der Seitenwand, damit Besucher hineinschauen konnten. Und es gab natürlich keine alte Fellachin mit einer Schlange, die die Kammer bewachte.

»Ist das groß!«, rief Ernest, der inzwischen auf der Leiter stand und in das Innere des Sarkophags blickte. »Wir könnten darin Walzer tanzen, Liebling. Willst du nicht doch schauen?«

Aber sie schüttelte den Kopf und begnügte sich damit, die Magnesiumblitzlampe zu halten, als Ernest ein Foto von der Grabkammer schoss.

Als sie weitere Kammern besichtigten, gewöhnte sie sich langsam an den Anblick der schwarzen Sarkophage, und als Wellink entrüstet berichtete, dass Mariette nicht davor zurückgeschreckt war, auf seiner Suche nach Stiermumien einige der Deckel mit Dynamit in die Luft zu jagen, musste sie herzhaft lachen.

In der letzten Kammer trat Achmed mit seiner Lampe neben den Sarkophag. »Kambyses II.«, erklärte er wichtig und hielt die Laterne an eine Stelle mit Schriftzeichen.

»Der Perserkönig?« Ernest trat näher an den Sarkophag. »War er hier?«

»War hier«, nickte Achmed. »Aber Kambyses Schurke. Nehmen Dolch und stechen Stier in Bein.« Er ahmte die Bewegung nach. »Dann lassen Hunde los. Hunde beißen Stier tot. Dann Götter böse und strafen Kambyses. Wenn zog durch Wüste, um zu plündern Orakel von Siwa, Götter schicken Sandsturm. Verschlucken Kambyses und fünfzigtausend Krieger.«

»Du lieber Himmel«, raunte Larissa.

»Nein.« Achmed schüttelte nachdrücklich den Kopf. »Himmel nicht lieb. Himmel sehr böse mit Kambyses.«

»Stimmt diese Geschichte?«, wandte Ernest sich an Wellink.

»So berichtet es Herodot«, bestätigte der. »Er schreibt, dass die Priester von Siwa die Macht hatten, Sandstürme zu entfesseln.«

»Unglaublich«, sagte Ernest und starrte auf den Sarkophag.

»Oase von Siwa besonderer Ort«, bemerkte Achmed. »Verstecken viele Geheimnisse.«

»Ja?« Ernest wandte sich um.

Achmed lächelte breit. Ernest verstand und gab ihm einen Piaster. »Also, was für Geheimnisse meinst du?«

»Schwager geht mit Handelskarawane oft nach Siwa. Dort Grab von Große Alexander«, sagte Achmed bedeutungsvoll.

»Was?«, rief Ernest aus. »Ich dachte, das ist verschollen!«

»Ist es auch. Seit sein Mausoleum in Alexandria zerstört wurde«, sagte Wellink. »Erzähl keine Märchen, Achmed.«

»Schwöre beim Bart des Propheten! Nix Märchen!« Achmed klang beleidigt. »Grab von Alexander in Siwa. Schwager sagen so. Und warum Schwager nicht glauben?«

»Hm«, brummte Ernest und legte die Stirn in Falten. »Es war Alexanders Wunsch, in Siwa begraben zu werden, wo das Orakel ihm die Weltherrschaft prophezeit hatte. Gut möglich, dass er dorthin überführt wurde.«

Achmed strahlte. »Inschallah. So es sein.«

»Darauf gibt es keinen Hinweis in den Quellen«, beharrte Wellink.

Ernests Blick verlor sich im Zwielicht der Grabkammer. »Dennoch könnte es so sein. Es fehlt nur der richtige Mann, um danach zu suchen.«

»Stellen Sie sich das nicht so einfach vor. Das beginnt mit der Grabungserlaubnis und endet bei den Bewohnern der Oase, die Sie als Helfer für Ihr Vorhaben gewinnen und bezahlen müssen«, entgegnete Wellink nüchtern. »Schliemann sucht übrigens auch gerade nach Alexanders letzter Ruhestätte. Er glaubt allerdings, dass sie in Alexandria ist.«

Ernest ließ die Fingerspitzen über den Granitsarkophag gleiten. »Wäre Mariette nicht dem Hinweis Strabos gefolgt, würde das Serapeum auch noch unter tiefem Sand begraben liegen.«

Etwas später traten sie wieder ins Freie. Ernest bezahlte Achmed und Larissa ging in den Waschraum von Mariettes Haus, um sich frisch zu machen.

»Ich habe da noch etwas«, sagte Ernest zu Wellink, sobald Larissa verschwunden war. »Ich würde mich freuen, wenn Sie einen Blick darauf werfen.«

Er griff in die Innentasche, holte einen kleinen Gegenstand hervor und zeigte ihn Wellink.

»Woher haben Sie den?«, fragte der Archäologe. »Haben Sie ihn hier gefunden?«

Ernest schüttelte den Kopf. »Den habe ich schon länger. Können Sie mir die Hieroglyphen darauf übersetzen?«

Fünf Tage später war Silvester. In Mrs Potters Salon hingen bunte Papiergirlanden an den Wänden und auf dem Kaminsims standen Postkarten mit den besten Wünschen für das neue Jahr, die ehemalige Gäste geschickt hatten.

»Meine Lieben, kann ich Sie für ein weiteres Gläschen Gin Fizz begeistern?« Honora Potter, die zur Feier des Jahreswechsels eine Federboa um den Hals geschlungen hatte, drehte mit ihrem Tablett die Runde. Nach einigen Gin Fizz glühten ihre Wangen so rot wie ihre Federboa und sie flirtete in allerbester Stimmung mit den anwesenden Herren.

Am späten Nachmittag waren Ernest und Larissa, Wellink, Mr Tusan und das Ehepaar Rouston auf Einladung der Hausherrin im Salon zusammengekommen. Alle trugen ihre festlichste Kleidung und freuten sich über ein paar entspannte Drinks, bevor sie zur Silvestergala des Shepheard Hotels aufbrechen wollten.

Mr Tusan und Wellink drängten sich auf dem schmalen Hocker vor dem Klavier und spielten vierhändig Can Can, und die Roustons klatschten ausgelassen mit. Ernest und Larissa standen an der Bar. Zu ihnen gesellte sich die Hausherrin mit ihrem fast leeren Tablett. »Greifen Sie nur zu«, ermunterte sie Ernest und Larissa. »Heute bleibt nichts übrig.«

Larissa lehnte dankend ab, aber Ernest verkündete: »Diese Gin Fizz sind eine verdammt gute Sache.« Mit einem kleinen Rums – es war nicht sein erster Drink – stellte er sein leeres Glas auf die Bartheke und nahm ein frisches.

»Jetzt fehlt nur noch der Imbiss«, sagte Mrs Potter. Sie ging zur Salontür und riss sie auf. »Wo bleiben die Horsd'œuvres?«, rief sie laut in die Halle.

Es vergingen noch ein paar Minuten, dann erschien das Dienstmädchen mit einem Tablett und schlenderte gemächlich zur Bar. Mrs Potters kleine Pagen folgten mit weiteren Platten.

»Das ist doch nicht alles«, zischte Mrs Potter das Mädchen an. »Wo sind die russischen Eier?«

»Habe vergessen, gnädige Frau, aber hole sofort.« Das Mädchen lächelte treuherzig und wanderte ohne erkennbare Eile wieder hinaus.

»Ich bin nicht zufrieden mit ihr«, murmelte Honora Potter und trank einen großen Schluck Gin Fizz. »Nein, ich bin ganz und gar nicht zufrieden mit ihr.«

»Sie hätten Semiramis behalten sollen. Sie war schnell und verlässlich«, bemerkte Larissa. »Warum haben Sie ihr so plötzlich gekündigt? Gute Dienstboten sind rar.«

»Oho! Da spricht die Tochter des Teppichhändlers«, meldete Ernest sich zu Wort.

Larissa warf ihm einen überraschten Blick zu, aber bevor sie etwas erwidern konnte, erklärte Mrs Potter: »Semiramis hat sich höchst unpassend verhalten. Und nicht nur sie. Aber zahlende Gäste hinauszuwerfen kann ich mir nicht erlauben.« Sie blickte gekränkt in Wellinks Richtung.

Der sang gerade, unterstützt von Mr Tusan und den Roustons, ein Trinklied aus der Operette »Die Fledermaus« und hämmerte auf das Klavier, als wolle er die Saiten zum Springen bringen.

»Meine Frau und ich haben uns schon gewundert, warum die Bettfedern im Nebenzimmer nicht mehr quietschen«, kicherte Ernest.

»Ernest!«, rief Larissa peinlich berührt.

Die Hauswirtin starrte schwermütig in ihr Glas. »Ich bin sehr enttäuscht.«

»Von dem Mädchen oder von dem Doktor?«, wollte Ernest wissen.

Mrs Potter nahm einen tiefen Zug von ihrer Zigarette und zog es vor zu schweigen.

Larissa sagte energisch zu Ernest: »Ich glaube, du hattest genug von diesen Drinks!«

»Und was passiert, wenn ich mir noch einen nehme? Bin ich dann nicht mehr gut genug für dich?« Demonstrativ leerte er sein Glas. »Ich weiß wohl, dass deine Eltern lieber einen wie den gehabt hätten.« Er drehte sich in Wellinks Richtung und schwankte dabei ein bisschen. »Einen Achä…, Acho…, Archilogen. Einen, der studiert hat, wie man was ganz Großartiges aus dem Sand gräbt! Und ganz großartig Klavier spielen kann er auch! Und er spricht deutsch mit meiner Frau und tut sich vor ihr wichtig, damit ich wie ein Trottel aussehe daneben!«

Ernests Stimme war immer lauter geworden. Die kleine Gruppe am Klavier hatte mit dem Singen aufgehört. Honora Potter zog die Augenbrauen hoch, Mr Tusan blätterte in den Noten und die Roustons schienen etwas sehr Interessantes im dunklen Innenhof entdeckt zu haben. Wellink nahm sein Glas vom Klavier und prostete Ernest lächelnd zu. Larissa packte ihren Mann am Arm und zerrte ihn aus dem Salon.

»Was ist denn in dich gefahren?«, fuhr sie ihn an, als sie in der kleinen Eingangshalle standen. »Ich habe mich darauf gefreut, mit dir ins neue Jahr zu feiern. Aber du betrinkst dich und suchst offensichtlich Streit!«

»Ich mag Wellink nicht«, gab Ernest wütend zurück. »Ich will nicht, dass er deutsch mit dir spricht und rauskehrt, was für ein toller Hecht er ist. Du bist meine Frau!« Er packte Larissa bei den Schultern und schwankte dabei so, dass sie ihn festhalten musste.

»Natürlich bin ich das. Nur deine«, versuchte sie ihn zu beschwichtigen.

Ernests Blick durchbohrte sie förmlich. »Bist du dir ganz sicher?«

»Auf eine so dumme Frage antworte ich dir nicht!«, gab sie ärgerlich zurück.

Ernest ballte eine Hand zur Faust. »Ich werde dir beweisen, dass ich gut genug bin! Und deinen Eltern auch! Wellink ist nicht der Einzige, der etwas ausgraben kann!«

Larissa stöhnte auf. »Jetzt fang bitte nicht wieder mit Siwa an. Das ist eine hirnverbrannte Idee!«

»Aber das Grab von Al…, Ale…xander …« Ernest blickte auf die geschlossene Salontür, hinter der jetzt wieder gedämpfte Klaviermusik zu hören war.

»… ist nicht in Siwa. Du hast doch gehört, was Doktor Wellink gesagt hat«, vollendete Larissa ungehalten.

»Das hat er nur gesagt, um selbst dorthin reisen zu können und die Lorbeeren einzusammeln«, lallte Ernest.

Larissa war verzweifelt. Seit der Beduine Achmed in Sakkara mit seinem angeblichen Wissen um das Grab Alexanders des Großen geprahlt hatte, war ihr Mann wie ausgewechselt. Ununterbrochen fantasierte er über die Oase und die letzte Ruhestätte des antiken Feldherrn, die sich seiner Meinung nach ganz sicher dort befand. Er redete sogar davon, die Weiterreise nilaufwärts zu verschieben. Stattdessen wollte er nach Siwa, um dort nach Hinweisen zu suchen. Den Auftrag von Mr Cook, der einmal sein und Larissas gemeinsamer großer Traum gewesen war, schien er völlig vergessen zu haben.

»Mir musst du nichts beweisen.« Larissas Stimme klang jetzt wie die einer Mutter, die versucht, ihr eigensinniges Kind zur Vernunft zu bringen. »Du bist ein großartiger Fotograf. Deshalb hat Mr Cook dich für diese Tour engagiert. Enttäusche ihn nicht.«

»Was sind schon Fotos. Die kann inzwischen jeder machen. Aber wenn ich das Grab von Alexander finde, werde ich in die Geschichte eingehen wie Schliemann mit Troja. Deine Eltern werden mich endlich res …, res …, res-pek-tiern.« Er rang um Worte. »Weil die ganze Welt meinen Namen kennt. MEINEN – nicht Wellinks. Der kann weiter in Sakkara nach Katzen graben.«

»Jetzt hör mir mal gut zu, Ernest!« Larissa packte ihn am Arm. »Du kannst nicht nach Siwa, weil unser Schiff übermorgen nilaufwärts fährt. Wir haben einen Auftrag von Mr Cook erhalten und den werden wir erfüllen! Du solltest dich hinlegen und ein bisschen schlafen. Danach sieht die Welt wieder ganz anders aus. Komm, ich helfe dir beim Ausziehen. Dann gehe ich zu Mrs Potter und sage ihr, dass wir nicht mehr mitkommen ins Shepheard.« Sie führte ihn zur Treppe.

Aber Ernest befreite seinen Arm mit einem Ruck. »Willst du mich ins Bett schicken, damit du mit dem Doktor ins neue Jahr tanzen kannst? Aber ich werde dir beweisen ...«, er fuhr sich mit einer Hand über die Stirn. »Ach was, du wirst schon sehen. Wenn ich mich etwas ausgeruht habe, wirst du schon sehen«, murmelte er. Dann wankte er allein die Treppe hinauf.

Larissa ließ sich auf die unterste Stufe sinken. Sie war den Tränen nahe. Seit sie in Sakkara gewesen waren, erkannte sie ihren Mann nicht wieder. Er wirkte völlig verändert, wie verhext, und sie konnte nichts tun, um ihn wieder zur Vernunft zu bringen.

Die Salontür wurde einen Spalt geöffnet und Doktor Wellink streckte den Kopf heraus. Als er Larissa sah, eilte er näher. »Mrs Wood! Geht es Ihnen gut?«

Bei seinem Anblick packte sie haltloser Zorn. »Sie! Sie haben mir gerade noch gefehlt!« Sie sprang auf und rannte die Treppe hinauf.

Als Larissa ihr gemeinsames Zimmer betrat, lag Ernest in Anzug und Schuhen auf dem Bett und schnarchte laut. Sie verspürte Erleichterung. Auf eine Fortsetzung der Diskussion um Siwa und das Grab Alexanders des Großen hatte sie nämlich nicht die geringste Lust. Sie kniete sich vor das Bett und zog ihm vorsichtig die Schuhe aus. Weil er auf der Bettdecke lag, holte sie die Wolldecke aus dem Schrank, die Mrs Potter dort für kühle Nächte hingelegt hatte, und breitete sie über ihn.

Jetzt musste sie noch einmal hinunter und ihre Teilnahme am Empfang des Shepheard absagen. Zum Glück traf sie Honora Potter alleine im Treppenhaus an. Wellink hatte ihr Bescheid gesagt und sie hatte gerade nachschauen wollen, ob alles in Ordnung war.

Wieder im Zimmer merkte Larissa, wie erschöpft sie war. Es kostete sie Überwindung, Kleid und Mieder auszuziehen und das Haar zu lösen. Sie verzichtete auf ihr Nachthemd und kroch in Unterwäsche unter die Bettdecke. Sie hörte noch gedämpfte Stimmen aus der Halle, aber bevor die Haustür ins Schloss fiel, war sie eingeschlafen.

Sie erwachte am nächsten Morgen von einem Sonnenstrahl, der durch die Ritzen der Fensterläden fiel und sie an der Nase kitzelte. Verwirrt setzte sie sich auf und sah sich um. Ernests Hälfte des Bettes war leer, draußen heller Tag.

Der Reisewecker auf ihrem Nachttisch zeigte ihr, dass es nach neun Uhr war. Hatte sie wirklich so tief geschlafen, dass sie nicht einmal die Rufe der Muezzine zum Morgengebet gehört hatte?

Sie blickte auf das Bett. Wo Ernests Kopf gelegen hatte, befand sich ein tiefer Abdruck im Kissen. Bestimmt saß er beim Frühstück, vermutlich mit einem ziemlichen Kater und hoffentlich auch einem schlechten Gewissen.

Sie beschloss, ihm keine Vorhaltungen wegen des gestrigen Abends zu machen. Er hatte sich noch nie so betrunken und sie hoffte, dass er es auch nie wieder tun würde.

Sie kletterte aus dem Bett, ging zum Fenster und öffnete es. Sie fühlte sich ausgeruht und voller Energie und freute sich auf den Tag. Während sie am offenen Fenster stand, sich ausgiebig streckte und den Vögeln, die in der Maulbeerfeige zwitscherten, zulächelte, überlegte sie, dass sie und Ernest heute nichts vorhatten, außer ihre Koffer zu packen.

Morgen früh würden sie zu ihrer Nilfahrt aufbrechen. Sie freute sich unbändig darauf, das ägyptische Leben längs des Flusses kennenzulernen und weltberühmte Tempel und Grabanlagen zu besichtigen, die gewiss viele wunderbare Fotogelegenheiten boten.

Sie wusch und kämmte sich. Dann zog sie ein hellblaues Baumwollkleid mit besticktem Kragen an, in dem Ernest sie besonders gerne sah.

Als sie die Treppe hinunterlief, hörte sie Mrs Potters Kanarienvogel singen und die von Zigaretten und Drinks heisere

Stimme seiner Besitzerin: »Halt endlich den Schnabel, verdammter Vogel. Ich habe schon genug Kopfweh!«

Die Hausherrin stand hinter der Rezeption und blätterte in ihrem Gästebuch. Durch die geöffnete Eingangstür flutete frische Morgenluft. Die beiden schwarzen Pagen saßen auf dem Trottoir und spielten ein Würfelspiel.

Larissa ging auf die Hausherrin zu. »Guten Morgen, Mrs Potter. Ein frohes neues Jahr!«

Honora Potter hob den Kopf. »Guten Morgen, Mrs Wood. Ihnen auch ein schönes neues Jahr. Schade, dass Sie gestern nicht mehr dabei waren. Doktor Wellink wollte um Mitternacht den Fahnenmast vor dem Shepheard erklimmen, um von dort ›Freude schöner Götterfunken‹ zu schmettern. Mr Tusan und Monsieur Rouston hatten alle Hände voll zu tun, ihn davon abzuhalten.«

Larissa lächelte. »Ist mein Mann schon im Esszimmer?«

Honora Potter sah sie unbehaglich an. »Ihr Mann muss das Haus heute sehr früh verlassen haben. Als ich um sieben Uhr herunterkam, fand ich diesen Briefumschlag an der Rezeption. Er ist für Sie.« Sie gab Larissa einen verschlossenen Umschlag mit dem aufgedruckten Schriftzug der Pension.

Larissas Herz schlug plötzlich bis zum Hals. Zögernd nahm sie den Umschlag und riss ihn auf.

Mrs Potter wandte sich wieder ihrem Gästebuch zu. »Im Speisezimmer sind nur die Roustons. Als sie und ich nach Hause gingen, saßen Mr Tusan und Doktor Wellink noch mit ein paar Leuten in der Bar des Shepheard. Ich würde fast darauf wetten, dass sie immer noch dort sitzen. Mrs Wood? Geht es Ihnen nicht gut? Sie sind ja ganz blass geworden?«

Larissa starrte sie an. Ihre Stimme war nur ein Flüstern. »Ernest ist weg.«

»Weg?«, kam es verständnislos von Mrs Potter.

»Er ist abgereist.«

»Nach London?«

»Nein. Nach Siwa.« Mit brüchiger Stimme las Larissa vor: »Mein Liebling, Mariette hat das Serapeum der heiligen Stiere in Sakkara entdeckt, weil er einem kleinen Hinweis in einem alten Buch gefolgt ist. Das zeigt mir, dass ich den Hinweis von Achmeds Schwager nicht unbeachtet lassen darf. In Siwa wartet etwas Besonderes auf mich – das Grab Alexanders des Großen. Deshalb werde ich heute Morgen mit einer Karawane dorthin reisen. ›Folge deinem Herzen‹. Das steht auf dem Skarabäus, den du mir geschenkt hast. Deshalb weiß ich, dass du mir nicht böse sein, sondern mich verstehen wirst, wenn ich jetzt meinem Herzen folge. Warte hier auf mich. Ich werde dir schreiben.« Larissa ließ die Hand mit dem Brief sinken.

»Ach du grüne Neune!« Mrs Potter hatte kugelrunde Augen bekommen. »Ich habe nicht geglaubt, dass er das ganze Gerede über Siwa und das Grab Alexanders so ernst nimmt.«

»Ich schon, und dann auch wieder nicht«, stammelte Larissa. »Wie konnte er sich einfach davonmachen? Wie konnte er das nur tun?«

Mrs Potter berührte sie sacht an der Schulter. »Es tut mir furchtbar leid, Liebes.«

»Ich muss ihn aufhalten«, murmelte Larissa verzweifelt. »Wissen Sie, wo die Karawanen nach Siwa aufbrechen?«

»Leider nein, Liebes.«

»Von Kerdasa, bei Gizeh!«, ertönte Wellinks Stimme.

Beide Frauen fuhren herum. Mr Tusan und Wellink standen in der Halle. Sie stützten sich gegenseitig, wobei sich auf den zweiten Blick zeigte, dass eigentlich Mr Tusan Wellink stützte.

»Wenn ich mich beeile, schaffe ich es vielleicht noch, bevor sie aufbrechen! Schnell! Besorgt mir einen Esel, aber einen, der rennen kann!« Larissa stürzte auf die beiden Pagen zu, die erschrocken von ihrem Würfelspiel aufblickten.

»Sie sind viel zu spät!«, rief Wellink ihr auf Deutsch hinterher. »Die Karawanen verlassen Kerdasa im Morgengrauen.«

»Dann nehme ich eben die nächste Karawane. Wann geht sie? Morgen früh?«

»Ungefähr in zwei Wochen«, erwiderte Wellink. Er bemerkte Larissas entsetztes Gesicht und fügte hinzu: »Dieser Hornochse glaubt wirklich, dass er in Siwa das Grab Alexanders findet?«

»Reden Sie gefälligst nicht so über meinen Mann!«, fuhr sie ihn an. »Und überhaupt sind Sie an der ganzen Sache schuld! Hätten Sie uns nicht mit diesem Achmed bekannt gemacht, wäre Ernest nie auf die verrückte Idee gekommen, nach Siwa zu müssen. Der Gedanke hat ihn regelrecht um den Verstand gebracht.«

»Wer hätte auch ahnen können, dass Ihr Mann jede Wichtigtuerei ...«, begann, Wellink, aber Tusan fiel ihm ins Wort: »Es ist gut möglich, dass die Karawane Ihren Mann nicht mitgenommen hat. Der Weg durch die Wüste ist lang und beschwerlich und kein Karwan-Baschi ist versessen darauf, einen unerfahrenen Europäer mitzuschleppen.«

»Außer er gibt ihnen genug Bakschisch«, bemerkte Wellink.

»Wir wollen nicht gleich vom Schlimmsten ausgehen«, beschwichtigte Mrs Potter.

»Genau«, sagte Wellink und gähnte herzhaft. »Wahrscheinlich kommt Ihr Mann gleich durch diese Tür spaziert. Ich lege mich jetzt aufs Ohr. Gute Nacht oder besser guten Morgen, meine Damen.« Er erklomm schwerfällig die Treppenstufen. Mr Tusan verbeugte sich kurz vor Larissa und Mrs Potter und verschwand ebenfalls.

Larissa stützte die Ellbogen auf den Empfangstresen und legte den Kopf in die Hände. »Ach, Ernest, warum musste das sein?« Sie klang verzweifelt. »Was soll ich nun Mr Cook sagen?«

Mrs Potter legte einen Arm um ihre Schultern. »Mr Cook sollten wir noch nicht damit beunruhigen. Kopf hoch, Liebes. Geben Sie die Hoffnung nicht auf. Ich mache uns jetzt erst einmal eine gute Tasse Tee. Sie werden sehen, Ihr Mann ist wieder da, bevor Sie den ersten Schluck getrunken haben.«

7

Hieroglyphen

Nach der altägyptischen Überlieferung hat Thot, der Gott der Weisheit, die Hieroglyphen geschaffen. Die Ägypter nannten sie »Schrift der Gottesworte«. Sie gehören dem ältesten bekannten ägyptischen Schriftsystem an, das von etwa 3200 v. Chr. bis 300 n. Chr. benutzt wurde und in der Spätzeit ungefähr 7000 Zeichen umfasste. Hieroglyphen sind eine auf die Verwendung an Tempel- und Grabwänden ausgerichtete Monumentalschrift und wurden ursprünglich farbig geschrieben. In Einzelfällen konnte allein die Farbe zwei ansonsten formgleiche Schriftzeichen unterscheiden.

»Klopf, klopf, klopf!«

»Verflucht noch eins! Hat man denn nie seine Ruhe!« Wellinks Stimme schallte ärgerlich durch die geschlossene Zimmertür.

Ein paar Sekunden herrschte Stille. Dann wurde wieder nachdrücklich an die Tür gepocht: Klopf, klopf, klopf!

»Ja! Ich bin doch schon unterwegs!« Die Tür flog auf und ein zerzaust aussehender Doktor Wellink tauchte auf. Sein Gesicht zeigte Bartstoppeln und war vom Kissen zerdrückt und er hatte in aller Eile einen Morgenrock übergeworfen.

»Mrs Wood!« Er starrte Larissa an. »Ist Ihr Mann wieder da?«

»Eben nicht! Und es ist bereits Mittag!«, gab sie zurück. Jetzt bemerkte Wellink, dass sie Hut und Mantel trug. »Ich reite jetzt nach Gizeh. Und ich will, dass Sie mich begleiten.«

Larissa hatte die letzten Stunden damit verbracht, auf die Rückkehr ihres Mannes zu warten. Um sich von ihren Sorgen abzulenken, hatte sie das Gepäck durchgesehen und festgestellt, dass Ernest fast die gesamte Fotoausrüstung, angefangen bei seiner Kamera, mitgenommen hatte. Sonst fehlten etwas Kleidung zum Wechseln, sein Tropenhelm und die getönte Brille, die Wolldecke, mit der Larissa ihn am Abend zuvor zugedeckt hatte, und das Buch von Herodot. Das gesamte Bargeld war ebenfalls verschwunden. Die Reiseschecks hatte er dagelassen.

Larissa machte einen aufgelösten Eindruck auf Wellink. Ihr Gesicht war blass, aus der Frisur hatten sich Strähnen gelöst, die sie achtlos hinter die Ohren gestrichen hatte, und sie zupfte unaufhörlich an ihrer Kleidung. Doch obwohl Wellink sah, dass sie sich elend fühlte, hielt er nichts von der Idee, nach Gizeh zu reiten.

»Was versprechen Sie sich davon? Ihr Mann hat einen Platz in der Karawane bekommen, sonst wäre er ja wieder hier. Wir können nichts mehr am Lauf der Dinge ändern. Ich würde mich jetzt gerne wieder hinlegen. Sie sollten das auch tun. Sie sehen nicht gerade wie das blühende Leben aus.« Er machte Anstalten, die Tür zu schließen, aber Larissa stellte rasch einen Fuß in den Spalt.

»Verstehen Sie nicht, dass ich Gewissheit haben muss? Vielleicht hat jemand gesehen, wie Ernest mit der Karawane losgezogen ist. Völlig ahnungslos zu sein ist unerträglich.« Ihre Kehle wurde eng. Rasch senkte sie den Kopf, damit Wellink nicht merkte, dass sie kurz davor war, zu weinen. »Im Gegensatz zu Ihnen beherrsche ich das Arabische nicht. Deshalb möchte ich, dass Sie mich nach Gizeh begleiten. Bitte«, sie hob den Kopf und sah ihm direkt in die Augen, »lassen Sie mich nicht im Stich.«

Obwohl sie ihre Esel unbarmherzig angetrieben hatten, war es fast drei Uhr, bevor Larissa und Wellink Gizeh erreichten. Bei den Pyramiden herrschte der übliche Betrieb aus Touristengruppen, Händlern, die Souvenirs und Erfrischungen anboten, und Fremdenführern, die Jagd auf Kundschaft machten. Doch der große sandige Platz nahe des benachbarten Dorfs Kerdasa, auf dem sich die Karawanen sammelten, die durch die Sahara Richtung Westen zogen, war fast verlassen. Der Wind trieb Staubwolken über die weite Fläche, auf der sich nur noch vereinzelte Beduinen mit ihren Tieren befanden. Ein paar Wasserverkäufer saßen müßig neben ihren leeren Schafhäuten und rauchten. Ein kleiner Junge hütete am Rand des Platzes Ziegen.

»Er ist wirklich weg«, sagte Larissa mit erstickter Stimme.

Angesichts ihrer Verzweiflung schluckte Wellink die Bemerkung herunter, dass er genau das vorhergesagt hatte. »Ich werde ein bisschen herumfragen«, antwortete er stattdessen. »Ausländer sind bei den Sahara-Karawanen die Ausnahme. Bestimmt kann sich jemand an Ihren Mann erinnern.«

Die Beduinen hatten jedoch keinen Frangi gesehen. Sie waren erst nach dem Aufbruch der Karawane auf den Platz gekommen, um einem Pilgerzug aus Marokko nach Mekka, der in den nächsten Tagen erwartet wurde, ihre Dienste anzubieten. Auch die Wasserträger behaupteten, dass ihnen niemand mit Ernests Beschreibung aufgefallen war. Erst als Larissa ihnen ein paar Pfundnoten gab, fiel ihnen ein, dass sie Ernest gesehen hatten.

»Das ist wenigstens ein kleiner Hinweis!«, sagte Larissa zu Wellink, als sie zu den Eseln zurückgingen, die von dem kleinen Ziegenhirten bewacht wurden.

Als er die Spur von Zuversicht in ihrer Stimme hörte, brachte er es kaum über sich, ihre Hoffnung zu zerstören. »Geben Sie nicht zu viel auf diese Auskunft«, begann er vorsichtig. »Die Männer haben gesagt, was Sie hören wollten. Aus Dankbarkeit für das Bakschisch.«

»Manchmal wäre es mir lieber, wenn Sie Ihre Weisheiten für sich behielten!« Sie ging schneller, aber er ließ sich nicht abschütteln.

»Warum soll ich Ihnen etwas vormachen? Ich weiß, dass es schwer ist, aber Sie müssen sich in Geduld fassen«, entgegnete er. »Wahrscheinlich ist Ihr Mann auf dem Weg nach Siwa, aber bis er dort eintrifft, vergehen leicht zwei Wochen. Wenn er Ihnen sofort nach seiner Ankunft schreibt, werden Sie frühestens in vier Wochen Gewissheit haben.«

Nach ihrer Rückkehr aus Gizeh fiel Larissa in ein tiefes dunkles Loch. Sie verkroch sich in ihrem Zimmer, lag bei geschlossenen Fensterläden auf dem Bett, starrte an die Decke und rührte die Speisen, die Mrs Potters Dienstmädchen brachte, kaum an.

Wellink kehrte am nächsten Tag zurück nach Sakkara. Vorher klopfte er an Larissas Tür, um sich nach ihrem Befinden zu erkundigen. Als sie nicht öffnete, schob er einen Zettel unter dem Spalt hindurch, auf dem stand, sie solle ihm Nachricht schicken, wenn es etwas Neues gab oder sie etwas brauchte. Doch der Mensch, den Larissa jetzt am meisten brauchte, war Ernest, und sie konnte nichts anderes denken, als dass er sie in Kairo zurückgelassen hatte, um einem Hirngespinst nachzujagen.

Noch vor wenigen Tagen hätte sie jede Summe gewettet, dass sie und Ernest zusammen durch dick und dünn gingen. Sie war sicher gewesen, dass sie wusste, was er dachte und fühlte und was er vom Leben und von ihrer Ehe erwartete. Jetzt stellte sich das bittere Gefühl ein, den Mann, den sie geheiratet hatte, nicht wirklich zu kennen.

Zum ersten Mal überlegte sie, dass ihre Eltern mit ihren Vorbehalten gegen die Hochzeit ein kleines bisschen recht gehabt haben könnten. Vielleicht hatten sie beide zu rasch und im Überschwang der Gefühle geheiratet.

Am Morgen des siebten Januars klopften die Roustons an Larissas Tür.

»Meine liebe Mrs Wood, heute ist Weihnachten und niemand soll Weihnachten allein verbringen«, verkündete Madame

Rouston, nachdem Larissa den beiden geöffnet hatte. Als sie merkte, dass sie mit ihrer seltsamen Ansprache Larissas Aufmerksamkeit geweckt hatte, fuhr sie fort: »Die Kopten feiern heute ihr Weihnachtsfest. Mein Mann und ich wollen die Messe in der Sankt-Markus-Kathedrale besuchen, sie soll ein Erlebnis sein. Wir möchten Sie mitnehmen. Nein, keine Ausrede, Sie werden beim Festumzug großartige Fotogelegenheiten bekommen und der koptische Papst wird die Messe lesen.«

Letztendlich war Larissa nach dem über dreistündigen Gottesdienst mit unzähligen Gebeten, Gesängen und Anrufungen in koptischer Sprache völlig erschöpft, aber wenigstens hatte sie nicht über Ernest nachgegrübelt.

Zwei Tage später brachen die Roustons zu ihrer Segeltour nach Oberägypten auf. Als Larissa in Bulak am Nilufer stand und der Dahabije nachwinkte, ging neben ihr eine Thomas-Cook-Reisegruppe an Bord eines Hotelschiffes. Unbehaglich dachte sie daran, dass John Mason Cook keine Ahnung hatte, dass sein Fotograf verschwunden war und seine Fotografin in Kairo festsaß. Sie fühlte sich wie eine Betrügerin, obwohl eigentlich Ernest derjenige war, der seinen Auftraggeber hinters Licht führte.

Wieder schloss sie sich in ihrem Zimmer ein, aber jetzt ließ Mrs Potter nicht zu, dass sie erneut in Trübsal verfiel. Die Hauswirtin hatte das Zimmer der Roustons an ein österreichisches Ehepaar vermietet und bat Larissa, den beiden beim Umtausch der Reiseschecks zu helfen. Sie schickte sie mit den neuen Gästen zum österreichischen Konsulat und arrangierte, dass sie den beiden die wichtigsten Sehenswürdigkeiten zeigte. Danach wollte Mrs Potter, dass Larissa dem neuen Dienstmädchen besseres Englisch beibrachte. Aber daraus wurde nichts, weil weder Lehrerin noch Schülerin viel Lust auf den Unterricht hatten.

Larissa merkte allerdings, dass ihre Stimmung sich durch die Aktivitäten besserte. Inzwischen waren zwei Wochen seit Ernests Verschwinden vergangen und er musste in Siwa angekommen sein – vorausgesetzt, er war wirklich dorthin gereist. Jetzt standen ihr noch einmal zwei schwere Wochen bevor, bis hoffentlich sein erster Brief eintraf.

Um sich die Wartezeit zu verkürzen, beschloss Larissa, Ernests Fotos zu entwickeln. Ihr Mann hatte fast alle Platten und die gesamte Ausrüstung zum Entwickeln mitgenommen. Deshalb kaufte Larissa in dem kleinen Geschäft hinter dem Shepheard Hotel Fotopapier und Zangen, mit Silberbromid beschichtete Platten, eine Magnesiumblitzlampe, verschiedene Chemikalien, eine kleine Gaslampe und einen Rotlichtfilter. Honora Potter stellte ihr Schüsseln, mehrere Laken zum Verdunkeln, Reißzwecken und eine Wäscheleine mit Klammern zum Aufhängen der nassen Fotos zur Verfügung.

Nachdem Larissa ihr Zimmer in eine Dunkelkammer verwandelt und ein großes Blatt Papier mit der Aufschrift »Bitte nicht stören« an der Tür befestigt hatte, baute sie die Gaslampe auf und stülpte den roten Glasfilter darüber, denn auch der kleinste Strahl Tageslicht verdarb die Aufnahmen.

Zuerst entwickelte sie die Negative auf Glasplatten.

Doch als sie beobachtete, wie das erste Motiv auf der Platte sichtbar wurde, erschrak sie bis ins Mark. Die blinden Augen der alten Fellachin starrten ihr entgegen. Ihre Mimik spiegelte den Zorn, fotografiert zu werden, deutlich wider. Mit den weißen Pupillen in den neblig-grauen Augen wirkte ihr Blick noch schauriger und die Falten durchschnitten ihre Gesichtszüge wie tiefe Krater.

Danach brauchte Larissa ihre ganze Willenskraft, um sich auf ihre Arbeit zu konzentrieren. Als sie fertig war, litt sie unter bohrenden Kopfschmerzen, ob von ihren verdrängten Ängsten oder dem stechenden Geruch der Chemikalien wusste sie nicht.

Doch am nächsten Tag entwickelte sie die Positive auf Fotopapier. Das Porträt der alten Fellachin war allerdings nicht dabei. Sie hatte die Glasplatte mit dem Negativ unter ihren Taschentüchern im Nachttisch verstaut, dort, wo bereits der Binsenstrohteller lag.

Erneut hatte Larissa das Zimmer zu einer Dunkelkammer umfunktioniert. Weil sie keinen ausreichend großen Tisch besaß, standen die Schalen mit den Chemiebädern und dem Wasser zum Spülen der fertigen Fotos auf dem Boden. Zum Trocknen der Papierabzüge spannte sie die Wäscheleine zwischen eine Wandlampe und den Knauf des Kleiderschrankes. Der Beutel mit den Klammern lag auf dem Bett bereit. Larissa streifte dünne Handschuhe über, um ihre Haut vor Spritzern zu schützen. Dann nahm sie ein Blatt Fotopapier, legte es auf die Platte des Waschtisches und bedeckte es mit einem Glasplattennegativ. Um das Negativ auf der Platte in ein Positiv auf Papier zu verwandeln, musste sie das Bild mit der Magnesiumblitzlampe belichten. Wie Ernest es ihr beigebracht hatte, probierte sie verschiedene Belichtungszeiten aus. Das fertige Bild sollte weder zu hell noch zu dunkel sein. Immer wieder warf sie einen Blick auf ihren Reisewecker. Sie musste das Fotopapier aus dem Entwicklerbad nehmen, bevor die Schwarztöne ins Olivbraune umschlugen. Danach tauchte sie das Bild in das Essigsäurebad, um den Entwicklungsprozess zu stoppen. In der Natriumthiosulfat-Lösung wurde das Foto fixiert und schließlich im Wasserbad gespült. Als Larissa ein Bild nach dem anderen aus dem Bad nahm, war sie überwältigt von der Qualität. Alle waren gestochen scharf und besaßen glasklare Kontraste, sodass Larissa sogar feine Details mühelos erkennen konnte.

Sie gab es nicht gerne zu, aber Ernest hatte recht, wenn er sagte, dass seine Bilder besser waren als die ihrer Kodak Nr. 1. Dazu kam, dass er ein einzigartiges Gespür für die Schönheit eines Motivs besaß und genau wusste, wie er die Stimmung und Atmosphäre einfangen musste.

»Ach, Ernest«, dachte sie, während sie die Fotografien sorgsam mit Klammern an der Wäscheleine befestigte, »du hast es nicht nötig, fixen Ideen vom Ruhm hinterherzulaufen. Du bist ein Meister in deiner eigenen Kunst.«

Danach beschloss Larissa, ihre Kleidung und die von Ernest durchzusehen. Sie wollte die schmutzige Wäsche Mrs Potters Waschfrau geben und, falls nötig, abgerissene Säume annähen oder Löcher stopfen. Sie öffnete die Nachttischschublade. Als sie ein paar Taschentücher herausnahm, fiel ihr Blick auf das Halstuch, in dem der Binsenstrohteller der alten Fellachin eingewickelt war. Der blaue Seidenstoff hatte mehrere getrocknete Lehmflecken.

»Ich sollte es zum Waschen geben«, dachte sie. Aber sie zögerte. Sie wollte den Binsenstrohteller und die Zeichen der alten Fellachin nicht ansehen. In den letzten Wochen war es ihr gelungen, die Erinnerung an den Vorfall auf dem Basar beiseitezuschieben. Sie hatte auch keine Albträume mehr gehabt. Doch allein der Gedanke weckte ungute Gefühle.

Sie fuhr zusammen, als es an ihre Zimmertür klopfte.

»Mrs Wood! Sind Sie da, Mrs Wood?« Die Stimme gehörte Wellink. Er war also wieder in Kairo.

»Ich komme!« Larissa eilte zur Tür und öffnete.

Er stand vor ihr in staubigen Stiefeln, das Jackett über einer Schulter, die Hemdsärmel hochgekrempelt. Über der linken Augenbraue saß ein roter verschorfter Kratzer.

»Doktor Wellink!« Sie musterte den Kratzer lächelnd. »Ich hoffe, Sie haben nicht wieder versucht, einen Fahnenmast zu erklimmen?«

Er fuhr sich mit einer Hand durchs Haar und grinste verlegen. »Solche waghalsigen Touren unternehme ich nur zu besonderen Anlässen. Nein, die Schramme stammt aus einem Tunnel in der Grabkammer des Pharaos Unas. Es war eng und nicht besonders hell. Dann ging meine Lampe aus und es wurde finster. Zum Glück war ich noch nicht sehr weit und habe den Weg hinaus auf allen Vieren kriechend gefunden.

Den Linksknick des Tunnels hatte ich allerdings anders in Erinnerung.«

»Gut, dass nicht mehr passiert ist«, antwortete sie. »Womit kann ich Ihnen helfen, Doktor?«

»Mit überhaupt nichts«, erwiderte er. »Ich wollte wissen, ob es etwas Neues von Ihrem Mann gibt.«

Das war nur die halbe Wahrheit. Tatsächlich interessierte ihn nicht so sehr, ob es Neues von Wood gab, sondern wie es seiner hübschen Frau ging. In Sakkara war kein Tag vergangen, an dem er nicht an sie gedacht hatte. Mehrmals war er drauf und dran gewesen, sich in den nächsten Zug zurück nach Kairo zu setzen, nur um in ihrer Nähe zu sein, und hatte es dann absichtlich nicht getan. Es hatte schließlich überhaupt keinen Sinn, sein Herz an eine verheiratete Frau zu verlieren. Aber wie sie jetzt vor ihm stand, mit ihren dunklen Augen und der zart gebräunten Haut, wusste er, dass es schwer sein würde, diesen Vorsatz einzuhalten.

»Ich weiß leider immer noch nichts«, antwortete sie traurig. »Es ist auch erst etwas mehr als zwei Wochen her seit Ernests Verschwinden. Sie haben ja selbst gesagt, es dauert mindestens vier Wochen, bis ich die erste Nachricht erhalte. Ich versuche, mich abzulenken, indem ich jetzt schon alles für unsere Weiterreise vorbereite. Gerade habe ich Wäsche für die Waschfrau bereitgelegt.«

»Und die wollen Sie dann hier zum Trocknen aufhängen?« Er wies auf die Leine, die immer noch quer durchs Zimmer gespannt war.

Sie schüttelte lachend den Kopf. »An der Leine habe ich Fotos getrocknet. Ich habe mir die Zeit vertrieben, indem ich Ernests Platten entwickelt habe.«

»Das können Sie? Alle Achtung.«

»Oh, das ist nicht so schwer«, wehrte sie ab, aber sie freute sich über das Lob. Dann fiel ihr noch etwas ein: »Ich könnte Ihre Hilfe allerdings in einer anderen Sache benötigen.«

»Gerne! Was brauchen Sie?« Er konnte nicht verhindern, dass seine Stimme hoffnungsvoll klang.

»Sie könnten mir ein paar Hieroglyphen übersetzen. Ernest und ich haben auf dem Khan el Khalili eine Wahrsagerin getroffen, die uns ein paar seltsame Zeichen in eine Schale mit Lehm geritzt hat. Ich wüsste zu gerne, was sie bedeuten.«

Tatsächlich verspürte sie Unbehagen, wenn sie an den Teller dachte. Aber möglicherweise hatte sie auch nur, wie Ernest behauptete, zu viel Fantasie.

»Natürlich helfe ich Ihnen!« Wellink straffte die Schultern. »Ich mache mich nur kurz frisch. Dann treffen wir uns im Innenhof. Bestellen Sie doch schon bei Mrs Potter eine schöne Tasse Tee!«

Sonnenstrahlen fielen durch das Laub der immergrünen Maulbeerfeige im Innenhof der Pension. Wellink und Larissa saßen auf Korbstühlen unter dem ausladenden Geäst. Vor ihnen standen auf einem kleinen Eisentisch eine Teekanne, zwei Tassen und ein Korb mit frisch gebackenen Weizenbrötchen, die in England als Scones bekannt waren. Dazu hatte das Dienstmädchen eine Schale mit dickem Rahm und eine mit importierter englischer Himbeermarmelade serviert.

»Das ist also die geheimnisvolle Weissagung der alten Fellachin«, versuchte Larissa zu scherzen und reichte Wellink den Binsenstrohteller. Die an Messerklingen erinnernden Zeichen, die Schlange und der nicht ganz zu Ende gezeichnete Mensch waren gut zu erkennen.

»Ein Binsenstrohteller mit Lehm«, sagte Wellink kopfschüttelnd. »Auf was für Ideen die Leute kommen, um Geld zu machen.«

»Dann glauben Sie also, dass die Zeichen nichts zu bedeuten haben?«, fragte Larissa hoffnungsvoll und goss Tee in die beiden Tassen.

»Mal sehen«, murmelte er abwesend. Er griff sich eines der Brötchen, klatschte mit seinem Teelöffel Rahm und Marmelade darauf und biss herzhaft ab. Dabei blickte er konzentriert auf den Binsenstrohteller.

»Hm«, murmelte er mit vollem Mund. »Interessant. Aber was soll das?« Er drehte den Teller etwas, hielt den Kopf schief und runzelte die Stirn.

Larissa beobachtete ihn mit wachsender Ungeduld. »Spannen Sie mich doch nicht so auf die Folter, Doktor Wellink!«

»Nun ja«, begann er und blickte sehnsüchtig zu den Scones, aber Larissa rückte den Korb rasch ein Stück zur Seite. »Es wäre wirklich sehr nett, wenn Sie mir erst erzählen, was Sie herausgefunden haben«, ermahnte sie ihn mit einem Lächeln.

Er seufzte bedauernd. »Das hier ist recht einfach.« Er tippte auf die Lehmfläche.

»Meinen Sie die Messer?«, fragte Larissa.

»Das sind keine Messer, sondern Schilfhalme«, berichtigte Wellink. »Zusammen mit der Schlange bilden sie eine Gruppe, allerdings eine mit Schreibfehler. Der dritte Schilfhalm fehlt, sonst würde der Ausdruck ›Sechet-iaru‹, also ›Gefilde der Binsen‹ bedeuten. Allerdings wurde er so nur zur Zeit der einundzwanzigsten Dynastie geschrieben. Davor und danach kamen viele weitere Hieroglyphen dazu, zum Beispiel der Schmutzgeier oder ...«

»Gefilde der Binsen?«, unterbrach Larissa ungeduldig. »Was bedeutet das?«

»Das Gefilde der Binsen ist Teil der altägyptischen Unterwelt, durch die jeder Tote reisen muss. Das Bild der Binsen wurde in Anlehnung an das Nildelta gewählt, denn im Gegensatz zur furchterregenden Wüste wirkte das grüne Nildelta paradiesisch.«

»Diese Zeichen symbolisieren das Jenseits? Das gefällt mir gar nicht.« Larissa schauderte.

»Aber wieso denn?«, wandte Wellink ein. »Es handelt sich immerhin um den schönen Teil des Jenseits, um das Lichtland. Es ist der Ort, an den jeder Ägypter nach seinem Tod wollte.«

»Und die Schlange? Was bedeutet sie?«, bohrte Larissa. »Die Alte hatte eine Schlangentätowierung auf der Stirn. Ernest sagte, sie steht für den Gott des Chaos und der Finsternis.«

»Er meint Apophis. Wie sah die Schlange denn aus?«

»Sie hat sich aufgerichtet. Als wolle sie gleich beißen.«

»Dann war das nicht Apophis, sondern die Göttin Wadjet. Sie wird durch eine aufgerichtete Kobra dargestellt. Sie ist die Schutzgöttin Unterägyptens und brachte den Menschen das Geschenk des Papyrus.«

Larissa blickte auf den Binsenstrohteller in Wellinks Schoß. Die Schlange dort richtete sich nicht auf, sondern schien sich vorwärts zu schlängeln. »Dann ist diese Schlange also nicht die Schutzgöttin Wadjet?«

»Nein«, erwiderte Wellink heiter. »Das ist einfach nur das Zeichen für Schlange, wahlweise auch für Bandwurm. Die Alte ist blind, sagten Sie? Ich schätze, das gibt sie nur vor. Die Zeichnungen sind nämlich ziemlich gut gelungen.«

»Und hat diese Schlange in den Binsengefilden etwas Schlimmes zu bedeuten?«, fragte Larissa beunruhigt.

»Überhaupt nicht.« Er beugte sich begeistert über den Teller. »Ich sagte ja, sie ist Teil eines Ausdrucks, der für das ägyptische Paradies steht. Die alten Ägypter haben ihre Mythologie und ihre reiche Götterwelt mit allen Lebensbereichen verbunden. Es gibt immer Neues zu entdecken. Allein diese Schrift mit ihren Tausenden von Zeichen und Bildern ist faszinierend.«

Larissa blickte nachdenklich in das Blätterdach der Maulbeerfeige. Die alte Fellachin trug die Tätowierung einer der giftigsten Schlangen des Landes auf der Stirn und hatte eine andere Schlangendarstellung in ihrer Weissagung benutzt. Im Gegensatz zu dem Wissenschaftler Wellink, der die Alte genau wie Ernest für eine Schaumschlägerin hielt, war Larissa immer noch nicht beruhigt. Wieder griff die Angst wie eine kalte Hand nach ihr.

Sie fuhr zusammen, als sie eine leichte Berührung auf ihrem Arm spürte. »Möchten Sie noch wissen, wie ich die andere Hieroglyphe interpretiere?«, fragte Wellink leise.

Sie schluckte. »Natürlich.«

Er nahm den Binsenstrohteller. »Vielleicht haben Sie bemerkt, dass das Zeichen nicht fertig geworden ist.«

»Für mich sieht es aus wie ein liegender Mensch«, erwiderte Larissa und fügte zögernd hinzu: »Oder wie eine Mumie.«

»Gar nicht schlecht«, antwortete er anerkennend. »Sehen Sie den Strich am Kopf der Figur? Das sind die Füße einer Liege. Auf der anderen Seite fehlen sie noch. Die Gestalt oder besser die Mumie ruht auf einer Liege.«

»Dann geht es also um einen Toten?«

»Jein. Diese Mumie ist ein Wortzusatz, der benötigt wird, um den Sinn eines Ausdrucks zu erschließen. Viele Wörter bestanden im Ägyptischen aus gleichlautenden Konsonanten ohne Vokale wie ›i‹ oder ›a‹. Doch in der Bedeutung unterscheiden sie sich. Um zu wissen, was gemeint ist, ergänzten die Ägypter einen Zusatz, zum Beispiel diese Mumie. Auf diesem Teller fehlt jedoch der Ausdruck, der von der Mumie näher bestimmt wird. Deshalb könnte damit sowohl ›schlafen‹ gemeint sein als auch«, Wellink langte nach dem Korb auf dem Tisch und nahm sich ein frisches Brötchen, »›Leichnam‹.«

»Und das sagen Sie einfach so, während Sie in ein Brötchen beißen?«, regte Larissa sich auf. »Wie können Sie nur!«

Wellinks Hand blieb auf halbem Weg zu dem Schälchen mit dem Rahm in der Luft stehen. »Ich habe Sie nicht für eine Person gehalten, die dieses Gekritzel so ernst nimmt. Es ist voller Fehler. Diese Frau kann genauso wenig wie irgendjemand anders in die Zukunft blicken.«

Larissa starrte auf ihre Hände, die sie im Schoß ineinander verkrampft hatte. »So etwas Ähnliches hat Ernest auch gesagt«, murmelte sie.

»Vielleicht ist das Dorf der Alten in der Nähe einer Ausgrabungsstätte und sie hat sich ein paar der Zeichen eingeprägt. Es gibt jede Menge Erklärungen.« Er musterte sie nachdenklich. »Ich habe für heute Abend Opernkarten von einem Geschäftspartner bekommen. Aida. Haben Sie Lust?«

»Wie bitte?« Sie starrte ihn an.

»Nun ja«, er fuhr sich wieder mit einer Hand durchs Haar. »Sie wirken auf mich, als könnten Sie eine Ablenkung vertragen.«

Larissa hatte seit ihrer Heirat keine Oper mehr besucht. Die Geschichte der äthiopischen Prinzessin Aida, die sich in den ägyptischen Feldherrn Radames verliebt, kannte sie auch noch nicht.

Trotzdem schüttelte sie den Kopf. »Ich werde nicht mit Ihnen in die Oper gehen, wenn mein Mann nicht dabei ist.«

Eine leise Enttäuschung überflog sein Gesicht. Dann fiel ihm etwas ein. »Und wenn wir Mrs Potter mitnehmen?«

»Haben Sie denn drei Karten von Ihrem Geschäftspartner bekommen?«, fragte sie verblüfft.

Er strahlte sie an. »Ich habe so viele Karten, wie ich brauche, um Sie zu überzeugen! Also, begleiten Sie mich?«

Sie lachte, doch sie schüttelte wieder den Kopf. »Nein. Aber dennoch vielen Dank.«

Als er sich wenig später entschuldigte und den Innenhof verließ, sah sie ihm mit leisem Bedauern nach. Manchmal ärgerte sie sich über seine Unverfrorenheit, aber er war auch ein amüsanter Gesellschafter und Ablenkung konnte sie wirklich vertragen. Sie trank ihren Tee, nahm sich einen der Scones und warf die Bröckchen den Spatzen zu, die um ihre Füße hüpften.

»Damen aus dem Hofstaat des Khediven besuchen die Oper fast jeden Abend«, sagte Wellinks Stimme hinter ihr. »In der Pause können Sie bei ihrer Loge vorsprechen. Sie sind eine Frau. Man wird Sie einlassen.«

Sie drehte sich überrascht um. Hatte er ihr wirklich gerade in Aussicht gestellt, Frauen aus dem Harem des amtierenden Vizekönigs von Ägypten fotografieren zu können?

»Ismail Pascha, der Vater des jetzigen Khediven, hat für seinen Harem eine eigene Loge in der Oper bauen lassen. Sie ist mit einem Holzgitter versehen, damit die Frauen vor fremden Blicken geschützt sind.« Er zwinkerte ihr zu.

»Glauben Sie wirklich, man würde mich zu ihnen lassen?« Der Gedanke war verlockend. Ernest und Mr Cook würden gewiss tief beeindruckt sein, wenn sie mit Bildern aus dem Harem des Vizekönigs aufwarten konnte.

»Dafür lege ich meine Hand ins Feuer«, versicherte Wellink und dachte bei sich, dass er noch viel mehr als nur seine Hand ins Feuer legen würde, wenn er dafür einen Abend mit Larissa Wood verbringen konnte.

Sie lachte. »Sie haben mich überredet. Aber Mrs Potter kommt mit.«

Er strahlte wie ein Junge, der gerade ein Weihnachtsgeschenk bekommen hat. »Ich bestelle die Kutsche für halb acht.«

Als Larissa die Treppe herunterkam, standen Wellink und Mrs Potter schon in der Eingangshalle. Die Hauswirtin trug ein weites, knöchellanges Gewand, das mit blauen und rosa Pailletten bestickt war, jede Menge silbernen Schmuck und um das Haar einen turbanartigen geblümten Samtschal.

Wellinks Anblick überraschte Larissa. Er war nicht nur glatt rasiert und anständig gekämmt, sondern auch in einen tadellosen schwarzen Gehrock mit Weste, Seidenkrawatte und einem blütenweißen Hemd gekleidet. Sogar seine Schuhe waren auf Hochglanz poliert. Bei sich dachte sie, dass man erst jetzt richtig sah, was für ein gut aussehender Mann er war.

Larissa trug ein Kleid aus cremefarbener Seide, das sie in London erst im letzten Moment in den Koffer gepackt hatte, und die Kette aus antiken Silbermünzen, die Ernest ihr zu Weihnachten geschenkt hatte. Ihr Aufzug entsprach eher dem Besuch einer Teegesellschaft als dem eines Opernabends, aber sie besaß nichts Besseres. Ihre festlichen Abendkleider und wertvollen Schmuckstücke waren in ihrem Elternhaus in Leipzig geblieben, genauso wie ihr Opernglas. Ernests Feldstecher, den sie ersatzweise mitnehmen wollte, hatte sie nicht gefunden. Offensichtlich war er mit seinem Besitzer nach Siwa gereist war. Immerhin hatte sie ihre kleine Kodak Nr. 1. eingepackt. Vielleicht gelangen heute wirklich ein paar Aufnahmen von den versprochenen Haremsfrauen.

Das anlässlich der Eröffnung des Suezkanals errichtete Kairoer Opernhaus lag bei den Esbekia-Gärten am Meidan el Opera, einem weitläufigen Platz, der von Bankhäusern, Grandhotels und Konsulaten gesäumt wurde. Die Kutsche umrundete die Reiterstatue von Ibrahim Pascha al Wali, einem Vorfahren des jetzigen Khediven, und hielt in zweiter Reihe vor dem Haupteingang des Opernhauses. Die Fahrbahn war kurz vor Beginn der Vorstellung hoffnungslos von Kutschen verstopft, denen Damen und Herren in eleganter, meist nach europäischer Mode geschnittener Abendkleidung entstiegen.

Wellink entlohnte den Kutscher und steckte zwei kleinen Jungen, die sich darum stritten, den Wagenschlag aufhalten zu dürfen, ein paar Kupferparas zu. Dann half er den Damen beim Aussteigen und führte sie durch das Gedränge ins Foyer.

»Bitte entschuldigen Sie mich einen Moment.« Ohne eine Antwort abzuwarten, eilte er davon.

»Wo will er denn hin?«, fragte Mrs Potter überrascht.

»Ich nehme an, dass er doch nicht ausreichend Opernkarten von seinem Geschäftspartner bekommen hat.« Larissa blickte vielsagend zu Wellink, der sich in die Schlange vor der Abendkasse einreihte.

»Dieser Filou! Ich habe mir doch gleich gedacht, dass ich nachträglich eingeladen wurde, um hier die Anstandsdame zu geben«, monierte Mrs Potter verstimmt.

Die weitläufige Eingangshalle des Opernhauses prunkte mit goldenem Stuck, weißen Marmorsäulen und glitzernden Kristallleuchtern auf. Es wimmelte von Menschen. Einige Herren wurden von auffallend schönen Nubierinnen begleitet, die nicht ihre Ehefrauen waren, vermutete Larissa. Sie dachte an Semiramis und fragte sich, was wohl aus ihr geworden war. Verschleierte Haremsfrauen aus dem Haus des Khediven sah sie nicht, aber das hatte sie auch nicht erwartet. Wahrscheinlich betraten diese Frauen das Theater durch einen eigenen Eingang und gelangten, vor fremden Blicken geschützt, direkt zu ihrer Loge.

Ein kleiner Nubierjunge schlug einen Gong mitten im Foyer. In fünfzehn Minuten würde die Vorstellung beginnen. Jetzt tauchte auch Wellink wieder auf. »Wir haben hervorragende Plätze im ersten Rang in der Mitte. Wenn Sie erlauben – ich wollte schon immer zwei attraktive Damen an meiner Seite haben.« Charmant bot er jeder der beiden Frauen einen Arm und sie stiegen die breite geschwungene Treppe hinauf.

Im Zuschauerraum wollte Wellink sich rasch neben Larissa setzen, aber Honora Potter schob ihn energisch zur Seite. »Wie soll ich mich mit Mrs Wood über die Kleider der Damen austauschen, wenn Sie zwischen uns sitzen!« Sie zwinkerte Larissa zu, während Wellink sich mit enttäuschter Miene auf einen Sitz zwischen der Pensionswirtin und einem beleibten älteren Herrn fallen ließ.

Auf den Rängen, in den Logen und im Parkett füllten sich die Plätze. Im Orchestergraben stimmten die Musiker ihre Instrumente. Der schwere Bühnenvorhang aus rotem Samt war noch verschlossen. Dahinter konnte Larissa Schritte hören und das Scharren der Kulissen, die über den Holzboden geschoben wurden.

Wellink beugte sich zu ihr. »Sehen Sie das kunstvolle Gitterwerk dort drüben? Das ist die Loge, die Ismail Pascha für seine Frauen bauen ließ.«

Sie blickte auf das mit Blattgold belegte Schnitzwerk, das das Innere der Loge vor Blicken aus dem Zuschauerraum verbarg. »Ob die Haremsdamen schon da sind? Ich bin so gespannt, ob sie mir erlauben, sie zu fotografieren.« Sie tätschelte die kleine Kamera, die in einer Tasche auf ihrem Schoß lag.

»Was möchten Sie?«, fragte Mrs Potter erstaunt. »Wer hat Ihnen denn erzählt, dass Sie hier Haremsdamen fotografieren können? Unser guter Herr Doktor?« Sie tippte mit ihrem Fächer auf Wellinks Arm. »Mein Lieber, dann hätten Sie Mrs Wood auch erzählen müssen, dass der jetzige Khedive gar keinen Harem besitzt. Er ist mit einer einzigen Frau verheiratet, der osmanischen Prinzessin Emineh, und die Ehe ist dem Vernehmen nach glücklich. Sein Vater, Ismail der Prächtige, der hatte einen Harem und verstand zu leben. Am Ende musste er wegen seiner Verschwendungssucht ins Exil und seine Frauen sind mit ihm gegangen.«

Larissa traute ihren Ohren nicht. Wellink hatte sie also getäuscht und zum Narren gehalten! Mit einem Ruck stand sie auf. Wellink schoss ebenfalls von seinem Sitz empor. »Mrs Wood, wo wollen Sie denn hin?«

»Zurück in die Pension«, fuhr sie ihn an.

»Aber warum denn?«

Sie warf ihm einen vernichtenden Blick zu. »Wie konnten Sie mir weismachen, dass ich hier Haremsdamen fotografieren kann, wenn es gar keine Haremsdamen gibt!«

»Das habe ich nicht«, verteidigte sich Wellink.

»Wie bitte?«, fauchte Larissa. »Sie haben behauptet, dass in der Loge Haremsdamen sitzen, und dass ich ...« Ihre Stimme erstarb. Plötzlich war sie sich nicht mehr sicher, was Wellink gesagt hatte.

»Ich habe lediglich gesagt, dass Ismail Pascha diese Loge für seinen Harem bauen ließ und dass jetzt oft die Hofdamen der Gemahlin des jetzigen Khediven dort sitzen, zusammen mit der Prinzessin«, entgegnete Wellink. »Ich gebe zu, ich habe nicht gewusst, ob sie heute Abend hier sein würden. Aber das als Lüge zu bezeichnen, halte ich für übertrieben.« Insgeheim fühlte er sich nicht ganz wohl in seiner Haut, denn er hatte sehr wohl versucht, ihr mit seinem Hinweis auf die Haremsloge einen Köder vorzuwerfen. Er hatte sich so gewünscht, dass sie seine Einladung annahm, und war überglücklich gewesen, als sie doch noch zugesagt hatte.

Larissa stand immer noch vor ihrem Sitz. Sie kochte vor Zorn, aber sie war auch wütend auf sich selbst, weil sie von dem, was Wellink ihr erzählt hatte, nur das gehört hatte, was sie hören wollte. In diesem Moment schlossen die Ordner die Saaltüren und die Lichter erloschen.

»Hallo, Sie da vorn! Setzen Sie sich bitte!«, erklang eine ärgerliche Stimme hinter ihr.

Sie wandte sich um. »Keine Sorge. Ich bin gleich weg.«

»Pst, pst«, zischte es von allen Seiten.

»Bitte bleiben Sie.« Wellink packte ihren Arm, ohne sich um Mrs Potters entgeisterte Miene zu kümmern.

Seine Stimme klang seltsam gepresst, fast flehend, und seine Finger umschlossen ihren Arm sehr fest. »Bitte«, flüsterte er noch einmal.

»Jetzt setzen Sie sich endlich!«, tönte die ärgerliche Stimme wieder. »Sie sind nicht durchsichtig.«

»Du meine Güte«, bemerkte Mrs Potter. »Ich habe geglaubt, das Drama fände *auf* der Bühne statt! Nun setzen Sie sich doch wieder, liebe Mrs Wood. Sie sind hier, um sich zu amüsieren, nicht um sich zu ärgern. Und Sie, Doktor, lassen auf der Stelle Mrs Wood los und nehmen ebenfalls wieder Ihren Platz ein!«

Wellink gab Larissa zögernd frei und ließ sich auf seinen Platz sinken. Sie atmete tief durch. Dann setzte sie sich ebenfalls.

Mrs Potter klappte ihren Fächer auf und beugte sich zu ihr. »Im Vertrauen, Mrs Wood, lassen Sie Vorsicht im Umgang mit Wellink walten. Ich kenne ihn schon recht lange und weiß, dass sein Charme nicht ohne Wirkung auf die Damen ist. Genießen Sie die Oper und Verdis wunderbare Musik, flirten Sie ein bisschen mit dem Doktor, wenn Sie wollen, aber ...«

»Ich habe keineswegs vor, mit dem Doktor zu flirten«, schnitt Larissa ihr das Wort ab. »Und ich bin nur hier, weil ich dachte, ich hätte Gelegenheit, Haremsdamen zu fotografieren!«

Lautlos glitt der schwere Vorhang zu den Seiten. Die Musik der ersten Szene erklang und auf der Bühne wurden die Kulissen einer alten ägyptischen Tempelanlage sichtbar. Während sich die Aufmerksamkeit der Zuschauer auf das Schicksal der schönen Sklavin Aida und ihres Geliebten Radames richtete, wanderte Larissas Blick vorsichtig zu Wellink. Er sah sie ebenfalls an und sie errötete, als er die rechte Hand auf seine Brust legte und leicht den Kopf neigte.

8

Barke

Die Barke war ein wichtiges Fortbewegungsmittel im alten Ägypten und hatte daneben auch eine repräsentative und kulturelle Bedeutung. Userhat Amun war der altägyptische Name der göttlichen Barke des Gottes Amun. Keine dieser Amunsbarken wurde bis heute gefunden. Das Aussehen ist jedoch aus Darstellungen bekannt. Die Userhat Amun war aus edlem Holz gefertigt und mit Gold und Silber verziert.

Die kühle Morgenluft eines der ersten Februartage wehte durch die geöffneten Türflügel der Pension. Ein Wasserträger besprengte das staubige Trottoir und der eine von Mrs Potters Pagen fegte mit einem Besen im Rinnstein Abfall zusammen.

Larissa war mit dem Gebetsruf der Muezzine im Morgengrauen aufgestanden. Jetzt saß sie in der Sitzecke der kleinen Eingangshalle und blätterte in einer gestern aus England eingetroffenen Ausgabe der *Times*.

Mrs Potter war ebenfalls auf und stand vor ihrem Vogelbauer. Vorsichtig schob sie die zur Schale geformte rechte Hand durch das geöffnete Türchen, damit der kleine Kanarienvogel die Hirsekörner darin aufpicken konnte.

»Dauert es noch lange, bis der Junge zurück ist?«, fragte Larissa. Sie meinte den anderen der beiden Pagen, der wie jeden Morgen in das Büro der Firma Cook gelaufen war, um Post und

Zeitungen zu holen. Ernest war inzwischen über vier Wochen fort und Larissa wartete immer angespannter auf Nachricht.

»Er muss gleich wieder hier sein«, beruhigte die Wirtin. »Aber seien Sie nicht enttäuscht, wenn er wieder keinen Brief von Ihrem Mann dabei hat. Man kann nie genau vorhersagen, wann die Karawanen eintreffen.«

»Ich weiß«, sagte Larissa leise und schlug eine neue Seite in der Zeitung auf. »Du lieber Himmel!«, rief sie. »In einem Keller in Whitechapel wurde schon wieder eine verstümmelte Frauenleiche entdeckt und die Polizei tappt völlig im Dunkeln.«

»Was für ein verabscheuungswürdiger Verrückter ist dort nur am Werk!« Honora Potter schüttelte sich und der Kanarienvogel flatterte erschrocken auf.

Larissa faltete die Zeitung zusammen. »Wenn ich schlechte Nachrichten lese, mache ich mir immer Sorgen um Ernest. Ich frage mich, wo er wohl ist und wie es ihm geht.«

In diesem Moment betrat der Page, der die Post geholt hatte, die Empfangshalle und legte einen Stapel Briefe und Zeitungen auf den Tresen.

Larissa sprang auf. »Füttern Sie ruhig den Vogel weiter«, rief sie Mrs Potter zu. »Ich schaue selbst, ob etwas für mich dabei ist.« Nervös blätterte sie den Stapel durch und entdeckte den ersehnten Brief ganz unten.

»Endlich!« Sie riss den Umschlag mit zitternden Fingern auf.

»Setzen Sie sich doch und lesen Sie in Ruhe, Mrs Wood«, sagte Honora Potter.

Aber Larissa schüttelte stumm den Kopf. Ihre Augen flogen über die eng beschriebenen Zeilen.

»Ernest ist, wie wir alle vermutet hatten, in Siwa«, sprach sie schließlich atemlos. »Er schreibt, dass es eine anstrengende Reise war. Er ist wundgeritten, ausgehungert und erschöpft.« Sie las vor: »›Die Wüste ist endlos, tot und einsam. Es ist erstaunlich, wie schnell sich diese Stimmung auf das Gemüt überträgt. Wenn der Schwager des Beduinen Achmed sich nicht um mich gekümmert hätte, wäre ich in Schwermut versunken. Aber gestern habe ich Siwa endlich erreicht und wohne im Haus von Scheich Ali Suleiman. Er gehört zu einer der führenden Berberfamilien der Oase und ist gleichzeitig Distriktkommissar der ägyptischen Regierung. Von der Oase habe ich noch nicht viel gesehen, außer den zahlreichen Palmengärten. Ihr Grün ist eine solche Wohltat für die Augen! Doch bevor ich die Oase erforsche, will ich diesen Brief an dich beenden. In wenigen Stunden bricht eine Karawane nach Kairo auf. In Siwa ist nämlich gerade Dattelernte und Karawanen nach Alexandria oder Kairo gehen fast jeden Tag.‹«

»Also hatte Ihr Mann noch keine Gelegenheit, nach dem Grab Alexanders zu forschen«, stellte Mrs Potter fest und klappte den Vogelkäfig zu.

»Davon schreibt er jedenfalls nichts«, antwortete Larissa. »Aber Achmeds Schwager, ein gewisser Machmut, hat ihm während des Rittes durch die Wüste offensichtlich einiges darüber berichtet. Ernest schreibt, dass sich das Grab in einem Hügel mitten in Siwa befinden soll. Und dann hat dieser Machmut noch etwas anderes erzählt.« Sie las: »›Irgendwo in Siwa soll tief in einem See der Tempelschatz der Amunpriester versteckt sein. Eine Bronzestatue des Gottes mit Augen aus Smaragden, eine Barke aus purem Gold und noch vieles mehr. Aber darum will ich mich später kümmern. Erst werde ich das Grab Alexanders finden, denn deshalb hat das Schicksal mich nach Siwa geführt. Der Skarabäus, den du mir geschenkt hast, ist das Symbol von Erneuerung und Wiedergeburt. Er verheißt mir hier in Siwa ein neues Leben, großartiger und aufregender, als ich es je als Fotograf haben werde. Ich bin dazu bestimmt, das Grab Alexanders und den Schatz der Priester des Amun für die Welt zu entdecken. Bitte, mein Liebling, glaube an mich. Ich werde dir bald wieder schreiben.‹« Larissas Stimme war immer leiser geworden und verebbte schließlich. Sie starrte auf das Blatt Papier in ihren

Händen, als könne sie nicht ganz fassen, was sie soeben vorgelesen hatte. »Was ist nur mit meinem Ernest passiert?«, flüsterte sie mehr zu sich selbst als zu Mrs Potter. »War er mit seinem Leben vorher denn wirklich so unglücklich?«

Die Hauswirtin war ebenfalls betroffen. »Ihr Mann hat Ägypten nicht vertragen, meine liebe Mrs Wood. Ich habe das schon einige Male erlebt. Dieses Land mit seiner uralten Kultur und der Verheißung unglaublicher Entdeckungen hat schon ganz andere um den Verstand gebracht.«

»Ich weiß überhaupt nicht mehr, was ich denken soll«, erwiderte Larissa leise. »Mein Kopf ist vollkommen leer.«

Mrs Potter trat näher und legte ihr eine Hand auf die Schulter. »Ich glaube, nun wäre ein guter Moment für eine Tasse Tee.«

»Jeden Tag habe ich gebetet, dass die harte Wüstendurchquerung Ernest zur Vernunft bringt«, brach es aus Larissa heraus. »Aber er ist nur noch fanatischer geworden!«

Honora Potter schob eine Zigarette in ihre Spitze aus schwarzem Ebenholz. »Sie können nichts tun, Liebes. Nur warten und hoffen, dass er wohlbehalten zurückkommt.«

Larissa stopfte den Briefumschlag in ihre Rocktasche. Allmählich gewannen Wut und Enttäuschung die Oberhand über ihre Fassungslosigkeit. »Wissen Sie, was ich am liebsten tun würde? Mich der nächsten Reisegruppe anschließen, die nilaufwärts fährt, und Mr Cooks Auftrag allein zu Ende bringen!«

Die Hauswirtin nickte nachdenklich. »Unter der Führung eines Dragomans reisen etliche Frauen ohne männliche Begleitung nilaufwärts. Ihr Mann wird nicht schlecht staunen, wenn er aus Siwa zurückkehrt und merkt, dass Sie auch ohne ihn zurechtkommen. Aber bevor Sie diese Idee ernsthaft ins Auge fassen, sollten Sie erst einmal frühstücken.«

Im Laufe des Tages stellte sich jedoch heraus, dass es für Larissa zwar möglich war, als Frau allein nilaufwärts zu reisen, dass jedoch ihr Budget nicht ausreichte. Wollte sie Mr Cooks Auftrag allein zu Ende führen, musste sie eine gute Plattenkamera, Fotoplatten und ein Stativ kaufen. Außerdem musste sie einen Träger für die schwere Ausrüstung engagieren. Und für diese zusätzlichen Ausgaben reichte ihr Geld nicht.

»Ach, das tut mir leid, Liebes«, rief Mrs Potter mit ehrlichem Bedauern, als Larissa ihr davon berichtete. »Gibt es denn nichts mehr, das Sie in Kairo fotografieren können?«

»Von Mr Cooks Liste haben wir alles abgearbeitet. Bis auf die Haremsfrauen. Was die betrifft, scheine ich vom Pech verfolgt«, erwiderte Larissa. »Ernest hat vorgeschlagen, wir sollten zum Fischmarkt gehen, Tänzerinnen in den Cafés engagieren, sie als Haremsdamen verkleiden und fotografieren. Anfangs wollte ich von dieser Idee nichts wissen, aber inzwischen glaube ich, dass mir keine andere Wahl bleibt.«

Mrs Potter zog eine zweifelnde Miene. »Sie können keinesfalls in die Bars am Hafen gehen. Nicht einmal in männlicher Begleitung.«

Larissa schaute die Hauswirtin an. »Dann werde ich mir wohl etwas einfallen lassen müssen.«

»Café Tausendundeine Nacht«, stand auf dem Schild vor dem Eingang. Und darunter in deutscher, englischer, französischer, italienischer und arabischer Sprache: »Sensationelle Attraktion! Echte ägyptische Ghawazee-Tänzerinnen!«

Larissa blieb stehen und überlegte. Links und rechts von ihr drängelten sich Männer durch die enge Gasse, europäische Touristen ebenso wie Geschäftsleute, ägyptische Beamte, arabische Händler und Matrosen, deren Schiffe im nahen Hafen von Bulak ankerten.

Als eine englische Militärpatrouille vorbeimarschierte, drückte Larissa sich rasch in den Schatten der Wand. Doch die Soldaten nahmen keine Notiz von ihr, sondern wandten sich einem Mann zu, der ein paar Meter weiter in einem Hauseingang lag und leise vor sich hin lallte, berauscht von Dattelwein und Haschisch.

Auf der anderen Straßenseite lehnten ein paar Frauen an einer Hauswand. Durch den transparenten Stoff ihrer Tuniken konnte Larissa die nackten Brüste schimmern sehen.

»Du wollen Liebe? Viel Liebe für viel billig!«, riefen sie. Larissas verstohlener Blick war ihnen nicht entgangen. »Love? Amour? Amore?« Sie zogen die Ausschnitte ihrer Tuniken tiefer und lächelten auffordernd.

Larissa schlüpfte rasch durch die offene Tür des Cafés. Der Hausflur mit dem fest gestampften Lehmboden war eng und dämmrig. Die Luft roch nach ranzigem Fett. Am Ende des Flurs führte eine Tür auf den Hof. Larissa sah einen Ausschnitt des nächtlichen Himmels mit ein paar blinkenden Sternen. Auf der einen Flurseite befand sich eine Tür, die vermutlich in die Küche führte. Von der anderen ging eine schmale Holztreppe auf das Dach des Hauses. Von oben drangen Musik und Stimmengewirr an ihr Ohr. Eine Fackel in einer eisernen Halterung an der Wand wies ihr den Weg, als sie mit klopfendem Herzen die Stufen erklomm.

Die weitläufige Dachterrasse des Etablissements war an allen Seiten von einer hohen, weiß gekalkten Mauer eingefasst. Auch hier spendeten Fackeln Licht, die in Eisenringen im Mauerwerk steckten. Im Gegensatz zum stickigen Inneren des Hauses wehte hier ein frischer, vom Nil kommender Wind und der volle goldene Mond schien auf die Kuppeln, Dächer und Minarette von Kairo.

Auf der Dachterrasse wimmelte es von Menschen, aber außer den Kellnerinnen sah Larissa nur Männer. Viele saßen nach europäischer Manier auf Stühlen an kleinen, runden Eisentischen, unterhielten sich, rauchten und tranken. Längs der Mauern lagerten auf Diwanen weitere Gäste. Vor ihnen auf dem Boden standen Shishas mit mehreren Schläuchen, sodass sich jeweils acht Männer eine Pfeife teilen konnten. Der schwere, würzige Duft, der Larissa in die Nase wehte, ließ sie vermuten, dass die Männer Haschisch rauchten, eine quer durch alle Völkerschaften und gesellschaftlichen Schichten sehr beliebte Droge in Ägypten.

Die Kellnerinnen eilten unaufhörlich mit frischen Getränken und Pfeifen umher. Für muslimische Frauen waren sie erstaunlich freizügig in kurze, eng anliegende Oberteile und durchsichtige Pluderhosen gekleidet. Larissa fiel auf, wie jung sie waren. Trotzdem schwenkten sie die kindlich schmalen Hüften verführerisch und der Duft ihrer schweren süßen Parfüms wehte Larissa in die Nase.

»An solche Orte gehen Männer also, wenn sie sich ohne ihre Frauen vergnügen wollen«, dachte sie. Schockiert war sie jedoch nicht, eher neugierig auf diese unbekannte Welt.

Sie fand einen freien Tisch am Rand des Daches, aber mit guter Sicht auf die Vorführungen, die auf einer Bühne in der Mitte der Fläche stattfanden. Nur wenige Meter von ihr entfernt hockten ein alter Mann mit Turban und Galabija und ein vielleicht zehnjähriger Junge auf der Bühne und zupften die Ud, die arabische Laute, und die Kamandscha, eine viersaitige Geige. Hinter einem verblichenen roten Samtvorhang saß, vor den Blicken der Gäste verborgen, eine Frau und sang. Larissa hatte in ihrem Reiseführer gelesen, dass diese Sängerinnen Almehs genannt wurden und oft eine sorgfältige Ausbildung genossen. In früheren Zeiten waren sie Sklavinnen gewesen und hatten in den Harems ihrer Herren für Unterhaltung gesorgt. Inzwischen traten sie für Geld auf und sangen in Lokalen und auf privaten Feiern.

Eine Kellnerin näherte sich ihrem Tisch und Larissa bestellte ein Glas Tee. Dabei musterte sie die junge Kellnerin heimlich und versuchte festzustellen, ob sie als Modell geeignet war. Auch sie war fast noch ein Kind mit schmalen Hüften, eckigen Schultern und keinem erkennbaren Brustansatz. Als die Kellnerin merkte, dass sie beobachtet wurde, warf sie ihrem Gast einen schmelzenden Blick aus schwarz umrandeten Augen zu und klimperte mit den langen Wimpern. Larissa errötete und blickte rasch zur Bühne. Dort hatte die Sängerin ihren Vortrag beendet. Hinter dem Vorhang ertönte der rhythmische Schlag einer Trommel. Vier Tänzerinnen betraten die Bühne. Sie waren ähnlich gekleidet wie die Kellnerinnen, nur dass die Kostüme an ihren kurvigen Figuren sehr viel verführerischer wirkten. Jede Tänzerin trug eine andere leuchtende Farbe. Eine trug ein gelbes Kostüm, die nächste ein grünes, die dritte hatte ein blaues Kleid gewählt und die letzte ein rotes. An Hand- und Fußgelenken saßen schwere Silberreifen mit winzigen Glöckchen, die bei jeder Bewegung klingelten, ebenso wie die mit Gold- und Silbermünzen besetzten Gürtel, die sie um die Hüften gebunden hatten. In das lange schwarze Haar waren Perlen geflochten, die Gesichter waren halb verdeckt von durchsichtigen Seidenschleiern, sodass die großen ausdrucksvollen Augen gut zur Geltung kamen.

Larissa umklammerte aufgeregt ihr Teeglas. Diese Frauen würde sie engagieren! Sie waren die perfekten Modelle, anmutig und exotisch reizvoll. Die im roten Kostüm war die schönste, auch ihr Tanz wirkte geschmeidig und elegant.

Auch den Gästen gefiel die Vorstellung. Sie klatschten rhythmisch mit, pfiffen und stießen Anfeuerungsrufe aus.

Die vier Tänzerinnen verließen nun die Bühne, worauf die Männer noch mehr johlten und mit Geldscheinen winkten. Die Tänzerinnen näherten sich ihnen mit verführerischen Beckenschwüngen und die Männer steckten die Scheine unter dem Applaus der Umstehenden in die Hüftgürtel der Frauen. Die Künstlerin im roten Kostüm setzte sich sogar bei einem Gast auf den Schoß. Der Mann strahlte, als habe er in einer Lotterie den

Hauptgewinn gezogen, und zückte ein ganzes Bündel Scheine. Sie ergriff es rasch und ließ es im Ausschnitt ihres Kostüms verschwinden. Ihre Augen waren bereits auf der Suche nach dem nächsten Gast, den sie betören konnte, und fielen auf Larissa, die das Verführungsspiel fasziniert beobachtet hatte.

»Grundgütiger, sie wird doch nicht vorhaben, sich auf meinen Schoß zu setzen!«, dachte Larissa.

Sie sprang auf und wollte auf dem hinteren Teil der Dachterrasse verschwinden. Doch inzwischen hatten sich viele Gäste nach vorn gedrängt, sodass es ihr beim besten Willen nicht gelang, sich hindurchzuzwängen. Zu allem Überfluss hatte die Tänzerin im roten Kostüm sie erreicht und warf ihr schmelzende Blicke aus dunklen Gazellenaugen zu. Dazu wippte sie auffordernd mit den Hüften, sodass der Münzgürtel hell klingelte. Kein Zweifel, sie erwartete eine Belohnung für ihren Auftritt!

Zutiefst verlegen tastete Larissa nach ihrer Geldbörse, zerrte einen Schein hervor und merkte erst, als die Tänzerin ihn mit flinken Fingern schnappte, dass es sich um eine ägyptische Zehnpfundnote gehandelt hatte.

»Komm später zu mir hinter die Bühne«, flüsterte die Frau noch, bevor sie verschwand.

»Der haben Sie gefallen«, sagte eine vertraute Stimme neben Larissa.

Sie fuhr herum und starrte in Max Wellinks grinsendes Gesicht.

»Guten Abend, Mrs Wood. Verraten Sie mir doch bitte, was eine Frau wie Sie an einem Ort wie diesem macht.« Seine Augen funkelten vor Vergnügen. »Auch Ihr Aufzug gibt mir zu denken.«

Larissa errötete. Sie hatte Wellink nach jenem Abend in der Oper nicht mehr zu Gesicht bekommen, denn er war am Morgen danach in aller Frühe nach Sakkara verschwunden. Das hatte jedenfalls Mrs Potter behauptet, als Larissa sie beim Frühstück fragte. In diesen zwei Wochen hatte Larissa festgestellt, dass er ihr fehlte. Nicht nur, weil sein Witz und seine Unverfrorenheit sie oft zum Lachen brachten. Wenn er nicht da war, schien es ihr, als sei ihre Welt ein bisschen einsamer und grauer. Dennoch war ihr erster Impuls jetzt, so schnell wie möglich zu verschwinden. Sie flüchtete stattdessen in den direkten Angriff und erwiderte nur spitz: »Und was tun Sie hier, Doktor Wellink?«

Jetzt lachte er wirklich. »Diese Etablissements wurden doch eigens für mein Geschlecht erfunden, Mrs Wood.«

»Bitte nennen Sie mich nicht so. Wenn meine Tarnung auffliegt, wird man mich hinauswerfen«, gab Larissa leise zurück.

»Perfekt kann man sie ohnehin nicht nennen«, erwiderte er unbeeindruckt. »Der Anzug sitzt, als müssten Sie noch hineinwachsen. Gehört er Ihrem Mann? Die Krawatte haben Sie allerdings sehr gekonnt gebunden.«

Larissa nickte verlegen. »Ich musste mir etwas einfallen lassen, um in so ein Café zu kommen.«

»Männerkleidung steht Ihnen.« Er musterte sie von oben bis unten. »Die junge Tänzerin wird staunen, wer in diesem Anzug steckt. Vorausgesetzt natürlich, Sie folgen ihrer Einladung.«

Larissa zog die Krempe von Ernests Hut, unter dem sie ihr Haar versteckt hatte, tiefer. »Das habe ich tatsächlich vor«, entgegnete sie kühl. »Ich erwäge, die Frau als Modell zu engagieren. Da es offensichtlich unmöglich ist, echte Haremsfrauen vor die Linse zu bekommen.«

»Und Sie denken, dass Cook Ihnen die Maskerade abnimmt?«

Larissa zuckte die Schultern. »Ernest sagt, in Europa würde kein Mensch den Unterschied bemerken.«

»Da könnte er sogar recht haben.« Wellink winkte der nächstbesten Kellnerin und orderte Dattelwein. Larissa bestellte noch ein Glas Tee.

»Ist es nicht empörend, wie jung diese Kellnerinnen sind?«, sagte sie, nachdem das Mädchen die Getränke gebracht hatte. »Sie haben noch nicht einmal Brüste!«

Wellink verschluckte sich vor Lachen fast an seinem Wein. »Brüste bekommen diese Mädchen auch nicht. Schauen Sie sie einmal genauer an.«

Larissa runzelte irritiert die Stirn. Doch dann fiel ihr auf, dass das Kinn der Kellnerin auffallend kantig war, und über der geschwungenen Oberlippe zeichnete sich ein feiner dunkler Schatten ab. Ungläubig wandte sie sich zu Wellink. »Ist sie ..., äh, ich meine ... soll das ein ...«, sie brach ab und lachte verlegen. »Da sieht man wieder einmal, wie sehr der äußere Schein trügen kann.«

Wellink musterte sie. »Sie klagen nicht über den Verfall der Sitten, sondern nehmen das Leben in all seinen Erscheinungsformen an. Das gefällt mir.«

Sie trank einen Schluck von ihrem stark gesüßten Tee, um ihr Lächeln zu verbergen. Sein Kompliment freute sie. »Nun müssen Sie mir erzählen, warum Sie hier sind.«

Er drehte sein Weinglas in den Händen. »Ich bin hier mit einem Geschäftspartner verabredet. Demselben übrigens, der mir seine Opernkarten überlassen hat. Es waren nur zwei. Ich hoffe, Mrs Potter hat nicht gemerkt, dass ich für sie eine nachkaufen musste.«

»Ich habe es gemerkt«, entgegnete Larissa. »Und Mrs Potter auch. Sie war nicht gerade begeistert.«

»Ich wäre eben lieber nur mit Ihnen ausgegangen.«

Sie antwortete nicht. Er trank einen Schluck von seinem Wein. »Dort kommt mein Geschäftspartner. Darf ich Ihnen Monsieur Kleczkowski, den französischen Generalkonsul, vorstellen? Exzellenz, das ist«, er machte eine kurze Pause und zwinkerte Larissa zu, »Mr Wood.«

»Sehr erfreut.« Der Generalkonsul, ein massiger Mann im Abendanzug und mit pomadeglänzendem Haar, musterte Larissa so eingehend, dass sie schon fürchtete, er habe ihre Tarnung ebenfalls durchschaut. Doch er sagte nur: »Sie sind ja noch sehr jung, mein Lieber. Müssen Sie sich überhaupt schon rasieren?«

Wellink lachte meckernd. Der Generalkonsul ließ sich auf einen freien Stuhl fallen. »Alors, Messieurs! Ich schmeiße eine Runde von diesem Dattelgesöff, trinken dürfen Sie doch schon, n'est-ce pas, Wood?«

»Danke, Monsieur, aber ich bleibe bei Tee.«

Diese Antwort machte »Wood« in Kleczkowskis Augen so uninteressant, dass er sich von nun an nur noch mit Wellink unterhielt. Larissa nippte an ihrem Tee und sah zur Bühne, wo inzwischen eine der Ghawazee-Tänzerinnen eine Vorführung mit zwei Schwertern zeigte. Irgendwann erschien ein ägyptischer Offizier an ihrem Tisch, der den Franzosen offensichtlich kannte und zu einer Shisha einlud.

»Was für Geschäfte machen Sie mit dem Generalkonsul?«, fragte Larissa, als Kleczkowski und der Ägypter verschwunden waren.

Wellink ließ sich mit der Antwort Zeit. »Kleczkowski ist ein großer Liebhaber der pharaonischen Kunst«, sagte er schließlich. »Sein besonderes Interesse gilt religiösen Kultobjekten. Wenn ich von einem lohnenden Fund höre, gebe ich ihm einen Tipp. Kleczkowski zahlt gut dafür.«

»Und was für einen Tipp haben Sie ihm eben verkauft?«

Wieder ließ Wellink sich mit der Antwort Zeit. »Ich kann ihm den Totenbuchpapyrus von Pharao Unas beschaffen.«

Larissa sah ihn überrascht an. Sie war ziemlich sicher, dass Wellink an ihrem ersten Abend erwähnt hatte, dass die rituellen Totenbeschwörungen in die Wände von Unas Grabkammer gemeißelt waren, und dass auf Papyrus geschriebene Totensprüche erst viel später üblich wurden. Außerdem hatte er gesagt, dass die eine Hälfte der Funde aus dem Grab des Pharaos Unas der ägyptischen Regierung und die andere Hälfte seinem Mäzen in Berlin gehörten. Sie wartete auf weitere Erklärungen. Doch Wellink trank seinen Dattelwein, sah der Schwerttänzerin zu und schwieg. Erst als die Frau die Bühne verließ, wandte er sich wieder an Larissa: »Haben Sie inzwischen Nachricht von Ihrem Mann bekommen?«

Sie seufzte. »Heute. Leider nicht die, die ich erhofft hatte.« Sie berichtete vom Inhalt des Briefes. Als sie den Schatz der Amunpriester erwähnte, hakte er nach: »Dieser Machmut sagte wirklich, dass sich eine Bronzestatue und eine goldene Barke in Siwa befinden sollen?«

Larissa nickte lachend. »Klingt das nicht wie aus Grimms Märchen? Ich verstehe nicht, wie Ernest auf so etwas hereinfallen kann!«

»Hm«, meinte Wellink nur und kaute an seiner Unterlippe.

»Sie glauben diesen Unsinn doch nicht etwa auch?«, fragte sie erstaunt.

»Man weiß, dass mit Edelsteinen geschmückte Götterstatuen und vergoldete Barken sozusagen zur Grundausstattung eines ägyptischen Tempels gehörten«, antwortete er. »Der Gott Amun brauchte ein Schiff, um damit jeden Tag von Neuem über den Himmel zu reisen. Hat Ihr Mann geschrieben, wo in Siwa sich dieser Tempelschatz befinden soll?«, fügte er nach einer kleinen Pause hinzu.

»Nur, dass der Schatz in einem tiefen See liegen soll«, antwortete Larissa. »Warum interessiert Sie das?«

»Nun, bis heute hat noch niemand eine Barke aus einem Tempelschatz entdeckt«, erwiderte er. »Deshalb wäre ein solcher Fund eine Sensation.«

Wenig später kehrte der Generalkonsul zurück. »Manchmal muss man das Leben genießen!« Er ließ sich selig lächelnd auf seinen Stuhl fallen und blickte zu den vier Ghawazee-Tänzerinnen, die gerade wieder die Bühne betraten.

»La rouge est superbe!« Er winkte der Tänzerin im roten Kostüm mit beiden Armen zu. »Wie sie tanzt, sie hat Temperament, n'est-ce pas?« Er stieß Larissa derb in die Seite. »So eine finden Sie nicht einmal im Moulin Rouge!« Er zückte seine

Brieftasche, nahm ein Bündel Geldscheine und hielt sie in die Höhe. »Allô, Feuervogel! Flieg zu mir, ich will dich füttern!«

Die junge Frau tänzelte näher und ließ sich auf seinen Schoß sinken. Dann schlang sie einen Arm um seinen Hals und wollte mit der anderen Hand nach den Geldscheinen greifen. Aber Kleczkowski ließ sie schnell in der Innentasche seines Jacketts verschwinden.

»Non, ma petite«, hörte Larissa ihn sagen. »Die bekommst du später. Wenn du mich zufriedengestellt hast.«

Larissa rümpfte die Nase, als er sich vorbeugte und die vollen Brüste der jungen Frau mit gierig schmatzenden Küssen bedeckte. Die machte eine Bewegung, als wolle sie ihn zurückstoßen, überlegte es sich dann aber anders. Larissa beobachtete, wie sie dem Franzosen mit einer Hand die Wangen streichelte, während die andere unter sein Jackett glitt.

»Wenn Sie gleich um ein paar Geldscheine ärmer sind, geschieht es Ihnen recht, Monsieur Kleczkowski«, dachte Larissa. Sie fand es peinlich und geschmacklos, was sich direkt neben ihr abspielte, und wandte sich ab, um der Vorführung auf der Bühne zuzusehen.

Plötzlich ertönte neben ihr Gebrüll: »Pétasse! Hure! Was fällt dir ein?« Der Generalkonsul verpasste der jungen Tänzerin eine schallende Ohrfeige. Dabei riss er ihren Schleier herunter. Sie duckte sich und bedeckte schützend ihr Gesicht mit den Händen.

»Monsieur! Was tun Sie da!« Larissa sprang auf. Ihre Stimme bebte vor Empörung.

Doch der Generalkonsul ließ sich nicht besänftigen. »Das ist eine Diebin!«, brüllte er. »Ein verdammtes Flittchen!«

Er holte wieder aus. Doch dieses Mal sah die junge Frau den Schlag kommen und wich zur Seite aus. In diesem Moment sah Larissa ihr Gesicht und erschrak bis ins Mark: »Semiramis!«

Die junge Frau starrte sie verwirrt an. Dann raffte sie ihren Rock und rannte los. Die Geldscheine, die sie umklammert hatte, flatterten zu Boden.

»Haltet die Diebin!«, schrie Monsieur Kleczkowski und wollte hinterher. In diesem Moment streckte Wellink das rechte Bein aus und der Generalkonsul schlug der Länge nach hin.

»Merde!«

»Dieser Dattelwein hat es in sich, Exzellenz«, sagte Wellink begütigend, als er dem Franzosen wieder auf die Beine half. Dann sammelte er die Geldscheine vom Boden auf und reichte sie Kleczkowski. »Sie haben da noch etwas verloren.«

»Verloren? Ich wurde bestohlen!«, schnaubte Kleczkowski. »Aber das wird mir diese Salope büßen. Wo ist der Besitzer? Ich will sofort den Besitzer von diesem Etablissement sprechen!« Er stampfte davon.

Larissa sah sich nach Semiramis um und bemerkte erleichtert, dass sie ihr rotes Kostüm nirgends entdecken konnte. Sie hoffte, dass ihr die Flucht geglückt war.

»Haben Sie Semiramis erkannt?«, fragte sie Wellink. »Gut, dass Sie ihr geholfen haben.«

»Ich mag es nicht, wenn ein Mann eine Frau schlägt.« Er sah verärgert aus.

»Wir sollten ihr helfen«, sagte Larissa.

Wellink sah sich auf der Dachterrasse um. »Ich kann sie nicht entdecken. Vermutlich ist sie längst über alle Berge. Wir sollten auch verschwinden. Es wird nicht mehr lange dauern, bis es hier von englischer Polizei wimmelt.« Ohne Larissas Antwort abzuwarten, stand er auf und schob sie durch das Gedränge. Als sie hintereinander die knarrende Treppe hinunterliefen, stutzte Larissa. »Doktor Wellink! Haben Sie das gehört?«

Ein paar Sekunden war es still, dann vernahmen sie ein ersticktes Schluchzen. Wellink drehte sich zu Larissa und zeigte mit einer Hand auf die Treppenstufen. »Da unten«, formten seine Lippen lautlos.

Sie liefen die letzten Stufen hinunter, bogen um die Ecke und spähten unter die Treppe. Semiramis kauerte im hintersten

Winkel, dicht an die Wand gedrückt, und blickte sie mit geweiteten Augen an. Sie wirkte zu Tode erschrocken.

»Ganz ruhig, Semiramis«, flüsterte Larissa. »Ich bin es, Mrs Wood. Erkennst du mich? Doktor Wellink ist auch hier.«

Sie wandte sich an Wellink. »Wir werden ihr helfen, nicht wahr?« Als er zögerte, fügte sie hinzu: »Wären Sie nicht gewesen, wäre Semiramis nicht in diese Situation gekommen, wenn Sie verstehen, was ich meine.«

»Ist ja schon gut.« Er blickte durch die offene Eingangstür auf die Straße. »In diesem Kostüm kommt sie allerdings keine drei Meter weit. Bleiben Sie bei ihr, Mrs Wood. Ich besorge ihr etwas zum Anziehen.« Er verschwand.

Larissa kauerte sich neben Semiramis. »Tut die Wange noch weh?«, fragte sie leise.

Semiramis schüttelte den Kopf. »Sie sollten nicht hier sein, Mrs Wood.«

»Du auch nicht, Semiramis.«

»Shukran, danke«, sagte die junge Frau leise und fügte nach einer kleinen Pause hinzu: »Ich habe Sie in Ihrer Verkleidung nicht erkannt. Ehrlich gesagt habe ich Sie auch nicht im Café Tausendundeine Nacht erwartet.«

»Mach dir deshalb keine Gedanken.« Larissa tätschelte kurz Semiramis' Hand. »Ich dachte, anders komme ich nicht in das Café. Es war eine dumme Idee.«

»Aber warum wollten Sie …?«, begann Semiramis.

Da näherten sich auf der Straße Gegröle und Gelächter, gefolgt von auffordernden Rufen: »Love! Amour! Liebe! Alles viel billig!«

Dann hörten sie die wütende Stimme des Generalkonsuls direkt über ihren Köpfen. Semiramis wollte aufspringen, aber Larissa packte sie am Arm und hielt sie fest. »Nicht«, flüsterte sie. »Wir warten hier auf Doktor Wellink.«

»Incroyable! Sie müssen sie von der Polizei suchen lassen. Ich bestehe darauf«, tobte Monsieur Kleczkowski. »Es wird ein

Nachspiel haben, wenn Sie meinem Wunsch nicht nachkommen. Ich sorge dafür, dass dieser Schuppen geschlossen wird!« Seine Schuhe polterten die Treppe herunter. Larissa legte einen Arm um Semiramis und beide Frauen duckten sich tief in die dunkle Ecke. Der Generalkonsul stürmte auf die Straße und verschwand, ohne die Frauen in ihrem Versteck zu bemerken. »Police!«, hörten sie ihn noch brüllen. »Police tout de suite!«

Semiramis atmete schwer.

»Nur ruhig«, flüsterte Larissa. »Wellink kommt bestimmt gleich zurück.«

Gleich darauf hörten sie seine Schritte und er tauchte an der Treppe auf. »Zieh das an«, zischte er und warf Semiramis ein Bündel Kleider zu. »Mach schnell! Wahrscheinlich ist gleich eine Streife hier.«

Wie zur Bestätigung näherten sich auf der Straße die Schritte von eisenbeschlagenen Männerstiefeln. Vor dem Eingang verstummten sie.

»Das ist das Café, von dem der Franzose gesprochen hat«, sagte einer der Männer. »Gehen wir rein!«

Wellink sah die Frauen an und legte einen Finger an die Lippen. Dann eilte er zum Eingang.

»Guten Abend, Sir«, grüßte die Männerstimme. »Haben Sie ein Frauenzimmer in einem roten Kleid gesehen?«

»Aber sicher«, hörten Larissa und Semiramis. »In dem Freudenhaus drei Gassen weiter ist eine, die ich sehr empfehlen kann.«

»Wollen Sie mich veralbern? Ich spreche von einem dieser liederlichen Tanzmädchen. Sie hat den französischen Generalkonsul bestohlen!«, erboste sich der Offizier.

»Ach so, die meinen Sie. Soweit ich weiß, hat das Mädchen von Monsieur Kleczkowski keinen Sou bekommen, obwohl er ihr ein ganzes Bündel Geld in Aussicht gestellt hatte.«

»Seit wann ist es so einer erlaubt, den Diplomaten eines europäischen Landes zu belästigen! Er ist eine hochgestellte

Persönlichkeit. Ich rate Ihnen deshalb, mich bei den Ermittlungen zu unterstützen!«

»Aber selbstverständlich.« Wellink verneigte sich übertrieben. »Das Mädchen, das Sie meinen, ist Richtung Nil gelaufen.«

»Warum nicht gleich so, Sir?« Die Stiefelschritte entfernten sich.

»Schnell jetzt!« Wellink klatschte in die Hände.

Semiramis schlüpfte rasch in den Herrenanzug, den er ihr besorgt hatte, und stülpte sich den Hut über. Wellink prüfte, ob die Luft auf der Gasse rein war, dann stürmten sie los, begleitet vom Applaus der Freudenmädchen an der gegenüberliegenden Hauswand.

Wellink winkte ihnen zu.

»Danke für den Anzug, Mädchen!«

Die drei erreichten Mrs Potters Pension eine halbe Stunde später. Unterwegs waren ihnen noch zwei Polizeistreifen begegnet, die nach Semiramis suchten. Aber Wellink, der rechts und links am Arm zwei offensichtlich sehr betrunkene junge Männer mit sich schleifte, hatte ihren Argwohn nicht geweckt.

Er schloss die Eingangstür der Pension mit dem Nachtschlüssel auf. Larissa wollte Semiramis in die dunkle Halle schieben. Doch die schüttelte heftig den Kopf. »Nein! Hierhin darf ich nicht mehr.«

»Aber wohin willst du dann?«, fragte Larissa.

»Ich habe ein Zimmer am Boulevard Muhammad Ali. Ich teile es mir mit einer anderen Tänzerin.«

»Das ist keine gute Idee«, mischte Wellink sich ein. »Dort sucht dich die Polizei zuerst.«

»Du kannst in meinem Zimmer schlafen«, bot Larissa an. »Dort vermutet dich niemand.«

»Aber Ihr Mann, Mrs Wood!«

»Ernest ist nicht hier«, sagte Larissa. Als Semiramis sie mit großen Augen ansah, fügte sie hinzu: »Er macht eine Exkursion in die Wüste. Du kannst unbesorgt bei mir unterschlüpfen.«

»Aber wenn Mrs Potter mich morgen früh sieht, wird sie mich der Polizei übergeben«, wandte Semiramis ein.

»Heute Nacht bist du bei Mrs Wood in Sicherheit«, versicherte Wellink. »Um alles andere kümmern wir uns morgen.« Er schob die beiden Frauen in die Halle und verschloss hinter ihnen die Tür.

9

Anubis

Anubis ist der altägyptische Gott der Totenriten und wurde meist als Schakal oder schwarzer Hund dargestellt, bzw. als Mensch mit Schakal- oder Hundekopf. Er überwachte die Mumifizierung. Im Grab empfing er die Mumie, vollzog die Zeremonie der Mundöffnung und führte die Seele zum »Feld der himmlischen Opfergaben«. Im Totengericht bestand seine wichtigste Aufgabe in der Überwachung des Seelenabwägens.

»Da mein Mann nicht da ist, kannst du auf seiner Seite des Bettes schlafen.« Larissa verriegelte ihre Zimmertür.

»Warum tun Sie das für mich?«, fragte Semiramis. »Halten Sie mich denn nicht für eine Diebin und eine Hure?«

Larissa hängte Ernests Hut an einen Wandhaken und lockerte die Krawatte. »Über deinen Lebenswandel kann ich mir kein Urteil erlauben. Und von Monsieur Kleczkowski wolltest du dir nur holen, was er dir zuvor in Aussicht gestellt hatte.«

»So ist es«, erwiderte Semiramis leise. »Die Frauen aus dem Haus auf der anderen Straßenseite haben mir gesagt, dass ich immer zuerst meinen Lohn verlangen soll, sonst werde ich betrogen. Ich bin mit der Miete für mein Zimmer im Rückstand und der Besitzer des Cafés verlangt auch seinen Anteil, sonst lässt er mich nicht mehr auftreten. Ich habe dieses Geld so dringend gebraucht.« Sie seufzte.

Larissa ging zur Kommode und zog eine Schublade auf. »Arbeitest du in diesem Café, seit Mrs Potter dir gekündigt hat?«

Semiramis nickte. »Irgendwie muss ich meinen Lebensunterhalt verdienen. Tanzen oder Singen lernt jedes kleine Mädchen in Ägypten. Singen kann ich nicht gut, also bleibt noch das Tanzen.«

»Und Doktor Wellink hat nie versucht, dir zu helfen? Er ist an deiner Lage doch nicht ganz unschuldig.«

Semiramis blickte an Larissa vorbei auf die Wand, hinter der Wellinks Zimmer lag. »Er wusste nicht, wo ich bin, bis er heute Abend zufällig ins Café Tausendundeine Nacht kam. Und dann hat er mir ja geholfen.«

Larissa nahm eines ihrer Nachthemden aus der Schublade und gab es Semiramis. »Das kannst du anziehen.«

Die junge Frau strich über den in Spitze gefassten Ausschnitt und das weiche weiße Baumwollgewebe. »Das ist schön«, sagte sie sehnsüchtig. »Was verlangen Sie dafür? Mich?«

»Ich verstehe nicht«, antwortete Larissa verdutzt.

»Nun ja.« Semiramis zögerte. »Sie waren als Mann verkleidet im Café Tausendundeine Nacht. Frauen, die so ins Café kommen, wollen sich gewöhnlich mit einer von uns Tänzerinnen vergnügen.«

»Oh.« Larissa bekam kugelrunde Augen. »Das meinst du.« Sie lachte verlegen. »Du irrst dich. Ich bin keine Lesbierin. Ich wollte Bilder machen. Fotografien.«

Jetzt bekam Semiramis runde Augen. »Bilder, wie sie im Fotogeschäft hinter dem Shepheard Hotel ausgestellt sind?«

»Nein.« Larissa winkte ab. »Wie ich schon sagte, es war eine dumme Idee. Jetzt zieh das Nachthemd an. Meinetwegen behalte es. Ich schenke es dir.«

Semiramis sah Larissa lange an. »Shukran«, sagte sie leise. Sie nestelte am Ausschnitt ihres Kostüms, das sie noch unter dem Anzug trug, zog die Zehnpfundnote heraus, die sie von

Larissa im Café Tausendundeine Nacht ergaunert hatte, und legte sie aufs Bett. »Die bekommen Sie auch zurück!«

»Mrs Wood!« Honora Potter schaute von den Papieren auf ihrem Empfangstresen auf.

»Ja?« Larissa blieb auf halber Treppe stehen und drehte sich um.

»Es geht mich ja nichts an, Mrs Wood, aber warum essen Sie sich nicht mehr bei den Mahlzeiten satt?« Die Hauswirtin deutete auf die Serviette, in die Larissa ein paar Scones gewickelt hatte. In der anderen Hand trug sie einen Krug mit Milch.

Larissa wurde rot. »Ich esse mich satt, wirklich, Mrs Potter. Aber nach kurzer Zeit habe ich schon wieder einen Bärenhunger.« Sie wollte weitergehen.

»Mrs Wood!«, rief die Hauswirtin, sobald Larissa den Fuß auf die nächste Stufe gesetzt hatte.

»Ja, Mrs Potter?«

Die ältere Frau musterte sie durch den bläulichen Rauch ihrer Zigarette. »Sind Sie vielleicht in anderen Umständen?«

»Um Gottes willen, nein!« Larissa lachte nervös. »Ich erwarte kein Kind. Ich habe einfach nur einen gesunden Appetit.« Sie eilte die Treppe hinauf.

Honora Potter blies eine Rauchwolke durch Mund und Nase. »Wenn es wirklich nur das ist«, murmelte sie.

»Wir müssen uns etwas einfallen lassen. Mrs Potter glaubt, ich wäre schwanger, weil ich seit drei Tagen Essen aufs Zimmer bringe«, verkündete Larissa, nachdem sie ihre Tür von innen verriegelt hatte.

Semiramis lächelte. »Das wäre doch schön.«

»Das wäre es nicht! Eine mehrmonatige Ägyptenreise ist kaum der richtige Zeitpunkt für eine Schwangerschaft.« Larissa setzte sich aufs Bett und sah zu der jungen Nubierin, die sich auf dem Stuhl vor dem Waschtisch niedergelassen hatte und die Brötchen aus der Serviette wickelte. »Vielleicht solltest du doch zu deinen Großeltern gehen.«

Semiramis hatte ihr und Wellink erzählt, dass die Eltern ihrer Mutter in einem Dorf weit im Süden lebten, noch hinter dem ersten Nilkatarakt. Und sie hatte sofort hinzugefügt, dass sie auf keinen Fall dorthin gehen würde.

Auch jetzt wehrte sie Larissas Vorschlag heftig ab: »Bitte, Mrs Wood, verlangen Sie das nicht von mir! Ich habe immer in Kairo gelebt und kenne meine Großeltern gar nicht. Am liebsten würde ich bei Ihnen bleiben«, fügte sie leise hinzu. »Ich könnte mich um Ihre Sachen und die von Mr Wood kümmern.«

»Ein Dienstmädchen ist in unserem Reisebudget leider nicht vorgesehen«, erwiderte Larissa. »Kannst du zu deiner Mutter gehen?«

»Sie ist vor zwei Jahren gestorben. Kurz nach meinem siebzehnten Geburtstag«, lautete die traurige Antwort.

»Und dein Vater?«

Semiramis ließ die Hand mit dem Brötchen in den Schoß sinken. »Als ich klein war, hat Baba sich um mich gekümmert. Meine ersten Jahre habe ich in dem französischen Hotel verbracht, das er geleitet hat. Ummi war dort Zimmermädchen. Aber eines Tages ist er nach Frankreich zurückgegangen, um ein Hotel in Paris zu übernehmen. Zuerst hat er uns noch Briefe geschrieben und Pakete geschickt. Mama hat immer gehofft, er holt uns nach. Aber dann hat er eine andere Familie gegründet und wir haben nichts mehr von ihm gehört.«

»Das ist schrecklich.« Larissa war betroffen. »Aber ich kann dich trotzdem nicht viel länger bei mir verstecken.«

Es klopfte an der Tür. Die Frauen sahen sich erschrocken an.

»Wer ist da?«, rief Larissa.

»Honora Potter. Ich habe noch etwas für Sie!«

»Versteck dich unter dem Bett, schnell«, flüsterte Larissa, während sie zur Tür ging.

Semiramis warf ihr angebissenes Brötchen auf den Waschtisch und flitzte zum Bett. Larissa wartete, bis sie ganz darunter verschwunden war, dann drehte sie den Schlüssel und öffnete die Tür einen Spalt.

»Heute Morgen war wieder ein Brief von Ihrem Mann in der Post. Ich habe ihn eben erst gesehen.« Die Hauswirtin überreichte Larissa den Umschlag und versuchte gleichzeitig, an ihr vorbei ins Zimmer zu spähen.

Larissa nahm den Brief erfreut entgegen. »So schnell! Ich hatte noch gar nicht wieder mit Nachricht gerechnet.« Sie wollte die Tür schließen, aber die Hauswirtin drängte sich rasch in den Spalt.

»Seit drei Tagen hat mein Mädchen bei Ihnen nicht mehr sauber gemacht.« Sie klang vorwurfsvoll. »Und Ihr Bett könnte auch frisch bezogen werden.« Sie reckte den Hals, aber Larissa blockierte mit ihrem Körper die Sicht.

»Seit ich das Zimmer als Dunkelkammer verwendet habe, befinden sich hier viele Flaschen mit gefährlichen Chemikalien«, gab sie zur Antwort. »Da ist es mir lieber, selbst aufzuräumen.«

»Wie Sie meinen, aber vergessen Sie es nicht.« Mrs Potter wirkte ein wenig beleidigt.

»Gewiss nicht. Jetzt würde ich gerne den Brief meines Mannes lesen.« Larissa schob die Tür zu, sodass der Hauswirtin nichts anderes blieb, als zurückzutreten.

»Siehst du, was ich meine?«, fragte Larissa, als Semiramis wieder unter dem Bett hervorgekrochen war, und riss den Umschlag auf.

Die junge Nubierin setzte sich wieder an den Waschtisch. Während sie ihre Brötchen aß, beobachtete sie Larissa.

»Schlechte Nachrichten, Mrs Wood?«, erkundigte Semiramis sich beunruhigt. Doch Larissa sagte kein Wort, sondern faltete nur den Brief zusammen.

»Mrs Wood!«, wiederholte Semiramis. »Fühlen Sie sich nicht gut?«

Larissa sah sie ernst an. »Ich muss dringend weg«, sagte sie. »Verhalte dich leise. In ein paar Stunden bin ich wieder da.«

Der nachmittägliche Fünf-Uhr-Tee war vorbei, als Larissa wieder vor der Pension von ihrem Esel stieg. Sie ignorierte den Blumenhändler, der ihr von seinem Handkarren aus mit schmeichelnden Rufen weiße Levkojen, rosa Freesien und blauen Rittersporn verkaufen wollte. Mrs Potter jedoch, die – die unvermeidliche Zigarette in der Rechten – auf dem Trottoir stand, konnte sie nicht ignorieren.

»Ich muss Sie sprechen, Mrs Wood.« Die Hauswirtin blockierte den Eingang.

»Jetzt bitte nicht.« Larissa wollte an ihr vorbeischlüpfen.

»Es ist dringend!« Honora Potters Stimme schloss jeden Widerspruch aus. Dann sah sie Larissas Gesicht. »Um Gottes willen, Liebes! Haben Sie geweint?«

Larissas Augen waren verquollen, ihre Nase gerötet. »Bitte, Mrs Potter«, sagte sie gepresst. »Was auch immer es ist, wir müssen es später klären. Wissen Sie, ob Doktor Wellink hier ist?«

»Er ist vor einer halben Stunde aus Sakkara gekommen. Warum fragen Sie?« Honora Potter musterte sie argwöhnisch.

Ohne zu antworten, drängte Larissa sich an der Hauswirtin vorbei und rannte die Treppe hinauf.

»Ich möchte noch vor dem Abendessen mit Ihnen sprechen!«, rief Honora Potter ihr nach.

Larissa hastete direkt zu Wellinks Tür und klopfte: »Doktor Wellink! Bitte öffnen Sie, es ist wichtig!«

Aus dem Zimmer näherten sich Schritte, dann wurde die Tür aufgerissen. Wellink stand in Hose und Stiefeln, aber mit nacktem Oberkörper vor Larissa. Sein Gesicht war weiß eingeschäumt und in der Rechten hielt er einen Rasierpinsel.

»Sie besitzen das seltene Talent, mich in den unpassendsten Augenblicken zu bedrängen, Mrs Wood!«, scherzte er. Dann registrierte auch er ihre angespannte Miene. »Ist etwas mit Semiramis?«, flüsterte er besorgt und spähte an ihrer Schulter vorbei auf den verlassenen Flur.

»Nein.« Sie schüttelte den Kopf.

»Sie sehen aus, als stünde der Weltuntergang kurz bevor.« Er lehnte sich mit einer Schulter gegen den Türrahmen und musterte sie eingehend.

Ihre Augen füllten sich mit Tränen. »Ich muss so schnell wie möglich nach Siwa«, platzte sie heraus. »Ich war heute in Kerdasa, um mit dem Führer der nächsten Karawane zu verhandeln. Sie geht morgen früh, aber der Karwan-Baschi will mich nicht mitnehmen, egal wie viel Bakschisch ich ihm biete! Es bringt Unglück, eine alleinreisende Frau in einer Karawane mitzunehmen, sagt er!«

»Er meint wahrscheinlich, dass er die englischen Behörden auf dem Hals hat, wenn Ihnen auf dem Weg durch die Wüste etwas zustößt«, stellte Wellink richtig.

Larissa nestelte ein Taschentuch aus ihrem Rock und putzte sich die Nase. »Aber ich muss nach Siwa!« Sie drehte das Stoffstück zwischen ihren Händen zu einem Strang.

Wellink legte ihr sacht eine Hand auf den Arm. »Lassen Sie das arme Tuch am Leben. Warten Sie dort drüben auf mich, bei der kleinen Sitzgruppe hinten auf dem Flur. Ich säubere mir nur rasch das Gesicht.«

Als er sich ein paar Minuten später neben Larissa auf den freien Stuhl setzte, hatte er ein Hemd übergestreift und sich rasiert.

»So.« Er streckte die langen Beine aus. »Jetzt noch mal langsam und von vorn. Warum müssen Sie nach Siwa?«

»Erst einmal muss ich mich bei Ihnen entschuldigen«, erwiderte sie leise. »Ich ziehe Sie in meine privaten Schwierigkeiten hinein, aber ich weiß mir keinen anderen Rat.« Sie atmete tief durch. »Heute Morgen habe ich wieder einen Brief von meinem Mann erhalten. Er will noch länger in Siwa bleiben. Vielleicht Monate.« Sie zog einen verknitterten Papierbogen aus ihrer Rocktasche, entfaltete ihn und überflog die Zeilen. »Ernest schreibt: ›Ich habe eine sensationelle Entdeckung gemacht, die mir einen Platz in den Geschichtsbüchern garantieren wird! In meinem nächsten Brief erzähle ich dir mehr. Bitte besorge mir bei der Behörde für ägyptische Altertümer umgehend eine Grabungserlaubnis für Siwa und schicke sie mir mit der nächsten Karawane. Und mach dir keine Sorgen wegen Mr Cook. Ich habe hier etwas gefunden, das es uns erlaubt, auf niemanden mehr Rücksicht nehmen zu müssen, auch nicht auf Mr Cook.‹« Larissa faltete den Bogen zusammen und sah Wellink an. »Ist das nicht absolut unglaublich?«

»In der Tat.« Er starrte nachdenklich auf seine Stiefelspitzen.

»Ich will nach Siwa reisen, um Ernest zu holen. Er muss einfach zur Vernunft kommen«, fuhr sie fort. »Auch wenn mein Mann das anders sieht, sind wir Mr Cook gegenüber eine Verpflichtung eingegangen!«

»Und wie kann ich Ihnen helfen?«, fragte Wellink.

»Bitte begleiten Sie mich nach Kerdasa und reden Sie mit dem Karwan-Baschi. Sie sind ein Mann und sprechen außerdem fließend arabisch. Wenn Sie ihn überzeugen, mich mitzunehmen, werde ich Ihnen ewig dankbar sein!«

Ein kleines Lächeln huschte über Wellinks Gesicht. »Dafür lohnt es sich in der Tat, den Karwan-Baschi umzustimmen.«

Unten in der Halle tönte eine Stimme: »Bonjour, Madame! Ich möchte Monsieur Wellink sprechen. Très pressant!«

Wellink sprang auf. »Verdammt, was will Kleczkowski hier? Wir sind doch erst morgen verabredet! Entschuldigen Sie, Mrs Wood, aber um diese Angelegenheit muss ich mich zuerst kümmern.«

Schon ertönten Kleczkowskis Schritte auf der Treppe, dann tauchte seine massige Gestalt am anderen Ende des Flurs auf.

»Ah, Doktor!« Er breitete jovial die Arme aus. »Vous êtes là! Très bon. Unser kleines Treffen muss früher stattfinden. Ich werde nämlich noch heute Abend in Alexandria erwartet, um eine französische Handelsdelegation zu empfangen, die früher als erwartet eingetroffen ist.« Dann entdeckte er Larissa und lächelte anzüglich. »Ich treffe sie wieder einmal in charmanter Gesellschaft, Doktor. Hoffentlich haben Sie überhaupt Zeit für trockene Herrengespräche. Très enchanté, Mademoiselle.« Er verbeugte sich vor Larissa. Offensichtlich hatte er keine Ahnung, dass er gerade mit »Mr Wood« sprach.

»Bonjour, Monsieur.« Larissas Mundwinkel zuckten. »Und bitte Madame, nicht Mademoiselle. Madame Wood.«

»Wood? Mon Dieu! Wer hätte gedacht, dass Monsieur Wood schon …«, stammelte Kleczkowski verwirrt.

»Was meinen Sie?« Sie blickte ihn unschuldig an.

»Nichts!«, versicherte er eilig. »Absolut nichts!«

»Dann möchte ich Sie nicht von Ihrem Herrengespräch abhalten.« Sie erhob sich. »Ich warte in der Eingangshalle«, sagte sie zu Wellink. »Mrs Potter wollte mich ohnehin noch sprechen.«

»Entschuldigen Sie die Unordnung.« Wellink schloss die Zimmertür hinter dem Franzosen. Die Schranktüren waren offen, sodass man die schief auf den Bügeln hängenden Hemden und Anzüge sehen konnte. Auf dem Waschtisch stand noch die Schüssel mit seifigem Wasser. Ein feuchtes Handtuch lag auf dem Bett und auf dem Nachttisch stapelte sich ein schiefer Turm aus Büchern und Fachzeitschriften über Archäologie. »Normalerweise empfange ich hier keinen Besuch.« Wellink schloss hastig die Schranktür und stopfte das Handtuch unter die Bettdecke.

Kleczkowski schlug ihm lachend auf die Schulter. »Nur Damenbesuch, n'est-ce pas? Ich kenne Sie, Wellink!« Dann entdeckte er einen mit Hieroglyphen und Götterbildern verzierten kleinen Kasten auf Wellinks Schreibtisch und steuerte zielsicher darauf zu: »Ein Uschebtikasten? Très joli!« Er hob den Deckel und nahm behutsam eine der kleinen, Uschebti genannten Figuren aus blauer Fayence heraus. »Für meine Tochter wäre das ein Spielzeug. Aber die alten Ägypter glaubten, dass dieser kleine Kerl ihnen in der jenseitigen Welt unangenehme Pflichten abnehmen würde, wenn sie nur die richtige Zauberformel sprachen.« Er strich mit dem Daumen über die winzigen Hieroglyphen, die die Figur bedeckten. »Sie suchen nicht zufällig noch einen Besitzer für dieses hübsche Objekt?«

»Bedaure, Exzellenz, aber darauf wartet bereits Herr Busch in Berlin. Sie wissen ja, dass er meine Ausgrabung in Sakkara finanziert.« Wellink nahm die kleine Gestalt an sich, legte sie zurück ins Kästchen und schloss den Deckel.

»Verstehe«, nickte Kleczkowski. »Kommen Sie in Sakkara voran?«

»Ich mache eine Menge Funde. Die Grabstätten der Gemahlinnen des Unas habe ich allerdings noch nicht entdeckt. Davon macht mein Mäzen jedoch eine weitere Finanzierung meiner Ausgrabungen abhängig. Es kann also sein, dass mein Aufenthalt in Sakkara bald zu Ende geht.«

»Angesichts unserer überaus erfreulichen Partnerschaft wäre das sehr schade.« Kleczkowski griff in die Innentasche seines schwarzen Gehrocks und zog einen Umschlag heraus, den er Wellink gab. »Das hilft Ihnen vielleicht noch eine Zeit weiter, n'est-ce pas?«

»Sehr richtig, Exzellenz. Vielen Dank.« Wellink blickte kurz in den Umschlag und legte ihn neben den Uschebtikasten. Dann zog er die Schreibtischschublade auf und nahm eine Papyrusrolle heraus. »Der Totenbuchpapyrus des Pharaos Unas.« Er reichte Kleczkowski die Rolle. Der griff hastig danach, rollte sie ein wenig auf und betrachtete die farbig gemalten Bilder.

»Beeindruckend«, murmelte er feierlich, während sein Blick von einer Szene zur nächsten wanderte. »Und so hervorragend erhalten. Ein wunderschönes Stück für meine Sammlung, Wellink. Merci beaucoup. Es ist immer wieder formidable, mit Ihnen Geschäfte zu machen.« Er rollte den Papyrus zusammen und schob ihn behutsam in die Innentasche seines Gehrocks.

Wellink öffnete die Zimmertür und die beiden Männer gingen nebeneinander zur Treppe. »Sie geben mir Nachricht, wenn Sie wieder etwas Interessantes für mich haben?«, fragte Kleczkowski.

Bevor Wellink antworten konnte, hörte er, wie Larissa in der Halle rief: »Aber Sie wollen doch deshalb nicht die Polizei bemühen, Mrs Potter!«

»Was ist denn da los?« Beunruhigt beschleunigte Wellink seinen Schritt. Der Generalkonsul folgte ihm. »Warum la police? Haben die Behörden von unserem kleinen Geschäft erfahren?«

Wellink schüttelte den Kopf. »Es hat nichts mit Ihnen zu tun, das garantiere ich Ihnen.«

Er erreichte den Fuß der Treppe und sah, dass Larissa und Mrs Potter sich in einer Ecke der Halle gegenüberstanden. Beide schienen sehr aufgeregt. Hinter ihnen befand sich die geöffnete Tür der Gepäckkammer. Eine weibliche Gestalt hockte dort auf einem Koffer und schluchzte bitterlich.

»Tiens! Das ist doch die kleine Diebin aus dem Café Tausendundeine Nacht!«, rief Kleczkowski überrascht.

Larissa und Mrs Potter fuhren herum. Semiramis hörte vor Schreck auf zu weinen. Kleczkowski durchquerte mit wenigen Schritte die Halle und dröhnte: »Jetzt finde ich auch, wir sollten la police holen!«

»Wie kommt Semiramis in die Gepäckkammer?«, warf Wellink ein.

Die Hauswirtin stemmte angriffslustig die Arme in die Hüften. »Sie wussten also auch, dass Mrs Wood sie hier versteckt!«

»Mrs Potter hat sich während meiner Abwesenheit mit ihrem Generalschlüssel Zutritt zu meinem Zimmer verschafft!«, unterbrach Larissa zornig. »Sie hat Semiramis entdeckt und in die Kofferkammer gesperrt.«

»Dieses Haus gehört mir, ich darf überall nach dem Rechten sehen!«, verteidigte Honora Potter sich. »Semiramis hat bei mir Hausverbot. Wenn sie dagegen verstößt, melde ich sie der Polizei!«

»Absolument!«, bekräftigte Kleczkowski. »Du! Komm mal her!« Gebieterisch winkte er einem von Mrs Potters Pagen, die den Trubel mit aufgerissenen Augen vom Trottoir aus verfolgt hatten. »Lauf zur Polizeistation am Bahnhof und hol einen der Beamten!«

»Aber das muss sich doch anders lösen lassen!«, warf Larissa verzweifelt ein.

»Warten Sie, Exzellenz.« Wellink nahm den Konsul am Arm und zog ihn in die gegenüberliegende Ecke der Halle. »Ich möchte Ihnen einen Vorschlag machen. – Du wartest noch«, befahl er dem Pagen, der unschlüssig in der Halle stand.

Ein leiser Wortwechsel zwischen Wellink und Kleczkowski folgte, schließlich nickte der Franzose: »D'accord. Wenn Sie dieses Versprechen einlösen, kann mir die kleine Pétasse gestohlen bleiben. Mesdames, au revoir. Es war mir eine Freude!« Er verbeugte sich knapp in Richtung von Larissa und Mrs Potter. Dann ging er zu seiner Kutsche, die auf der Straße vor der Pension wartete.

»Die Polizei brauchen wir nicht mehr«, sagte Wellink.

Semiramis, die wie ein Häufchen Elend auf dem Koffer saß, schniefte leise: »Shukran.«

»Siehst du, es kommt alles in Ordnung.« Larissa legte ihr eine Hand auf die Schulter und warf Wellink einen dankbaren Blick zu.

»Mrs Wood, Sie sollten jetzt packen gehen«, sagte er. »Morgen früh brechen wir mit der Handelskarawane nach Siwa auf.«

Larissa war völlig überrumpelt. »Meinen Sie das ernst?«

»Das tue ich in der Regel immer.«

»Jetzt muss ich Ihnen danken!« Spontan griff sie seine Hand und drückte sie. »Dann gehe ich jetzt packen. Semiramis, du kannst mir helfen.«

Aber Mrs Potter versperrte den beiden Frauen den Weg.

»Semiramis hat bei mir Hausverbot!«, erklärte sie energisch.

»Semiramis ist ab sofort mein Dienstmädchen«, erwiderte Larissa.

»Mrs Wood!«, rief die junge Nubierin glücklich. »Heißt das, Sie nehmen mich mit nach Siwa?«

»Genau das heißt es«, bekräftigte Larissa.

Die Hauswirtin runzelte die Stirn. »Dienstmädchen wohnen nicht umsonst bei mir. Auch nicht für eine Nacht.«

»Das habe ich auch nicht erwartet«, antwortete Larissa kühl. »Wir gehen jetzt unsere Koffer packen. Ich werde das Gepäck, das wir nicht benötigen, in Ihre Kofferkammer stellen. Dann können Sie unser Zimmer anderweitig vermieten, bis wir aus Siwa zurück sind.«

Ohne die Antwort der Hauswirtin abzuwarten, marschierte sie mit Semiramis die Treppe hinauf.

Wellink blickte Larissa hinterher, bis sie verschwunden war. Seine Augen glänzten. »Diese Frau ist es wert, dass ich für sie ein paar Wochen meine Ausgrabung in Sakkara im Stich lasse!«

»Da ich nicht annehme, dass Sie Semiramis meinen, möchte ich Sie daran erinnern, dass Mrs Wood verheiratet ist«, bemerkte Honora Potter sarkastisch.

Er strahlte sie an. »Machen Sie sich keine Sorgen, liebe Honora.«

»Um Sie nicht, mein Lieber«, murmelte die Hauswirtin. »Um Sie ganz gewiss nicht.«

Über Larissa erstreckte sich der Sternenhimmel, funkelnd und glitzernd, wie sie ihn noch nie gesehen hatte. Die Milchstraße bildete ein silbernes nebelhaftes Band und vor den schwarzen Tiefen des Universums erkannte sie das Bild des Großen Wagens. Seine sieben Sterne leuchteten heller als alle anderen am Himmel.

Keuchender Atem und das knirschende Geräusch eines Spatens, der sich durch den harten Erdboden arbeitete, rissen sie aus ihrer Betrachtung. Widerwillig richtete sie die Aufmerksamkeit wieder auf ihre Umgebung. Direkt vor ihr befand sich ein Schacht, der nach unten führte. Er hatte einen quadratischen Einstieg von einem knappen Meter und reichte bereits zwei Meter in die Tiefe. An den vier Ecken steckten Fackeln im Boden und warfen ihr flackerndes Licht auf Ernest. Gebückt stand er in dem Erdloch und grub verbissen. Er war abgemagert. Sie konnte die knochigen Schultern sehen, die sich unter dem ehemals weißen, jetzt vom Staub grauen Hemd abzeichneten. Auf seinem Kopf saß ein speckiger Hut. Darunter schauten Strähnen seines schon lange nicht mehr geschnittenen Haares hervor. Sein Anblick trieb ihr Tränen in die Augen.

Sie trat an den Rand der Grube und rief: »Hör auf. Wir müssen weiter. Wir haben Wichtigeres zu tun.«

Er drehte sich um. Die Augen in seinem von einem struppigen Bart bedeckten Gesicht glühten. »Hast du die Grabungserlaubnis?«

Zögernd nahm sie das Papier aus ihrer Rocktasche und reichte es ihm. Er riss es ihr fast aus der Hand und stopfte es in seinen Hosenbund. Dann grub er weiter. Sand, Erde und Steinchen spritzten aus dem Loch und rieselten auf Larissas Füße.

Plötzlich warf er die Schaufel weg und riss eine der Fackeln aus dem Boden. »Komm mit!«, befahl er.

Ohne ihre Antwort abzuwarten, verschwand er in dem finsteren Schacht. Das Herz schlug ihr bis zum Hals vor Angst, aber sie wusste, dass sie ihn verlieren würde, wenn sie ihm nicht folgte.

Der Gang, der sich an den Schacht anschloss, war schmal und hatte einen unebenen, leicht abschüssigen Boden. Hitze staute sich unter der niedrigen Decke. Ernest stand vor ihr und kehrte ihr den Rücken zu. Er hielt die Fackel empor und leuchtete damit auf die eine Seite der Felswände. Im tanzenden Licht der Flamme erkannte Larissa Bilderszenen auf den weiß verputzten Steinwänden: ein Bett mit Füßen aus Löwentatzen und einem Löwenhaupt am Kopfende. Darauf war eine Mumie aufgebahrt. Der schakalköpfige Anubis stand neben dem Bett. Er beugte sich über den Leichnam und legte seine menschlichen Hände sanft auf die Brust des Verstorbenen.

Ernest drehte sich zu Larissa. »Er weckt ihn auf und begleitet ihn auf seiner Reise durch das Totenreich.«

Die Mumie und der schakalköpfige Gott ängstigten sie. »Lass uns umkehren!«, bat sie.

Er schüttelte den Kopf. »Ich kann nicht! Das ist der Weg, den ich gehen muss!« Er hastete voran, sodass Larissa nichts anderes übrig blieb, als hinter ihm herzustolpern.

Als sie zur Seite blickte, erschrak sie bis ins Mark. Der Tote lief an der Hand von Anubis neben ihnen her. Er hatte seine Mumienbinden abgestreift und glich einem gesichtslosen schwarzen Schatten. Über ihm flog der menschenköpfige Seelenvogel. Sie rannten aus dem Gang hinaus in das dicht mit Papyrus bewachsene Nildelta. Das Mondlicht warf sein bleiches Licht auf Krokodilsdämonen und bösartig zischende Riesenschlangen, die im Dickicht lauerten. Aber Anubis geleitete seinen Schützling sicher an das Ufer des dunkel glitzernden Flusses. Dort schossen Paviane aus dem Unterholz. Sie schrien und wollten den Seelenvogel mit Netzen fangen. Der Tote bestieg eine Barke, die lautlos aus dem Schilf geglitten kam, und Ibisse nahmen den Seelenvogel in ihre Mitte, sodass alle sicher das andere Ufer erreichten. Hier wurde der Weg von einer hohen Mauer mit einem verschlossenen Tor blockiert. Auf dem Torbogen stand ein Hieroglyphentext. Larissa las: Halle der vollständigen Wahrheit.

Bevor sie Zeit hatte, sich darüber zu wundern, dass sie plötzlich Hieroglyphen lesen konnte, sagte eine Stimme neben ihr: »Ich bin Madu, Hauptmann der Leibwache des Großen

Alexander, gestorben und begraben in der Oase des Amun, im sechsten Jahr der Herrschaft Alexanders. Gib mir, was mein Eigen ist, denn mein Herz hat seinen Frieden verloren.«

Sie fuhr herum und sah den Toten. Er hatte sich Ernest zugewandt und streckte ihm verlangend die Hände entgegen.

»Gib ihm, was er will, Ernest!«, flehte Larissa.

»Nein!«, wehrte er sich. »Jetzt gehört es mir.« Er warf sich mit einer Schulter gegen das Tor. Lautlos schwang es auf. Vor ihnen lag eine von silbrigem Licht erleuchtete Halle. In der Mitte stand eine mannshohe Waage. Die Waagschalen waren leer und befanden sich genau im Gleichgewicht. Neben der einen Waagschale stand der schakalköpfige Gott, neben der anderen die alte Fellachin. Die schwarze Schlange wand sich um ihren faltigen Hals und züngelte leise. Als die Alte hörte, wie sich das Tor öffnete, richtete sich ihr milchiger Blick auf Ernest. Sie hob die rechte Hand, in der sie den Binsenstrohteller mit der Weissagung hielt, und hieß ihn willkommen: »Dein Schicksal ist vollendet!«

Larissa sah, dass sich die Hieroglyphen auf der lehmigen Fläche verändert hatten. Zu den beiden Papyrushalmen war der fehlende dritte hinzugekommen. Auch das Bett, auf dem die Mumie ruhte, war fertig gezeichnet.

Die Alte legte den Teller auf eine der Waagschalen, die sofort bis zum Boden sackte. »Jetzt du!«, befahl sie dem schakalköpfigen Gott. »Wiege sein Herz dagegen!«

Anubis trat vor Ernest und griff in seine Brust.

Larissa verspürte solche Furcht, dass sie nicht mehr hinsehen konnte. »Nein«, wimmerte sie und bedeckte die Augen mit einer Hand. »Nicht!«

»Mrs Wood! So wachen Sie doch auf!« Eine Hand rüttelte sie an der Schulter.

»Nein!«, stöhnte Larissa noch einmal und schlug die Augen auf. Semiramis beugte sich über sie. Aus dem Dunkel hörte

Larissa ihre besorgte Stimme: »Sie haben plötzlich so schrecklich geschrien.«

Larissa fuhr sich mit dem Handrücken über die verschwitzte Stirn. »Ich habe schlecht geträumt. Ich bin nervös, weil wir in ein paar Stunden nach Siwa aufbrechen.« Ihre Stimme verlor sich im Zimmer. Sie setzte sich im Bett auf, tastete nach den Streichhölzern und zündete die Kerze auf dem Nachttisch an.

»Nehmen Sie das, Mrs Wood. Es wird Sie beschützen.« Semiramis zog ein Lederband mit einem Anhänger aus blauem Glas vom Hals. In der Mitte des Anhängers saß, umgeben von einem weißen Ring, ein blauer Kreis mit einem dunklen Tupfer. Der Anhänger sah aus wie ein kleines Auge. »Das ist ein Nazar-Amulett.« Sie reichte Larissa den Halsschmuck. »Sie müssen es immer tragen.«

»Wenn es mich vor schlechten Träumen beschützt, bin ich bereit, fast alles zu tun.« Larissa legte sich das Amulett um den Hals und schlug die Bettdecke zurück. Die junge Nubierin folgte ihr mit den Augen, wie sie zum Schrank ging, ihren Morgenrock nahm und hineinschlüpfte. »Ich bin so froh, dass Sie mich mitnehmen nach Siwa, Mrs Wood.«

»Du weißt ja, dass ich dich nicht bezahlen kann«, erwiderte Larissa. »Jetzt schlaf weiter. Wir haben einen anstrengenden Tag vor uns. Ich lege mich auch gleich wieder hin.«

Folgsam rollte die junge Frau sich auf ihrer Seite des Bettes zusammen.

Larissa aber nahm die Kerze vom Nachttisch und stellte sie auf den Waschtisch. Dann suchte sie Briefpapier, Tinte und Federhalter und rückte einen Stuhl vor den Waschtisch.

Sie tauchte die Feder ins Tintenglas, überlegte einen Moment und schrieb dann: »Liebe Eltern, in ein paar Stunden breche ich mit einer Karawane in die Libysche Wüste auf. Ich reise in die Oase Siwa, denn ich mache mir große Sorgen um Ernest ...

10

Amentet

Amentet ist eine altägyptische Totengöttin. Seit dem Alten Reich war sie die Personifikation des Totenreiches. In der Mythologie der alten Ägypter liegt das Jenseits im Westen. Daher wurden die Nekropolen vorwiegend in den westlich des Nils gelegenen Bergen angelegt. Im Neuen Reich wurde Amentet zur Schutzgöttin der thebanischen Nekropole.

Mit dem ersten Licht des Morgens brach die Karawane von Kerdasa auf. Der Karawanenführer ritt auf seinem schlanken Kamel an der Spitze des Zuges. Er war ein stolzer Beduine namens Yasin, hager, mit von der Sonne gegerbter tiefdunkler Haut, der nicht nur das Arabische, sondern auch leidlich gut die englische Sprache beherrschte. Seine wachsamen schwarzen Augen wanderten beständig über den Horizont, über der Schulter trug er ein langes Gewehr.

Wellink, Larissa und die arabischen und osmanischen Kaufleute saßen ebenfalls auf Reitkamelen. Während die Kaufleute die typische weite Tracht der Orientalen mit Turban oder Fez trugen, war Wellink europäisch gekleidet. Larissa hatte ihr strapazierfähiges graues Reisekostüm angezogen und dazu einen Hut mit Schleier zum Schutz gegen Staub und Insekten aufgesetzt.

Mit fünfzig der kräftigen braunen Lastkamele, die hoch bepackt waren mit Stoffen, Getreide, Zucker, Tee und Stroh, das den Tieren unterwegs als Futter dienen sollte, war die Karawane ein beeindruckender Zug. Auch Treiber für die Lastkamele gehörten dazu. Es waren Fellachen und freigelassene schwarze Sklaven.

Die Route verlief auf einer seit Jahrhunderten genutzten Karawanen- und Pilgerstraße. Sie führte über das Wadi el Natrun, dann entlang der Senken el-Mughra und el-Qattara durch die Wüste nach Westen bis zum großen Sandmeer, an dessen Rand sich die Oase Siwa befand.

Kurz hinter Kerdasa überquerten sie eine Hügelkette und ließen das fruchtbare grüne Niltal hinter sich. Die Landschaft veränderte sich nun völlig. Staubiges Braun, stumpfes Grau und mattes Gelb waren die einzigen Farben, abgesehen vom Himmel, der sich endlos und blau in der Höhe spannte, ohne eine Spur von jenen Dunstschleiern, die manchmal frühmorgens über dem Niltal lagen.

»Wie haben Sie den französischen Generalkonsul überzeugt, Semiramis in Ruhe zu lassen?«, fragte Larissa und lenkte ihr weißes Reitkamel neben das von Wellink.

»Man könnte sagen, ich habe ihm den Mund wässrig gemacht«, gab er sich geheimnisvoll. »Sie wissen ja, dass er ägyptische Kultgegenstände sammelt. Ich habe ihm eine großzügige Gegenleistung versprochen, wenn er Semiramis nicht der Polizei ausliefert.«

»Sie haben ihm also noch etwas aus dem Grab des Unas versprochen?«

»Nicht aus dem Grab des Unas«, lautete die unbestimmte Antwort.

»Sondern?«

»Verzeihen Sie, aber zu diesem Zeitpunkt möchte ich darüber nicht reden. Die Sache ist noch nicht ganz in trockenen Tüchern.«

Sie musterte ihn schweigend. »Nun gut«, sagte sie dann. »Ich möchte Sie schon lange noch etwas anderes fragen, Doktor Wellink. Sie sagten einmal, dass es zur Zeit des Pharaos Unas keine auf Papyrus geschriebenen Totenbücher gab, nicht wahr?«

»Sagte ich das?« Er lächelte sie harmlos an.

»Da bin ich mir sogar ziemlich sicher«, beharrte sie. »Aber im Café Tausendundeine Nacht erzählten Sie mir, dass Sie dem Konsul Totenbuchpapyri des Unas vermitteln wollen. Wie kann das sein, wenn es doch noch gar keine gab?«

»Sie sind sehr aufmerksam, aber es ist durchaus üblich in der Wissenschaft, dass man einen neuen Fund macht und die Geschichte daraufhin umgeschrieben werden muss«, behauptete er leichthin.

»Und so einen Fund, der die Geschichte verändert, haben Sie Monsieur Kleczkowski im Tausch für Semiramis' Freiheit geboten?«, erkundigte sie sich.

»Sie geben nie auf, nicht wahr? Aber in etwa stimmt Ihre Vermutung.«

Er zwinkerte ihr zu.

Larissa schaute zu Semiramis, die neben einem der Lastkamele lief und mit entzückter Miene den weichen Hals eines erst wenige Tage alten Kamelfohlens streichelte. »Sie muss Ihnen viel bedeuten.«

»Sie sagten selbst, dass ich an Semiramis' Schwierigkeiten mitschuldig bin. Darüber hinaus ging es mir nicht nur um Semiramis«, erwiderte Wellink und verkniff sich die Bemerkung, dass er eigentlich beabsichtigt hatte, Larissa Wood mit seiner edlen Tat zu beeindrucken.

»Tatsächlich? Um wen ging es noch?«, fragte sie neugierig und völlig unbedarft. Er musterte sie wortlos und so eindringlich, dass sie schließlich verlegen antwortete: »Immerhin hilft die gute Tat, Ernest nach Kairo zurückzubringen.«

»Das wird sie wohl.« Er öffnete mit einem etwas gequälten Lächeln den Verschluss seiner Wasserflasche und trank einen Schluck.

»Und wie haben Sie den Karwan-Baschi überzeugt, zwei Frauen mitzunehmen?«, fragte Larissa, nachdem sie ein paar Minuten schweigend nebeneinander geritten waren.

»Das wollen Sie nicht wissen«, erwiderte er unbehaglich.

»Natürlich will ich. Spannen Sie mich doch nicht so auf die Folter!«

»Hm«, begann er zögernd. »Da wären die Steine im Gepäck Ihres Kamels.«

Der Karwan-Baschi hatte einen Stein pro Frau zur Bedingung gemacht, um Larissa und Semiramis mitzunehmen. Vor dem Aufbruch hatte er sich persönlich überzeugt, dass die zusätzliche Last sich in den Satteltaschen von Larissas Kamel befand. Steine, behauptete er, würden das Unglück aufwiegen, das der Karawane durch die Anwesenheit der beiden Frauen sonst sicher wäre.

Wellinks Erklärung überzeugte Larissa jedoch nicht. »Lassen Sie sich doch nicht alles aus der Nase ziehen!«, rief sie ungeduldig. »Zwei Steine haben wohl kaum genügt, Yasin umzustimmen.«

»Sie haben recht. Die Wahrheit ist, ich habe ihm gesagt«, Wellink schluckte, »dass wir ein Ehepaar sind.«

»Sie haben was???« Larissa war fassungslos. »Das ist ein Scherz, nicht wahr?«

»Ich habe nicht erwartet, dass der bloße Gedanke, meine Frau zu sein, eine so ablehnende Reaktion hervorrufen könnte«, stellte er verletzt fest, wenn er natürlich auch nicht ernsthaft damit gerechnet hatte, dass die Auskunft sie freuen würde. »Es war die einzige Möglichkeit, Ihnen die Reise nach Siwa zu ermöglichen. Deshalb bin ich auch mit von der Partie. Nur nebenbei – es war nicht einfach, meine Ausgrabung in Sakkara so kurzfristig in die

Hände meines Assistenten zu legen. Ich hoffe nur, er hält sich an die Anweisungen, die ich in dem Brief an ihn …«

»Sie opfern sich also auf! Wie großmütig von Ihnen!«, fiel Larissa ihm wütend ins Wort. »Ich hätte nicht gedacht, dass Sie so geschmacklos sein können. Aber wenn Sie glauben, dass ich auch nur eine Nacht in einem Zelt mit Ihnen verbringe, haben Sie sich getäuscht! Und was soll der Karwan-Baschi denken, wenn wir in Siwa ankommen und ich dort plötzlich noch einen Ehemann habe? Aber sicher haben Sie sich, umsichtig wie Sie sind, dafür auch schon eine Erklärung überlegt!«

»Es ist doch egal, was der Karwan-Baschi denkt. Hauptsache, er bringt uns sicher nach Siwa«, entgegnete Wellink gereizt.

»Um Missverständnisse jeglicher Art zu unterbinden, werde ich ihn sofort aufklären!« Larissa trieb ihr Kamel an.

»Das würde ich an Ihrer Stelle lassen. Wir sind noch so nahe an Kairo, dass er Sie zurückschickt, sobald er die Wahrheit erfährt. Sie haben die Wahl, entweder Wood aus Siwa zu holen oder für unbestimmte Zeit in Kairo auf ihn zu warten.«

Larissas Miene verfinsterte sich noch mehr. Aber sie zügelte ihr Kamel.

Eine Windböe wirbelte feine Staubspiralen empor und Larissa zog den Gesichtsschleier fester. Doch die winzigen Sandkörnchen fanden ihren Weg in Ohren, Augen, Nase und sogar unter ihr Reisekostüm. Sie scheuerten und reizten in der Kehle zu ständigem Husten. Außerdem brannte ihr die Sonne trotz Hut und Schleier heiß ins Gesicht. Leise seufzend suchte sie in ihrer Tasche nach der Dose mit Sheabuttercreme. Ein Apotheker in London hatte sie ihr und Ernest zum Schutz gegen die unbarmherzige ägyptische Sonne gemischt. Nachdem sie die Creme auf Wangen, Stirn und Hals getupft hatte, drehte sie sich zu Semiramis und hielt die Dose empor: »Möchtest du etwas zum Schutz gegen die Sonne?«

Die junge Nubierin lief näher, bis sie Larissas Kamel erreicht hatte. »Danke, Mrs Wood, aber ich bin an die Sonne gewöhnt. Meine Haut verbrennt nicht so leicht wie Ihre. Sie sehen müde aus. Haben Sie nach dem Albtraum heute Nacht nicht mehr geschlafen?«, fügte sie besorgt hinzu.

»Ich habe einen Brief an meine Eltern geschrieben«, erwiderte Larissa. »Ich hoffe, Mrs Potters Page wird ihn im Reisebüro der Firma Cook aufgegeben.«

Auch an Ernests Eltern hatte sie geschrieben, einen heiteren Brief, in dem sie von den Sehenswürdigkeiten Kairos geschwärmt hatte. Ihren Schwiegereltern die Wahrheit zu schreiben und sie damit in Angst und Sorge zu versetzen, hatte sie nicht übers Herz gebracht.

Wellink ließ den Feldstecher, durch den er die Umgebung betrachtet hatte, sinken. »Sie hatten wieder einen Albtraum?«

Als sie zögernd nickte, fragte er weiter: »Hatte er etwas mit dieser Alten vom Khan el Khalili zu tun?«

»Ein wenig. Aber ich habe hauptsächlich von Ernest geträumt, von einer Mumie und von Anubis.« Sie konnte sich noch an jede Einzelheit erinnern. Als sie ihm davon berichtete, merkte sie, wie sie trotz der Hitze eine Gänsehaut bekam.

»Das sind typische Szenen aus altägyptischen Totenbüchern«, stellte Wellink fest. »Vermutlich haben Sie Papyri mit entsprechenden Zeichnungen schon irgendwo gesehen.«

»Ich habe noch nie Szenen wie die aus meinem Traum gesehen«, versicherte Larissa.

»Dann hat Ihr Mann sie vielleicht gesehen und Ihnen davon erzählt.«

»Vielleicht«, sagte sie, aber ihre Miene verriet Zweifel.

»Wie dem auch sei. Auf dem Weg nach Siwa brauchen Sie nichts zu fürchten.« Er zog seine Jacke etwas zur Seite, sodass sie den Griff des Colts sehen konnte, der in einer braunen Ledertasche an seinem Gürtel befestigt war.

»Du lieber Himmel! Ich hoffe, den werden Sie nicht brauchen! Können Sie damit denn schießen?«

»Damit kann ich sogar treffen«, versicherte er ernst. »Ich hoffe allerdings, dass das nicht nötig sein wird.«

Als die Sonne rot glühend am westlichen Horizont stand, befahl der Karwan-Baschi, anzuhalten und das Nachtlager aufzuschlagen. Sofort brach hektische Betriebsamkeit aus. Einige der Treiber luden das Gepäck von den Kamelen, die in Erwartung ihres Futters durchdringend brüllten. Andere vergewisserten sich, dass sich weder Schlangen noch Skorpione unter Steinen und in Erdlöchern versteckt hatten. Der Rest begann, die Zelte aufzubauen. Ein Abessinier, verantwortlicher Koch der Karawane, sammelte Kameldung, um damit Feuer zu machen. Dann goss er Wasser aus einem der Lederschläuche in einen Kessel und machte sich an die Zubereitung des abendlichen Tees.

Larissa stöhnte, als sie von ihrem Kamel glitt. Nicht nur ihr Rücken und ihr Po taten weh, auch ihre Beinmuskeln schmerzten unerträglich.

Als die Tiere versorgt und die Zelte aufgebaut waren, saßen alle um das Feuer und aßen. Larissa, Wellink und Semiramis hatten noch Proviant von Mrs Potter: Scones, hart gekochte Eier, kaltes Huhn, ein Stück Käse und frische Feigen. Larissa, die seit dem Frühstück nur ein paar Handvoll gezuckerte Datteln gegessen hatte, fiel mit Heißhunger über die Speisen her. Der Karwan-Baschi, die Kaufleute und die Kameltreiber aßen Brei aus Couscous, dazu Fladenbrot und getrocknetes Hammelfleisch. Alle tranken stark gesüßten Tee.

Nach dem Essen stellte sich heraus, dass es für Larissa und Wellink nur ein Zelt gab, denn offiziell galten sie als Ehepaar. Als Wellink sein Gepäck hineintragen wollte, versperrte sie ihm den Eingang. »Ihre Sachen dürfen hierbleiben. Sie nicht!«

Ohne zu antworten, schob er sie zur Seite und stellte seine Packtaschen in eine Ecke des Zeltes. Bevor er ging, blieb er jedoch noch einmal kurz im Eingang stehen und deutete eine spöttische Verbeugung an: »Oft weist ein Weib zurück, was sie beglückt.«

»Shakespeare, ich weiß«, erwiderte sie kühl und hielt die Stoffbahn vor dem Eingang weit auf. »Aber wenn Sie glauben, ich verzeihe Ihnen so schnell, dass Sie mich ohne meine Einwilligung als Ihre Ehefrau ausgegeben haben, irren Sie sich.«

Draußen war es längst dunkel, doch Larissa konnte nicht schlafen. Den Tag über war es heiß gewesen, aber nachts wurde es Mitte Februar am Rande der Wüste empfindlich kalt. Der Erdboden war hart, zahllose kleine Steinchen drückten, trotz der Strohmatte auf dem Boden, schmerzhaft in Rücken und Schultern. Dazu trieb der Nordostpassat Sandwolken vor sich her, die knisternd gegen die Zeltwände wehten. Durch die helle Leinwand sah sie den Schattentanz des Lagerfeuers, das Schakale, Füchse und verwilderte Hunde abschrecken sollte. Sie fragte sich, wo unter dem Sternenhimmel Max Wellink sein Nachtlager aufgeschlagen hatte.

Einen Moment packte sie das schlechte Gewissen. Wäre es wirklich so schlimm gewesen, ihn im Zelt übernachten zu lassen? Es war groß genug und Semiramis schlief auch hier. Die beiden Frauen hatten sich unter den Wolldecken zum Schutz gegen die Kälte dicht aneinander geschmiegt. Die junge Nubierin konnte offensichtlich auch nicht schlafen, denn Larissa merkte, wie sie die Beine bewegte. Eine mitfühlende Bemerkung lag ihr schon auf der Zunge, da glitt Semiramis vorsichtig unter der Wolldecke hervor. Auf Zehenspitzen tappte sie zum Eingang, schlug die Zeltplane zurück und war gleich darauf verschwunden. Larissa setzte sich mit einem Ruck auf und starrte ungläubig ins Dunkel. Was Semiramis vorhatte, war ihr vollkommen klar – sie wollte zu Wellink. Was sie dort wollte, mitten in der Nacht, war Larissa ebenfalls klar.

»Das ist wirklich die Höhe!«, murmelte sie. »Da helfe ich ihr gegen den französischen Generalkonsul und nehme sie mit nach Siwa und sie wirft sich sofort wieder in die Arme dieses Schwerenöters!« Einen Moment war sie versucht, Semiramis' Decke zu nehmen und in hohem Bogen vor das Zelt zu befördern, aber dann wurde ihr bewusst, wie lächerlich und kindisch so ein Verhalten war. Semiramis und Wellink waren erwachsen und mussten selbst wissen, was sie taten.

Sie legte sich wieder hin und wickelte sich in ihre Decke. Aber jetzt waren es nicht Kälte und Rückenschmerzen, die sie wach hielten, sondern nagende Unzufriedenheit.

Als sie leise Geräusche vor dem Zelteingang hörte, erstarrte sie. Unwillkürlich tastete sie neben sich, ob sich dort irgendetwas Schweres fand, ein Stein vielleicht, den sie als Waffe benutzen konnte. Doch ihre Finger berührten nur Sand. Angstvoll beobachtete sie, wie die Zeltplane sich einen Spalt öffnete. Eine Gestalt glitt herein und kam zielsicher auf das Nachtlager zu. Larissa holte Luft, um nach Hilfe zu rufen, da schlüpfte die Gestalt unter die Wolldecke.

»Semiramis?«, wisperte Larissa.

»Mrs Wood?«, antwortete die verblüffte Stimme der jungen Frau. »Sie schlafen nicht?«

»Wie soll ich schlafen, wenn du solchen Lärm machst?«, schnaubte Larissa. »Außerdem solltest du mich besser Mrs Wellink nennen, solange wir unterwegs sind.«

»Ja, Mrs Wellink«, antwortete Semiramis. »Aber warum?«, fragte sie nach einer kleinen Pause.

Larissa holte tief Luft. »Weil der Karwan-Baschi uns nur mitnimmt, weil er denkt, ich bin verheiratet! Doktor Wellink hielt es nämlich für eine gute Idee, mich als seine Frau auszugeben.«

»Oh!« Jetzt holte Semiramis tief Luft.

»Übrigens, wo warst du?«, wollte Larissa wissen.

»Nirgendwo.« Semiramis rollte sich zusammen und drehte ihr den Rücken zu.

»Ich weiß es sowieso. Du warst bei Doktor Wellink. Hat er dir noch nicht genug Schwierigkeiten gemacht?« Larissa merkte selbst, dass sie eifersüchtig klang, und das ärgerte sie.

Semiramis schwieg und Larissa hörte ihre leisen Atemzüge.

»Er hat mich weggeschickt«, sagte sie schließlich, und Bedauern schwang in ihrer Stimme.

Larissa lag ganz still auf dem Rücken. Trotz der Kälte wurde ihr heiß. Sie war sicher, dass ihr Gesicht glühte, und sie war froh, dass Semiramis das in der Finsternis nicht sah.

»Sind Sie mir böse, Mrs Wood? Ich meine, Mrs Wellink?«, ertönte die besorgte Stimme der jungen Nubierin. »Schicken Sie mich jetzt fort? So wie Mrs Potter?«

»Aber nein«, versicherte Larissa und drückte kurz Semiramis' Hand. Ihr Ärger war verflogen. Dafür fühlte sie sich jetzt seltsam leicht und ein bisschen schwindelig. »Lass uns schlafen. Vor uns liegt ein anstrengender Tag.«

Wellink setzte sich auf und warf sich seine Wolldecke über die Schultern. Wüstennächte waren empfindlich kalt, doch das spürte er in diesem Moment nicht. Er war unzufrieden und gereizt und fragte sich, was in ihn gefahren war, eine schöne und aufregende Frau wie Semiramis zurückzuweisen. Doch seit Larissa Wood in seinem Kopf herumgeisterte, reizte die junge Nubierin ihn nicht mehr. Er wünschte sich, Larissa in seinen Armen zu halten, und wusste gleichzeitig, dass es aussichtslos war, sie zu gewinnen. Sie war ihrem Ehemann bewundernswert treu, obwohl dieser Idiot sie in Kairo zurückgelassen hatte, um einem Hirngespinst nachzurennen.

Etwas entfernt in der Dunkelheit flackerte ein Feuer. Yasin saß davor und rauchte. Er hatte die erste Nachtwache übernommen.

Wellink seufzte. Dann stand er auf, ging mit seiner Wolldecke zum Feuer und ließ sich neben dem Karwan-Baschi nieder.

»Effendi!« Yasin zog erstaunt die Augenbrauen empor. »Warum liegen Sie nicht in den Armen Ihrer schönen Frau?«

Wellink brummte etwas Unverständliches.

Der Beduine nickte wissend. »Frauen«, sagte er. »Wenn sie zornig sind, ist sogar der giftige Biss einer Schlange leichter zu ertragen.«

Am Nachmittag des dritten Tages erreichte die Karawane das Wadi el Natrun.

»Die alten Ägypter nannten dieses Tal ›Sechet-hemat‹, das Salzfeld. Sie haben hier das Salz abgebaut, das sie zur Mumifizierung benötigten«, erzählte Wellink Larissa, als die Karawane den sumpfigen Ufersaum eines großen Sees mit funkelndem blaugrünem Wasser passierte.

Von den zahlreichen Eremitenklöstern aus der Zeit des jungen Christentums gab es heute nur noch vier. Aber die Reisenden sahen viele Ruinen abseits der Route.

Das Sankt-Makarios-Kloster im Süden des Tales sollte ihr Nachtquartier werden. Es war in früheren Jahrhunderten oft von Beduinen angegriffen worden und daher wie eine Festung gebaut. Nur eine einzige winzige Tür in der hohen Mauer gewährte Einlass. An den Ecken ragten Wehrtürme empor. Im Herzen der Anlage befanden sich die Kirchen und Kapellen.

Der Karwan-Baschi läutete die Glocke neben der kleinen Pforte. Wenig später öffnete ein schwarz gekleideter Mönch und hieß die Reisenden freundlich willkommen.

Larissa, Semiramis, Wellink und die Kaufleute sollten innerhalb der Klostermauern übernachten. Die Treiber und Yasin blieben bei den Kamelen vor der Mauer.

So abweisend das Kloster von außen wirkte, so idyllisch war es im Inneren. Larissa holte ihre kleine Kamera aus dem

Gepäck und fotografierte die gepflegten Obst- und Gemüsegärten, die blühenden Sträucher, die Brunnen und die Kirche und sie freute sich, als die Mönche mit ihrem Prior bereitwillig für ein Foto posierten.

Das Abendessen bestand aus frisch gebackenem Fladenbrot, Oliven und Früchten aus dem Garten. Später, als Larissa und Semiramis über den Hof zu ihrer gemeinsamen Kammer gingen, hörten sie aus der Kirche den Gesang der Mönche.

Auch in dieser Nacht fand Larissa kaum Schlaf, obwohl sie das einfache Gästezimmer, verglichen mit dem Zelt, als geradezu luxuriös empfand. Ein wenig beklommen dachte sie daran, dass sie heute Nacht zum letzten Mal für viele Tage unter dem Dach eines festen Hauses in einem richtigen Bett schlafen würde.

Als sich früh am nächsten Morgen die Klosterpforte hinter den Reisenden schloss, sagte Wellink zu ihr: »Heute brechen wir endgültig in ein Land auf, das vor uns nur eine Handvoll Europäer bereist hat, und soweit ich weiß, sind Sie die erste Frau unter ihnen.«

Der Weg führte immer weiter in die Libysche Wüste. Sand und Kiesel bedeckten den Boden; bizarr geformte Felssporne, von denen der Karwan-Baschi behauptete, sie seien versteinerte Geister, säumten den Weg. Das einzige verblichene Grün war niedriges Gestrüpp hier und da, über das die Kamele sich hermachten.

Wild lebende Tiere begegneten ihnen fast keine, von Käfern und Ameisen abgesehen, obwohl der Karwan-Baschi behauptete, dass es in diesem Teil der Sahara eine braune Gazellenart von der Größe eines Schafes gab, außerdem Wüstenfüchse, Schakale, Skorpione und Schlangen.

In dieser knochentrockenen, schattenlosen Landschaft wurde die Sonne Larissas größte Herausforderung. In den Nächten wurde es sehr kalt, aber sobald die ersten Strahlen der Sonne über den östlichen Horizont kletterten, verwandelte die Wüste sich in einen Backofen. Am frühen Nachmittag, wenn die Sonne den Reisenden direkt ins Gesicht brannte, wurde es fast unerträglich. Dann glühte Larissas Haut wie Feuer und ihre Zunge fühlte sich unförmig und geschwollen an. Sie beneidete die Kamele, die Tag um Tag unbeirrt und ohne einen Tropfen Flüssigkeit durch die Hitze stapften. Sie selbst hätte am liebsten die ganze Zeit getrunken. Doch Wasser war hier das kostbarste Gut und durfte nur äußerst sparsam verbraucht werden. Yasin wusste zwar, wo sich längs des Weges Brunnen befanden, und kannte auch die mit Steinen gekennzeichneten Erdlöcher, in denen man in ein paar Fuß Tiefe auf bitteres, salzig schmeckendes Wasser stieß. Aber sogar von diesem fast ungenießbaren Nass musste immer etwas für die Reisenden übrig bleiben, die nach ihnen kamen.

»Jetzt habe ich den Schleier schon so fest gebunden, dass ich selbst kaum Luft bekomme, aber der Sand knirscht immer noch zwischen meinen Zähnen«, klagte Larissa. »Langsam verstehe ich, was Ernest meinte, als er schrieb, die Wüste sei tot und einsam. Was habe ich mir nur gedacht, durch diese Hölle ins Ungewisse zu reiten.«

Wellink hatte sie gehört, obwohl er sich gerade mit einem der Kaufleute darüber unterhalten hatte, ob Alexander der Große auf dem Weg nach Siwa einst dieselbe Route genommen haben könnte. Jetzt unterbrach er sein Gespräch und dirigierte sein Kamel neben das von Larissa.

»Stellen Sie sich vor, wir reiten über den Grund des Meeres«, sagte er, zog einen flachen Stein aus seiner Jackentasche und reichte ihn ihr.

»Ist das eine Schnecke?« Überrascht musterte sie das spiralförmige Bruchstück.

»Eine Meeresschnecke, ja. Ich habe sie heute Morgen an unserem Lagerplatz gefunden. Vor Millionen von Jahren ist sie hier durch den Urozean geschwommen. Stellen Sie sich vor, Sie seien diese Schnecke und das kühle, blaue Wasser umspült Sie.«

»Dafür ist es viel zu heiß.« Sie gab ihm das Fossil zurück. »Ich kann mir beim besten Willen nicht vorstellen, dass es in dieser leblosen Ödnis einmal einen Ozean gab.«

Wellink beschloss seine Aufmunterungstaktik zu ändern: »Möchten Sie die Geschichte vom gefahrvollen Land im Westen hören, das die alten Ägypter ›das dunkle Land des Schweigens‹ nannten?«

Larissa zuckte müde mit den Schultern. »Wenn Sie meinen.«

»Auf ein bisschen mehr Begeisterung hatte ich schon gehofft.«

Jetzt gelang ihr ein kleines Lächeln. »Nun schießen Sie schon los.«

Er trank einen Schluck aus seiner Wasserflasche und wischte sich mit dem Handrücken über den Mund. »Westlich des Nils liegt das dunkle Land des Schweigens«, begann er. »Es ist ein gefährliches Land, das von einem mächtigen Zauberer beherrscht wird. Sein Name ist Seth. Er ist der rote Gott der Wüste. Jeder Mensch muss, nachdem sein Leben geendet hat, dieses Land durchreisen, wenn er in die paradiesischen Gefilde der Binsen gelangen will. Am Tor zur dunklen Welt des Schweigens steht eine alte Akazie. Darin verborgen sitzt die Göttin Amentet, die über die Nekropolen wacht. Jeder Tote muss an ihr vorbei. Auch Re, der König der Götter. Zur vierten Stunde der Nacht gleitet er auf seiner Barke durch das Tor, um seinen größten Feind, den Schlangengott Apophis, zu bekämpfen. Aber Apophis hypnotisiert Re und es ist Seth, der Zauberer, der ihn rettet und Apophis vom Bug der Sonnenbarke aus mit seinem Speer tötet. Dank Seth triumphiert Re. Er wird wiedergeboren und schenkt der Welt einen neuen Tag des Lichtes.«

Wellink schwieg und blickte zu Larissa, deren Augen auf den westlichen Himmel gerichtet waren. Im Glanz der tiefer sinkenden Sonne erschien er ihr wie ein endloses Flammenmeer. »Was für eine Angst müssen die Menschen gehabt haben, dass die Sonne den Kampf eines Nachts verliert und der nächste Tag ewige Dunkelheit bringt«, sagte sie leise.

Eine Woche nach ihrem Aufbruch vom Sankt-Makarios-Kloster hatte die Karawane die el-Mughra-Senke erreicht. Das Gelände führte an einer hohen Felswand aus zerklüftetem Sandstein entlang und wurde deutlich abschüssig. Wellink hatte Larissa erklärt, dass sie sich hier unter dem Meeresspiegel befanden.

Die Hitze staute sich in dem tief liegenden Tal, die Luft flimmerte den Reisenden vor Augen. Larissas Hand tastete zum wiederholten Mal nach ihrer Trinkflasche und sank wieder herab. Den letzten Rest ihres lauwarmen, brackigen Wasservorrates wollte sie so lange wie möglich aufsparen. Aber alle ihre Gedanken kreisten unablässig um kühles, süßes Wasser, das aus zahllosen Quellen sprudelte. Schließlich glaubte sie sogar, am Horizont einen riesengroßen See zu entdecken.

»Ist das vor uns echtes Wasser oder eine Fata Morgana?«, fragte sie Semiramis.

Seit sie das Wadi el Natrun verlassen hatten, saß die junge Nubierin hinter Larissa auf dem Kamel. Wellink, der wie meistens neben den Frauen ritt, trieb sein Tier vorwärts. »Ich werde Yasin fragen!«

Als er eine halbe Stunde später wieder bei Larissa und Semiramis auftauchte, verkündete er: »Das ist tatsächlich ein See, aber wir können dort nicht rasten. Das Wasser ist salzig und ungenießbar, das Ufer wimmelt von Mücken. Yasin sagt, die Insekten würden die Kamele verrückt machen.«

»Da gibt es einmal Wasser im Übermaß in der Wüste und wir können es nicht trinken«, seufzte Larissa erschöpft.

»Verzweifeln Sie nicht«, tröstete Wellink. »Yasin meinte, dass es in der Senke mehrere Brunnen gibt. Sobald wir den ersten erreicht haben, schlagen wir unser Lager auf.«

Und tatsächlich, als Larissa nach einer knappen Stunde prüfend auf ihre Taschenuhr sah, ließ Yasin die Karawane halten.

Während Wellink das Zelt ablud, gingen Larissa und Semiramis zum Lagerfeuer, um sich beim Koch einen Becher Tee zu besorgen. Als der Topf mit Couscous und Hammelfleisch auf dem Feuer brodelte, kamen Wellink, der Karwan-Baschi und die Kaufleute dazu.

Sie hatten gerade angefangen zu essen, als Semiramis rief: »Ist das ein Sandsturm?« Alle blickten ihrem ausgestreckten Arm hinterher nach Westen, wo sich deutlich erkennbar gelbe Staubfahnen wie Nebelbänke über den Boden schlängelten.

Der Karwan-Baschi legte eine Hand über die Augen. »Das ist kein Sandsturm«, sagte er. »Das ist eine Karawane.«

Nachdem er für Larissa alles auf Englisch wiederholt hatte, fragte sie: »Könnte das eine Handelskarawane aus Siwa sein?«

Yasin schüttelte den Kopf. »Dafür ist sie zu klein. Diese hat zwölf, höchstens fünfzehn Tiere. Das sind Beduinen aus Beni Amar.«

Unter den Kaufleuten brach Unruhe aus. Alle begannen, gleichzeitig auf den Karwan-Baschi einzureden. Doch Yasin schüttelte heftig den Kopf, fuchtelte abwehrend mit den Armen und schrie Unverständliches. Schließlich ebbte der Lärm zu unzufriedenem Gemurmel ab.

»Haben Sie etwas verstanden?«, flüsterte Larissa Wellink zu.

Doch bevor er antworten konnte, näherte sich der Karwan-Baschi den beiden Europäern. »Beeilen Sie sich mit dem Aufbauen des Zeltes und bringen Sie die Frauen hinein«, befahl er Wellink.

»Warum?«, fragte der stirnrunzelnd zurück.

»Die Wölfe der Wüste kommen«, antwortete Yasin düster. »Gewöhnlich handeln sie mit Haschisch, das sie über die Oasen nach Kairo und Alexandria transportieren. Wenn sich jedoch eine gute Gelegenheit bietet, entführen sie Reisende, um Lösegeld zu erpressen. Die beiden Frauen wären eine besonders willkommene Beute.«

»Dann sollten wir so schnell wie möglich von hier verschwinden«, erwiderte Wellink ernst.

Yasin schüttelte energisch den Kopf. »Sie haben uns längst gesehen. Wenn wir fliehen, wecken wir nur ihre Raublust.«

Die Beni Amar erreichten den Lagerplatz im letzten Licht des Tages. Ihre Karawane bestand aus sechs Männern auf Reitkamelen und zehn hoch bepackten Lasttieren.

In ihren langen schwarzen Gewändern sahen sie beeindruckend und furchteinflößend aus. Den Schal hatten sie zum Turban geschlungen und das eine Ende vor das Gesicht gezogen, sodass nur ein Schlitz für die Augen frei blieb. Über den Schultern hingen Gewehre und in den Hüftgürteln steckten Dolche mit prächtig verzierten Griffen. Larissa beobachtete sie durch einen Spalt in den Zeltplanen. Stolz umrundeten sie auf ihren schlanken Reitkamelen den Lagerplatz der Handelskarawane, stießen angriffslustige Schreie aus und schwenkten die Gewehre. Sie machten unmissverständlich klar, dass hier das Recht des Stärkeren galt, also der Beni Amar.

Der Anführer der Gruppe ließ halten. Dann glitt er geschmeidig von seinem Kamel und zog den Schal ein Stück herunter, sodass Larissa seine scharf geschnittenen, hageren Gesichtszüge und den gestutzten grauen Bart sah. Seine tief liegenden schwarzen Augen musterten die Männer der Handelskarawane und ihre Waren. An Wellink blieb sein Blick etwas länger hängen. Schließlich wandte er sich an den Karwan-Baschi, den er als Anführer erkannt hatte: »As-salamu alaikum, Sadiq. Friede mit euch, mein Freund.« Er senkte den Kopf und legte die Fingerspitzen der rechten Hand an die Stirn.

Yasin trat vor und wiederholte die Geste. Ein kurzer Wortwechsel folgte. Schließlich gab der Anführer seinen Männern das Zeichen zum Abladen der Lastkamele. Der größte Teil ihrer Ladung bestand aus verschlossenen Holzkisten, die von zwei Männern mit schussbereiten Gewehren bewacht wurden. Außerdem transportierten sie ein Dutzend in Baumwollbahnen eingewickelte Pakete. Jedes hatte eine Länge von knapp zwei Metern, eine Breite von ungefähr einem Meter und eine Höhe von einem halben Meter.

Larissa beobachtete, wie der Anführer zu seinem Kamel ging und ein kleines Päckchen aus der Satteltasche nahm, das er Yasin überreichte. Der bedankte sich überschwänglich. Dann befahl er dem Koch, frischen Tee für die Beni Amar zuzubereiten, und lud sie mit vielen Worten an sein Feuer ein.

Wenig später saßen alle Männer im Kreis und tranken Tee. Es wurde geredet und vereinzelt gelacht.

»Die Begegnung mit den Beni Amar scheint gut zu verlaufen«, dachte Larissa aufatmend.

Es war stockfinster, als Wellink, einen Kerzenstummel in der Rechten, das Zelt der Frauen betrat. »Die Beni Amar lagern zwar ein gutes Stück von uns entfernt, aber Yasin hat angeordnet, dass heute Nacht die Wachen verstärkt werden. Sie müssen bis auf Weiteres im Zelt bleiben und sich ruhig verhalten. Ich gebe Entwarnung, sobald die Beduinen morgen früh verschwunden sind.«

Semiramis nickte ängstlich und machte sich daran, die Strohmatten und Wolldecken für das Nachtlager auszubreiten. Larissa aber fragte neugierig: »Was hat der Anführer der Beni Amar Yasin gegeben?«

»Etwas Haschisch als Willkommensgeschenk«, informierte Wellink sie. »Die Haschischziegel befinden sich in den Kisten. Die Beni Amar haben sie aus dem Rif-Gebirge in Marokko geholt und schaffen sie quer durch die Sahara bis Kairo und

Alexandria. Nach Auskunft des Anführers sind sie dabei sehr erfolgreich, obwohl die Engländer seit einiger Zeit versuchen, den Handel zu unterbinden.«

»Und was ist in den langen Paketen?«, forschte Larissa weiter.

»Das sind ohne Zweifel Mumien«, antwortete Wellink, ohne mit der Wimper zu zucken.

Larissa schluckte. Der tote Ägypter von der Mumienparty bei Mr Cook fiel ihr wieder ein. »Sind Sie sicher? Könnten es nicht auch Teppiche sein? Oder antike Statuen?«

»Das sind Mumien«, versicherte Wellink ungerührt. »Davon habe ich im Niltal ganze Schiffsladungen auf dem Weg nach Europa gesehen. Mit und ohne Sarkophag. Die Beni Amar werden sie in Siwa oder einer der anderen ägyptischen Oasen gekauft haben, um sie in Alexandria oder Kairo gewinnbringend weiterzuverscherbeln.«

»Ich frage mich, was einige Menschen dazu bringt, Leichen zu verkaufen, und andere dazu, sie zu kaufen«, murmelte Larissa.

»Für gläubige Muslime sind die Mumien Ungläubige, die kein besseres Schicksal verdient haben«, erwiderte Wellink. »Und für uns Europäer, die wir sie in Museen ausstellen oder zur allgemeinen Belustigung auf Partys auswickeln, sind sie mehr Forschungsobjekte als Tote, die man um die letzte Ruhe bringt.« Er blickte sich noch einmal prüfend im Zelt um. »Wenn bei Ihnen alles in Ordnung ist, werde ich mich jetzt zurückziehen. Ich wünsche eine gute Nacht.« Er tippte an seine Hutkrempe und wollte gehen, aber Larissa hielt ihn zurück. »Wäre es nicht besser, Sie würden diese Nacht bei uns im Zelt verbringen? Diese Beni Amar wirken auf mich nicht sehr vertrauenerweckend.«

»Ihre Sorgen sind nicht ganz unberechtigt«, räumte Wellink ein. »Aber heute Nacht werden aus diesem Lager keine Frauen entführt. Darauf gebe ich Ihnen mein Wort.« Er lächelte ihr ermutigend zu. »Ich werde direkt vor dem Zelt sein, und dieser hier«, er streifte den Griff seines Colts mit den Fingern der Rechten, »wird mit mir Wache halten.«

Als Larissa etwas später unter ihre Wolldecke schlüpfte, war sie todmüde. Die Anwesenheit von Wellink vor dem Zelt beruhigte sie, aber die Präsenz der Beni Amar nur wenige Meter entfernt machte sie nervös. Sie beneidete Semiramis, die sich auf ihrem Lager zusammengerollt hatte und sofort eingeschlafen war.

»Ich sollte wenigstens versuchen, mich auszuruhen«, dachte sie und streckte ihre Beine unter der Decke aus.

Sie schloss die Augen und ließ die Gedanken schweifen. Nach Leipzig zu ihrer Mutter und ihrem Vater, nach London zu ihren Schwiegereltern und nach Siwa zu Ernest. Sie merkte, wie sie sich langsam entspannte und schläfrig wurde. Im Gesicht spürte sie die Kälte der Nacht und dort, wo Arme und Beine nicht von der Unterwäsche bedeckt waren, die kratzige Wolle der Decke.

Doch dann wurde ihr bewusst, dass sie an ihrem linken Fuß noch etwas fühlte. Etwas Weiches, Glattes, aber auch Festes – etwas, das sich bewegte.

Mit einem Schlag war Larissa hellwach. Sie starrte ins undurchdringliche Dunkel und versuchte zu erspüren, was am Fußende ihres Lagers vor sich ging. Sie konnte nichts hören. Dafür spürte sie, wie sich das unbekannte Etwas an ihrem linken Fuß aufwärts schlängelte und dann in Höhe des Knöchels verharrte.

Larissas Herz drohte aus dem Brustkorb zu springen. Mit der Rechten tastete sie nach dem Nazar-Amulett von Semiramis und umklammerte den Glasanhänger. Fieberhaft versuchte sie, sich zu erinnern, ob Wellink, Yasin und die Treiber den Lagerplatz so sorgfältig wie immer nach Schlangen und Skorpionen abgesucht hatten. Vielleicht waren sie an diesem Abend weniger gründlich gewesen, weil sie das Lager wegen der Beni Amar in aller Eile aufgebaut hatten.

In diesem Moment setzte die Bewegung wieder ein. Nun war sie gleitend, als würde jemand ein Seidentuch an ihrer Haut entlangziehen und dann zu einem Häufchen zusammenknüllen. Danach wurde es wieder ruhig unter der Decke. Auch Larissa blieb ganz still liegen. Sie wagte kaum, zu atmen. Ihre Muskeln erstarrten und ihr linkes Bein schlief ein und kribbelte unerträglich. Aber sie wusste, dass eine einzige unbedachte Bewegung ihren Tod bedeuten konnte.

»Guten Morgen, meine Damen! Die Beni Amar sind weg und am Feuer wartet das Frühstück!« Kurz nach Sonnenaufgang steckte Wellink den Kopf durch den Eingang des Zeltes und verschwand dann wieder.

Semiramis schlug ihre Wolldecke zurück und erhob sich verschlafen. Sie drehte sich zu Larissa: »As-salamu alaikum, Mrs Wellink. Haben Sie nicht gehört? Die Beni Amar sind weg.« Doch bei Larissas Anblick erschrak sie fürchterlich: »Bei Allah! Was ist mit Ihnen?« Sie sprang auf und rannte zum Zelteingang. »Doktor Wellink! Kommen Sie zurück!«

Sekunden später stand er im Zelteingang. »Was ist los?«

Semiramis rang die Hände. »Bitte, Doktor. Schnell!«

Er drängte sich an ihr vorbei ins Zelt. Als er sah, dass Larissa stocksteif und totenblass im Gesicht unter ihrer Wolldecke lag, erschrak er bis ins Mark. »Larissa! Können Sie mich hören?«

Sie sagte nichts. Aber ihre Pupillen wanderten zu ihm und ihre Augenlider gingen kurz auf und zu.

Angst und Verwirrung packten ihn. »Warum stehen Sie nicht auf? Sind Sie krank?«

Sie starrte ihn an, als wolle sie ihn mit Blicken durchbohren. Doch sie sagte kein Wort und rührte sich auch nicht. Nur ihre Pupillen richteten sich von Wellink auf das Fußende ihres Lagers.

»Verdammt, was hat das zu bedeuten?«, fluchte er.

Semiramis trat neben ihn. »Sie spricht mit den Augen. Sehen Sie nicht?«

Beide blickten auf Larissa, die wie zur Bestätigung einmal blinzelte.

»Du hast recht.« Wellink trat näher und kniete sich neben Larissas Kopf. »Sind Sie krank?«

Ihre Pupillen bewegten sich von rechts nach links.

»Das soll wohl Nein heißen.« Er überlegte. »Können Sie sich bewegen?«

Sie blinzelte mit den Lidern, und er merkte, dass ihm ein Stein vom Herzen fiel. »Sie können sich bewegen«, wiederholte er, »aber sie wollen es nicht?«

Sie blinzelte und starrte erneut auf ihre Füße.

Er folgte ihrem Blick und verstand. »Etwas stimmt nicht mit ihren Füßen. Sind Sie gefallen und haben sich etwas gebrochen? Nein, dann würden Sie sich nicht so verhalten ...«

»Eine Schlange!«, rief Semiramis hinter ihm. »Dort könnte eine Schlange sein! Sehen Sie nicht die Wölbung unter der Decke?«

Larissa blinzelte wie wild. Wellink blickte zu ihren Füßen. Jetzt bemerkte er ebenfalls die kleine Erhebung direkt neben ihrem linken Fuß. Die Angst machte sie unfähig, sich zu bewegen, geschweige denn zu sprechen. Er spürte, wie ihm kalt wurde. Die Schlange konnte eine harmlose Natter oder eine Giftschlange sein, deren Biss tötete. Aber ob Natter oder Giftschlange, er musste handeln und er musste dabei sehr schnell und sehr geschickt sein. Einen Moment erwog er, den Karwan-Baschi zu Hilfe zu holen, doch dann sagte er sich, dass ihm dazu keine Zeit blieb. Noch war die Luft kühl. Das machte die Schlange langsam und träge. Dieser kleine Vorteil war seine einzige Chance.

Behutsam legte er die linke Hand auf Larissas Schulter, während die Rechte nach seinem Colt tastete. »Haben Sie keine Angst«, sagte er um Zuversicht bemüht. »Ich werde Ihnen helfen. Aber Sie müssen mir jetzt gut zuhören und alles genauso machen, wie ich es Ihnen sage. Können Sie das?«

Ihre Augenlider schlossen und öffneten sich.

»Sehr gut. Ich werde die Schlange erschießen. Dafür gehe ich zu Ihren Füßen und hebe die Wolldecke an. Sobald ich das tue, müssen Sie sich zur linken Seite wegrollen. Sie müssen sehr schnell sein, verstehen Sie?«

Larissas Augenlider bewegten sich kurz auf und ab und ihre Lippen öffneten sich zu einem unhörbaren »Ja.«

Wellink stand auf. Es klickte leise, als er den Hahn seines Revolvers nach hinten zog. Aus dem Augenwinkel sah er Semiramis, die beide Hände an die Brust presste und stumm die Lippen bewegte, als würde sie beten. Er atmete tief durch und konzentrierte sich.

»Auf drei, Larissa«, sagte er leise. »Eins, zwei – *drei!*«

Er riss die Wolldecke empor. Larissa warf sich mit einem Aufschrei zur Seite. Gleichzeitig sah er die Schlange. Von der Bewegung aufgeschreckt, hatte sie sich aufgerichtet. Ihr Kopf schoss vor, viel schneller, als er erwartet hatte. Er sah ihre gelben Augen mit den schmalen schwarzen Pupillen, das aufgerissene Maul und die spitzen Giftzähne. Dann biss das Reptil zu.

11

Die Schlange

Im alten Ägypten wurde die Schlange gefürchtet und verabscheut, vergöttlicht und verehrt. Das Tier der Göttin Uto war die Uräusschlange, eine Kobra, die sich auf der Stirn des Sonnengottes befand. Man nannte sie das Feuer sprühende Auge des Re. Aber Schlangen wurden auch als Feind der Menschen und der Götter, insbesondere des Sonnengottes, verfolgt. Apophis war der schlangen- bzw. drachengestaltige Feind des Re und gehörte dem Dunkel der Erde an.

Der Schuss knallte ohrenbetäubend. Sein Echo hallte von den Felswänden wider und musste noch meilenweit entfernt zu hören gewesen sein.

»Bei Allah! Was war das?« Yasin stürzte ins Zelt. Hinter ihm drängelten sich alarmierte Kaufleute und Treiber.

Semiramis kniete am Eingang, eine Hand vor den Mund gepresst, und schluchzte laut. Aus dem Lauf von Wellinks Colt schlängelte sich eine dünne Rauchfahne. Er stand am Fußende von Larissas Nachtlager und starrte auf Larissa. Sie lag etwas entfernt bäuchlings auf dem Boden und rührte sich nicht.

»Ist sie tot?«, wimmerte Semiramis. »Haben Sie sie erschossen?«

Jetzt kam Leben in Wellink. Mit zwei Schritten war er bei Larissa, hockte sich neben sie und rüttelte sie an der Schulter. »Larissa! Um Himmels willen, ist alles in Ordnung?«

Sie stöhnte und setzte sich benommen auf.

»Ich lebe«, sagte sie so leise, als könne sie es selbst noch nicht glauben. »Das werde ich Ihnen nie vergessen, Doktor Wellink.«

»Aber was ist passiert? Warum haben Sie geschossen, Effendi?« Yasin sah sich mit gerunzelter Stirn im Zelt um. Er entdeckte die Schlange und begriff. Wie ein zerfetzter Fahrradschlauch lag sie nahe der rückwärtigen Zeltwand, wo der Schuss sie hingeschleudert hatte. Dort, wo einmal ihr Kopf gewesen war, sickerte Blut aus dem aufgerissenen Leib und bildete einen dunklen Fleck auf dem trockenen Boden. Die Zeltwand war voller Blutspritzer.

Langsam trat Yasin näher und tippte mit der Spitze seines Gewehrlaufs an den leblosen hellbraunen Körper. »Eine Wüsten-Hornviper«, stellte er mit belegter Stimme fest.

Unter den Kaufleuten und Treibern wurde entsetztes Gemurmel laut. Die Wüsten-Hornviper zählte zu den todbringenden Giftschlangen der Wüste.

»Sie wollte zubeißen. Aber ich war schneller.« Wellinks Stimme bebte.

»Ein guter Schuss, Effendi.« Der Karwan-Baschi nickte anerkennend.

Larissa stand vorsichtig auf. Sie musste sich auf Wellink stützen, denn von der stundenlangen Anspannung schmerzten ihre Beine so sehr, dass sie kaum stehen konnte. Mit unsicheren Schritten ging sie zu den Überresten des Schlangenkörpers.

»Gestern Abend, kurz nachdem ich mich hingelegt hatte, habe ich gespürt, wie sie unter die Decke gekrochen ist«, sagte sie, ohne den Blick von der Giftschlange zu wenden.

Wellink trat wortlos neben Larissa und legte einen Arm um ihre Schultern.

Der Karwan-Baschi bückte sich, hob die Überreste der Schlange hoch und ging zum Ausgang. »Hundert Feinde vor deinem Zelt sind besser als einer in deinem Zelt!« Mit diesen Worten schleuderte er die Schlange in die Wüste hinaus.

Die nächsten Tage der Reise verliefen gleichförmig und ereignislos. Die Karawane war von Sonnenaufgang bis Sonnenuntergang unterwegs und befand sich inzwischen im Qattara-Becken. Vor langer Zeit war der Boden auch hier vom Urozean bedeckt gewesen, doch davon zeugten nur noch flache Wasserlöcher, ein Boden aus steinhart gebackener Salzkruste und Fossilien hier und da. In der Nähe des Wassers war es sumpfig. Larissa sah Vögel, deren Aussehen sie an Schwalben erinnerte, eine Wüstenfuchsfamilie, die im Schatten einiger verkrüppelter Akazien ruhte, und einmal sogar eine der kleinen braunen Gazellen, die Yasin zu Beginn der Reise erwähnt hatte. Sie hätte das Tier gerne fotografiert, doch bevor sie den Apparat aus ihrer Umhängetasche holen konnte, war es mit flinken Sprüngen verschwunden.

»Das Schlimmste liegt hinter uns«, verkündete Wellink, als die Karawane am neunten Abend, nachdem sie das Wadi el Natrun verlassen hatten, den Rastplatz erreichte. »Yasin sagt, dass wir in zwei Tagen am großen Sandmeer sind. Weitere zwei Tage und wir haben Siwa erreicht.«

Larissa, die gerade ihr Reitkamel einem der Treiber übergeben hatte, lächelte ihm zu. »Allmählich glaube ich wirklich, dass ich die erste Europäerin sein werde, der es gelingt, die Libysche Wüste zu durchqueren.«

»Ich glaube das nicht nur, ich weiß es.« Wellink schulterte seine Satteltaschen und die zusammengerollte Wolldecke und ging zu dem Platz, an dem er das Zelt aufbauen wollte. Seit dem Vorfall mit der Wüsten-Hornviper schlief er bei den Frauen und Larissa dachte nicht mehr im Traum daran, ihm den Zutritt zum Zelt zu verwehren. Sie wusste, dass sie ohne sein beherztes Eingreifen wahrscheinlich tot gewesen wäre. Bei der Erinnerung an jene Nacht erwachte die lähmende Angst erneut. Aber wenn ihr Lebensretter in der Nähe war, fühlte sie sich sicher und beschützt.

Nachdem die Kamele abgeladen und versorgt waren, trafen die Reisenden sich am Lagerfeuer und fielen ausgehungert über das immer gleiche Mahl aus gekochtem Couscous, getrocknetem Hammelfleisch und Tee her. Dann teilte Yasin die Wachen ein und die anderen legten sich schlafen.

Als Larissa sich unter ihrer Wolldecke zusammenrollte, dachte sie an Ernest. Wenn alles gut ging, war sie in wenigen Tagen wieder mit ihm vereint. Sie versuchte sich sein Gesicht vorzustellen, seine konzentrierte Miene, wenn er seine Kamera aufgebaut hatte, seine Stimme, wenn er geredet oder gelacht hatte. Sie versuchte sich zu erinnern, wie seine Lippen sich anfühlten, wenn er sie geküsst hatte. Doch alle Eindrücke verschwammen. Max Wellinks konzentrierter, zu allem entschlossener Gesichtsausdruck, kurz bevor er auf die Viper geschossen hatte, ließ sie hingegen nicht mehr los.

Ein leises Geräusch am anderen Ende des Zeltes riss Larissa aus ihren Gedanken. Wellink war aufgestanden. Ganz leise zog er sich Hemd, Hose und Jacke an. Dann nahm er seine Wolldecke und schlüpfte durch den Zelteingang in die Nacht hinaus.

Kaum war er verschwunden, wurde Larissa unruhig. Obwohl Semiramis neben ihr schlief, fühlte das Zelt sich plötzlich leer an. Sie starrte auf den Eingang und wartete, aber Wellink kam nicht zurück. Dabei wusste sie, dass er in dieser Nacht nicht zur Wache eingeteilt war. Sie fing stumm an zu zählen. Als sie bei hundert war, beschloss sie aufzustehen und ihn zu suchen. Sie streifte ihr Kleid über und stieg in ihre Stiefel, nahm die kleine Lampe und die Zündhölzer, die sich immer griffbereit neben ihrem Lager befanden, und verließ das Zelt. Draußen zündete sie ihre Lampe an.

Die Nacht war so still, dass Larissa kaum wagte zu atmen, um diese vollkommene Ruhe nicht zu stören. Zwischen den Zelten sah sie ein niedriges Feuer. Dort saß der Kaufmann, der gerade Nachtwache hielt. »Enta meen? Wer ist da?«, rief er halblaut in die Dunkelheit, als er sie bemerkte.

»El Saida Wellink«, antwortete sie nach kurzem Zögern, kramte die wenigen Brocken Arabisch zusammen, die sie inzwischen beherrschte, und fragte: »Ist mein Ehemann hier?«

»Hunaka«, lautete die Antwort. »Dort.«

Sie folgte seinem ausgestreckten Arm mit den Augen und sah in der Dunkelheit den schwachen rötlichen Schein eines weiteren kleinen Feuers.

Larissa fand Wellink hinter einem Felsbrocken. Er saß mit gekreuzten Beinen auf dem Boden, die Wolldecke über den Schultern, vor einem Feuerchen aus Kameldung und stopfte Tabak in eine kleine geschnitzte Pfeife. Dann zog er ein Tuch aus seiner Hosentasche, wickelte es auf, nahm mit zwei Fingern etwas heraus und stopfte es ebenfalls in die Pfeife. Schließlich faltete er das Tuch wieder sorgsam zusammen und steckte es zurück in die Hosentasche.

»Ich wusste gar nicht, dass Sie rauchen«, bemerkte sie.

Er drehte sich um. »Larissa«, sagte er leise und seine Augen strahlten im schwachen Licht des Feuers. »Setzen Sie sich doch.« Er klopfte mit der flachen Hand neben sich. »Ist es nicht wunderschön hier draußen? Die Beduinen sagen, wenn du in einem Haus schläfst, reichen deine Träume bis zur Zimmerdecke, aber wenn du draußen schläfst, bis zu den Sternen.«

Sie setzte sich neben ihn auf den sandigen Boden, stellte die Lampe ab und schlang die Arme um ihre angezogenen Beine.

»Warum sind Sie hier?«, fragte er. »Stimmt etwas nicht?«

»Doch«, antwortete sie und kam sich ein wenig töricht vor. »Aber mir geht so vieles durch den Kopf.« Sie rieb ihre Beine mit den Handflächen. »Ich werde nie verstehen, wie es in der Wüste tagsüber so heiß und nachts so kalt sein kann.«

»Kommen Sie.« Er öffnete einladend die Wolldecke. »Wir wärmen uns gegenseitig. Es sieht doch niemand«, fügte er hinzu, als er merkte, dass sie zögerte.

»Nun gut.« Sie hockte sich neben ihn und er schlang die Decke um sie beide.

Über ihnen verschmolzen Himmel und Erde in der samtigen Schwärze der Nacht. Abermillionen von Sternen funkelten. Aus der Unendlichkeit stieg ein silbriges Band empor und schlängelte sich in einem hohen Bogen über das Firmament. Der Anblick war so überwältigend, dass Larissa schlucken musste. »Das ist die Milchstraße, nicht wahr?«

»Ja«, bestätigte Wellink. »Ist der Anblick nicht unaussprechlich schön? Man beginnt, die Nähe Gottes zu spüren. Das sage ich, ein Wissenschaftler und überzeugter Atheist.«

Sie lächelte. »Sie können ja richtig romantisch sein.«

»Diese sentimentalen Äußerungen sind nichts gegen die unglaubliche Fantasie, mit der die alten Ägypter den Himmel beschrieben«, entgegnete er. »Manche meiner Kollegen sagen, die Ägypter waren abergläubisch und unwissend, weil Götter und Mythen ihren Himmel bevölkerten. Aber ich denke, dass sie die innere Bilderwelt dieser Menschen nicht verstanden. Sie beschrieben mit außerordentlichem Einfallsreichtum, wofür die heutige Wissenschaft nur trockene Worte kennt. Ihre Vorstellungskraft spornte sie zu Leistungen an, die bis heute ihresgleichen suchen.«

»Was meinen Sie?«, fragte Larissa neugierig.

Er zog ein Päckchen Streichhölzer aus der Jackentasche und riss eines an. »Haben Sie sich nie Gedanken gemacht, was die Ägypter dazu brachte, etwas so Perfektes und Rätselhaftes zu bauen wie die Pyramiden?«, fragte er und zündete die Pfeife an.

»Die Pyramiden sind Königsgräber, die sogar für einen Gottkönig ein wenig zu großartig erscheinen«, antwortete Larissa und schnupperte. »Ist in Ihrer Pfeife Haschisch?«

Wellink nickte. »Das Haschisch war das Friedensgeschenk der Beni Amar an Yasin. Ich habe ihm etwas abgekauft.« Er inhalierte genüsslich und hielt die Pfeife Larissa hin. »Möchten Sie probieren?«

»Nein, danke.« Sie schüttelte den Kopf.

Achselzuckend schob er sich die Pfeife wieder zwischen die Lippen. »Ich wette, schon die alten Ägypter haben sich hin und wieder eine Pfeife gegönnt. Sonst wären sie wohl kaum auf die Idee gekommen, etwas so Wahnwitziges wie den Bau der Pyramiden in Angriff zu nehmen. Sie sind weit mehr als nur Königsgräber.«

»Wirklich?« Larissas Neugier war geweckt.

»Weder ihre Lage direkt am Nil noch die Anordnung sind Zufall«, erklärte Wellink. »Der Nil war für die Ägypter das Abbild der Milchstraße und die drei großen Pyramiden von Gizeh symbolisierten die Gürtelsterne des Sternbildes Orion.«

»Die alten Ägypter kannten Orion?«, staunte Larissa.

»Für sie war der Himmelsjäger der Gott Osiris, der Herrscher des Jenseits.«

Larissa blickte in den Himmel. Ihre Augen suchten das Sternbild des Orion, aber das Firmament war so dicht mit großen und kleinen, hell und weniger hell funkelnden Himmelskörpern gesprenkelt, dass es eine Weile dauerte, bis sie die drei dicht nebeneinanderstehenden Gürtelsterne erkannte. »Ich fürchte, ich verstehe nicht, was Sie mir sagen wollen«, entgegnete sie ratlos.

Er lachte leise. Dann hockte er sich hinter sie, griff mit einer Hand über ihre Schulter und unter ihr Kinn und dirigierte ihren Kopf sacht. »Jetzt schauen Sie auf die Milchstraße, nicht wahr?«

»Ja.« Sie räusperte sich.

»Gut. Nun suchen Sie von dort aus den Gürtel des Orion. Haben Sie ihn?«

Sie nickte und plötzlich begriff sie. »Wenn man eine Karte der Milchstraße und der Gürtelsterne des Orion auf eine Karte vom Nil und den Pyramiden von Gizeh legen würde, wären beide fast deckungsgleich. Was die alten Ägypter am Himmel sahen, haben sie auf der Erde nachgebildet.«

»Sie sind großartig!« Er ließ sie los und sie merkte, dass sie es bedauerte. Als er sich wieder neben sie setzte und die Wolldecke fest um sie beide wickelte, genoss sie es.

Konzentriert betrachtete sie Orion und Milchstraße. »Aber könnte Ihre Theorie nicht auch auf einem simplen Zufall beruhen?«

Er nahm einen tiefen Zug von seiner Pfeife. »Da kennen Sie die alten Ägypter schlecht. Glauben Sie wirklich, sie haben bei einem so großartigen und anspruchsvollen Bauwerk wie einer Pyramide irgendetwas dem Zufall überlassen?«

»Aber wozu das Ganze?«, wunderte Larissa sich.

Wellinks Augen leuchteten. »Die Ägypter taten viel, um ihr ewiges Leben sicherzustellen. Besonders wichtig war es, dass ihre Pharaonen als Götter ins Jenseits eingingen, um von dort für das Wohl ihres Volkes zu sorgen. Nehmen wir als Beispiel König Cheops. Als der Pharao gestorben war, wurde er in einer Grabkammer tief im Herzen seiner Pyramide bestattet. Mehrere Lichtschächte in der Pyramide dienten seiner Seele als Straßen in die Ewigkeit. Einer dieser Lichtschächte verweist auf den Polarstern, ein anderer auf den westlichen Gürtelstern des Orion. In der Pyramide des Cheops gibt es keine Inschriften, aber bereits bei Unas wird der Weg des toten Pharaos mit magischen Texten beschrieben: ›Mögest du den großen gewundenen Fluss überqueren, mögest du die Milchstraße überqueren und dorthin gelangen, wo Osiris ist.‹«

»Vielleicht haben Sie recht«, räumte Larissa ein. »Vielleicht wünschen Sie sich aber auch nur, dass Sie recht haben.«

»Wie bitte?« Er war entrüstet. »Sie halten mich wohl für einen Scharlatan. Für jemanden, der ans Kartenlegen, Gläser rücken und an Geisterbeschwörungen glaubt.«

»Nein, ich wollte nur …«

»Stopp!« Er hob eine Hand. »Ich kann Ihnen noch mehr erzählen: Östlich der Pyramide des Cheops befinden sich drei kleine Königinnenpyramiden. Die erste ordnete Auguste Mariette Meritites I. zu, der Hauptgemahlin des Cheops. Auch diese Pyramide hat einen Lichtschacht. Er ist genau auf den hellsten Stern des Himmels, auf Sirius gerichtet. Sirius war der Stern der Göttin Isis, der Ort, an den die Seele der Königin nach dem Tod reiste. Und jetzt kommt der Clou!« Wellink setzte sich gerade hin und sah Larissa direkt in die Augen. »Cheops und Meritites' Seelenvögel steigen durch die Lichtschächte zu ihren Sternen auf. Dort vereinigen sie sich als Isis und Osiris. Dafür wurde der Mumie des toten Pharaos ein künstlicher Phallus umgeschnallt. Dann wurde die Mumie aufgestellt und auf das Sternbild des Orion, beziehungsweise Osiris, ausgerichtet.«

Larissa starrte Wellink an. »Sie haben wirklich eine genauso blühende Fantasie wie die alten Ägypter. Oder kommt das vom Haschisch?«

»Das sollten Sie weiß Gott auch probieren. Dann würden Sie vielleicht weniger verkrampft sein und besser verstehen, was ich meine«, gab er gekränkt zurück. »Die rituelle Vereinigung des toten Königspaares als Isis und Osiris war eine ernste Sache. Die Ägypter glaubten, dass König und Königin, wie das Götterpaar im Osirismythos, den Horussohn zeugten. Nur aus diesem Glauben heraus erkannten die Ägypter den irdischen Thronfolger als ihren nächsten rechtmäßigen Herrscher an.«

»Ich habe Sie verärgert. Das wollte ich nicht.« Sie legte eine Hand auf seinen Arm. Gleichzeitig überkam sie die Lust, etwas

Unvernünftiges, Verrücktes zu tun. »Geben Sie mir die Pfeife«, verlangte sie und streckte eine Hand aus.

»Wirklich?«

»Nun machen Sie schon!«

Er grinste und reichte ihr das Gewünschte. »Inhalieren Sie den Rauch in die Lunge und atmen Sie ruhig wieder aus. Es dauert einen Moment, aber dann werden Sie es fühlen.«

Sie nickte und führte das Mundstück an die Lippen. Der Rauch brannte in ihrer Kehle. Er schmeckte scharf und reizte zum Husten. Doch bald merkte sie, dass sie sich entspannter fühlte. Alle Sorgen, die sie beschäftigten und bis in ihre Träume verfolgten, wogen plötzlich nicht mehr so schwer.

Sie legte den Kopf in den Nacken und schaute in den mit Sternen übersäten Nachthimmel. »Dieses Sternbild kenne ich«, rief sie überrascht und streckte den rechten Arm aus. »Der Große Wagen. Seltsam, der ist auch in dem Traum aufgetaucht, den ich in der Nacht hatte, bevor wir in die Wüste aufgebrochen sind.«

Wellink blickte ebenfalls empor.

»Die Ägypter haben den Großen Wagen dem Wüstengott Seth zugeordnet. Sie nannten ihn Chepesch-em-pet-mehtit, was so viel heißt wie ›der Stierschenkel am nördlichen Himmel‹. Er ist das einzige Sternbild, das das ganze Jahr über am Nachthimmel auf der Nordhalbkugel zu sehen ist. Bei den alten Ägyptern stand es für die unendliche Lebenszeit des Pharaos im Jenseits.«

Larissa sah Wellink mit großen Augen an. Dann prustete sie los.

»Was ist daran so komisch?«, fragte er irritiert.

»Haben Sie sich schon einmal vorgestellt, dass ein riesiger Schinken am Himmel hängt?« Wieder musste sie lachen, so sehr, dass ihre Schultern bebten. »Du meine Güte, ich weiß gar nicht, was in mich gefahren ist. So albern bin ich sonst nicht. Bitte entschuldigen Sie«, rief sie, vergeblich um Fassung bemüht.

Wellink nahm kopfschüttelnd die Pfeife wieder an sich. »Bei Ihnen wirkt das Haschisch offensichtlich anders.«

»Es tut mir leid, dass ich Sie ausgelacht habe. Kann ich das jemals wiedergutmachen?« Sie klang nur scheinbar zerknirscht, ihre Augen blitzten mutwillig.

»Ich muss mich wohl oder übel damit abfinden, dass meine Theorien über die ägyptische Astronomie nicht die Wertschätzung finden, die sie verdient haben«, ging er auf ihren Tonfall ein.

»Das stimmt nicht«, wehrte sie sich. »Ich werde es Ihnen beweisen. Kommen Sie, erzählen Sie mir noch etwas Verrücktes über den ägyptischen Himmel.« Sie stieß ihn leicht mit einem Ellbogen in die Seite.

»Hm.« Er tat, als müsse er angestrengt überlegen. »Kennen Sie die Geschichte von Nut und Geb?«

Sie schüttelte den Kopf. »Lassen Sie hören. Aber vorher sollte ich sicherstellen, dass ich Ihnen vorurteilslos und unverkrampft zuhöre.« Sie schnappte sich die Pfeife aus seiner Hand und zog daran.

Er sagte: »Legen Sie sich auf den Rücken.«

Als sie zögerte, drückte er sie behutsam nach hinten. Dabei beugte er sich dicht über sie. »In Ihren Augen schimmert das Sternenlicht«, murmelte er.

Sie atmete tief ein. Dann schob sie ihn sanft von sich. »Erzählen Sie mir die Geschichte von Nut und Geb.«

Er rollte sich ebenfalls auf den Rücken und stützte sich auf die Ellbogen. »Sehen Sie, wie das Firmament sich über uns wölbt? Das ist der Leib von Nut, der Mutter der Gestirne. Sie beschirmt uns vor dem Land Reteh-qabet, wo die Sonne niemals aufgeht. Ihr Lachen ist der Donner und ihre Tränen bringen den Regen. Ihren nackten Körper hat sie mit Sternen geschmückt. So schenkt sie sich ihrem Bruder und Gemahl, dem Erdgott

Geb, der sich auf dem Rücken liegend vor ihr darbietet. Nut und Geb vereinigen sich und zeugen zwei Geschwisterpaare: Isis und Osiris und Seth und Nephthys.« Er schwieg und blickte zu Larissa. Doch da sie nichts sagte, sondern darauf zu warten schien, dass er weiterredete, fügte er hinzu: »In Gräbern und auf der Innenseite von Sarkophagen habe ich wunderschöne bildliche Darstellungen von der Vereinigung von Nut und Geb gesehen.«

Eine Weile schwiegen beide. Schließlich sagte Larissa leise: »Wenn mir vor einem Jahr jemand prophezeit hätte, dass ich einmal mit einem Mann, der nicht mein Ehemann ist, in der Wüste unter dem Sternenhimmel liege und mir Geschichten über das Liebesleben der ägyptischen Götter und Pharaonen anhöre, hätte ich ihn für verrückt erklärt.«

Er nahm die erloschene Pfeife, schüttelte die Aschereste heraus und häufte eine Handvoll Sand darüber. »Und jetzt?«, fragte er ruhig. »Was denken Sie jetzt darüber?«

Sie lachte verlegen. »Ich höre Ihnen gerne zu und finde es überhaupt nicht peinlich, Unterhaltungen über Dinge zu führen, über die eine Frau nicht einmal nachdenken sollte. Das muss am Haschisch liegen.«

»Nein.« Er schob die Pfeife in eine Tasche seines Jacketts. »Das Haschisch zeigt nur, wie Sie wirklich sind: eine frei denkende Frau, die neugierig ist und viele Empfindungen hat.«

»Ich glaube, Sie haben recht. Darum habe ich Ernest geheiratet. Aber mein ›freies Denken‹ hatte einen hohen Preis.« Sie dachte an ihre Eltern und seufzte. »Was ist mit Ihnen? Warum sind Sie nicht verheiratet?«

»Ich reise gerne durch die Welt und forsche an interessanten Orten, wie jetzt in Sakkara. Ich bin ein Vagabund. Eine Frau und Kinder, die zu Hause darauf warten, dass ich ein bürgerliches Leben führe, sind nicht das Richtige für mich. Abgesehen davon ist mein Beruf kein Garant für eine gesicherte Existenz, und die braucht eine Familie nun einmal. Nein, die Frau, die ich einmal heirate, muss so sein wie ich.«

»Aber ist ein Leben ohne Liebe nicht leer und traurig?«, fragte sie.

Er atmete tief aus. »Liebe ist ein großes Wort. Ich möchte es so ausdrücken: Wenn ich eine Frau wollte, habe ich sie bekommen.«

Sie sah ihn von der Seite an. »Wie Semiramis?«

Er nickte ohne Verlegenheit. »Wie Semiramis.«

»Das klingt, als hätten Sie sie benutzt.«

»Weil sie durch unsere Affäre ihre Stelle bei Mrs Potter verloren hat und gezwungen war, in einem Etablissement wie dem Café Tausendundeine Nacht zu arbeiten? Ich musste sie zwar nicht überreden, in mein Bett zu kommen, aber ich fürchte, ich bin an ihrer Misere trotzdem nicht unschuldig. Doch vielleicht gelingt es mir, ein bisschen wiedergutzumachen.«

»Mit dem Geschäft, das Sie Monsieur Kleczkowski vorgeschlagen haben?«

»Liebe Mrs Wood, Sie sind schon wieder sehr neugierig.«

Larissa kicherte. »Ernest und ich haben Sie und Semiramis gehört.«

Er lächelte und hob stumm die Schultern.

»So sind Sie also. Sie suchen sich Frauen für unverbindliche Affären oder geben sich als Ehemann einer bereits verheirateten Frau aus.« Sie wusste, dass sie besser geschwiegen hätte, dass sie nicht mit ihm flirten sollte, aber sie konnte sich nicht bremsen. »Haben Sie überhaupt schon einmal geliebt?«, bohrte sie weiter.

Ja.« Er starrte auf einen Punkt irgendwo in dem mit Sternen übersäten Himmel. Dann drehte er sich langsam zu ihr. »Sind Sie mir noch böse, weil ich uns als Ehepaar ausgegeben habe?«

»Darüber muss ich noch nachdenken«, erwiderte sie leise.

»Ich könnte Ihnen helfen, letzte Zweifel zu beseitigen.« Er beugte sich über sie. Sein Mund näherte sich ihrem. Sie spürte, dass sie Lust hatte, ihn zu küssen. Große Lust. Aber als seine Lippen ihre streiften, drehte sie den Kopf zur Seite.

»Nein!« Sie sprang auf die Füße, griff ihre kleine Lampe und hastete zurück zum Zelt.

»Der Samum kommt!« Yasin trabte in scharfem Tempo heran und parierte sein Kamel vor Wellink und Larissa durch.

Die Karawane durchquerte die letzten Ausläufer der el-Qattara-Senke. Das heutige Nachtlager hatte der Karwan-Baschi bereits im großen Sandmeer geplant.

»Was ist der Samum?«, fragte Larissa alarmiert.

Yasin warf ihr einen düsteren Blick zu. »Der Giftwind des Südens. Wir müssen uns beeilen, wenn wir nicht von seinem glühenden Atem verschluckt werden wollen.«

»Bei Allah!«, rief Semiramis, die an Larissas Rücken gelehnt auf dem Kamel gedöst hatte, erschrocken.

Wellink wirkte ebenfalls besorgt. »Was heißt das genau? Wie viel Zeit haben wir, um Schutz zu suchen?«

»Wir versuchen, das nächste Wasserloch zu erreichen, bevor der Sturm losbricht, aber unser Schicksal liegt in Allahs Hand«, erklärte Yasin unbestimmt.

»Bevor wir alles Allah überlassen, sollten wir lieber selbst einen Unterschlupf suchen«, warf Larissa ein.

»Dort, wo das Wasserloch ist, finden wir Schutz unter der versteinerten Welle«, erklärte Yasin. »Aber Wasser ist wichtiger. Die Luft des Samums ist so trocken, dass der Körper verdorrt wie eine getrocknete Dattel. Ich sage jetzt den anderen Bescheid, dass wir uns beeilen müssen.« Er trieb sein Kamel vorwärts.

»Oh Allah, lade uns nichts auf, wozu wir keine Kraft haben«, seufzte Semiramis angstvoll.

»Das waren wirklich keine beruhigenden Informationen«, murmelte Larissa.

»Wir sollten zusehen, dass wir dieses Wasserloch erreichen.« Mit einem kräftigen Tritt der Fersen spornte Wellink sein Kamel zu einer schnelleren Gangart an. Larissa tat es ihm gleich.

Nach fast zwei Wochen in der Wüste hatte sie es nicht für möglich gehalten, dass es noch heißer werden konnte, aber der Samum war ein glühender Ofen. Sie fühlte sich, als würde sie bei lebendigem Leib über dem offenen Feuer geröstet. Die Luft war erfüllt von puderfeinem Staub, der die Nase verklebte und ihr das Atmen schwer machte. Sie duckte sich gegen den immer stärker wehenden Wind, zog ihren Schleier fest und trieb ihr Kamel unbarmherzig vorwärts.

Es war früher Nachmittag, als Yasin die Karawane in einem von Bergkegeln und spitzen Gesteinsdornen durchsetzten Canyon halten ließ. An der nördlichen Seite ragte ein enormer Felsen auf, den Wind und Sand zu einer im Brechen erstarrten Welle geformt hatten. Unter dem Überhang konnten die Reisenden sich notdürftig zusammenkauern. Für die Kamele reichte der Platz nicht. Sie mussten den Samum schutzlos überstehen.

Obwohl es mitten am Tag war, sah der Himmel so düster aus, als stände der Weltuntergang kurz bevor. Das strahlende Blau des Firmaments war einem giftig wirkenden schwefelgelben Zwielicht gewichen, in dem die Sonne wie ein riesiger blutroter Ball schwamm.

Mensch und Tier waren von dem Gewaltmarsch durch die Gluthitze erschöpft, aber die Reisenden gönnten sich keine Ruhe. Die Treiber ließen die Kamele niederknien und fesselten ihnen die Vorderbeine, damit sie im Sturm nicht davonlaufen konnten. Die Kaufleute und Wellink luden sich leere Wasserschläuche auf, Larissa und Semiramis hängten sich mehrere Trinkflaschen um. Yasin beaufsichtigte alles, bellte Befehle und trieb zur Eile an.

Als Larissa zu dem Wasserloch hastete, das sich bei ein paar krautigen halbhohen Büschen befand, wehte der Samum sie vor sich her, als sei sie nur eine Feder. Der Sand stach an den Händen und durch den dünnen Gesichtsschleier wie Tausende winziger Glassplitter. Mit jedem Schritt fiel es ihr schwerer, sich durch Hitze und Staub zu kämpfen. Sie fiel immer weiter hinter die anderen zurück. Als sie das Wasserloch erreichte, hatten die Kaufleute und Semiramis bereits Flaschen und Schläuche gefüllt und eilten zurück zum schützenden Felsvorsprung. Doch Wellink wartete auf sie. Er hockte vor dem Wasserloch und schaufelte wie ein Wahnsinniger mit beiden Händen den Sand zur Seite, den der Wind unaufhörlich darüber wehte.

»Machen Sie schnell«, keuchte er gegen das Zischen des Sturms.

Sie fiel vor dem Wasserloch auf die Knie und tauchte ihre Flasche hinein. Lauwarmes Wasser nässte ihre Finger und steigerte ihren Durst ins Unerträgliche. Sie senkte die Hand so tief sie konnte, steckte sie dann in den Mund und sog gierig. Sand knirschte zwischen ihren Zähnen, aber noch nie war ihr das brackige braune Nass so köstlich erschienen.

Wellink nahm ihr die Wasserflasche weg und füllte sie hastig. Dann tauchte er ihre anderen drei Flaschen in das Loch und hängte sie um seinen Hals.

»Los jetzt!« Er zog sie empor.

Sie taumelte neben ihm auf die Menschen zu, die sich unter der steinernen Welle zusammendrängten und ihnen angstvoll zuriefen, sich zu beeilen. Wellink hatte einen Arm um ihre Taille gelegt und schob sie unerbittlich vorwärts. Doch sie war so erschöpft, dass die Versuchung, sich auf den Sand zu legen und dem Sturm zu überlassen, fast unwiderstehlich wurde. »Ich kann nicht mehr«, keuchte sie. »Lassen Sie mich hier und gehen Sie weiter.«

»Nichts da!« Er griff sie, warf sie sich wie ein Paket über die Schulter und stapfte weiter.

Der Samum packte sie, bevor sie die steinerne Welle erreichten. Wie ein tosendes Ungetüm aus Hitze, Staub und Dunkelheit brach er über Wellink und Larissa herein. Unter der Wucht des Sturms und der Last, die er trug, strauchelte Wellink und fiel der Länge nach hin. Als er benommen den Kopf hob, merkte er, dass er vor einem niedrigen Kalksteinbuckel gelandet war. Am Fuß des kleinen Felsens sah er einen Spalt von ungefähr zwei Metern Breite und einem Meter Höhe, den Sand und Wind ausgehöhlt hatten und der sich auf der vom Wind abgewandten Seite befand.

Wellink umfasste Larissa, die wie betäubt neben ihm auf der Seite lag, und schob sie mit den Füßen zuerst in den Spalt. Dann kroch er hinterher.

Augenblicklich hörte der Sturm auf, an ihnen zu zerren, sein Brüllen klang in dem Unterschlupf gedämpfter. Der Kalksteinbuckel bildete außerdem einen wenigstens leidlich guten Schutzwall.

»Larissa! Ist alles in Ordnung?«, rief er und tastete nach ihr. Sehen konnte er nichts, denn mitten im Sturm war es so schwarz wie in der tiefsten lichtlosen Nacht.

Zuerst spürte er, wie sie sich bewegte. Dann hörte er ihre Stimme: »Sie haben mir schon wieder das Leben gerettet.« Ihre Finger tasteten seinen Arm hinab, bis sie seine Hand gefunden hatten. »Sie sind mein Schutzengel, Max.«

»Sie müssen trinken.« Sanft befreite er sich aus ihrer Umklammerung, schraubte eine der Wasserflaschen auf und schob sie in ihre Hand.

Sie nahm einen Schluck und gab ihm die Flasche zurück, damit er trank. So wechselten sie sich ab.

»Das war es«, sagte Wellink, als sie die letzte der Flaschen geleert hatten.

»Was ist, wenn der Sturm tagelang dauert?«, fragte Larissa mutlos. »Werden wir dann alle hier draußen verdursten?«

»Das wird nicht passieren«, versicherte er zuversichtlicher, als er sich fühlte. »Sollten wir Wasser brauchen, werde ich es für uns holen.«

»Der Sand hat das Loch wahrscheinlich verschüttet«, erwiderte sie leise. »Es wird uns ergehen wie der Armee des Kambyses und eines Tages wird vielleicht irgendeine andere Karawane unsere ausgebleichten Knochen finden.«

»Sie haben zu viel Fantasie, Larissa. An so etwas dürfen Sie nicht denken.«

»Das hat Ernest auch zu mir gesagt«, hörte er ihre verzagte Stimme in der Dunkelheit. »Aber ich fühle mich so machtlos gegen diese Naturgewalt.«

»Verlieren Sie nicht den Mut, Larissa. Wenn Sie das tun, geben Sie sich auf.« Er legte einen Arm um sie und zog sie an sich. »Dieser verfluchte Samum wird uns beide nicht kleinkriegen.«

Stunde um Stunde lagen sie dicht nebeneinander, hielten sich in den Armen, als könnten sie sich so gegenseitig die Kraft zum Durchhalten geben, und warteten, dass der Sturm vorüberging.

Wellink spürte, wie Larissas weiche Brüste gegen seine Rippen drückten, wie ihr Atem seinen Hals streifte und ihr Herzschlag in seiner Brust widerhallte. Obwohl er Angst um ihrer beider Leben hatte, wusste er in diesem Moment, dass er sie so tief liebte wie keine andere Frau vor ihr. Behutsam schob er eine Hand ihren Rücken empor, bis er ihren Nacken erreichte, und streichelte ihr von Sand verklebtes Haar.

Irgendwann in der Nacht flaute der Samum ab. Plötzlich herrschte tiefe Stille. Wellink schaufelte ein paar kleinere Sandhaufen vor ihrem Unterschlupf beiseite. Als sie vorsichtig hindurchspähten, sahen sie ein Stück des samtig schwarzen, von silbernen Sternen geschmückten Himmels.

»Jetzt verstehe ich, warum die alten Ägypter die Göttin Nut in ihrem Sternenkleid verehrten«, sagte Larissa andächtig und atmete tief ein. Nach Stunden in erstickendem Staub glaubte sie, ihre Lungen nicht genug mit der frischen sauberen Luft füllen zu können. Auch die Hitze hatte nachgelassen.

Sie spürte Wellinks Fingerkuppen. Erst an ihrer Stirn, dann an ihren Ohren und schließlich an den Wangen. Er umfasste ihren Kopf mit beiden Händen. »Wir haben überlebt, Larissa«, sagte er mit rauer Stimme und küsste sie.

Dieses Mal wies sie ihn nicht zurück. Dieses Mal wurden ihre Lippen weich und ihr Mund öffnete sich, um das Leben von seinem Mund zu trinken. Sie fühlte, wie seine kratzigen Bartstoppeln ihr Kinn und ihre Wangen kitzelten, und sie lachte befreit und rieb ihr Gesicht an seinem, bis ihre Haut brannte. Er umschlang sie mit beiden Armen, rollte sich über sie und ließ seine Zungenspitze an der Seite ihres Halses hinunterwandern, bis in den Ausschnitt ihres Kleides, wo seine Lippen an ihrem weichen Fleisch saugten.

Sie drängte sich ihm entgegen und er schob eine Hand unter ihren Rock. Seine Finger strichen sanft ihre Schenkel auf und ab, schlüpften dann in ihr Höschen und er spürte beglückt, dass sie ebenso sehr mit ihm schlafen wollte wie er mit ihr.

»Endlich willst du mich«, raunte er in ihr Ohr. »Danach habe ich mich so lange gesehnt.«

»Lass es uns einfach tun«, flüsterte sie.

Ihre Finger schlossen sich um sein hartes Glied, dirigierten es zwischen ihre Beine und in die tiefe, feuchte Wärme ihres Körpers.

»Doktor Wellink, Mrs Wellink! Wo sind Sie?«

Larissa blinzelte verschlafen. Im ersten Moment begriff sie nicht, warum sie Mrs Wellink gerufen wurde. Dann setzte die Erinnerung ein und sie hob den Kopf von Wellinks Brust. Im

Licht des frühen Morgens sah sie, dass ihr Rock bis zu den Hüften hochgerutscht war. Ihr rechtes Bein hatte sie quer über die beiden von Wellink gestreckt. Er lag auf dem Rücken, einen Arm um ihre Schultern gelegt, die Augen geschlossen, den Mund halb geöffnet, und atmete tief und gleichmäßig.

»Doktor Wellink! Sind Sie hier irgendwo?« Die Stimme gehörte Yasin und klang jetzt deutlich näher. Dann ertönte Semiramis: »Bitte melden Sie sich!«

Larissa zog ihr Bein von Wellinks Körper und löste sich aus seinem Arm. Er schlug die Augen auf und bedachte sie mit einem kleinen, zärtlichen Lächeln. »Guten Morgen, Larissa.«

»Guten Morgen.« Sie zögerte und setzte dann hinzu: »Max.«

Sein Lächeln vertiefte sich. Er langte nach ihrer Hand, doch sie entzog sie ihm sanft. »Man sucht uns. Wir sollten aufstehen.«

»In Ordnung«, erwiderte er gut gelaunt. »Vielleicht gibt es schon Frühstück. Ich könnte allein einen ganzen Topf Couscous verspeisen.«

»Max.« Sie legte ihm eine Hand auf die Schulter.

»Ja?«

Sie sah in seine warmen tiefblauen Augen und spürte noch einmal die Leidenschaft und Hingabe der letzten Nacht. »Ich möchte dir etwas sagen«, begann sie. »Es betrifft uns und es ist wichtig, dass du mich richtig verstehst.«

»Ja?«, wiederholte er und ein Hauch Wachsamkeit schlich sich in seine Stimme.

Sie räusperte sich. »Diese Nacht bedeutet mir sehr viel, auch wenn sie sich nicht wiederholen wird. Aber ich werde sie in meinem Herzen tragen und nie vergessen.«

Er sah sie an. »Es schmerzt, wenn ich dich sagen höre, dass sich etwas so Schönes nicht wiederholen darf. Wenn wir uns früher getroffen hätten, unter anderen Umständen ...«

»Ich liebe meinen Mann«, fiel sie ihm ins Wort.

Er lächelte wehmütig. »Wenn du diese höllische Tour durch die Wüste auf dich nimmst, um wieder bei deinem Mann zu sein, musst du ihn tatsächlich lieben.«

»Von jetzt an werden wir ein Geheimnis teilen«, sagte sie leise. »Ein sehr schönes Geheimnis, das zu einer kostbaren Erinnerung werden wird.« Sie beugte sich vor und drückte einen Kuss auf seine Lippen. Dann wandte sie sich um und kroch rasch ins Freie.

»Eine kostbare Erinnerung«, murmelte er, sobald sie verschwunden war. »Ich wünschte, du könntest mehr für mich sein, Larissa.«

Blind vor Tränen stolperte Larissa durch den Sand. Sie hatte sich sehr zusammengerissen, um Max nicht zu zeigen, wie schwer es ihr fiel, vernünftig zu sein. Sie liebte Ernest. Aber dazu waren verwirrend heftige Gefühle für Max Wellink gekommen. Ihr Herz fühlte sich an, als sei es in zwei Stücke gerissen. Die eine Hälfte gehörte Ernest, die andere Max.

»El Saida Wellink, Sie leben! Allah sei Dank!« Yasin kam auf sie zugelaufen. Die Erleichterung stand ihm ins Gesicht geschrieben. Dicht hinter ihm tauchte Semiramis auf. »Mrs Wood, äh, Mrs Wellink! Ich bin ja so froh, Sie zu sehen! Die anderen haben befürchtet, der Samum habe Sie erstickt. Aber ich habe die ganze Nacht gebetet, dass Allah Sie rettet. Und er hat mich erhört!« Voller Freude umarmte sie Larissa.

»Al-Hamdu li-Llah, Allah sei Lob und Dank!« Yasin rannte überglücklich auf Wellink zu, der gerade aus dem Loch gekrochen kam und sich den Sand von Hemd und Hose klopfte. »Ich habe weder Menschen noch Kamele an den Samum verloren!«

Semiramis blickte erst auf Wellink, dann auf Larissa, und ein wissendes kleines Lächeln huschte über ihr Gesicht.

Larissa bemerkte es und bekam einen roten Kopf. »Ich bin hungrig. Lass uns frühstücken gehen«, sagte sie brüsk und stapfte davon.

12

Seth

Um den Thron zu erobern, ermordet Seth seinen Bruder Osiris. Aber er tötet auch Nacht für Nacht die bösartige Schlange Apophis, die den Sonnengott Re bei seiner Einfahrt in die Unterwelt hypnotisiert. Als ***Wüstengott*** *wird er mit Stürmen und Unwettern in Verbindung gebracht, weshalb er als Gott des Chaos und des Verderbens gilt. Andererseits war er auch Schutzgott der Oasen. Sein Sternbild war der Große Wagen, sein Planet der Merkur. In den Pyramidentexten galt er als »Gott des Südens«.*

Drei Tage nach dem Sandsturm – es war der siebzehnte Tag nach dem Aufbruch der Karawane in Kerdasa – stieß Yasin einen gellenden Schrei aus: »Aye!! Wir haben es geschafft! Allah sei Dank!« Er fuchtelte mit beiden Armen, drehte sich zu den Reisenden und strahlte über das ganze Gesicht. Hinter ihm brachen die Kaufleute und Treiber in lauten Jubel aus. Auch Larissa, Wellink und Semiramis stimmten ein.

Schon fast drei Tage erstreckte sich südlich von ihnen das große Sandmeer, eine unendliche Abfolge goldener Dünen, die bis zu einer Höhe von einhundert Metern emporragten. Ihre spitz zulaufenden Kämme brachen zu einer Seite steil ab. Wenn der Sand rutschte, begannen die Dünen zu singen. Ihr schauriges, mal tiefes, mal hohes Stöhnen war in der Stille der Wüste über weite Strecken zu hören und erschien Larissa wie die Klagen all jener Menschen, die hier schon ihr Leben gelassen hatten.

Heute Morgen war die Karawane Richtung Nordwesten geschwenkt und die Dünen verschwanden nun langsam aus dem Blickfeld. Dafür tauchten Dornenbüsche rechts und links der Karawanenstraße auf, die allmählich einer steppenartigen Landschaft aus kleinen Sträuchern wichen.

»Eine Ziegenherde!«, rief Wellink.

Er reichte Larissa sein Fernglas, damit sie die Tiere besser sehen konnte. Dabei berührten sich ihre Finger und sie lächelten sich zu.

»Kurz nach dem Mittag werden wir den Karawanenrastplatz erreichen«, informierte Yasin sie. »Er befindet sich am Rand der Oase. Dort leben auch meine Verwandten, die Aulad-Ali-Beduinen.«

Die Karawane ritt über ein steil abfallendes Plateau, denn Siwa lag noch weiter unter dem Meeresspiegel als die el-Mughra-Senke und das el-Qattara-Becken. Zu beiden Seiten erstreckten sich felsige Hochflächen aus Kalkstein und die Strauchsteppe wurde von Akazien und Tamarisken abgelöst.

»Palmen!« Larissa wies auf drei niedrige buschartige Dattelpalmen, die unweit von ihnen neben einem verschilften kleinen Wasserloch aus dem sandigen Boden ragten. »Da reite ich mehr als zwei Wochen durch die Wüste und erst jetzt sehe ich Palmen.«

»Das sind wilde Palmen, die keine Früchte tragen«, erklärte der Karwan-Baschi wegwerfend. »Erst die Bäume in den Palmengärten von Siwa sind wahrhaft prächtig.«

Wieder sahen sie einen Beduinenhirten mit seiner Herde. Er wurde von einer Gruppe braun gebrannter Kinder begleitet, die kreischend und winkend auf die Reisenden zurannten. Dann tauchten das Dorf der Aulad Ali und der Karawanenrastplatz auf. Nach der Leere der Wüste wirkten die vielen Zelte aus braunem Ziegenhaar auf Larissa wie eine lebhafte große Stadt.

In den Zeltgassen liefen Menschen hin und her, Hunderte von Kamelen lagerten am Rande des Platzes.

»In Siwa kreuzen sich etliche Routen durch die Sahara. Wir könnten von hier aus nach Tripolis oder Marrakesch reisen, in den Sudan oder bis in das legendäre Timbuktu«, bemerkte Wellink. Seine Stimme bekam einen verträumten Klang.

»Vielen Dank!«, erwiderte Larissa lachend. »Ich für meinen Teil bin froh, es bis hierher geschafft zu haben.«

Er bedachte sie mit einem zärtlichen Blick. »Jetzt bist du wirklich die erste Europäerin, die die Libysche Wüste durchquert hat.«

»Nur, weil du mir zweimal das Leben gerettet hast«, erwiderte sie.

»Freust du dich auf deinen Mann?«, fragte er. Er hatte deutsch gesprochen, damit nur Larissa ihn verstand.

»Ja«, sagte sie ebenfalls in ihrer Muttersprache. »Das tue ich. Aber gleichzeitig bin ich auch traurig.«

»Sag mir den Grund«, drängte er.

Sie schüttelte den Kopf. »Was für einen Sinn hätte das?«

Eine halbe Stunde später ließ Yasin die Karawane halten. Auf dem großen Platz herrschte ohrenbetäubender Lärm. Kamele brüllten, Menschen riefen und redeten durcheinander. Es roch nach Tieren, nach Essen und dem Rauch unzähliger kleiner Feuer.

»Ich bin so erschöpft, dass ich am liebsten drei Tage durchschlafen würde«, sagte Larissa, nachdem sie vom Kamel gestiegen und ihre steifen Glieder gestreckt hatte. »Aber erst will ich Ernest finden. Vielleicht ist er hier irgendwo.« Erwartungsvoll blickte sie sich um.

Sie sah Tuaregmänner in schwarzen Turbanen und leuchtend blauen Kaftanen, Berber aus dem Atlasgebirge, Sudanesen mit ebenholzfarbener Haut, aber von Ernest keine Spur. Sie sah überhaupt keine anderen Europäer, geschweige denn

Europäerinnen. Dafür fiel sie selbst umso mehr auf und wurde von allen Seiten mehr oder weniger unverhohlen angestarrt.

Auch Wellink war inzwischen von seinem Kamel gestiegen und gesellte sich zu Larissa. »Wir sollten bei diesem Scheich, diesem Distriktkommissar, nach deinem Mann fragen. Dort wohnt er doch, nicht wahr?«

Sie nickte. »Ja. Aber du musst nicht mitkommen. Ich habe doch Semiramis.«

Er war empört. »Glaubst du wirklich, ich lasse dich jetzt allein? Unsere gemeinsame Reise endet erst, wenn ich dich deinem Mann übergeben habe. Und jetzt werde ich uns ein paar Esel und einen Führer organisieren! Yasin hat gesagt, dass die Kamele hierbleiben müssen. In der Oase gibt es eine Fliegenart, deren Stiche sie nicht vertragen.« Er verschwand im Getümmel.

Am nächsten Morgen brachen Larissa, Wellink und Semiramis mit dem ersten Licht auf. Sie wollten das Herz der Oase, wo die Stadt Siwa und das Haus des Distriktkommissars lagen, so bald wie möglich erreichen. Wellink hatte einen halbwüchsigen Beduinenjungen mit einem zweirädrigen Eselskarren organisiert. Während der Junge das Gepäck auf den Karren lud, verabschiedeten Wellink und Larissa sich von Yasin und dankten ihm überschwänglich, weil er sie sicher durch die Wüste geführt hatte.

»Es waren die Steine in den Satteltaschen, die größere Schwierigkeiten verhindert haben«, behauptete er und lachte, als er Larissas empörten Blick bemerkte. »Was haben Sie nun in Siwa vor?«, fragte er neugierig.

Wellink und Larissa wechselten einen kurzen Blick. »Wir wollen die antiken Stätten hier besuchen. Ich bin Altertumswissenschaftler«, sagte Wellink schließlich, »und meine Frau ist Fotografin. Sie hofft auf ein paar gute Fotogelegenheiten.« Er zwinkerte Larissa zu.

Wenig später holperten die Reisenden über einen staubigen Pfad. Larissa und Semiramis saßen an das Gepäck gelehnt auf der Ladefläche des Karrens. Wellink hockte vorn und unterhielt sich auf Arabisch mit dem Beduinenjungen.

Bald passierten sie die ersten Dörfer. Die Häuser hatten flache Dächer und leicht nach außen gewölbte Mauern aus Karsif, wie die Ziegel aus Lehm und Salzschlamm hießen. Hühner pickten im Staub und Kinder spielten am Straßenrand. Als der Karren vorbeifuhr, starrten sie die Fremden, besonders die beiden unverschleierten Frauen, mit großen Augen an. Genau wie die alten Männer, die auf Bänken im Schatten der Mauern saßen, rauchten und palaverten.

Die Aulad Ali, erklärte der junge Beduine, waren Viehhirten, die mit ihren Herden bis in die Wüste zogen. Die Siwi-Berber dagegen waren Bauern und verließen die Oase nur äußerst selten.

Zwischen den Dörfern befanden sich mit Palmwedeln eingezäunte Anpflanzungen von Oliven-, Aprikosen- und Granatapfelbäumen. Darunter reiften Weizen und Hirse. Obst- und Olivengärten wechselten mit Palmenhainen, wo in endlosen Reihen die geraden Stämme der Dattelpalmen wuchsen. Die jungen Männer Siwas waren mit der Pflege der Palmen beschäftigt. Der Beduine bezeichnete sie als Zaggala, als Landarbeiter, und erklärte, dass sie zu den Siwi-Berbern gehörten. Einige der Zaggala lockerten den Boden mit schweren kurzen Hacken, andere verteilten Stallmist unter den Palmen oder waren in die buschigen Baumkronen geklettert, um reife Datteln zu schneiden. Auch die Zaggala musterten die beiden Europäer und Semiramis neugierig. Larissa hatte das Gefühl, die bohrenden Blicke noch im Rücken zu spüren, als der Karren schon längst vorübergefahren war. Sie erinnerte sich an Wellinks Worte und dachte, dass sie, die unverschleierte, andersartig gekleidete Europäerin, den Oasenbewohnern wie ein Wesen von einem fremden Stern erscheinen musste.

Wasser gab es in Siwa reichlich. Der Beduine beteuerte, dass in der Oase tausend Quellen entsprangen. Tatsächlich sahen die Reisenden zahlreiche Brunnen mit blaugrünem Wasser. Gräben führten von den Brunnen in die Palmenplantagen, Obstgärten und Olivenpflanzungen. Larissa beobachtete, dass nur einige der Gräben Wasser führten. Als Wellink ihren Beduinenführer nach dem Grund fragte, erklärte er, dass die Eigentümer der Palmenreihen sich das Wasser teilen mussten. Jeder durfte für eine bestimmte Zeit des Tages seine Pflanzungen bewässern. Dann wurde sein Graben verschlossen und ein anderer Bauer war an der Reihe.

»Was ist das für ein Berg?« Wellink zeigte auf einen spitz zulaufenden Berg aus gelblichem Kalkstein vor ihnen.

»Gebel el Mauta. Totenberg«, lautete die Antwort des Beduinen. »Dort viele Geister.«

Wellink zückte sein Fernglas, um die zahlreichen, vor langer Zeit in den Stein gehauenen Eingänge zu den Grabkammern tief im Berg genau zu betrachten.

Nicht lange danach erreichten sie einen großen See, an dessen östlichem Ufer Shali lag, die älteste Stadt der Oase. Von einer trutzigen Wehrmauer umgeben, standen zahlreiche mehrstöckige Häuser dicht gedrängt an einem steilen Burgberg. Im Zentrum befand sich der Turm der Moschee, nicht kunstvoll und fein gearbeitet wie die zierlichen Minarette von Kairo, sondern ein schmuckloser Stumpf aus hellbraunen Salzlehmziegeln.

Als sie näher kamen, bemerkte Larissa erstaunt, wie ärmlich und ungepflegt Shali wirkte. Etliche Häuser schienen dem Verfall preisgegeben, Mauern und Dächer waren eingestürzt, sodass nur noch Ruinen übrig geblieben waren. Trotzdem lebten noch Leute in Shali. Durch ein offen stehendes Stadttor sah Larissa, wie sich zahlreiche Menschen durch die engen Gassen drängten.

Die Stadt Siwa, die nur ein kurzes Stück südlich von Shali lag, erwies sich als das genaue Gegenteil. Die Häuser waren in gutem Zustand und strahlend weiß gekalkt. Auch die Moschee schien nagelneu und hatte ein mit Zinnen verziertes Minarett.

»Shali sehr alt«, erklärte der Beduine. »Häuser klein und eng. Menschen wollen dort nicht mehr wohnen. Immer mehr nach Siwa.« Er lenkte den Karren zu einem großen zweistöckigen Gebäude. Es lag nahe der neuen Moschee an einem weitläufigen Platz, auf dem Bauern ihre Erzeugnisse verkauften. Vor der zweiflügeligen Tür aus geschnitztem Palmholz wehte die rote Nationalflagge Ägyptens mit den drei weißen Halbmonden.

»Hier wohnen Scheich Ali Suleiman«, sagte der Beduine zu Wellink. »Ist Chef von Oase.«

Nachdem der Junge das Gepäck abgeladen und Wellink ihn entlohnt hatte, rumpelte er mit seinem Karren davon und Wellink pochte an die Flügeltür. Ein dunkelhäutiger sudanesischer Diener öffnete. Wellink erklärte ihm, wer sie waren und was sie wollten. Offensichtlich verstand der Sudanese Arabisch, denn er bedeutete den Reisenden, ihre Bündel in einen dämmrigen Flur zu stellen, und führte sie auf einen quadratischen Innenhof. Sie blickten auf einen runden Taubenturm. Tauben flatterten um eine mit Körnern halb gefüllte Palmstrohschale, die auf dem harten, gestampften Lehmboden stand. Larissa sah gerade noch, wie eine verhüllte Gestalt, die ein Kind an der Hand hielt, ins Haus huschte.

Der sudanesische Diener bedeutete den Besuchern, neben einem eckigen Wasserbecken in der Hofmitte Platz zu nehmen. Dort befanden sich unter einem Sonnenschutz aus Palmblättern niedrige Lehnstühle aus geflochtenen Palmrippen. Aufatmend ließ Larissa sich auf einen der Stühle sinken, lehnte sich zurück und genoss den Schatten. Einige Momente lauschte sie dem Gurren der Tauben. Dann sagte sie: »Es dürfte wohl angebracht sein, wenn ich mich ab jetzt wieder Wood nenne.«

»Das lässt sich wohl nicht vermeiden«, gab Wellink zurück und setzte sich ebenfalls. »Aber ich sollte dennoch dein Anliegen beim Scheich vorbringen.«

Sie nickte. »Ich glaube kaum, dass er Englisch versteht.« Nach einer kleinen Pause fügte sie hinzu: »Was sind deine Pläne, jetzt, wo wir am Ziel der Reise sind?«

Er streckte die Beine aus. »Ein Bad in der Sonnenquelle vielleicht. Auch dieser Totenhügel erscheint mir interessant. Und natürlich würde ich mir gerne anschauen, was von dem antiken Orakeltempel noch übrig ist.«

»Wirst du uns zurück nach Kairo begleiten?«, fragte Larissa.

Bevor er antworten konnte, trat der Sudanese wieder aus dem Haus. Er trug ein Tablett mit einer bauchigen Keramikkanne, Tassen und einer Schale mit kandierten Datteln und stellte alles auf die steinerne Einfassung des Brunnens.

Hinter ihm tauchte ein weiterer Mann auf. Er war groß und schlank. An Kinn und Wangen wuchs ein grau durchsetzter Bart und auf der vorspringenden Nase saß eine Drahtbrille, durch die er die Besucher durchdringend musterte. Seine Haltung und sein leichtfüßiger Gang ließen ihn jung und agil wirken. Aber sein Gesicht war sonnengegerbt und von tiefen Falten durchzogen. Er trug weiße Pluderhosen und eine reich bestickte Weste über einem langen Hemd aus weißer Baumwolle. Auf dem kahlen Kopf saß eine kleine runde Kappe.

»Das also ist Scheich Ali Suleiman«, dachte Larissa. »Aber wo ist Ernest?«

Mit klopfendem Herzen blickte sie auf die verschiedenen Türen an den vier Flügeln des Gebäudes, die auf den Hof führten. Doch die Durchgänge waren entweder dunkel und leer oder verschlossen.

»As-salamu alaikum, Frangi.« Der Scheich deutete eine Verbeugung vor Wellink an. Die beiden Frauen beachtete er nicht.

Nachdem Wellink die Begrüßung erwidert hatte, goss der Hausherr Tee ein. Dann deutete er auf die Schale mit Datteln und war erst zufrieden, nachdem seine Gäste ausgiebig von den reifen, süßen Früchten gekostet hatten. Immer wieder nötigte er sie, zuzugreifen. Aber die Unterhaltung führte er nur mit Wellink.

»Geht es um Ernest?«, flüsterte Larissa Semiramis zu. »Ich kann mir nicht erklären, warum er nicht hier ist.«

Semiramis flüsterte zurück: »Es wäre unhöflich, wenn der Scheich sofort fragt, warum wir ihn besuchen. Er wollte wissen, aus welchem Land Doktor Wellink kommt und was er in Ägypten macht. Dann hat er erzählt, dass er selbst als junger Mann beim Militär in Kairo war.«

Larissa unterdrückte ein ungeduldiges Stöhnen. Ali Suleiman erzählte inzwischen eine weitere gestenreiche Geschichte.

»Und jetzt?«, fragte sie. »Worüber sprechen sie jetzt?«

»Es geht um die Steuern, die der Scheich im Auftrag der Regierung in Siwa eintreiben muss. Er beklagt sein schwieriges Los. Die Siwaner wollen die Steuern nicht zahlen. Sie sagen, sie sind zu hoch und die Regierung in Kairo will die Steuern erhöhen. Der Scheich sagt, er fühlt sich wie ein Olivenkern, der in der Ölpresse zerrieben wird.«

»Könnte ich doch nur arabisch sprechen«, murmelte Larissa entnervt. »Ich würde diesem Scheich schon begreiflich machen, was ich wissen will.«

»Er würde nicht mit Ihnen sprechen, Mrs Wood«, wisperte Semiramis und wandte sich wieder der Unterhaltung der Männer zu. »Jetzt geht es um Mr Wood. Doktor Wellink stellt dem Scheich viele Fragen.«

Larissa beobachtete angespannt, wie der Scheich auf Wellinks Fragen immer wieder abwehrend den Kopf schüttelte. Damit gab Wellink sich jedoch nicht zufrieden und redete seinerseits fordernd auf den Scheich ein.

»Was reden sie?«, bedrängte Larissa Semiramis. Aber die junge Nubierin hob eine Hand. »Bitte lassen Sie mich zuhören, Mrs Wood.«

Plötzlich drehte der Scheich den Kopf, warf Larissa einen durchdringenden Blick zu und machte dann eine scharfe Handbewegung in Wellinks Richtung. Gleich darauf erhob er sich, verabschiedete sich und verschwand im Haus.

Larissa sprang von ihrem Stuhl auf. »Wo ist mein Mann?«

Wellink drehte sich zu ihr. »Nicht mehr in Siwa.«

»Wie bitte?«

Er hob hilflos die Arme. »Das behauptet zumindest der Scheich. Ich habe mehrmals nachgefragt, aber er beharrt steif und fest darauf, dass dein Mann zurück nach Kairo gereist ist.«

»Das kann nicht sein!« Sie schüttelte heftig den Kopf. »Ernest hat mir geschrieben, dass er länger hierbleiben will, um nach dem Grab Alexanders zu suchen. Ich sollte ihm sogar eine Grabungserlaubnis schicken.«

Wellink überlegte. »Aber warum sollte der Scheich uns einen Bären aufbinden? Ich vermute eher, dass dein Mann endlich begriffen hat, dass er einem Hirngespinst aufgesessen ist.«

Larissa war nicht überzeugt. »Weiß der Scheich denn, was Ernest in Siwa vorhatte?«

»Ali Suleiman behauptet, er habe keine Ahnung, was dein Mann hier wollte. Er glaubt, er sei ein ausländischer Forscher, wie Rohlfs oder von Minutoli.«

»Dann soll ich also unverrichteter Dinge zurück nach Kairo? Ich weiß nicht, ob das die richtige Entscheidung ist.«

»Mach dir nicht solche Sorgen«, versuchte Wellink sie zu beruhigen. »Der Scheich stellt uns Zimmer im Gästetrakt des Hauses zur Verfügung. Ich schlage vor, wir ruhen uns erst einmal ein wenig aus.«

Die privaten Räume der Familie des Scheichs nahmen den Ostflügel des Gebäudes ein. Im Nordflügel waren die Ställe für Hühner, ein paar Ziegen, Esel und Pferde und darüber Lagerräume. Auf der Südseite befanden sich die Amtsräume des Distriktkommissars. Der Gästetrakt nahm den Westteil des Hauses ein. Die Zimmer waren klein und sehr einfach ausgestattet, nur mit einer Pritsche und einer Palmholzkommode. Larissa schaute in alle Zimmer, aber sie waren leer und wirkten, als habe dort schon länger niemand mehr gewohnt. Sie, Semiramis und Wellink waren die einzigen Gäste und Ernest allem Anschein nach tatsächlich abgereist.

Da genug Platz war, bekam jeder eine eigene Kammer von dem Sudanesen zugewiesen. Semiramis rollte sich sofort auf ihrer Pritsche zusammen, um zu schlafen. Wellink erklärte, dass er die Stadt Siwa erkunden wolle. Er fragte Larissa, ob sie Lust habe, ihn zu begleiten, aber sie lehnte ab. Sie wollte für sich sein, um nachzudenken. Doch in der Enge ihrer Kammer fand sie keine Ruhe und ging wieder auf den Innenhof.

Der viereckige Platz lag verlassen. In den Ställen hörte sie Zicklein meckern und das Schreien eines Esels. Die Tauben hockten satt und leise gurrend auf den Stangen vor den Fluglöchern des Taubenturmes. Die Körnerschale war verschwunden, ebenso das Teegeschirr.

Sengende Sonne brannte auf Larissas Kopf. Sie ging zum Wasserbecken, setzte sich auf den warmen Steinrand und tauchte eine Hand in das kühle Nass. Während sie sich Stirn, Schläfen und Nacken benetzte, fragte sie sich, ob sie den Aussagen des Scheichs wirklich vertrauen konnte. Und hatte Wellink recht mit seiner Vermutung, dass ihr Mann zur Vernunft gekommen war?

Ein leises Kichern riss sie aus ihren Gedanken. Erstaunt drehte sie sich um. Erst sah sie niemanden, dann tauchte ein strubbeliger schwarzer Schopf hinter der Rückenlehne eines Stuhles auf. Er gehörte einem vielleicht achtjährigen Jungen, der Larissa durch ein Fernglas beobachtete, das er vor die Augen presste.

»Nanu«, dachte sie. »Hat der Kleine das Fernglas von Max stibitzt?«

Sie stand auf und steuerte mit energischen Schritten auf das Kind zu. »Woher hast du das? Gib das sofort her!«

Erschrocken ließ das Kind das Glas sinken und wich ein paar Schritte zurück.

Larissa blieb wie angewurzelt stehen. »Du meine Güte! Was ist mit deinem Gesicht passiert?«

Beide Wangen und die Nasenspitze des Jungen waren von hässlichen, gerade erst verschorften Krusten bedeckt. Das gepeinigte Fleisch darunter spannte sich rot und geschwollen.

Der Junge starrte sie an. Dann ließ er das Fernglas fallen, rannte ins Haus und schlug die Tür hinter sich zu.

»Bin ich denn so beängstigend?« Larissa schüttelte verwirrt den Kopf. Sie kniete sich auf den staubigen Boden und hob das Fernglas auf. Dabei fielen ihr die Gravuren auf dem Gehäuse auf. Auf dem linken Strahlengang standen die Zeichen EK & C.

»Eugen Krauss und Co.«, flüsterte sie tonlos.

Auch die Zahl, die auf den rechten Strahlengang graviert war, kannte sie genau. Es war eine Seriennummer, sie lautete 2310.

Nur ein Fernglas trug diese Nummer und stammte von der Firma Eugen Krauss. Aber es gehörte nicht Max, sondern Ernest.

Larissa hatte ihrem Mann das Fernglas zu seinem letzten Geburtstag geschenkt. Sie wusste, dass er Siwa nie ohne dieses Fernglas verlassen würde.

»Der Saft schmeckt wirklich hervorragend, sehr erfrischend«, lobte Wellink und wischte sich mit dem Handrücken über den Mund. »Lagbi heißt er?«

Der Händler, der auf dem Bauernmarkt von Siwa eine kleine Garküche betrieb, lachte über das ganze Gesicht. »Ja, Lagbi. Ist aus Herz von Dattelpalme«, erwiderte er in stockendem Arabisch, denn er war ein Berber und seine Muttersprache war der Siwi-Dialekt seines Volkes. »Wenn frisch, dann Saft, wenn ein Tag alt, dann sehr guter Wein. Möchtest du mehr?«

Wellink schüttelte den Kopf und reichte dem Mann den Keramikbecher zurück. »Aber du kannst mir noch von den Datteln geben.«

Der Berber nickte eifrig. »Gazali-Datteln aus Siwa. Klein, aber sehr süß. Beste von der Welt!« Er wickelte eine Handvoll in ein paar ovale grüne Blätter, die von einer strauchartigen Pflanze stammten, die überall in Siwa an den Straßenrändern wuchs.

»Shukran.« Wellink gab dem Berber eine Piastermünze, schob das Päckchen in seine Jackentasche und schlenderte weiter.

Der kleine Markt auf dem Platz vor der Moschee gefiel ihm. Siwanische Bauern priesen unter den Schatten spendenden Palmblattdächern ihrer Verkaufsstände Obst, Gemüse und frisch gepresstes Olivenöl an. Einige boten Hühner feil, die sich gackernd in Käfigen aus geflochtenen Palmblattrippen drängten. Außerdem gab es einen Bäcker, der warme, duftende Weizen- und Hirsefladen verkaufte, die er auf Wunsch mit gekochten Linsen oder Bohnen füllte und einen Metzger, an dessen Stand ein ganzer gehäuteter Hammel von einer Stange baumelte. Der Kopf des Tieres lag separat auf einem Tisch.

Wellink hatte beobachtet, dass nicht nur die Händler, sondern auch die Kunden, von einigen Beduinenfrauen abgesehen, ausschließlich Männer waren. Mit gewissenhaften Mienen gingen sie von Stand zu Stand, über einem Arm eine große geflochtene Tasche, begutachteten die Waren, suchten aus und feilschten.

Wellink ließ den Bauernmarkt hinter sich und ging zur Moschee. Das Gotteshaus war leer, die Gebetszeit gerade vorüber. Deshalb hatte er Gelegenheit, einen Blick in den Hof mit dem kleinen Brunnen zu werfen, an dem vor den Gebeten die rituellen Waschungen vorgenommen wurden.

Direkt hinter der Moschee begann die Medina. Nach der prallen Sonne auf dem Marktplatz genoss Wellink den Schatten in den schmalen Gassen der Innenstadt. Nicht nur die Mauern der Gebäude, auch die Überdachung aus Palmblättern sorgten für erträgliche Temperaturen. Katzen lagen auf den warmen Steinstufen vor den Häusern und blinzelten träge, Kinder spielten auf den Sträßchen, Männer, die ihre Einkäufe nach Hause brachten, eilten an ihm vorbei.

»Frangi! Fremder!«, zischte eine Stimme in gebrochenem Arabisch neben ihm. »Du wollen wertvolle Andenken?«

Wellink sah sich erstaunt um und entdeckte einen jungen Siwaner, der mit gekreuzten Beinen in einem Hofdurchgang hockte. Als er registrierte, was der Mann verkaufte, wurden seine Augen groß.

»Garantiert sehr alt.« Der junge Siwaner lächelte einladend und zeigte mit der Rechten auf die Gestalt, die neben ihm auf knochigen Beinen an der weiß gekalkten Hauswand lehnte. Dürre Arme baumelten rechts und links des hohlen Brustkorbes und rahmten den eingefallenen Bauch. Den Kopf hatte die Gestalt leicht vornüber geneigt, sodass es aussah, als würde sie ihre Füße betrachten.

Wellink murmelte: »Jetzt weiß ich, wo die Beni Amar ihre Mumien kaufen.«

Eine weitere Mumie stützte sich gegen die Schulter der Ersten. Diese war noch ganz in ihre vergilbten Leinenbinden gewickelt. Auf dem Boden vor den beiden lag eine dritte. Sie trug nur noch ein paar Binden, sodass man die ledrig schwarze Haut des Leichnams an mehreren Stellen sehen konnte.

Wellink hockte sich neben die liegende Mumie und zupfte an der Leinenwickelung, um zu prüfen, ob sich noch Amulette zwischen den Verbänden befanden. »Woher hast du die drei Gesellen?«, fragte er interessiert.

»Gebel el Mauta«, antwortete der Händler. »Dort noch viele. Ich Mohammed«, er streckte Wellink die Rechte hin. »Du wollen kaufen?«

»Jetzt nicht, danke. Aber hast du schon einmal gehört, ob sich das Grab Alexanders des Großen im Totenberg befindet?«

Der Händler blickte ihn verständnislos an.

»Iskander?«, ergänzte Wellink den arabischen Namen des großen Feldherrn.

»Ah, Iskander!« Mohammed grinste über das ganze Gesicht. »Iskander-Tempel in Aghurmi.«

»Ja, aber gibt es auch eine Iskander-Mumie?«, fragte Wellink.

Der Händler zeigte auf seine drei Toten. »Wenn du willst, das sein Iskander-Mumie. Oder Ramses-Mumie. Alles möglich.«

Wellink lachte. »Verstehe. Ich habe ohnehin nicht angenommen, dass der Makedonier in Siwa begraben wurde.« Er hielt inne und lauschte. »Was ist das für ein Klopfen? Gibt es hier Metallhandwerker?«

»Ja!« Mohammed strahlte. »Werkstatt drei Häuser weiter in Hof. Dort viele Handwerker. Jussuf ist Beste. Schnitzen sehr schöne Sachen. Garantiert sehr alt.«

Wellink eilte auf das Hämmern zu. Die Worte des Mumienhändlers hatten ihn neugierig gemacht. Antikenfälscher, die kunstbegeisterten, aber unwissenden Touristen aus Europa oder Amerika nachgemachtes Neues als original Altes andrehten, gab es einige in Ägypten. Die Beduinen von Sakkara zum Beispiel waren gute Alabasterbildhauer. Außerdem konnten sie Papyrusrollen mit täuschend echten Hieroglyphen beschriften. Eine davon hatte Wellink an Monsieur Kleczkowski als »Antiquität« aus dem Grab des Pharaos Unas verkauft. Er hatte gut daran verdient und die Beduinen ebenso. Dass jedoch auch in einer entlegenen Wüstenoase in großem Stil antike Fundstücke kopiert wurden, hatte er nicht erwartet.

»Andererseits, wo kann man so ungestört fälschen wie im abgelegenen Siwa?«, dachte Wellink.

Vielleicht würde sich hier ein Problem lösen lassen, das ihn seit Beginn der Reise beschäftigte. Er schuldete dem französischen Generalkonsul nämlich die Barke aus dem Amuntempel von Siwa im Austausch für Semiramis' Freiheit. Dass diese Barke eine Fälschung war, würde der nach ägyptischen Antiquitäten gierende Franzose genauso wenig merken, wie er gemerkt hatte, dass die Totenbuchpapyri des Unas eine Fälschung waren.

Wellink betrat einen weitläufigen Hof, wo viele Handwerker auf Teppichen auf dem Boden saßen, schnitzten, Alabaster polierten oder Metall hämmerten. Rings um den Hof verlief ein zweistöckiges Gebäude. Wie bei einer Karawanserei befanden sich zu ebener Erde Lagerräume, darüber Unterkünfte für Reisende und in der Hofmitte wurde nicht nur gearbeitet, sondern auch gehandelt.

Klopf- und Sägegeräusche und die Stimmen vieler Menschen erfüllten den Hof. An den Ständen drängten sich Kaufleute aus Kairo, Alexandria, Tunesien, Marokko oder dem Sudan, die mit ihren Karawanen in der Oase Station machten. Wellink grüßte einen Kaufmann, der mit derselben Karawane wie er gereist war.

Als einziger Europäer auf dem Hof erregte Wellink Aufmerksamkeit und wurde argwöhnisch angestarrt. Doch als er langsam von Stand zu Stand wanderte, die Waren begutachtete und ihre Qualität lobte, legte sich das Misstrauen.

Wellink beobachtete einen Mann, der kleine Figürchen bemalte, die Ägypter der Pharaonenzeit bei ihren Alltagsarbeiten zeigten. Es gab Bäckerinnen, Fischer, Krieger, Bierbrauerinnen und Hirten. Alle sahen den Uschebti-Figuren, die Wellink in Sakkara gefunden hatte, sehr ähnlich. Sogar Gebrauchsspuren, die das hohe Alter der Figürchen vortäuschen sollten, waren eingearbeitet.

Daneben ritzte ein Steinmetz mit einem Meißel Hieroglyphen in polierte Kalksteinplatten. Wie die Beduinen von Sakkara hatte auch er einen Bogen Papier vor sich liegen, von dem er die Zeichen kopierte.

In einer anderen Ecke saß ein Metallhandwerker auf einem Teppich und stanzte ein Stück Goldblech. Die Muster in den fertig bearbeiteten Goldblechen waren so fein, dass sie aussahen wie Spitzentaschentücher. In Schalen lagen winzige Perlen aus bunter Keramik, die noch mit Draht zu Ketten verbunden werden mussten, Bröckchen von Bernstein und Karneol, die darauf warteten, geschnitten und poliert zu werden, Türkise und Korallen für Ringe, Armreifen, Gürtel und Ketten. Alles zeigte nicht nur handwerkliches Geschick, sondern auch große Ähnlichkeit mit Schmuck, wie er in den Gräbern ägyptischer Prinzessinnen gefunden worden war. Wellink nahm ein Armband, das aus schmalen goldenen Stäben und winzigen Perlen von Türkisen und Amethysten gefertigt war, und ließ es durch die Finger gleiten.

»Was willst du dafür?«, fragte er den Handwerker.

Er hatte soeben beschlossen, das Schmuckstück Larissa zu schenken, als Erinnerung an ihre gemeinsame Reise durch die Wüste. Auch, wenn sie es aus Rücksicht auf ihren Mann vielleicht nie tragen würde.

Der Metallhandwerker grinste erfreut und nannte seinen Preis. Eine Weile feilschten beide Männer nach allen Regeln der Kunst, bis sie sich zur gegenseitigen Zufriedenheit geeinigt hatten.

Wellink wanderte weiter und entdeckte schließlich den Mann, von dem Mohammed gesprochen hatte. Er saß in einer ruhigen Ecke des Hofes und schnitzte an einer Barke, die den leichten, sichelförmigen Schiffen der alten Ägypter auf verblüffende Weise glich. Sogar die winzigen Ruder und die Widderköpfe an Bug und Heck waren sehr gut gelungen. Als der Handwerker den Besucher bemerkte, blickte er auf und als er sah, dass es sich um einen Europäer handelte, wurden seine Augen weit.

»As-salamu alaikum«, grüßte Wellink. »Bist du Jussuf?«

»Wa-alaikum us-salam, Frangi.« Der junge Mann, dessen Gesicht ein dichter schwarzer Bart zierte, nickte und legte sein Messer beiseite.

»Eine sehr schöne Arbeit, die nur ein wahrer Künstler vollbringen kann«, lobte Wellink und nahm vorsichtig eines der filigranen Ruder in die Hand.

»Shukran, Frangi.« Jussuf neigte leicht den Kopf.

»Ich wäre auch an so einer Barke interessiert«, fuhr Wellink fort und legte das Ruder wieder hin. »Allerdings reise ich schon in ein paar Tagen ab und du müsstest mir die Ware nachschicken. Wäre das möglich?«

Da Ernest schon wieder auf dem Rückweg nach Kairo, vielleicht sogar schon dort angekommen war, würde Larissa vermutlich so rasch wie möglich abreisen wollen. Dann war es Wellinks Aufgabe, sie und Semiramis sicher zurück durch die Wüste zu begleiten.

»Wir können besprechen bei einem Becher Tee, was du brauchen«, stimmte Jussuf zu. Er wandte sich um und nahm zwei Becher und eine Keramikkanne, die auf einem heißen Stein in einem Holzkohlebecken stand.

»Du willst Barke wie von Orakel in Aghurmi?«, fragte Jussuf, während er Tee in die Becher goss. »Ich kann dir machen.«

»Genau so eine meine ich!«, rief Wellink. »Handelt ihr hier nur mit Nachbildungen oder verkauft ihr auch echte Antiquitäten aus der Zeit der alten Ägypter?«

»Hier wir machen alles selber. Ich dir mache sehr gute Barke«, erwiderte Jussuf mit dem Stolz des Kunsthandwerkers. »Jeder wird denken, ist original aus Tempel.«

Wellink musterte ihn neugierig. »Was weißt du vom Schatz der Priester des Amun?«

»Viel.« Jussuf beschäftigte sich mit seiner Teekanne. »Ich wissen, wo Schatz.«

»Tatsächlich?« Wellink spitzte die Ohren.

»Ja. Liegt in See hier in Siwa, so tief, dass kein Mensch ihn kann heben. Aber wenn du stehen in Vollmondnacht an See, du sehen das Gold, wie leuchtet tief im Wasser.«

»Weißt du auch, in welchem See der Schatz leuchtet?«

Jussuf blickte auf und in seinen Augen glitzerte der Schalk. »Wie ich soll wissen? Siwa Oase von tausend Quellen.«

»Die Geschichte ist also ein Märchen«, murmelte Wellink enttäuscht. »Es wäre ja auch zu schön gewesen, um wahr zu sein. Lass uns über den Preis für die Barke sprechen.«

»Mit mir du kannst sprechen, alles, was du willst haben«, erwiderte Jussuf. »Preis für kleine Sachen wir bestimmen selber, aber Preis für Ware so groß wie Barke, du reden mit Scheich Ali Suleiman.«

»Mit dem Scheich?«, wunderte sich Wellink.

»Ja«, nickte Jussuf. »Er für uns Handel treiben. Wir für ihn arbeiten.« Er machte eine Handbewegung, die den ganzen Hof umfasste.

In Gedanken versunken ging Wellink eine Stunde später zurück zum Haus des Distriktkommissars. Jussuf hatte Zeichnungen von Barken angefertigt, die genauso aussahen, wie er sie sich vorstellte. Außerdem wusste der Siwaner gut Bescheid über altägyptische Arbeitstechniken.

»Max, endlich! Ich warte seit Stunden auf dich!« Larissa sprang vom Rand des Wasserbeckens auf und rannte Wellink entgegen. »Ich weiß jetzt ganz sicher, dass der Scheich uns belogen hat. Ernest ist noch in Siwa. Und das ist der Beweis!« Sie streckte ihm das Fernglas entgegen.

»Sie wünschen mich zu sprechen, Frangi?«, erkundigte Scheich Ali Suleiman sich höflich, als er auf den Innenhof seines Hauses trat.

»Ich danke Ihnen, dass Sie gekommen sind, Scheich«, erwiderte Wellink ebenso respektvoll und erhob sich von seinem Stuhl unter dem Sonnendach.

Larissa und Semiramis saßen nebeneinander auf der Einfassung des Wasserbeckens und blickten dem Scheich entgegen. Larissas Miene war angespannt.

Wellink hielt Ernests Fernglas in die Höhe. »Dieses Fernglas gehört Ihrem englischen Gast, Mr Wood. Seine Frau glaubt, dass er niemals ohne dieses Fernglas abreisen würde.«

Die Miene des Scheichs versteinerte. »Sie wagen es, mich in meinem eigenen Haus einen Lügner zu nennen?«

Wellink hob beschwichtigend die Hände. »Ganz gewiss nicht, Scheich. Ich habe mich falsch ausgedrückt und muss mich dafür entschuldigen. Es ist vielmehr so, dass el Saida Wood krank vor Sorge um ihren Mann ist. Seit sie das Fernglas gefunden hat, macht sie sich noch größere Sorgen.«

Der Mund des Scheichs war nur noch ein schmaler Strich. »Mein Sohn hat mir schon berichtet, dass die Frangi ihm das Fernglas entwendet hat«, zischte er leise.

In der Gesprächspause, die nun entstand, hörte man nur Semiramis' leise geflüsterte Übersetzung. Larissa lauschte mit entgeisterter Miene: »Das ist nicht wahr!«, fuhr sie auf. »Der Junge hat das Fernglas fallen gelassen, als er weggelaufen ist. Sag dem Scheich das, Max!«

Die schwarzen Augen Ali Suleimans flackerten durch die Brillengläser in Larissas Richtung. »Ich spüre Feindschaft«, sagte er zu Wellink. »Ich schlage vor, dass wir uns an einem ruhigen Ort unterhalten, wo wir ungestört sind.« Er machte Miene zu gehen.

»Ich bitte Sie auch dafür um Entschuldigung, Scheich«, rief Wellink eilig. »Es liegt uns fern, Ihre Gastfreundschaft mit

Füßen zu treten. Aber Mrs Wood ängstigt sich um das Wohl ihres Gatten. Sie ängstigt sich so sehr, dass sie ihm durch die ganze Libysche Wüste nachgereist ist. Wir bitten Sie, uns zu helfen, wenn Sie können.«

Der Scheich zögerte, doch dann antwortete er: »Der Inglesi hatte kein Geld, um seine Rückreise anzutreten. Ich habe ihm das Glas abgekauft, damit er den Karwan-Baschi bezahlen kann. Ich habe ihm fünfzehn ägyptische Pfund bezahlt, das ist mehr als der tatsächliche Wert.«

»Es ist weniger«, murmelte Larissa, als Semiramis übersetzt hatte. »Dieses Fernglas ist das Dreifache wert.«

Wieder flackerte der Blick Ali Suleimans in ihre Richtung. »Nach den heiligen Gesetzen meines Glaubens habe ich ein gutes Werk an dem Inglesi getan, als ich ihm geholfen habe«, sagte er mit fester Stimme.

Semiramis übersetzte, Wellink drehte sich zu Larissa. »Das klingt durchaus plausibel.«

»Ich weiß nicht.« Sie rieb sich die Stirn. »Ich will glauben, dass es so gewesen ist, aber mein Herz sagt mir etwas anderes. Ich kenne Ernest, ich weiß, dass er das Fernglas nicht verkauft hätte.«

»Bist du da sicher?«, wandte Wellink vorsichtig ein. »Du hast mir selbst gesagt, dass du ihn nicht mehr wiedererkennst, seit ihm das Grab Alexanders des Großen im Kopf herumspukt.« Er legte Larissa behutsam eine Hand auf die Schulter. »Er brauchte Geld, und wenn die Wüste zwischen dir und deinem Ziel liegt, bestimmst nicht du den Preis.«

»Du hast recht«, räumte Larissa zögernd ein. »Es könnte tatsächlich sein, dass er nicht genügend Bargeld hatte. Unsere Reisekasse ist nicht allzu üppig.« Sie atmete tief durch. »Ich habe auch keine bessere Erklärung. Gib dem Scheich das Fernglas zurück. Es gehört jetzt ihm.«

Wellink nickte. Dann reichte er Ali Suleiman das Fernglas mit ein paar erklärenden Worten.

»Ma a salama, Frangi«, erwiderte der. »Genießen Sie weiterhin meine Gastfreundschaft.« Er nickte Wellink kurz zu und machte auf dem Absatz kehrt.

13

Tempel

Die ältesten Tempel in Ägypten sind im dritten Jahrtausend v. Chr. belegt. Sie waren nicht mehr als Lehmziegelgebäude mit einem kleinen Schrein in der Mitte. Der wichtigste Teil eines Tempels war das Allerheiligste. Dies war auch der dunkelste Teil. Kein einziger Sonnenstrahl war hier zu sehen. In den Nebenräumen bewahrte man verschiedene Kultgegenstände, goldene Schätze, Salben, Öle und Gewänder auf. Im Hauptraum befand sich der Naos, in dem die Statue des Gottes eingeschlossen wurde.

Als habe sie auf Wellink gewartet, saß die schwarze Taube mitten auf der Straße, die von der Stadt Siwa zum Rastplatz der Karawanen im Norden der Oase führte. Erst kurz bevor die galoppierenden Hufe seines Pferdes den kleinen Vogelkörper zertreten hätten, flatterte sie auf, drehte eine Schleife über dem Reiter und flog dann pfeilschnell davon.

Wellink zügelte sein Tier und blickte der Taube nach, bis sie nur noch ein winziger schwarzer Punkt vor dem feurig glühenden östlichen Himmel war. Die Sonnenkugel stieg aus den Palmenwäldern empor und kletterte über den Rand eines wuchtigen Kalksteinplateaus, das sich inmitten der Baumkronen erhob. Wellink drückte seinen Hut tiefer in die Stirn und blickte versonnen auf den kantigen Felsenhügel und die Trümmer des uralten Orakeltempels darauf, die sich schwarz im Gegenlicht abzeichneten.

Die Erzählung Herodots kam ihm in den Sinn: Einst flogen zwei schwarze Tauben von Theben in die Welt. Die eine flog nach Dodona in Griechenland, die andere nach Siwa in der Libyschen Wüste, und an beiden Orten wurde ein Orakel gegründet.

Sein Pferd schnaubte unwillig und stampfte mit dem Vorderhuf. Der schwarze Araberhengst war klein und feurig und er wollte laufen.

Gestern am späten Abend war Wellink beim Scheich gewesen. Er hatte ihn informiert, dass er sich am Morgen zum Karawanenrastplatz aufmachen würde, um für sich und die beiden Frauen Plätze in einer der nächsten Karawanen zu buchen. Darauf hatte der Scheich sehr erfreut reagiert und ihm den Hengst geradezu aufgedrängt.

»Ich würde Sie gerne begleiten, Effendi, aber morgen tagt der Maglis und ich bin unabkömmlich«, hatte Ali Suleiman mit einer Miene tiefen Bedauerns gesagt. »Doch mein Hengst ist schneller als der Samum. Sie werden zum Nachmittagsgebet wieder zurück sein. Dann wird mein Diener Ihnen beim Packen helfen.«

Wellink hatte das Angebot dankbar angenommen. Es blieb ihm auch nichts anderes übrig, denn andernfalls hätte er den Scheich schwer beleidigt. Trotzdem hatte er den Eindruck, dass Ali Suleiman es kaum erwarten konnte, seine Gäste aus Kairo möglichst rasch loszuwerden.

»Wahrscheinlich werde ich nie wieder nach Siwa kommen, um den Ort mit eigenen Augen zu sehen, wo dem größten Feldherrn der Antike die Weltherrschaft prophezeit wurde«, dachte Wellink und blickte auf den Tempelberg, der nun in gleißendes goldenes Licht getaucht war. Kurz entschlossen wendete er den Rapphengst, drückte ihm die Fersen in die Flanken und sprengte in östliche Richtung davon.

Nach kurzer Zeit hatte er den Tempelberg erreicht. Mit circa fünfundzwanzig Metern war der Kalksteinblock nicht besonders hoch. Nachdem er ihn auf der Suche nach einem Weg, der auf das Plateau führte, umrundet hatte, schätzte er, dass der Berg in Nord-Süd-Richtung knapp einhundert Meter maß und in Ost-West-Richtung etwas mehr.

Am Fuß des Berges befand sich das Dorf Aghurmi. Es war von einer wuchtigen Ringmauer umgeben. Die aus Karsif gebauten mehrstöckigen Wohntürme wirkten, als würden sie aus dem Fels wachsen und kletterten bis fast zu den Ruinen der alten Tempelanlage empor. Das Minarett der Moschee ragte am höchsten und erinnerte Wellink an den Wachturm einer mittelalterlichen Burg. Offensichtlich hatten die Bewohner von Aghurmi sich gut gegen die Überfälle der Wüstenbeduinen zu verteidigen gewusst, die die Oase bis zur Ankunft der Engländer in Ägypten immer wieder heimgesucht hatten.

Das Dorf war bereits zum Leben erwacht. Bauern mit Arbeitsgeräten auf dem Rücken machten sich auf den Weg zu ihren Feldern und Gärten. Andere beluden Eselskarren mit Körben voller Gemüse und Käfigen, in denen sich gackernde Hühner befanden, um damit zum Markt nach Siwa zu fahren. Etliche Männer erkannten das Pferd des Scheichs und musterten Wellink erstaunt, doch die meisten nahmen von dem frühen Besucher keine Notiz.

Im Süden des Berges war das Plateau abschüssig. Dort fand Wellink einen Pfad, der nach oben führte. Er stieg vom Pferd, schlang die Zügel um einen Felsblock und machte sich an den Aufstieg.

Als er das Plateau erreichte, blieb er stehen, atmete die noch angenehm frische Luft tief ein und sah sich um. Verglichen mit den großartigen Anlagen von Karnak oder Luxor war dieser Tempel klein. Er schätzte, dass das gesamte Areal nicht mehr als fünfzehn Meter in der Breite und gut fünfzig Meter in der Länge umfasste. Der eigentliche Tempel maß sogar nur die halbe Länge. Trotzdem hatte sich hier eines der wichtigsten

Heiligtümer Ägyptens befunden, von dem nach einem Erdbeben zu Beginn des Jahrhunderts jedoch nur noch Trümmer geblieben waren. Auf dem felsigen Untergrund lagen umgestürzte Pfeiler neben den geborstenen Bruchstücken steinerner Portale. Mauerreste zeigten an, wo sich einmal der Vorhof des Tempels und die Nebengebäude befunden hatten. Eidechsen sonnten sich auf den Steinen und eine Maus verschwand blitzschnell in einem Spalt, als sie den herannahenden Fremden bemerkte.

Langsam ging Wellink weiter. Es war menschenleer und still. Westlich und östlich des Tempels gab es noch ein paar Grundmauern. Hier hatten einmal der Palast des Oasenkönigs, die Priesterunterkünfte und der Harem, in dem auch die Königin wohnte, gestanden.

Er steuerte auf einen Durchgang am Ende des Vorhofes zu und durchschritt zwei kleine Hallen. Das Portal und die Wände aus weißem Kalkstein waren noch recht gut erhalten, aber schmucklos und nackt. In Lücken zwischen den Mauersteinen nisteten Tauben. An der Stirnseite der zweiten Halle befanden sich drei Durchgänge. Rechts sah er in eine Kammer, in der, so vermutete er, Kultgegenstände aufbewahrt worden waren, links ging es einen schmalen Korridor hinunter. In alter Zeit hatte dort einmal eine Treppe in einen Raum direkt über dem Altarbereich geführt. Dort hatten die Priester den Fragen an das Orakel gelauscht und ihre Antworten ersonnen. Das mittlere Portal führte ins Allerheiligste.

Wellink spürte, wie sein Herz schneller schlug, als er das Haus des verborgenen Gottes betrat, wie Amun auch genannt wurde. Genau hier hatte vor mehr als zweitausend Jahren Alexander gestanden.

Nachdem er in Heliopolis dem Sonnengott Re und in Memphis dem Weltenschöpfer Ptah geopfert hatte, war er unter Gefahren und Entbehrungen mit seinem Heer durch die Wüste gezogen, um dem Orakel von Siwa jene beiden Fragen zu stellen, von deren Beantwortung die Rechtmäßigkeit seiner Herrschaft über Ägypten abhing.

Wellink betrachtete die Kartuschen, die in die Seitenwände graviert waren, und versuchte, die uralten Zeichen darin zu entziffern. In den ovalen Umrahmungen standen immer Königsnamen. Doch diese waren schlecht erhalten. Er konnte nur Bruchstücke lesen und fand weder Hinweise auf den ägyptischen Namen Alexanders noch auf seine Titel als Beschützer Ägyptens und Auserwählter Amuns.

Außer den Kartuschen befanden sich Reliefs an den Wänden, die zwei der Wüstenkönige zeigten, wie sie verschiedenen Göttern Opfer darbrachten. Der Altarstein in der Mitte der Halle, auf dem in alten Zeiten die heilige Barke gestanden hatte, war verschwunden. Auch der Naos, die Nische, in der die Priester den Schrein mit der Statue des Amun aufbewahrten, war leer.

Wellink trat näher und legte tastend eine Hand auf das Gemäuer, so als könne er in dem kühlen glatten Stein noch die Gegenwart des Gottes erspüren.

Wind wehte durch die Halle und legte sich wie eine leichte Hand auf seinen Nacken. Trotz der Sonne, die warm auf ihn herunterschien, bekam er eine Gänsehaut. Er glaubte, hinter sich Schritte zu hören, und drehte sich um.

Ein Mann stand unter dem Torbogen, der in das Allerheiligste führte, und blickte auf den Naos. Sein Bronzehelm mit dem eingravierten Löwenhaupt leuchtete. Der rot gefärbte Rosshaarbusch wies ihn als Mitglied der makedonischen Königsfamilie aus. Er trug eine kurze weiße Leinentunika unter einem metallenen Brustharnisch. Seine Arme und Schenkel waren sehnig und muskulös. Um die Hüften hatte er einen Gürtel geschlungen, an dessen rechter Seite eine edelsteinbesetzte Scheide hing, aus der der Griff eines Schwertes ragte.

Ohne den Blick von der Nische zu wenden, löste der Fremde den Schwertgürtel und legte ihn auf den Boden. Dann zog er den Helm vom Kopf und platzierte ihn neben dem Schwert. Sein junges Gesicht trug einen feierlichen Ausdruck und war von verschwitztem dunklem Haar umrahmt. Die goldbraun gesprenkelten Augen funkelten.

Dünne Rauchsäulen schlängelten sich aus der Alabasterschale vor der Nische empor und umhüllten den Gott, der den Besucher reglos erwartete. Fackeln brannten rechts und links des Schreins und warfen ihr flackerndes Licht auf seinen funkelnden Bronzeleib. Die kühlen grünen Smaragdaugen musterten den Fremden ohne jede Empfindung.

Gemessenen Schrittes trat der Fremde näher. Er ging am Altar und der heiligen Barke aus vergoldetem Zedernholz vorbei und blieb vor dem Gott stehen. Demütig neigte er sein Haupt, wie in ein stummes Gebet versunken. Als er den Kopf hob, um zu sprechen, war seine Stimme voller Ehrfurcht: »Erhabener Amun, König der Götter, ich bin vom fernen Makedonien nach Ägypten gezogen und habe die Libysche Wüste durchquert, um mich deinem Urteil zu unterwerfen. Ich bitte dich, erhöre deinen ergebenen Diener Alexander, erhöre meine Fragen.« Er ballte seine Rechte zur Faust und legte sie auf sein Herz. »O Amun, sage mir, bin ich dein Sohn? Und sage mir, o Amun, hast du mich nach deinem Willen zum Herrscher der Welt bestimmt?«

Als Alexander das Allerheiligste verließ und wieder auf den Vorhof des Tempels trat, stand die Sonne auf ihrem höchsten Punkt. Die Soldaten seiner Leibgarde erwarteten ihn mit angespannten Mienen. In die Stirn von Madu, ihrem ägyptischen Hauptmann und seinem engen Freund, hatten sich tiefe Falten gegraben.

Ein Lächeln zuckte in den Mundwinkeln des jungen Makedoniers. »Warum schaut ihr alle, als würde euch Hades persönlich erscheinen, um euch in die Unterwelt zu verbannen?«

Er begann zu laufen und schwenkte den rechten Arm, damit seine Soldaten die Papyrusrolle, die er in der Faust hielt, sehen konnten.

»Meine getreuen Gefährten, ihr habt mit mir am Granikos, in Lydien und Ephesos gegen die Perser gekämpft! In Issos musste Daraios vor eurer Kampfeswut weichen! Und in Ägypten hast du, Madu, Sohn des Niltals, uns sicher durch die Wüste geführt. Ihr alle sollt als Erste den Spruch des Orakels hören. Komm zu mir, mein treuer Madu.« Er winkte dem Hauptmann, der sich ehrfürchtig näherte, und entrollte den Papyrus vor ihm. »Lies vor, was hier steht. Lies laut und klar, auf dass die Welt dich hört!«

Der Hauptmann beugte sich vor. »Sei gegrüßt, Sohn«, las er, »und nimm diese Anrede auch als vom Gotte stammend ...«

Der Rest ging in den lauten Jubelrufen der Soldaten unter. »Es lebe Alexander, der Erwählte Amuns! Es lebe der Pharao, der Beschützer Ägyptens!«, riefen sie und folgten dem Beispiel Madus, der als Erster vor dem jungen Makedonier das Knie beugte und ihm sein Schwert zu Füßen legte.

Den Jubel hörten auch die Bewohner von Siwa, die seit Stunden am Fuße des Tempelbergs ausgeharrt hatten. Jetzt brachen auch sie in laute Freudenrufe aus.

»Sie warten auf dich, mein König«, sagte Madu. »Du musst dich ihnen zeigen.«

Alexander lachte aus vollem Hals. Er zog seinen Hauptmann hoch und umarmte ihn. »Erst will ich meinem Vater Amun huldigen. Dann feiern wir mit dem Volk und der Wein möge in Strömen fließen!«

Der prunkvolle Zug bewegte sich den Prozessionsweg entlang, der den Tempel des Amun in Aghurmi mit seinem kleineren Heiligtum in Umm Ubeida verband. An der Spitze schritt der Oasenkönig im weißen Festgewand des Hem-netjer-tepi, des

Hohepriesters. Er trug das Leopardenfell über der Schulter und den Amtsstab in der rechten Faust.

Hinter ihm folgten Standartenträger und danach sechs Priester, die auf Stangen die heilige Barke trugen. Aufgeregte Rufe wurden am Wegesrand laut, als das Schiff des Gottes passierte. Menschen lösten sich aus der Menge, streuten Blumen auf den Weg und richteten Fragen an das Orakel. Neigte sich der Bug, lautete die Antwort Ja, wichen die Träger mit der Barke zurück, hieß das Nein.

Hinter der heiligen Barke folgten weitere Priester, die den verschlossenen Schrein mit dem Standbild des Amun trugen – denn gewöhnlichen Sterblichen blieb der Anblick des verborgenen Gottes verwehrt.

Ein Sklave führte einen mit Blumen geschmückten Stier, die Opfergabe des jungen Herrschers an Amun. Musikantinnen, die auf Flöten und Lauten spielten und das Tamburin schlugen, begleiteten den Zug. Ebenso Tänzerinnen in langen Röcken und mit entblößten Brüsten, die sich zum Klang ihrer Rasseln, Schellen und Kastagnetten wie in Trance wiegten und hymnische Gesänge anstimmten: »Du bist schön, Amun, du bist schön, Ältester des Himmels und der Erde, der aus der Luft entstand.«

Nun folgte Alexander. Jung und strahlend sah er aus. Er trug die Henu-Krone, zwei Straußenfedern hinter einer goldenen Sonnenscheibe mit dem Widdergehörn. Als die Menschen dieses Herrschaftszeichen der ägyptischen Könige erblickten, wurden sie von Freude überwältigt. Sie knieten nieder und jubelten dem fleischgewordenen Sohn des Gottes zu: »Pharao! Neb-taui! Herr von Ober- und Unterägypten!«

Am Schluss des Zuges schließlich ging die Gemahlin des Oasenkönigs mit ihren Priesterinnen. Sie trugen Körbe voller Obst, Fleisch und Brot und Tonkrüge mit Bier und Milch als Opfergaben für den Gott. Weihrauch und Myrrhe stiegen in dichten Schwaden aus ihren Räuchergefäßen gen Himmel und verschluckten den königlichen Festzug. Irgendwo in seiner Nähe hörte Wellink den Flügelschlag eines Vogels. Als der Rauch sich verzogen hatte, fand er sich in den verfallenen Ruinen des Tempels von Aghurmi wieder. Vor ihm, in der Nische des Naos, saß eine kleine schwarze Taube und beobachtete ihn aus blanken Augen.

Als Wellink das Heiligtum verließ, brannte die Sonne heiß auf den Vorhof. Seine Augen suchten den Tempel von Umm Ubeida, der kaum einen halben Kilometer entfernt am entgegengesetzten Ende der alten Prozessionsstraße lag. Er war kleiner als der Tempel von Aghurmi. Hohe Palmen warfen gezackte Schatten auf das verfallene Gemäuer, dem man seine einstige Bedeutung nicht mehr ansah. Ein Stück dahinter glitzerte ein rundes, von Kalksteinen eingefasstes Wasserbecken, die Sonnenquelle. Wäre die Einfassung nicht gewesen, hätte es ausgesehen, als flösse ihr Wasser direkt aus einem kleinen Kalksteinberg, der sich in unmittelbarer Nähe befand.

Die Luft flirrte und tanzte vor Wellinks Augen. Er verspürte nicht die geringste Lust, zum Karawanenrastplatz zu reiten. Die Magie dessen, was er im Allerheiligsten erlebt hatte, beschäftigte ihn und hielt ihn an diesem Ort fest. Besonders der Hauptmann Alexanders wollte ihm nicht aus dem Sinn. Er hatte das Gefühl, diesem Mann schon an anderer Stelle begegnet zu sein, doch so sehr er sich auch bemühte, ihm wollte nicht einfallen, wo.

Kaum eine Viertelstunde später saß Wellink auf der steinernen Einfassung der Sonnenquelle im Schatten des Tafelberges und betrachtete das Spiel von Hell und Dunkel auf dem funkelnden Wasser. Der antike Schriftsteller Diodor hatte behauptet, die Quelle würde nachts kochen und tagsüber eiskalt sein. Aber nachdem Wellink Stiefel und Strümpfe ausgezogen, seine

Hosen hochgekrempelt und die Beine ins Nass getaucht hatte, fand er das Wasser angenehm erfrischend.

Ein paar braun gebrannte Kinder beäugten den Fremden neugierig. Die Größten wagten sich bis an sein Pferd, das er unter einer verkrüppelten Palme angebunden hatte, und streichelten das schöne Tier mit schüchterner Bewunderung.

Wellink hatte endgültig beschlossen, heute nicht mehr zum Karawanenrastplatz zu reiten. »Auf einen Tag mehr oder weniger kommt es nicht an«, murmelte er. Fast im selben Moment dachte er, dass ein Tag mehr in Siwa auch einen Tag mehr mit Larissa bedeutete.

Er seufzte lautlos und tastete in seiner Jackentasche nach seiner kleinen Tonpfeife und dem Taschentuch, in dem er noch etwas Haschisch und einen Rest Tabak aufbewahrte. Während er seine Pfeife stopfte und in seiner Jacke nach Zündhölzern suchte, wurde ihm bewusst, dass er sehr oft an Larissa dachte. Seit sie in der Nacht des Samums miteinander geschlafen hatten, beschäftigte sie seine Gedanken nahezu ununterbrochen.

Er zündete seine Pfeife an und nahm einen tiefen Zug. Er hatte schon mit vielen Frauen geschlafen und es war oft ekstatisch, berauschend und leidenschaftlich gewesen. All das hatte er mit Larissa auch erlebt und doch war es mit ihr ganz anders gewesen.

»Bei ihr«, dachte er und blickte dem Rauch nach, der ihm aus Nase und Mund entströmte, »bei ihr war mein Herz dabei. Ich habe mich mit Haut und Haaren in diese Frau verliebt.«

Die Erkenntnis gefiel ihm nicht wirklich. Sie war die einzige Frau, für die er sein Forscher- und Vagabundenleben aufgeben würde. Sie war auch die einzige Frau, der er zutraute, dieses Leben mit ihm zu teilen. Aber sie gehörte einem anderen Mann – und diese Tatsache schmeckte besonders bitter.

Ägypten, die Wüste, der Tempelberg, Larissa, all das verdrehte ihm den Kopf und brachte sein Leben in Unordnung.

»Ich sollte dieses Liebesgekasper sein lassen«, dachte er wider besseres Wissen. »Spätestens in Kairo kann ich mir ohnehin ansehen, wie sie ihrem Mann wieder in die Arme fällt.«

Aber in jener Nacht in der Wüste hatte er deutlich gemerkt, dass er ihr nicht gleichgültig war. Und wenn dieser Narr Wood seine Frau allein ließ, um der zweifelhaften Aussicht auf Ruhm und Unsterblichkeit hinterherzurennen, musste er sich nicht wundern, wenn ein anderer kam und versuchte, sie für sich zu gewinnen.

Wellink klopfte die erkaltete Pfeife auf der steinernen Einfriedung der Sonnenquelle aus und schob sie in die Innentasche seiner Jacke. Dabei streiften seine Finger das Armband, das er Larissa schenken wollte. Er zog es hervor und betrachtete die winzigen Perlen aus Amethysten und Türkisen.

»Ich wünsche mir so sehr, dass ihr mein Geschenk gefällt«, dachte er und drehte das Schmuckstück ein bisschen, um das Spiel der Sonne auf den Perlen zu bewundern. Dabei rutschte ihm das Armband aus den Fingerspitzen und fiel mit einem leisen »Blubb« in die Sonnenquelle. Ein paar Sekunden sah er es im blaugrünen Wasser trudeln, dann versank es.

»Was bin ich doch für ein Esel!«, fluchte er wütend.

Die Kinder, die das Missgeschick beobachtet hatten, lachten johlend.

Wellink beugte sich vor und spähte ins Wasser. Er konnte nicht bis zum Grund sehen. Dennoch wollte er nichts unversucht lassen, das Armband zu finden. Er schlüpfte aus Hemd, Weste und Jacke, nahm den Hut ab und legte alles auf den Boden vor dem Beckenrand. Dann nahm er seinen Pistolengurt ab, entfernte die Kugeln und steckte sie in eine Hosentasche. Die Waffe selbst versteckte er unter einem großen Stein, von dem er hoffte, dass er für die Kinder zu schwer war, um ihn wegzurollen. Schließlich füllte er seine Lungen mit einem tiefen Atemzug und sprang unter den anfeuernden Rufen der Kinder ins Wasser.

Mit geöffneten Augen tauchte er senkrecht hinab. Dabei hielt er sich dicht am Rand des Beckens, wo das Armband versunken war. Das Licht nahm rasch ab und das Wasser war von Algen trüb. Mit einer Hand tastete er sich an der unebenen, aus dem Kalkstein des kleinen Berges gehauenen Beckenwand abwärts. Plötzlich griff seine Hand ins Leere. Verblüfft drehte er den Kopf und bemerkte ein Loch in der Felswand. Es war vielleicht eine Elle hoch und eine halbe Elle breit. Er bemerkte, dass sich hier statt des nackten rohen Felsens von Menschenhand aufeinandergeschichtete, längliche Kalksteinplatten befanden. Er konnte sich die Existenz dieses zugemauerten Loches unter der Wasseroberfläche nicht recht erklären. Vielleicht war der Quelltopf zu der Zeit, als das Loch geschlossen worden war, kleiner gewesen und das Loch hatte nicht unter dem Wasserspiegel gelegen. Später hatte der Quelltopf sich vergrößert, möglicherweise durch ein Erdbeben, der Wasserspiegel war gestiegen und hatte das Tor in den Berg überflutet.

Wellink sah, dass etliche der Platten aus dem Loch gefallen waren. Entweder war das durch den Druck des Wassers geschehen oder der Lehmputz zwischen den Platten hatte sich mit der Zeit im Wasser aufgelöst. Weitere Platten waren verrutscht und tatsächlich – an einem dieser Vorsprünge hing das Armband! Überglücklich griff Wellink danach und tauchte wieder nach oben. Nach Luft ringend stemmte er sich auf die steinerne Einfassung. Während er das Armband mit seinem Hemd trocknete, blickte er nachdenklich in die Sonnenquelle. Von oben konnte man den seltsamen Durchbruch in der Felswand nicht erkennen. Einerseits blendete das Sonnenlicht, andererseits behinderten Algen die klare Sicht. Aber wer hatte hier ein Loch in den Kalkstein geschlagen? Und warum? Er wandte sich in Richtung des Tempelberges von Aghurmi. Wood hatte Larissa geschrieben, dass der Schatz der Priester des Amun in einem See liegen sollte. Auch Jussuf hatte von einem See gesprochen. Von einem sehr tiefen See allerdings. Es mochte sich bei den Berichten um eine alte Legende handeln, aber vielleicht steckte ein Körnchen Wahrheit darin. War es möglich, dass der Schatz der Priester des Amun noch existierte? Dass er nicht – wie so viele Schätze in den Gräbern und Tempeln der ägyptischen Pharaonen – geraubt, geplündert, zerstört oder eingeschmolzen worden war?

Möglicherweise hatten die Priester von Aghurmi ihren Schatz versteckt, weil sie erfahren hatten, wie skrupellos die Gräber und Heiligtümer im Niltal ausgeraubt wurden. Sie hatten einen Ort bei der Sonnenquelle gewählt, die vielleicht einmal der heilige See des Amuntempels gewesen war. In den Legenden, die immer noch über den Schatz des Amun kursierten, war mit der Zeit aus einem kleinen Quelltopf ein geheimnisvoller tiefer See geworden.

Wellink schwirrte der Kopf. »Stopp!«, dachte er. »Du bist schon genau wie Wood und lässt dich von fantastischen Märchen und geheimen Sehnsüchten verführen. Bist jetzt hast du lediglich ein Loch gefunden.«

Wasser tropfte aus seinem Haar auf seine Schultern und er strich sich nachdenklich mit den Fingern durch die nassen Strähnen. Er beschloss zuerst zu prüfen, was sich hinter dem Loch befand.

Wellink verstaute das Armband sicher in der Gesäßtasche seiner Hose und blickte sich prüfend nach allen Seiten um. Erleichtert bemerkte er, dass die Kinder verschwunden waren und das Pferd des Scheichs ruhig dösend unter dem Palmbusch stand. Auch seine Waffe lag samt Gurt noch unter dem Stein. Dann holte er tief Atem und tauchte wieder in die Quelle hinab. Er fand das Loch problemlos und begann nach losen Kalksteinplatten zu suchen. Wenn er eine gefunden hatte, schob er sie nach hinten. Sie sollten nicht auf den Grund der Quelle sinken, falls er das Loch wieder verschließen wollte. Als die Lücke gerade groß genug war, um sich hindurchzuzwängen, musste er eilig wieder an die Oberfläche, um Luft zu holen. Dann tauchte er erneut in die Quelle und schwamm mit klopfendem Herzen durch das Loch. Im letzten Licht, das durch das Wasser drang, erkannte er einen niedrigen Gang. Wellink war ein groß gewachsener Mann und spürte die Decke über sich, obwohl seine Füße den Boden berührten. Um die Seitenwände zu erreichen, brauchte er die Arme nicht einmal ganz auszustrecken. Der Kalkstein fühlte sich glatt und gleichmäßig an, wie von Menschenhand bearbeitet. Der Boden unter seinen Füßen führte aufwärts. Wellink stieß sich kräftig ab und schwamm vorwärts. Die Luft wurde ihm langsam knapp, aber die Neugier war stärker. Als er sich das nächste Mal abstieß, erreichten seine Füße den Boden schon viel früher. Der Gang führte also weiter aufwärts, aber das Wasser füllte ihn immer noch bis zur Decke. Der Druck in Wellinks Lungen nahm zu, er wusste, dass er umkehren musste. Da spürte er, wie ein Luftzug über seinen Hinterkopf strich. Er setzte beide Füße auf den Boden, richtete sich auf und sein Kopf tauchte aus dem Wasser. Rings um ihn war es stockfinster. Sein keuchender Atem und das sanfte Schwappen des Wassers waren die einzigen Geräusche in der Stille. Er schätzte, dass er weniger als zehn Meter in den Gang getaucht war und tastete nach den Seitenwänden, seinen einzigen Wegweisern in der undurchdringlichen Schwärze. Einen Fuß vor den anderen setzend, hielt er Kontakt mit den Wänden und zählte seine Schritte. Nach fünf Schritten reichte ihm das Wasser nur noch bis zu den Hüften, nach weiteren fünf bis zu den Knien, dann schwappte das Wasser nur noch über seine Füße. Nach einem weiteren Schritt waren die seitlichen Begrenzungen des Ganges verschwunden.

Wellink ging rückwärts, bis er die Seitenwände wieder fühlen konnte, und tastete sich dann an der rechten vorwärts. Nach einer Armlänge machte die Wand einen scharfen Knick nach rechts. Er tastete sich wieder zurück, wiederholte den Vorgang auf der anderen Seite und stellte fest, dass die Seitenwand hier ebenfalls nach einer Armlänge scharf abbog, jedoch nach links. Er stand ganz still, die glatte Kalksteinwand in seinem Rücken, und starrte in die undurchdringliche Finsternis. Dann holte er tief Luft und sagte laut: »Hallo!«

Als er den Nachhall seiner Stimme hörte, schlug ihm das Herz bis zum Hals. Kein Zweifel, er befand sich am Eingang eines unterirdischen Raumes. Doch wie groß war dieser Raum und war er leer oder befand sich darin etwas?

»Ich werde wiederkommen«, dachte er. »Und ich werde Licht mitbringen.«

14

Amun

Amun bezeichnete den Stadtgott im ägyptischen Theben und bedeutete ursprünglich »Herr des unsichtbaren, alles belebenden Lichthauchs«. Später wurde er mit Re, dem Sonnengott (Amun-Re), gleichgesetzt. Im Mittleren Reich stieg der Stadtgott zum Reichsgott und schließlich zum Götterkönig auf. Sichtbarer Ausdruck der Verehrung für Amun ist der riesige Tempel von Karnak.

»Bonk!« Der mit Palmblättern und Schnur stramm umwickelte Lumpenball flog an die Hausmauer und kullerte über den gestampften Boden. Der Sohn des Scheichs legte sich sein Spielzeug erneut zurecht, nahm Anlauf und trat den Ball schwungvoll an die Wand.

»Bravo!« Semiramis stand in der Tür, die vom Gästetrakt auf den Hof führte. Sie wollte ein wenig die Vormittagssonne genießen. Wellink war schon vor dem Frühstück zum Karawanenrastplatz aufgebrochen, um sich um die Rückreise zu kümmern, und Larissa hatte sich mit Kopfschmerzen in ihre Kammer verzogen.

Ein Strahlen huschte über das angestrengte Gesicht des Jungen. Er verstand zwar kein Arabisch, erkannte das Lob aber am Tonfall. Wieder lief er auf den Ball zu. Doch dieses Mal beförderte er ihn nicht an die Hauswand, sondern mit einer eleganten Drehung aus der Hüfte in Semiramis' Richtung.

Die junge Frau raffte ihre Röcke und schoss die Kugel zurück. Doch der ungleichmäßig ausgestopfte Ball kullerte zwischen die Tauben, die auf dem staubigen Boden nach Körnern gepickt hatten und jetzt erschrocken aufflatterten.

»Ahhh!« Der Sohn des Scheichs warf die Arme hoch.

»Ja ja, ich weiß, ich kann es nicht so gut«, lachte Semiramis.

Sie ging auf den Jungen zu, der ihr halb misstrauisch, halb neugierig entgegensah, legte eine Handfläche auf ihre Brust und sagte: »Semiramis.« Dann zeigte sie auf den Jungen: »Und wie heißt du?«

»Aladin.« Er grinste und kratzte verlegen an den Krusten, die sein kindlich rundes Gesicht entstellten.

»Nicht!« Die junge Nubierin schüttelte streng den Kopf. »Du bekommst Narben.«

Aber der Junge kratzte weiter. Der Juckreiz musste schlimm sein, denn er grub die Fingernägel in die entzündete und geschwollene Haut, bis sie blutete.

Semiramis überlegte, wie sie ihm helfen konnte. Plötzlich kam ihr eine Idee. »Ich glaube, ich habe etwas für dich. Lauf nicht weg, hörst du?« Sie unterstrich ihre Worte mit nachdrücklichen Gesten. Dann eilte sie ins Haus und kam ein paar Minuten später mit einer kleinen runden Blechdose zurück.

Der Junge saß unter dem Baldachin am Wasserbecken und bearbeitete seine Verletzungen mit allen zehn Fingern. Sein Gesicht wirkte angestrengt und verzweifelt.

Semiramis hielt ihm die Dose hin. »Schau, Aladin. Das ist eine Salbe, die dir hilft«, erklärte sie, obwohl sie wusste, dass er kein Wort verstand. »Mrs Wood hat sie zum Schutz gegen die Sonne gekauft. Sie muss also auch bei Verbrennungen wirksam sein.«

Sie schraubte den Deckel auf und begann, die gelbliche Creme behutsam auf die geschundene Haut des Jungen zu tupfen. »Was ist dir nur passiert?«, murmelte sie kopfschüttelnd.

Der Junge sagte etwas und lächelte vorsichtig.

»Es wird besser, nicht wahr?« Semiramis tippte an ihre eigene Wange.

Er nickte eifrig. Plötzlich stand er auf, packte Semiramis' Hand und zerrte sie zum Stall.

»Wo willst du denn hin?« Überrascht stolperte sie hinter ihm her.

Aladin rannte durch die offen stehende Stalltür, scheuchte ein paar Hühner auf, die im Staub auf der Gasse nach Körnern gepickt hatten, und jagte an den Verschlägen der Ziegen und Esel vorbei. Vor einem unbenutzten Pferdeständer am Ende der Gasse stoppte er.

Semiramis blickte neugierig in den Ständer. Der Boden war sauber gefegt, der aus Karsif gemauerte Futtertrog leer. Auf dem Boden standen eine Kiste und ein kleiner Koffer, halb verborgen unter einer Wolldecke. Ebenfalls unter der Decke lag etwas Rundes, das sie nicht erkennen konnte. Ratlos drehte sie sich zu dem Jungen. »Was willst du mir denn zeigen?«

Aladin blickte rasch zur Stalltür. Nachdem er sich vergewissert hatte, dass sie allein waren, zog er die Decke schwungvoll beiseite. Dabei kullerte das runde Ding vor Semiramis' Füße.

Ihre Augen weiteten sich. Vor ihr lag ein Tropenhelm, wie ihn fast alle Europäer in Ägypten zum Schutz gegen die Sonne trugen. Er war von einer dicken grauen Staubschicht überzogen. Sie hob ihn auf und klopfte den Staub mit einer Hand ab. Dabei fiel etwas aus dem Schweißband auf der Innenseite auf den Boden. Sie bückte sich danach und sah, dass es ein mehrfach zusammengelegtes Papier war. Als sie es entfaltete, erkannte sie den Anfang eines Briefes. Die Worte waren auf Englisch abgefasst, die erste Zeile lautete: »Meine geliebte Larissa«.

»Allah, steh mir bei!« Semiramis ließ die Hand mit dem Papierbogen sinken. Ihr Herz klopfte heftig. Sie warf einen Blick auf Aladin, der sie aufmerksam beobachtete. Offensichtlich versuchte er abzuschätzen, was die fremde Frau dachte. Mit zitternden Fingern drehte Semiramis den Helm um und untersuchte das Schweißband. Sie fand den Aufdruck des Herstellers. Daneben stand von Hand geschrieben, etwas verwischt, aber noch lesbar »Ernest Wood«.

Ein kalter Schauer lief der jungen Frau über den Rücken. Wenn der Tropenhelm Mr Wood gehörte und der Brief von seiner Hand geschrieben war, dann befanden sich in den Kisten bestimmt noch mehr Dinge, die ihm ebenfalls gehörten. Hastig faltete sie den Briefbogen zusammen und ließ ihn im Ausschnitt ihrer Tunika verschwinden. Dann schob sie Aladin beiseite, um Kiste und Koffer zu untersuchen. Doch der Junge drängte sich flink an ihr vorbei, klappte den Deckel der Kiste hoch und zog einen Gegenstand heraus.

Semiramis erkannte ihn sofort. Es war die Blitzlampe, die Mr Wood auch bei dem Gruppenfoto in Mrs Potters Pension benutzt hatte.

»Wo hast du die gefunden?«, stieß sie hervor, obwohl sie wusste, dass der Junge sie nicht verstand.

Aladin legte die Blitzlampe ein Stückchen von sich entfernt auf den Boden. Dann zeigte er auf die Decke des Stalles und zog mit dem Zeigefinger einer Hand einen unsichtbaren Strich durch die Luft. Er ging einen Schritt, tat so, als stolperte er und beschrieb mit der Rechten einen Bogen, sodass es aussah, als würde etwas von oben herunterfallen.

»Wumm!«, schrie er so plötzlich, dass Semiramis zusammenfuhr. Wieder zeigte er an die Stalldecke. »Krrrr, bumm!«

Er torkelte vorwärts und raufte sich mit den Fingern die Haare. Schließlich hielt er sich mit beiden Händen die Augen zu und ließ sich auf den Boden fallen.

Als er einige Sekunden später vorsichtig blinzelnd den Kopf hob, war Semiramis verschwunden.

Als Larissa Ernests staubigen Tropenhelm sah, seine Kamera samt Fotoausrüstung und den Koffer, in dem sich etwas Wäsche zum Wechseln und das Buch von Herodot befanden, bereute Semiramis fast, dass sie sie aus dem Schlaf gerissen und in den Stall gezerrt hatte. Besorgt beobachtete sie, dass Mrs Woods Hände zitterten und sie so weiß im Gesicht wurde, als könnte sie jeden Moment in Ohnmacht fallen.

»Ich habe die ganze Zeit gewusst, dass hier etwas nicht mit rechten Dingen zugeht!«, stieß Larissa gepresst hervor. »Das ist die Wolldecke, die Ernest aus Mrs Potters Pension mitgenommen hat.« Sie hob die Decke an einem Zipfel empor und ließ sie dann wieder fallen. »Und das ist die Kiste, die er immer auf dem Rücken trägt, wenn er mit seiner Kamera unterwegs ist.« Sie kniete sich vor die Kiste und öffnete sie. »Hier ist ja seine Kamera.« Vorsichtig hob Larissa den Apparat aus der Kiste. »Wie schmutzig sie ist! Die Verschlusskappe der Blende ist auch verbogen.«

Sie wischte mit einem Ärmel ihrer Bluse den grauen Staub vom Holz. Dann drehte sie die Kamera, bis sie die kleine Plakette fand, die auf der Rückseite festgeschraubt war. »Hier steht es: ›Woods fotografisches Atelier‹.« Sie fuhr mit den Fingern über das Holz. »Die Kamera muss umgefallen sein. An dieser Seite ist etwas abgesplittert. Das Metall des Objektivs ist ein bisschen zerkratzt, aber sonst sieht es noch intakt aus.« Sie zog das Objektiv vorsichtig heraus und blickte in den Kamerakasten. »Da drinnen ist auch alles staubig«, murmelte sie. »Und eine Glasplatte steckt auch noch drin. Seltsam.« Kopfschüttelnd verstaute sie die Kamera wieder in der Kiste und wandte sich Ernests Koffer zu.

»Da ist ja das Buch von Herodot.« Sie nahm es, schlug es an der Stelle auf, an der das Lesezeichen herausragte, und überflog den Text. »Die Stelle beschreibt, wie in Siwa das Orakel gegründet wurde«, seufzte sie leise und fügte an Semiramis gewandt hinzu: »Du kannst dir nicht vorstellen, wie sehr ich es bereue,

Ernest dieses Buch geschenkt zu haben. Damit habe ich seine Besessenheit noch zusätzlich befeuert.«

Larissa klappte das Buch zu und drückte es an die Brust. Ihre Augen wanderten über die Kamera, den Koffer, den Tropenhelm und alles andere, was ihrem Mann gehörte.

»Wir werden sofort zu Scheich Ali Suleiman gehen«, erklärte sie und atmete tief durch. »Dieses Mal will ich die Wahrheit wissen! Der Scheich soll nicht wagen, mir jetzt zu erzählen, dass Ernest ihm sein ganzes Reisegepäck verkauft hat!«

»Der Scheich ist nicht zu sprechen«, wandte Semiramis vorsichtig ein. »Doktor Wellink hat doch gesagt, dass er mit dem Maglis tagt.«

»Das ist mir einerlei! Hätte er mich vorher nicht belogen, würde ich jetzt nicht seine Sitzung stören müssen.« Larissa erhob sich und klopfte sich den Staub vom Rock.

Aber Semiramis hatte noch Bedenken: »Ich glaube, wir sollten warten, bis Doktor Wellink zurück ist.«

»Weil der Scheich nicht mit Frauen spricht?«, gab Larissa verärgert zurück. »Glaube mir, er wird mit mir sprechen!«

»Weil ihm nicht gefallen wird, dass wir die Sachen von Mr Wood gefunden haben. Er wollte sie vor uns verstecken, sonst hätte er sie uns längst gegeben.«

Larissa fuhr sich durch das zerzauste Haar. »Also gut. Warten wir auf Max. Aber untätig will ich auch nicht sein. Wo steckt eigentlich dieser Aladin? Ich bin sicher, der Junge weiß noch mehr.«

Im Stall war das Kind nicht mehr gewesen. Als Larissa zum Eingang stapfte und prüfend auf den Hof blickte, entdeckte sie auch dort keine Spur von Aladin. Nur sein Ball lag einsam in der Sonne.

»Ich würde diese seltsame Pantomime liebend gerne mit eigenen Augen sehen«, murmelte sie. »Der viele Staub in Ernests Ausrüstung könnte auf eine Magnesiumexplosion hindeuten. Aladins Verbrennungen würden auch dazu passen, was wiederum bedeuten würde, dass er bei Ernest war und vielleicht weiß, was mit ihm passiert ist und wo er steckt.« Sie rieb sich mit beiden Händen die Schläfen. »Ach, ich weiß überhaupt nicht mehr, was ich denken soll!«

Semiramis nestelte am Ausschnitt ihrer Tunika. »Ich habe noch etwas gefunden, Mrs Wood.« Sie reichte Larissa den zusammengefalteten Papierbogen. »Ein Brief von Mr Wood. Ich habe ihn nicht gelesen. Nur Ihren Namen in der ersten Zeile.«

»Und das sagst du mir erst jetzt?« Larissa riss ihr den Brief aus der Hand. Ihre Augen flogen über den nur halb beschriebenen Bogen. »Das Datum ist der fünfundzwanzigste Januar. Das ist ja schon einen guten Monat her«, rief sie erstaunt. »Und zu Ende geschrieben wurde der Brief auch nicht.«

»Vielleicht ist Ihrem Mann etwas Wichtiges dazwischengekommen und er hatte keine Zeit, weiterzuschreiben«, meinte Semiramis.

»Vielleicht.« Larissa richtete ihre Augen wieder auf den Brief. »Du lieber Himmel!«, rief sie nach wenigen Augenblicken. »Ernest schreibt, dass er tatsächlich das Grab von Alexander dem Großen gefunden hat. Es befindet sich in dem Berg, den die Einheimischen Gebel el Mauta nennen.« Nachdenklich faltete sie den Bogen zusammen. »Wenn das wirklich stimmt, wäre es eine Sensation.« Sie überlegte. »Ich hoffe nur, dass Ernests Verschwinden nichts damit zu tun hat.«

Sie schob den Brief in ihre Rocktasche und blickte auf die Kamera und die Kiste mit den Fotoplatten. »Bestimmt hat Ernest Fotos vom Grab gemacht. Vielleicht finden sich dort weitere Hinweise. Ich sollte die Platten entwickeln. Zum Glück habe ich in dieser Kiste alles, was ich zum Entwickeln brauche. Semiramis, hilf mir bitte, Ernests Tragekiste zu schultern. Ich nehme noch den Tropenhelm und du kannst den Koffer tragen.«

»Sollen wir das wirklich tun, Mrs Wood? Stellen Sie sich vor, der Scheich sieht, dass die Sachen verschwunden sind.«

»Vorerst sitzt er ja mit dem Maglis zusammen«, antwortete Larissa. »Außerdem handelt es sich um meine und Ernests Sachen. Wenn dieser Scheich mir in die Quere kommt, werde ich ihm genau das sagen!«

Als die Schatten länger wurden und der Muezzin von der Moschee in Siwa zum Nachmittagsgebet rief, klopfte Wellink an Larissas Zimmertür. Er wollte ihr sagen, dass er nicht zum Karawanenrastplatz geritten war und er wollte ihr von seinem seltsamen Erlebnis im Tempel von Aghurmi erzählen. Die Entdeckung, die er im Wasser der Sonnenquelle gemacht hatte, wollte er vorerst noch für sich behalten.

Erstaunt hörte er, wie innen der Riegel zurückgeschoben wurde, und gerade als er sich fragte, was in aller Welt geschehen war, dass sie sich in ihrer Kammer einschloss, wurde die Tür einen Spalt geöffnet, ein Arm tauchte auf und zog ihn ins Zimmer.

»Was hat das zu bedeuten?«, fragte Wellink, während Larissa hinter ihm eilig den Riegel vorschob.

Die Luft in der Kammer war stickig, denn sie hatte nicht nur die Tür verschlossen, sondern auch eine Wolldecke vor dem kleinen Fensterloch befestigt. Außerdem roch es durchdringend nach Essigsäure und eine flackernde Öllampe unter einem roten Glasfilter auf dem Boden tauchte den Raum in gespenstisches Licht.

Semiramis saß auf dem Rand von Larissas Pritsche. Ihre Finger spielten mit der kleinen Glasperle ihres silbernen Nasenrings. Außerdem konnte er mehrere mit Flüssigkeit gefüllte Tonschalen ausmachen. An einer Wand lehnten Fotoplatten mit Negativbildern, die er jedoch aufgrund der schlechten Lichtverhältnisse nicht klar erkennen konnte.

Er fragte sich, woher Larissa die Platten hatte. Soweit er wusste, hatte sie keine mitgenommen, und die Bilder in ihrer eigenen Kamera wurden von Papiernegativen entwickelt.

Folglich mussten das Woods Platten sein. Aber wo, in Teufels Namen, waren die plötzlich aufgetaucht?

»Ich bin gerade fertig geworden«, unterbrach Larissa seine Überlegungen. »Ich habe Ernests Reisegepäck gefunden und seine Fotoplatten entwickelt. Du wirst nicht glauben, was darauf zu sehen ist – das Grab Alexanders des Großen! Ernest hat es tatsächlich gefunden!«

»Was sagst du da?« Wellink schwirrte der Kopf, aber nach seinem heutigen Erlebnis im Tempel von Aghurmi hielt er es fast für möglich, dass ein blutiger archäologischer Laie tatsächlich in Siwa über die letzte Ruhestätte des großen Makedoniers gestolpert war.

Larissa zog den Filter von der Öllampe, ging mit der Lampe zu den entwickelten Fotoplatten und hockte sich davor. »Worauf wartest du noch?« Ungeduldig winkte sie Wellink zu sich.

Er kniete sich neben sie auf den harten Boden und betrachtete die Negative. Einige zeigten die Tempel von Aghurmi und Umm Ubeida, andere die Sonnenquelle. Die restlichen Bilder waren im Totenberg entstanden und zeigten Grabkammern. In einigen erkannte Wellink die typischen Reliefs und Bilder mit Darstellungen der ägyptischen Totenliturgie, die meisten waren jedoch nicht ausgeschmückt. Manche waren in gutem Zustand, andere hatten über die Jahrtausende erheblich gelitten. Dann fiel sein Blick auf eine weitere Glasplatte. Sie zeigte kein Motiv, sondern war einfach nur schwarzgrau, von ein paar hellen Sprenkeln durchsetzt. »Was ist denn hier passiert?« Er tippte auf das Glas.

»Diese Fotoplatte steckte in Ernests Kamera«, klärte Larissa ihn auf. »Das Bild wurde völlig überbelichtet. Was du jetzt dunkel siehst, wäre auf dem Positiv hell. Ernest ist ein sehr guter und erfahrener Fotograf. Solche Fehler macht er nicht. Ich kann mir nur erklären, dass er vergessen hat, die Blende zu verschließen, weil ihn etwas abgelenkt hat. Aber schau, hier ist eine Aufnahme der Gruft, die Alexanders letzte Ruhestätte sein soll. Ich habe davon auch ein Positiv entwickelt, weil man die Details dann besser erkennen kann.« Sie reichte Wellink die Glasplatte mit dem Positiv.

Das Bild war gestochen scharf und zeigte eine reich ausgeschmückte Kammer für Kult- und Opferhandlungen zu Ehren des Toten. Es gab großartig gemalte Szenen aus dem Totenbuch, Hieroglyphen und das Relief einer Scheintür, die der Seele des Toten ermöglichte, zwischen den Welten zu wandern. In einer Wand befand sich ein niedriger Durchlass. Dahinter musste die Sarkophagkammer liegen.

»An den Wänden erkenne ich Kartuschen«, erklärte Wellink. »Das heißt allerdings nicht, dass es sich hier um das Grab eines Königs handelt. Der Königsname könnte Teil der Texte an den Wänden sein. Leider sind die Hieroglyphen so klein, dass ich sie nicht entziffern kann.«

»Wird sich Ernests Traum von Ruhm und Unsterblichkeit also erfüllen?«, fragte Larissa.

»Langsam«, bremste Wellink. »Bevor die Texte nicht entschlüsselt sind, wissen wir gar nichts. Außerdem erscheint mir die Kammer für ein Königsgrab nicht prächtig genug. Es könnte allerdings das einer wichtigen Persönlichkeit sein, zum Beispiel eines hohen Würdenträgers in den Diensten des Oasenkönigs.«

»Fest steht jedenfalls, dass der Scheich uns von Anfang an belogen hat«, entgegnete Larissa.

Sie ging zu dem kleinen Koffer, der Ernests Wäsche und das Buch von Herodot enthielt, und klappte ihn auf. Dann berichtete sie, was Semiramis gefunden hatte, und die junge Nubierin erzählte von Aladins seltsamer Pantomime.

»Max«, Larissa packte ihn am Hemdsärmel und sah ihn eindringlich an. »Siehst du jetzt endlich ein, dass Ernest nicht abgereist ist? Das würde er nach dem Fund, den er gemacht zu haben glaubte, nie tun.«

»Alles spricht dafür«, räumte er ein.

»Er ist noch in Siwa und wir müssen ihn finden«, fuhr sie fort. »Vielleicht ist er verletzt oder wird irgendwo festgehalten und braucht unsere Hilfe. Wir dürfen keine Zeit verlieren, Max. Bitte begleite mich zum Scheich und frage ihn nach Ernest.«

Wellink schluckte ein bitteres Lachen hinunter. Es sah wirklich so aus, als habe das Schicksal ihn dazu bestimmt, den verschwundenen Ehemann der Frau, die er von ganzem Herzen liebte, wiederzufinden.

»Also gut«, sagte er und räusperte sich. »Ich werde Ali Suleiman auf den Zahn fühlen.«

»Es ist Gebetszeit. Der Herr ist in der Moschee.« Ali Suleimans sudanesischer Diener klang vorwurfsvoll. Seine schwarzen Augen glitten von Wellink zu den beiden Frauen, denn Semiramis hatte es sich nicht nehmen lassen, Larissa zu begleiten. Bevor der Diener ihnen die Tür vor der Nase zuschlug, glaubte Larissa, eine Gestalt über den Flur huschen zu sehen. Aber der Schemen war so schnell verschwunden, dass sie sich nicht sicher war, ob sie sich alles nur eingebildet hatte.

»Was machen wir jetzt?«, fragte sie Wellink ratlos.

»Wir gehen zur Moschee!«, verkündete er aufgebracht. Dass Ali Suleimans Diener ihn so hochmütig abgefertigt hatte, ärgerte ihn ebenso wie der Umstand, dass er sich mit dem Verbleib von Ernest Wood beschäftigen musste.

Als Larissa hinter Wellink und Semiramis zu der kleinen Moschee eilte, hörte sie aus dem Inneren den getragenen Singsang eines Mannes. Sie betrat den Hof mit dem Brunnen in der Mitte. Die vier Seiten des Gebäudes waren von einem Säulengang umgeben. Der von einer Kuppel überdachte Gebetsraum befand sich am gegenüberliegenden Ende des Hoftores.

»Der Imam zitiert Koranverse«, sagte Semiramis leise zu Larissa. Die junge Nubierin schlüpfte aus ihren Schuhen, stellte sie neben die vielen Paare von Sandalen und Pantoffeln vor dem Eingang und zog den Schal, den sie um die Schultern trug, über den Kopf. Wellink und Larissa zogen ebenfalls die Schuhe aus. Allerdings hatte Larissa in der Eile ihren Hut vergessen und auch kein Tuch mitgenommen, mit dem sie ihr Haar bedecken konnte. Doch nach kurzem Zögern folgte sie Wellink und Semiramis in den Betraum.

Männer knieten in mehreren Reihen auf dem mit Teppichen ausgelegten Boden. Da alle die Stirn auf die Erde drückten und den Besuchern den Rücken zukehrten, erkannte Larissa Scheich Ali Suleiman nicht. Vor der Mihrab genannten Gebetsnische kniete allein der Imam und rezitierte die vorgeschriebenen Gebete und Verse. Sein Singsang schwebte über den Betenden.

In Kairo hatte Larissa größere und prächtigere Moscheen besucht, aber zu den Gebetszeiten war ihr als Christin der Zutritt nicht erlaubt worden. Sie beobachtete, wie die Betenden sich, dem vorgeschriebenen Ritus folgend, mehrfach aufrichteten und wieder gen Mekka verbeugten, wo sich das Haus Allahs, die heilige Kaaba, befand.

Der Iman sang sein letztes »Allahu akbar«, dann war das Gebet vorbei. Die Männer erhoben sich. Jetzt erst bemerkten sie die Fremden im Eingang des Gebetsraumes und erstarrten. Besorgt beobachtete Larissa, wie sich die Mienen verfinsterten. »Man schätzt unsere Anwesenheit hier nicht«, flüsterte sie Wellink zu.

Mehrere Männer blickten in Larissas Richtung, zeigten auf ihren unverschleierten Kopf und stießen empörte Rufe aus. Hastig nahm Wellink seinen Hut ab und drückte ihn auf ihr Haar. Das empörte Gemurmel wollte jedoch nicht verstummen.

Wellink beschloss, sein Anliegen rasch vorzubringen. »Ich bitte, die Störung zu entschuldigen!«, rief er auf Arabisch. »Aber ich muss Scheich Ali Suleiman in einer sehr dringenden Angelegenheit sprechen.«

Das Gemurmel wurde lauter. Die Anwesenden waren Siwi-Berber, nur wenige von ihnen verstanden Arabisch, aber alle hatten den Namen Ali Suleiman gehört.

»Was wollen Sie von mir?«, ertönte die Stimme des Scheichs aus dem hinteren Bereich der Moschee. »Was ist so wichtig, dass Sie mich beim Gebet stören und Allah mit der Anwesenheit einer Frau beleidigen, die nicht angemessen verhüllt ist?«

»Ich bitte zu entschuldigen, dass wir den Ritus verletzt haben. Aber daran erkennen Sie, wie dringend unser Anliegen ist«, erwiderte Wellink. »Es geht um Mrs Woods Mann. Wir haben seine Fotoausrüstung gefunden und sind jetzt ganz sicher, dass er – entgegen Ihrer Behauptung – nicht abgereist ist.«

Er hatte mit Nachdruck gesprochen, und offensichtlich reichte das, damit die Anwesenden glaubten, ihr Oberhaupt würde von dem Ungläubigen bedroht. Wie eine Mauer rückten sie auf Wellink, Larissa und Semiramis zu. Dabei wurden ihre Stimmen immer lauter und erboster.

»Halt!«, rief Wellink und stemmte sich so gut er konnte gegen den Andrang. »Rufen Sie die Leute zurück, Scheich!«

Doch Ali Suleiman rührte sich nicht. Er wirkte aufgewühlt und erschüttert. Mit den Fingern der rechten Hand rieb er sich den Bart. Larissa fragte sich, ob er überhaupt merkte, wie die Spannung rings um ihn wuchs.

In diesem Moment wurde Wellink von einem der zunächst Stehenden mit beiden Händen gestoßen. Er stolperte rückwärts und wäre fast gefallen. Seine Jackenschöße rutschten nach hinten und der Pistolengurt wurde sichtbar. Nach seinem Tauchbad in der Sonnenquelle hatte er die Waffe noch nicht wieder geladen. Aber das wussten die Männer, die in seiner unmittelbaren Nähe standen, nicht und stießen wütende Schreie aus. Zorn und Aufregung übertrugen sich auf die, die weiter entfernt standen und nun mit erhobenen Fäusten, Flüche ausstoßend, nach vorn drängten.

»Wir müssen hier raus, Mrs Wood!« Semiramis packte Larissa am Ärmel und wollte sie mit sich zerren, aber Larissa wehrte sich. »Nein, wir müssen Max helfen!«

Der Mann, der die Waffe entdeckt hatte, stürzte sich mit einem beherzten Sprung auf Wellink und riss den Colt aus dem Halfter. Entsetzt verfolgte Larissa, dass er die Mündung auf Wellinks Brust richtete.

»Immer mit der Ruhe.« Beschwichtigend hob Wellink beide Hände, aber der erzürnte Mann fuchtelte weiter mit der Waffe. Entschlossen drängte Larissa sich vor und stieß ihn mit aller Kraft gegen die Schulter, sodass er zur Seite stolperte. Rasch packte sie Wellink am Handgelenk. »Raus hier, Max!«

Sie flohen aus der Moschee, ohne ihre Schuhe mitzunehmen, im Ohr die wütenden Rufe der aufgebrachten Menge.

Erst als sie Larissas Kammer erreicht hatten, wagten sie, Atem zu schöpfen. Wellink vergewisserte sich noch, dass ihnen niemand gefolgt war, dann schlüpfte er hinter den Frauen in die Kammer, schlug die Tür zu und schob den Riegel vor.

15

Horusauge

Das Horusauge, auch Udjat-Auge oder Udzat-Auge, ist ein altägyptisches Sinnbild des Lichtgottes Horus und eine ägyptische Hieroglyphe, die neben ihrer magischen Bedeutung auch in der Mathematik gebraucht wurde. Ursprünglich diente das Symbol als Schutzmittel und wurde seit Beginn des Alten Reichs bis zum Ende der Pharaonenzeit als Amulett- und Schutzzeichen gegen den »bösen Blick« verwendet. Im Neuen Reich wurden Sargwände und Grabbeigaben damit dekoriert (»magische Augen«).

Nach dem Vorfall in der Moschee schlug Wellink vor, dass er, Larissa und Semiramis die Nacht zusammen in Larissas Kammer verbringen sollten. Die Frauen stimmten erleichtert zu. Doch während Semiramis auf der Pritsche neben ihrer Herrin tief und fest schlief, fand Larissa keine Ruhe. Dass sich Wellinks Waffe in den Händen der verärgerten Siwaner befand, beunruhigte sie sehr. Immer wieder schreckte sie hoch und lauschte auf den Flur hinaus. Schließlich schob sie die Decke beiseite und setzte sich auf. Semiramis regte sich nicht und Larissa beneidete die junge Nubierin um ihre Fähigkeit, immer und überall zu schlafen.

Weil der kleine Raum mit den drei Personen sehr schnell stickig wurde, hatte Larissa die Wolldecke vor dem Fenster abgenommen. Nun flutete durch das offene Fenster frische

Luft. Der Vollmond füllte das kleine Viereck fast ganz aus. Sein kaltes, weißes Licht fiel auf die Kiste mit Ernests Fotoausrüstung, auf seinen kleinen Koffer und den Tropenhelm, den Larissa auf die Palmholzkommode gelegt hatte. Sie schluckte und fragte sich wieder einmal, wo ihr Mann steckte und warum er so spurlos verschwunden war.

Vom Boden der Kammer hörte sie Atemgeräusche. Dort hatte Wellink sich hingelegt. Seine zusammengerollte Jacke diente ihm als Kopfkissen.

»Max!« Larissas Flüstern klang laut in der engen Kammer. »Schläfst du?«

»Nein.« Seine Stimme klang hellwach. Er setzte sich auf. Nach einem kurzen Blick auf Semiramis streckte er einen Arm aus, legte seine Hand auf Larissas und streichelte sie sacht. »Wieso schläfst du nicht? Was geht dir im Kopf herum?«

»Was heute passiert ist, ist meine Schuld. Ich weiß sehr gut, dass ich beim Betreten einer Moschee meinen Kopf bedecken muss. Aber ich war ungeduldig und habe keine Rücksicht auf den Glauben der Muslime genommen«, antwortete sie bedrückt.

Seine Finger umschlossen ihr Handgelenk. »Das stimmt, aber sie waren sehr viel verärgerter, dass ich mit einer Waffe in die Moschee gekommen bin. Und ich kann sie verstehen. Ich lebe schon so lange in diesem Land und dann begehe ich eine solche Respektlosigkeit.«

»Also haben wir beide Fehler gemacht.« Sie warf ihr langes dunkles Haar schwungvoll über die Schultern zurück, und er dachte hingerissen, wie schön sie dabei aussah.

Als sie den Kopf etwas drehte, betrachtete er ihr Profil mit der leicht aufwärts gebogenen Nasenspitze, den klar geschnittenen Lippen und den geschwungenen Wangenknochen. Er sehnte sich danach, die Finger darüber gleiten zu lassen und ihre zarte weiche Haut zu küssen.

»Dieses überbelichtete Foto will mir nicht aus dem Kopf gehen«, sagte sie leise in seine Gedanken hinein. »Wo es wohl entstanden ist?«

»Wenn wir das wüssten, könnten wir uns dort umsehen«, antwortete er.

Sie nickte gedankenverloren und stutzte plötzlich. »Ich glaube, Ernest hat es im Totenberg gemacht. Um dort zu fotografieren, braucht man eine Blitzlichtlampe. Es könnte in der Kammer, die er für Alexanders Grabstätte hält, entstanden sein.«

Wellink drehte sich zu den entwickelten Fotoplatten, die aufgereiht an der Wand standen, nahm das Positiv mit den Bildern und Hieroglyphen und hielt es ins fahle Mondlicht. »Meine Kenntnis und Erfahrung als Archäologe sagen mir, dass das nicht Alexanders letzte Ruhestätte ist. Trotzdem wüsste ich gerne, *wessen* Grab es ist. Mach doch bitte die Öllampe an, Larissa. Ich will versuchen, die Inschriften zu entziffern.«

Etwas später knieten Wellink und Larissa nebeneinander auf dem harten Boden und beugten sich über die Glasplatte. Um Semiramis nicht zu wecken, hatten sie den Lichtschein mit Ernests Kiste abgeschirmt. Larissa hatte in seiner Ausrüstung die Lupe gefunden, die er benötigte, wenn er sich Details seiner Fotos genau ansehen wollte. Wellink hielt nun die Linse vor die Fotoplatte und starrte angestrengt auf die vielen Symbole. »Dummerweise liegt mein hieroglyphisches Wörterbuch auf meinem Schreibtisch in Sakkara. Hier würde es mir mehr nützen«, murmelte er und versenkte sich wieder in den Anblick der Schriftzeichen. Immer wenn es ihm gelungen war, einen Abschnitt zu übersetzen, diktierte er ihn Larissa, die ihn in ein kleines Notizbuch schrieb.

»Das ist auf jeden Fall eine Zahl«, erklärte er jetzt. »Und zwar eine Sechs.« Er tippte auf zwei Gruppen von jeweils drei senkrechten Strichen, die untereinander angeordnet waren.

»Das könnte eine Jahreszahl sein, die sich auf den König bezieht, dessen Name in der Kartusche steht. Den sollte ich also als Nächstes übersetzen.«

»Ob es Alexanders Name ist?« Larissas schloss die Faust aufgeregt um ihren Bleistiftstummel.

Bis jetzt hatte Wellink ihr im Wesentlichen Aufzählungen von Opfergaben diktiert, die sich für sie wie eine lange Einkaufsliste lasen: Brot, Gänse, Bier, Wein und Milch standen in ihrem Notizbuch. Aber auch Rinderschenkel, süße Kuchen, Weihrauch und Öl.

Außerdem hatte Wellink noch eine Inschrift entziffert, die in die Scheintür gemeißelt war, die Ernest fotografiert hatte. Darin wurde allen Unreinen, die das Grab betraten, mit dem Gericht des Großen Gottes gedroht.

»In der Kartusche stehen tatsächlich Name und Titel des Makedoniers«, raunte Wellink und Larissa hörte das Staunen in seiner Stimme, als er übersetzte: »›Meryamun Setepenra.‹ Das heißt: ›Geliebter von Amun und Auserwählter von Re.‹ Dahinter steht sein Name Alexandros, also Alexander. Außerdem wird er als Horus und Bezwinger der Fremdländer bezeichnet.« Wellink räusperte sich. »Die Kartusche ist Teil eines längeren Satzgefüges, das ich noch nicht ganz verstanden habe.«

Während Larissa die Übersetzung eifrig in ihr Notizbuch kritzelte, hielt Wellink wieder die Lupe über die Fotoplatte.

»Kannst du nicht schon ein kleines bisschen lesen?«, drängte sie. Aber er hob abwehrend eine Hand und schüttelte den Kopf. Nach einer ihr ewig erscheinenden Zeit ließ er die Lupe sinken und blickte sie an. »Das ist seltsam«, murmelte er.

»Was denn, Max?«, rief sie. Semiramis bewegte sich unruhig, und gedämpft fuhr Larissa fort: »Ich bitte dich, sag es.«

»Hier steht: ›Dieses Haus der Ewigkeit gehört Madu, Hauptmann der Leibwache des Großen Alexander, gestorben und begraben in der Oase des Amun, im sechsten Jahr der

Herrschaft des Horus-Alexander, des Bezwingers der Fremdländer, Geliebten von Amun und Auserwählten von Re.‹« Aufgeregt legte er eine Hand auf ihren Arm. »Als ich heute in Aghurmi war, bin ich Madu begegnet. Nicht wirklich natürlich«, fügte er eilig hinzu, weil sie ihn mit großen Augen ansah. »Es war eine Art Vision, die mich überkam, als ich das Allerheiligste des Tempels betrat. Ich wollte dir davon erzählen, aber dann kam das hier dazwischen.« Er zeigte auf Ernests Besitztümer.

Danach umriss er in wenigen Worten, was ihm im Tempel von Aghurmi wiederfahren war. Larissa saß wie erstarrt auf dem Boden und unterbrach ihn mit keinem Wort. Erst als er am Ende seines Berichtes angelangt war, merkte er, dass sie durch ihn hindurchblickte. »Larissa! Was hast du?«

»Ich habe von ihm geträumt«, sagte sie tonlos.

»Wen meinst du?«

»Hauptmann Madu.« Wie in Trance ergänzte sie: »›Gib mir, was mein Eigen ist, denn mein Herz hat seinen Frieden verloren.‹ Das sagte er in meinem Traum zu Ernest. Ich habe dir davon erzählt, kurz nachdem wir von Kerdasa aufgebrochen sind.«

»Das stimmt«, erwiderte Wellink. »Aber hast du den Namen Madu erwähnt?«

Sie schüttelte ratlos den Kopf. »Ich weiß es nicht mehr. Vielleicht erschien mir der Name nicht wichtig.«

»Das Ganze ist völlig verrückt«, sagte er. »Vor allem, weil ich weiß, dass ich den Namen noch aus einem anderen Zusammenhang kenne. Nur aus welchem?«

Er schloss die Augen und versuchte, die unklaren Erinnerungen in seinem Inneren zu ordnen. Sakkara tauchte vor ihm auf, mit den verstreut aus der Wüste hervorwachsenden Pyramiden und Mastabas. Er sah den Eingang zum Serapeum, dann das Haus Mariettes. Larissa war in den Waschraum gegangen, aber Wood stand neben ihm. Er zeigte Wellink einen steinernen Skarabäus, der mit einer Vielzahl winziger Hieroglyphen bedeckt war.

»Können Sie mir die Hieroglyphen darauf übersetzen?«, hatte Wood gefragt.

Wellink hatte ihm erklärt, dass der Text eine typische magische Beschwörung darstellte, wie sie oft auf Herzskarabäen zu finden war. Sie sollte das Herz des Verstorbenen davon abhalten, vor dem Totengericht schlecht über ihn zu sprechen. In den geflügelten Rücken des Insekts war ein weiterer kurzer Text eingraviert gewesen: »Madu, Hauptmann der Leibwache des Großen Alexander, gestorben und begraben in der Oase des Amun, im sechsten Jahr der Herrschaft des Horus-Alexander, des Bezwingers der Fremdländer, Geliebten von Amun und Auserwählten von Re.«

Während Wellink sich selbst zuhörte, wie er Larissa von dieser Begebenheit erzählte, hätte er fast gelacht. »Das Ganze klingt wie ein Schauerroman, nicht wahr? Wir sollten es nicht allzu ernst nehmen, es entbehrt jeder wissenschaftlichen Grundlage.«

Aber Larissa lachte nicht. Ihre Miene wirkte versteinert, das Mondlicht ließ ihr Gesicht kalkweiß erscheinen. Sie sagte: »Diesen Skarabäus, den Ernest dir gezeigt hat, kenne ich.«

»Er wird ihn einem Händler in Kairo abgekauft haben«, antwortete Wellink.

Sie schüttelte den Kopf. »Er hat ihn Madu gestohlen.«

»Wie bitte?« Er starrte sie an.

Stockend berichtete sie Wellink von der Mumienparty anlässlich des Geburtstages von Thomas Cook. »Der Herzskarabäus war das einzige Amulett, das bei der Mumie gefunden wurde«, schloss sie. »Alle Gäste hatten sich mehr erwartet und waren enttäuscht. Ich erinnere mich, dass Mr Cook senior den Skarabäus vermisste, als wir gehen wollten. Das Amulett tauchte auch nicht wieder auf. Das zumindest hat Ernest mir gesagt, als ich ihn am nächsten Tag fragte. Es war der Tag, an dem Mr Cook junior ihm den Auftrag gegeben hatte, nach Ägypten zu reisen.«

»Ich sage ja, das Ganze ist ein Schauerroman«, murmelte Wellink.

»Ägypten war unser gemeinsamer Traum, aber seit Ernest glaubte, in Siwa das Grab Alexanders zu finden, ist alles anders geworden. Und jetzt ist mein Mann in der Oase verschwunden, in der Madu begraben wurde.« Larissa schlang beide Arme um ihren Oberkörper, so als wäre ihr kalt. »Kann es sein, dass alle Ereignisse, die uns hierher gebracht haben, in London ihren Anfang nahmen?«

»Wir wollen jetzt nicht abergläubisch werden«, antwortete Wellink entschieden. Er zog sie an sich und streichelte ihren Rücken. »Morgen gehen wir zum Totenberg und versuchen herausfinden, was dort passiert ist.«

Bis zum Morgen fanden sie beide keinen Schlaf mehr. Sie saßen dicht nebeneinander, schweigend, den Rücken an die Kammertür gelehnt und beobachteten, wie der Mond aus dem Viereck des kleinen Fensters weiterzog und die Sterne am heller werdenden Nachthimmel verblassten. Larissa hatte den Kopf auf Wellinks Schulter gelegt. Als er nach ihrer Hand tastete, schob sie ihre Finger hinein. Mit dem Daumen massierte er die weiche Innenseite ihrer Hand, beugte sich vor und küsste ihre Fingerspitzen.

»Nicht«, sagte sie leise, aber sie ließ ihm ihre Hand.

Sie dachte daran, wie er sie in Kairo unterstützt hatte, nachdem Ernest nach Siwa verschwunden war, wie er sie durch die Wüste hierher begleitet hatte und jetzt wieder für sie da war, und ein tiefes Gefühl von Dankbarkeit überflutete sie. Doch es gab noch ein anderes tiefes Gefühl für Wellink in ihrem Herzen, ein Gefühl, von dem sie wusste, dass es eigentlich nur Ernest gelten sollte: Liebe.

»Ich werde dich nicht aufgeben, Larissa«, flüsterte Wellink. »Niemals.«

Sie hob den Kopf und sah ihn an. »Ich gehöre zu Ernest. Für uns gibt es keine Zukunft.«

Er kam nicht mehr dazu, etwas zu erwidern, denn in diesem Moment ertönte auf der anderen Seite der Tür ein leises Geräusch, das sie beide zusammenfahren ließ. Gleich darauf hörten sie tappende Schritte, die sich rasch entfernten.

»Was war das?«, flüsterte Larissa.

Er stand auf und zog sie mit sich empor. »Das werden wir gleich wissen.«

Er dirigierte sie mit einer Hand hinter sich. Dann schob er behutsam den Riegel zurück, öffnete die Tür und spähte hinaus. »Es ist niemand mehr hier«, sagte er leise. »Aber unser unbekannter Besucher hat etwas dagelassen.«

Neugierig trat Larissa neben ihn. »Deine Waffe«, sagte sie erstaunt. »Und unsere Schuhe.«

»Und Frühstück als Geste der Versöhnung«, ergänzte Wellink und zeigte auf ein Tablett. Er nahm den Colt und schob ihn in den Pistolengurt. Neu laden würde er ihn nach dem Frühstück.

Während er in seine Stiefel schlüpfte, trug Larissa ihre und Semiramis' Schnürschuhe in die Kammer. Dann nahm sie das Essenstablett und stellte es auf die Palmholzkommode.

Semiramis wachte auf, als der Muezzin wenig später die Gläubigen zum Fadschr rief, und verrichtete ihr Gebet. Danach frühstückten alle drei zusammen. Es gab Ziegenmilch, frische duftende Brotfladen und eine Schale mit Ful, einem Püree aus Saubohnen, das mit Zitronensaft, Zwiebeln und Gewürzen abgeschmeckt war und großzügig mit Olivenöl begossen wurde. Larissa erzählte der jungen Nubierin von Hauptmann Madu und den Inschriften, die Wellink auf der Fotoplatte entziffert hatte. »Wir wollen heute zum Gebel el Mauta und die Kultkammer suchen, die auf den Fotos abgebildet ist. Kommst du mit?«

Semiramis schluckte das letzte Stück Fladenbrot herunter und nickte.

Wellink suchte aus seinem Gepäck zwei Seile, Kerzen, Streichhölzer, das Fernglas und Verbandszeug. Vielleicht war Wood in einen Schacht, eine Grube oder eine tief liegende Grabkammer gestürzt oder von einem Steinschlag verletzt worden. Natürlich bestand auch die Möglichkeit, dass er bei einem solchen Unfall ums Leben gekommen war, aber das behielt Wellink lieber für sich. Larissa stopfte inzwischen Stift und Notizbuch, die Fotoplatte aus dem Grab des Madu, ihre kleine Kamera und die Blitzlichtlampe in ihre Umhängetasche. Semiramis nahm die Wasserflaschen. Als die drei ihre Gefäße am Becken im Hof füllten, kam Aladin aus dem Haus. Er entdeckte Semiramis und lief lachend auf sie zu. Dabei zeigte er auf sein Gesicht und redete eifrig. Tatsächlich sah das geschwollene Fleisch um die Krusten herum nicht mehr so entzündet aus.

Wellink hatte eine Idee. »Gebel el Mauta?«, fragte er den Jungen. Dann machte er ein paar Schritte und winkte dem Kind, ihm zu folgen. Der Junge nickte und streckte die rechte Hand aus. Wellink lachte und gab ihm ein paar Kupferparas. Daraufhin setzte Aladin sich an die Spitze der kleinen Gruppe und marschierte los.

Der Gebel el Mauta lag nordwestlich der Stadt Siwa. Aladin hüpfte fröhlich vor sich hin trällernd voran. Die drei Erwachsenen folgten ihm schweigend über einen sandigen Pfad, der sie durch ausgedehnte Palmgärten führte, in denen die Zaggala bereits wieder mit der Ernte der Datteln beschäftigt waren. Zwischen den Pflanzungen befanden sich rechteckige Plätze, auf denen Datteln trockneten, bevor sie zum Karawanenrastplatz gebracht und auf Kamele verladen wurden.

»Wir sind da«, stellte Wellink fest, als sie nach einer knappen Stunde am Fuß eines ungefähr fünfzig Meter hohen Hügels aus gelblichem Kalkstein standen. Im Gegensatz zum Tempelberg, der wie ein Würfel geformt war, lief der Gebel el Mauta nach oben hin spitz zu.

»Er sieht aus wie ein großer Teigkloß, den ein Riese zwischen die Palmen geworfen hat«, stellte Larissa mit einem nervösen Lachen fest.

»Nein, wie ein Schweizer Käse«, erwiderte Wellink und hielt sein Fernglas an die Augen. »Der Berg ist von Eingängen durchlöchert. Im Inneren muss eine Grabkammer an der anderen liegen.«

Larissa zog die Fotoplatte mit dem Positiv der Kultkammer des Madu aus ihrer Tasche und hielt sie Aladin hin. »Kennst du diesen Ort?«, fragte sie. »Weißt du, wo er ist?«

Der Junge verstand, was sie wollte. Er grinste pfiffig und nickte eifrig. Die kleine Gruppe folgte ihm auf einem schmalen Pfad über Geröll und nackten Fels aufwärts. Die vielen Gräber, die rings um den Berg terrassenförmig angelegt waren, lagen oft nur wenige Meter voneinander entfernt. Stufen, die in einen kleinen Vorplatz mündeten, führten zu den Eingängen. Sie waren von schmucklosen Säulen flankiert. Viele Säulen waren beschädigt oder lagen zerborsten auf dem Boden.

»Die Gräber sind zwar viel kleiner und einfacher als die, die ich aus dem Tal der Könige kenne, aber sie sind nach demselben Prinzip gebaut.« Wellink blickte durch eines der Portale. Die ersten Meter des schmalen Ganges wurden noch von Tageslicht erhellt, dann lösten die Konturen sich in der Dunkelheit des Berges auf. Im Eingangsbereich eines anderen Grabes fanden sie menschliche Knochen, darunter den Unterkiefer eines menschlichen Schädels, bei dessen Anblick Larissa schauderte.

Zu ihrem Erstaunen sahen sie mehrmals ganze Familien, die in den Grabkammern wohnten. Die Menschen waren arm. Auf dem Steinboden lagen dünne Teppiche und manchmal ein paar Kissen. Es gab eine Feuerstelle und eine Ecke für Hausrat. Wenn die Fremden nahten, zogen die Frauen und Mädchen ihre Schleier über das Gesicht und verschwanden in Windeseile hinter einem Palmholzgitter, das als Raumteiler diente, oder in einer anschließenden Grabkammer. Männer und kleine Kinder blieben zurück und blickten die Fremden teils argwöhnisch, teils neugierig an. Aber als sie bemerkten, dass Aladin zu der Gruppe gehörte, entspannten sie sich. Offensichtlich kannten sie den Jungen, der ihnen fröhlich zuwinkte.

»Einige verstehen vielleicht Arabisch. Wir könnten sie nach deinem Mann fragen«, schlug Wellink vor. Aber als er versuchsweise ein paar Leute ansprach, erntete er nur verständnislose Blicke.

Aladin lief immer schneller. Kleine Steinchen kollerten unter seinen nackten Füßen den Hang hinunter. Die Erwachsenen mussten sich beeilen und gleichzeitig aufpassen, dass sie auf dem unebenen Boden nicht fielen. Plötzlich bog der Junge scharf nach rechts ab, sprang mehrere Stufen hinunter und lief über einen kurzen Weg, der vor einem breiten Portal endete. Nicht nur Wellink, auch Larissa und Semiramis erkannten sofort, dass hier eine hochgestellte Persönlichkeit ihre letzte Ruhestätte gefunden hatte. Der Weg war aufwendig mit Kalksteinplatten gepflastert, die Felswände rechts und links des Eingangs hatte man glatt poliert und die Säulen davor mit Reliefs von Schilfrohr und Lotusblumen verziert.

Wellink holte die Kerzen aus seiner Tasche, zündete sie an und gab Larissa, Semiramis und Aladin je eine. Hinter dem Jungen betraten sie den Gang, der ins Innere des Berges führte. Wenn Larissa sich reckte, konnte sie fast die glatt geschliffene Decke berühren, streckte sie die Arme zur Seite, erreichten ihre Fingerspitzen die Wände. Im flackernden Licht der Kerze sah sie, dass die Decke dunkelblau grundiert und dicht an dicht mit goldenen Sternen bemalt war. Wellinks Erzählung von der Göttin Nut, der Mutter des Himmels und der Gestirne, fiel ihr ein und einen Moment sehnte sie sich fast schmerzlich in jene Nacht mit ihm in der Wüste zurück.

Die seitlichen Wände des Ganges waren weiß verputzt und mit Szenen aus dem ägyptischen Totenbuch geschmückt: Eine Mumie lag auf einem Bett mit einem Löwenhaupt. Anubis beugte sich über den Verstorbenen, erweckte ihn und begleitete ihn durch die Unterwelt. Der Tote musste gegen Krokodile und Riesenschlangen kämpfen, aber der schakalköpfige Gott stand ihm zur Seite und der Seelenvogel begleitete ihn.

Larissa schien es, als laufe der Tote neben ihr her. Die Eindrücke glichen auf erschreckende Weise den Bildern des Albtraumes, der sie in der Nacht heimgesucht hatte, bevor sie nach Siwa aufgebrochen war. Am liebsten wäre sie aus dem Grab geflohen. Aber sie dachte an Ernest und hoffte inständig, hier bald endlich zu erfahren, was mit ihm geschehen war.

Als sie mit Wellink zusammenstieß, der stehen geblieben war, um die rechte Seitenwand zu beleuchten, stieß sie einen erschrockenen Schrei aus.

Erstaunt drehte er sich um. »Ist alles in Ordnung?«

Sie verzichtete auf eine Antwort und fragte: »Warum hältst du an?«

»Hier wurde einmal ein Durchbruch geschlagen, vermutlich liegen dahinter weitere Grabkammern, die dann zum Schutz vor Grabräubern verschlossen wurden«, erklärte Wellink und hielt die Kerze vor die Wand. Larissa sah einen viereckigen Abschnitt, der einmal ein offener Durchgang gewesen sein musste und jetzt notdürftig wieder mit ein paar Felsbrocken versperrt war.

»Es wäre interessant zu wissen, was sich hinter dieser Mauer befindet«, murmelte Wellink.

»Aber nicht heute.« Larissa schob ihn vorwärts.

Bald darauf endete der Tunnel. Ein Durchgang, der so niedrig war, dass Wellink den Kopf einziehen musste, führte in eine kleine Halle. Im Kerzenlicht sahen sie, dass auch hier Szenen aus dem Totenbuch auf den weißen Putz gemalt worden waren: Der Verstorbene stand vor einer Waage. In der einen Schale lag die Feder der Göttin Maat, über die andere hielt Anubis das Herz des Toten. Im Hintergrund beobachtete die Götterversammlung den Ausgang des Totengerichts.

»Die Halle der vollständigen Wahrheit«, sagte Larissa leise.

Sie dachte an den Hauptmann Alexanders, wie er ihr zum ersten Mal begegnet war: ein Leichnam, der auf dem Billardtisch von John Mason Cook gelegen hatte, entblößt und zur Schau gestellt vor den Augen einer verwöhnten Geburtstagsgesellschaft.

Damals hatte sie sich gefragt, wer dieser Mensch zu Lebzeiten gewesen war. Sie hatte gewiss nicht erwartet, nur etwas mehr als drei Monate später die Antwort zu kennen, geschweige denn, dass der Tote die Macht besaß, in ihrem Ehemann Sehnsüchte zu wecken, für die er sein gesamtes bisheriges Leben aufgegeben hatte.

»Mrs Wood.« Semiramis näherte sich ihr. »Ist Ihnen aufgefallen, dass es hier nicht mehr so aussieht wie auf der Fotoplatte? Überall liegt Staub.« Sie zeigte auf den Boden, wo ihre Schuhsohlen Abdrücke hinterlassen hatten.

»Einige dieser Spuren müssen von Ernest sein«, sagte Larissa mit belegter Stimme.

»Und schauen Sie auf die kleine Tür auf der anderen Seite der Halle«, fuhr Semiramis fort.

Larissa blickte zu dem niedrigen Durchlass, hinter dem Wellink die Sarkophagkammer vermutete. Doch er lag nicht mehr frei, sondern der Querbalken war eingestürzt. Schutt und Trümmer versperrten den Weg. Mehrere Brocken waren in die Halle gekollert.

»Dort liegt etwas!« Larissa eilte zum rechten Rand des Schuttberges, hockte sich hin und leuchtete mit ihrer Kerze über den Boden. Ein riesengroßer Kloß schwoll in ihrer Kehle an, als sie begriff, was unter dem Geröll hervorschaute: ein Zipfel von Ernests Jacke.

Mit einem erstickten Ausruf fiel sie auf die Knie. Die Flamme ihrer Kerze zitterte und erlosch. Sie warf sie beiseite und riss mit beiden Händen an dem Stoffstück. »Tu mir das nicht an, Ernest, hörst du? Ich verbiete dir, dich auf diese Weise aus dem Leben zu stehlen!« Sie warf sich auf die Felsblöcke, die

die Jacke bedeckten, und versuchte, sie mit dem ganzen Einsatz ihres Körpers beiseitezuschieben. Aber die Brocken waren viel zu schwer und bewegten sich nicht einen Millimeter.

»Larissa.« Wellink trat hinter sie und legte behutsam eine Hand auf ihre Schulter. »Das hat überhaupt keinen Sinn.«

Wie eine Furie fiel sie über ihn her. »Hilf mir lieber! Und du, verdammter Stein, gib mir meinen Mann zurück!« Tränen strömten über ihr Gesicht. Sie schlug mit den Fäusten auf die Brocken ein.

Wellink umfasste sie und zog sie mit sanftem Nachdruck zurück. »Larissa«, sagte er eindringlich. »Hör mir zu. Diese Trümmer sind zu schwer, aber ich werde Hilfe holen. Ich bin so schnell ich kann wieder zurück.«

Sie antwortete nicht. Ihre Augen waren starr auf den Zipfel von Ernests Jacke gerichtet.

»Hörst du mich?«, fragte er noch einmal.

Als sie widerstrebend nickte, zog er seine eigene Jacke aus und legte sie auf den Boden. »Setz dich hier hin und warte auf mich. Semiramis, du bleibst bei Mrs Wood. Lass sie nicht allein, hörst du?«

Kaum war das Geräusch von Wellinks Schritten verhallt, kroch Larissa auf allen Vieren zu dem Jackenzipfel. Sie streckte eine Hand aus und strich unablässig über den rauen Stoff, bis sie all den weißlichen Staub darauf entfernt hatte.

»Ernest ist tot. Ich weiß es«, stammelte sie leise.

Semiramis sah sie hilflos an. Gerne hätte sie Larissa Mut gemacht, doch alles sah danach aus, als läge Mr Wood wirklich unter den Steinbrocken begraben.

»Es tut mir so leid, Mrs Wood«, sagte sie schließlich. »Ich fühle Ihren Schmerz.«

Niemand hatte auf Aladin geachtet, der die Aufregung mit großen Augen verfolgte. Jetzt tappte er zu dem Schutthaufen, kniete am Rand nieder, schob seinen dünnen Kinderarm in den Spalt zwischen der Wand und dem Gestein und zog einen Gegenstand heraus. Dann zeigte er den Frauen, was er gefunden hatte: eine kleine Blechdose. Das Metall war von schwarzem schmierigem Ruß bedeckt.

»In dieser Dose bewahrt Ernest das Magnesiumpulver auf!«, rief Larissa und sprang auf.

Aladin redete hastig drauflos und zeigte auf den Durchlass. Dann fiel ihm ein, dass Semiramis und Larissa seinen Siwi-Dialekt nicht verstanden. Er legte die Stirn in Falten und überlegte. Schließlich stellte er die Dose wieder in der Nähe des Schutthaufens auf den Boden. Er machte ein paar stolpernde Schritte und ließ seine Kerze auf die Blechdose fallen. Sie erlosch sofort und kullerte weiter.

»Tsss!«, zischte Aladin und zeigte auf die Dose. »Tsss, bumm!« Er schlug sich mit den Handflächen aufs Gesicht, riss an seinen Haaren und ließ sich auf den Boden fallen.

»Dasselbe hat er mir gestern im Stall gezeigt!«, rief Semiramis aufgeregt.

Als habe er sie verstanden, lief Aladin zu ihr, nahm ihre Hand und zog sie zur linken Seite des Türsturzes. Dann nahm er Semiramis' Kerze und hielt sie dicht an die Wand. Erstaunt beugte sie sich vor, streckte einen Finger aus und strich über den Putz. »Das ist schwarz«, stellte sie fest und betrachtete ihre Fingerspitze. Ihre Augen glitten über das Mauerwerk. »Noch mehr schwarze Flecken. Das ist Ruß.« Sie drehte sich zu Larissa. »Hier hat es gebrannt.«

Wellink wusste nicht, ob er wütend oder verzweifelt sein sollte. Keiner der männlichen Bewohner des Totenberges wollte ihm helfen. Entweder sie wandten sich ab, wenn er sie ansprach, oder sie taten, als verstünden sie ihn nicht. Nicht einmal »Bakschisch«, das Zauberwort, mit dem man sich in Ägypten so oft Gefälligkeiten aller Art kaufen konnte, zeigte irgendeine Wirkung.

Er überlegte gerade, ob er nach Siwa zurücklaufen oder versuchen sollte, doch mit Hilfe der beiden Frauen die Steine zu bewegen, als er einen Eselskarren bemerkte, der vor einem Grab stand. Ein junger Siwaner tauchte aus dem Eingang auf. Er schleppte ein längliches, in Leinen gewickeltes Paket auf der Schulter, das er achtlos auf die Ladefläche des Karrens warf. Als er Wellink bemerkte, lächelte er erfreut. »As-salamu alaikum, Frangi! Du heute wollen Mumie von Iskander? Ich hier habe sehr gute Mumien, garantiert sehr alt.«

Einladend zeigte er auf seine Karre, in der sich bereits ein halbes Dutzend Mumien stapelten, die sich in ziemlich erbärmlichem Zustand befanden. Bei vielen war die Leinenumwickelung zerrissen und zeigte Teile des Leichnams. An etlichen Körpern fehlten Gliedmaßen. Sogar ein einzelner Schädel lag auf der Ladefläche.

»Beni Amar wollen Mumien kaufen«, erklärte der Siwaner. »Aber beste Mumie für dich, mein Freund.«

»Wa-alaikum us-salam, Mohammed!«, grüßte Wellink, als er endlich zu Wort kam. »Eine Mumie brauche ich nicht, aber deine Hilfe. In einer Kammer im Berg ist die Decke eingestürzt. Darunter liegt vielleicht ein Mensch begraben. Du musst mir helfen, die Trümmer wegzuräumen.«

»Ana asif, mein Freund, es tut mir leid. Ich keine Zeit. Scheich von Beni Amar wartet«, erklärte Mohammed bedauernd.

Wellink kramte in seiner Jackentasche und fand ein paar Silbermünzen. »Bitte, Mohammed. Min fadlik.«

Der Händler nahm die Münzen. »Nun gut. Ich dir helfen, weil du mein Freund.«

»Das ist Ruß«, bestätigte Wellink, als er wenig später mit Mohammed zurückkehrte, und inspizierte die Dose, die Larissa ihm gegeben hatte. »Aber was hat hier gebrannt?«

»Das Magnesium ist explodiert«, sagte Larissa.

»Du meinst das Magnesiumpulver für die Blitzlichtlampe?«, fragte er.

Sie nickte unter Tränen. »Ernest hat es in dieser Dose aufbewahrt. Normalerweise hat er sie immer gut verschlossen. Magnesium ist nämlich eine gefährliche Substanz. Ernest hat mir immer eingeschärft, dass ich sehr vorsichtig damit umgehen muss. Schwere Unfälle kommen recht häufig vor.« Sie blickte auf den Gesteinshaufen, der den Durchgang zur Sarkophagkammer versperrte. »Könnte bei einer Explosion eine Druckwelle entstehen, die den Türrahmen zum Einsturz bringt?«

Wellink hob die Schultern. »Ich weiß es nicht. Aber immerhin können wir Aladin jetzt fragen, was hier passiert ist. Besser gesagt, Mohammed fragt ihn. Er kann ins Arabische übersetzen, was der Junge erzählt, und ich dann ins Englische.«

Er erklärte dem jungen Siwaner sein Anliegen und Mohammed begann, Aladin zu befragen.

»Sohn von Scheich hat Frangi zum Gebel el Mauta geführt«, berichtete Mohammed, nachdem er mit Aladin gesprochen hatte. »Hat ihm Grab gezeigt, weil ist das schönste im Berg.«

Mohammed erzählte weiter, dass Ernest beim Anblick der prächtigen Kultkammer völlig aus dem Häuschen geraten war. Durfte man Aladin glauben, hatte er gelacht, geweint und getanzt. Dann hatte er aus der großen Kiste, die er auf dem Rücken getragen hatte, eine kleinere Kiste genommen und sie auf lange dünne Beine gestellt. Anschließend hatte er mit einem Apparat ein sehr helles Feuer gemacht. Aladin musste etwas entfernt bei dem kleinen Durchlass warten und Ernests Kerze festhalten. Aber er durfte jedes Mal, wenn Ernest die Kiste auf den dünnen Beinen neu aufgebaut hatte, bis drei zählen, und das Feuer war wie durch einen Zauber entflammt. Als Aladin gerade wieder bis drei zählen wollte, hatte der Frangi ihn ganz aufgeregt zu sich gewinkt. Aladin verstand zwar nicht, warum, aber er hatte sich so beeilt, dass er über die kleine Blechdose, die vor seinen Füßen stand, gestolpert war. Die Kerze war ihm entglitten und in die offene Dose mit dem Feuerpulver gefallen. Fast sofort war es sehr heiß und sehr hell geworden und es hatte so furchtbar geknallt, als würden hundert Höllenfeuer explodieren.

»Und dann?«, fragte Larissa, als Wellink ihr alles übersetzt hatte. »Weiß Aladin, was mit Ernest geschehen ist?«

Mohammed fragte den Jungen, doch der schüttelte ratlos den Kopf.

»Aladin kann sich nicht erinnern«, berichtete Wellink schließlich. »Er wurde ohnmächtig, und als er wieder zu sich kam, lag er zu Hause in seinem Bett und hatte schreckliche Schmerzen von den Verbrennungen. Mohammed hat ihn gefragt, wann die Explosion war, aber er sagt nur, dass sie vor langer Zeit war, was auch immer das heißen mag. Ich denke, wir sollten jetzt die Steine wegräumen. Willst du so lange draußen warten?«

Larissa schüttelte entschieden den Kopf. »Nein, ich will dabei sein.«

Semiramis nahm Aladin an der Hand und führte ihn aus der Grabanlage. Dann wuchteten Mohammed und Wellink den ersten Steinblock zur Seite. Sie konzentrierten sich auf die Trümmer, die dort lagen, wo sich Ernests Jacke befand. Larissa schaufelte mit bloßen Händen Schutt und Geröll zur Seite, ohne darauf zu achten, dass ihre Finger bluteten.

»Larissa!«, keuchte Wellink, nachdem er und Mohammed zusammen einen großen Felsbrocken beiseitegerollt hatten. »Da ist nur die Jacke.«

Sie starrte auf das Kleidungsstück, als könne sie es nicht begreifen. Der Stoff war verdrückt und dreckig. An einer Schulter befand sich ein Riss und die Knöpfe hatte das Gewicht der Steine zermalmt. »Ich war auf alles gefasst. Ich habe mich innerlich auf einen schrecklichen Anblick vorbereitet«, stammelte sie. Sie hob die Jacke auf und drückte sie an ihre Brust. Dabei fiel etwas aus einer der Taschen. Wellink bückte sich und hob den knapp handtellergroßen Gegenstand auf.

»Ein Herzskarabäus. Erstaunlich, dass er den Steinschlag unversehrt überstanden hat.« Er drehte das Amueltt aus orange geädertem Karneol hin und her und leuchtete mit seiner Kerze auf die winzigen Hieroglyphen. Auf der Bauchseite stand der Zauberspruch aus dem Totenbuch, der das Herz beschwor, beim Totengericht nichts Schlechtes über den Verstorbenen zu sagen. Auf dem Rücken erkannte er Worte, die er schon einmal übersetzt hatte: »Madu, Hauptmann der Leibwache des Großen Alexander, gestorben und begraben in der Oase des Amun, im sechsten Jahr der Herrschaft des Horus-Alexander, des Bezwingers der Fremdländer, Geliebten von Amun und Auserwählten von Re.«

»Das hat deinem Mann gehört.« Er reichte das Amulett Larissa.

»Nein«, erwiderte sie, nachdem sie den Käfer genau betrachtet hatte. »Ernest hat das Amulett gehört, das ich auf dem Khan el Khalili gekauft habe. Das hier gehört Madu.« Sie schob es in ihre Rocktasche.

»Was hast du damit vor?«, fragte Wellink.

»Ich werde es aufbewahren«, antwortete sie nur.

Der junge Siwaner sagte etwas auf Arabisch und wies auf das Geröll, das noch im Durchlass lag.

»Mohammed sagt, dass wir in der Sarkophagkammer nachschauen sollten. Vielleicht finden sich dort Hinweise auf Wood«, übersetzte Wellink.

Larissa nickte. »Eine gute Idee.«

»Lass mich das machen. Die Sarkophagkammer könnte ebenfalls einsturzgefährdet sein«, bot er an.

»Nein. Wenn mein Mann dort umgekommen ist, will ich ihn zuerst sehen.« Larissa legte Ernests Jacke auf den Boden und kletterte auf den wackeligen Geröllhaufen. Bald hatte sie die schmale Lücke zwischen dem Schutt und den Resten des

Türsturzes erklommen. Sie suchte mit den Knien festen Halt und hielt die Kerze empor. Hinter ihr hockte Wellink und leuchtete ebenfalls mit seiner Kerze.

Sie blickten in eine enge Kammer. Der Boden lag etwas tiefer als in der Halle. Der einzige Schmuck auf der weiß verputzten Wand war ein großes gemaltes Auge. Es war schwarz umrandet, die Pupille dunkelblau. Aus dem Augenwinkel lief eine große Träne. Fast die gesamte Kammer wurde von einem wuchtigen Sarkophag aus schwarzem Granit eingenommen. Der Deckel war halb beiseitegeschoben worden. Der Spalt gähnte Larissa wie ein tiefer dunkler Schlund entgegen. Wellink kroch an ihr vorbei und hielt seine Kerze so, dass er in den Sarkophag leuchten konnte. Sie verspürte so schreckliche Angst, dass sie die Augen schließen musste. Dann hörte sie Wellinks Stimme: »Der Sarkophag und die Kammer sind leer.«

16

Osiris

Osiris ist der ägyptische Gott des Jenseits, der Wiedergeburt und des Nils und der Osiris-Mythos ist einer der wichtigsten Mythen der ägyptischen Religion: Aus Hass tötete Seth seinen Bruder Osiris, zerstückelte die Leiche und verstreute sie in alle Welt. Durch diesen Mord entstand das Jenseits. Isis, die Gemahlin des Osiris, machte sich auf die Suche nach den Überresten ihres geliebten Gemahls, um diese mithilfe von Magie wieder zusammenzufügen. Dann zeugte sie mit ihm ein Kind, welches seinen Vater rächen sollte – Horus, den Sonnengott.

»Ich weiß, dass Ernest etwas zugestoßen ist«, sagte Larissa, als sie ihre Kammer im Haus des Distriktkommissars betrat. Es waren ihre ersten Worte, seit sie die leere Kammer und den leeren Sarkophag gesehen hatte. Sie war einfach von dem Geröllhaufen heruntergeklettert, hatte die kleine Blechdose und Ernests Jacke genommen und war aus der Kammer herausgestapft. Seither schien sie wie versteinert.

Wellink musterte sie besorgt. »Du solltest dich ausruhen.«

Aber Larissa hörte ihm nicht zu. »Niemand sagt uns die Wahrheit«, murmelte sie. »Die Leute, die im Totenberg wohnen, meiden uns, der Scheich meidet uns. Sie wissen alle etwas, aber sie wollen uns nichts sagen.« Sie drückte Ernests schmutzige, zerrissene Jacke an ihre Brust.

Ihre Verzweiflung quälte Wellink und es ärgerte ihn, dass er sich so hilflos fühlte. Gleichzeitig plagte ihn das schlechte Gewissen, weil in einem Winkel seines Herzens der Wunsch lauerte, Wood möge sich einfach in Luft aufgelöst haben.

»Wir haben zwar die Jacke deines Mannes gefunden, aber das heißt noch nicht, dass er tot ist«, versuchte er Larissa aufzumuntern. »Wir müssen uns an die Fakten halten und die besagen lediglich, dass er die Jacke nicht trug, als das Magnesium explodierte.«

»Wie kannst du das sagen?«, fuhr Larissa auf. »Die Umstände lassen doch nur den Schluss zu, dass Ernest etwas Schlimmes passiert ist.«

»Sie lassen viele Schlüsse zu«, entgegnete Wellink unbeirrt. »Sogar den, dass dein Mann zurück nach Kairo gereist ist.«

»Sagst du das, um mich zu beruhigen? Das musst du nicht. Ich weiß, was ich hier spüre.« Sie legte eine Hand auf ihr Herz.

»Für mich ist das Schlimmste erst eingetreten, wenn es unwiderlegbar bewiesen ist«, beharrte er. »In einem Punkt stimme ich dir allerdings zu: Der Scheich ist der Schlüssel der ganzen Geschichte. Er schuldet uns endlich eine Erklärung.«

»Ich denke, dass er uns von Anfang an belogen hat«, antwortete Larissa. »Aber wie bringen wir ihn dazu, uns die Wahrheit zu sagen?«

Wellink legte seine Hände über ihre kalten Finger. »Ich werde noch einmal mit ihm reden, und wenn es sein muss, werde ich ungemütlich.«

»Ich begleite dich.«

»Du siehst erschöpft aus. Willst du dich nicht doch ein bisschen ausruhen?«

»Ich bin tatsächlich sehr müde«, sagte sie leise und fügte hinzu: »Und durcheinander.«

»Leg dich ruhig schon hin. Ich sage dir dann, was ich beim Scheich erreicht habe.« Er wandte sich um und ging.

»Mein Herr ist nicht da.« Ali Suleimans sudanesischer Diener musterte den Besucher kühl und wollte die Tür zuschlagen.

Doch dieses Mal war Wellink darauf gefasst und schob sich blitzschnell dazwischen. »Noch einmal haust du mich nicht übers Ohr! Ich verlange eine Auskunft! Jetzt!«

»Er ist nicht da«, wiederholte der Diener stur. »Er ist am Morgen fortgeritten. Ich weiß nicht, wo er ist.«

Wellink überlegte gerade, ob er den Mann an der Galabija packen und durchschütteln sollte, als ein begeisterter Ausruf ertönte. Aladin stand auf dem Flur und strahlte über das ganze Gesicht. Seit dem heutigen Ausflug zum Gebel el Mauta betrachtete er die Fremden als seine Freunde. Als er jedoch loslaufen und Wellink begrüßen wollte, ertönte aus einem der Zimmer, die vom Flur abzweigten, eine Frauenstimme. Diese rief ihn wohl recht deutlich zurück, denn Aladin blickte widerwillig über die Schulter. Doch nach kurzem Zögern gehorchte er.

Wellink stand immer noch in der Tür und blockierte sie. »Wenn du nicht weißt, wo dein Herr ist, dann geh und frag die Herrin«, befahl er dem Diener.

Der Sudanese starrte ihn böse an, aber dann knurrte er: »Warte hier, Frangi.«

»Keine Angst, das werde ich.« Wellink klopfte mit der Spitze seines Stiefels nachdrücklich auf den Boden.

»Die Herrin weiß auch nicht, wo der Herr ist«, verkündete der Diener, als er wenig später zurückkehrte.

»Und das soll ich glauben?«, rief Wellink höhnisch. Ruhiger fügte er hinzu: »Mrs Wood macht sich große Sorgen um ihren Mann. Wenn du also weißt, wo dein Herr steckt, dann hole ihn!«

Der Diener schluckte. »Ich weiß nicht, wo der Herr ist. Ana asif, es tut mir leid.« Wieder wollte er die Tür schließen, aber Wellink dachte nicht daran, zu weichen. »Ohne eine Antwort werde ich nicht gehen, mein Freund.«

Der Diener starrte ihn an. Seine Miene drückte sowohl Ärger als auch Hilflosigkeit aus.

Wellink packte ihn am Handgelenk.

»Ein Engländer ist hier in Siwa spurlos verschwunden. Bestelle deinem Herrn, er hat noch bis morgen früh Zeit, der Ehefrau des Engländers zu sagen, was er damit zu tun hat. Wenn er sich weiterhin weigert, uns aufzuklären, werden wir dem englischen Generalkonsul in Kairo Meldung machen. Dann ist es nur noch eine Frage der Zeit, bis es in Siwa von Militär nur so wimmelt. Und sind die Engländer erst hier, dann werden sie auch erfahren, dass hier ein schwunghafter Handel mit Mumien stattfindet, an dem der Scheich wahrscheinlich ebenso kräftig mitverdient wie an vielen der gefälschten Antiquitäten!«

Furcht zeigte sich in der Miene des Sudanesen.

»Ich kann nichts sagen«, stammelte er. »Ich weiß nichts. Ana asif!« Er drückte mit ganzer Kraft gegen die schwere Holztür, sodass Wellink rückwärts stolperte. Diesen Moment nutzte der Sudanese, um die Tür zuzuschlagen.

»Das wird ein Nachspiel haben!«, brüllte Wellink und rieb sich die schmerzende Schulter.

Wütend stapfte er zurück in den Gästetrakt, um Larissa zu sagen, dass er wieder nichts erreicht hatte. Er glaubte auch nicht, dass der Scheich sich bis morgen früh melden würde. Wahrscheinlich blieb nun wirklich nichts anderes mehr, als den englischen Generalkonsul zu informieren.

»Mrs Wood schläft«, sagte Semiramis, die auf sein Klopfen die Tür geöffnet hatte. »Aber ich werde sie wecken.«

»Nein«, erwiderte er. »Sie braucht etwas Ruhe. Wenn sie aufwacht, sag ihr, dass ich noch einmal weggegangen bin. Wahrscheinlich werde ich erst gegen Abend zurück sein.«

Semiramis musterte ihn neugierig. »Haben Sie noch eine Idee, wo Mr Wood sein könnte?«

Er schüttelte den Kopf. »Leider nicht. Aber wir werden wahrscheinlich sehr bald abreisen und ich muss vorher noch ein paar Dinge erledigen.«

Ali Suleiman saß auf einem Diwan in dem großen Zimmer seines Hauses, in dem seine Familie und seine Verwandten oft zu langen fröhlichen Festessen zusammenkamen, und stützte den Kopf in beide Hände. Er hatte jedes Wort des Fremden gehört und war verzweifelt.

Englische Soldaten in Siwa!

In Kairo hatte er lange genug unter ihren Offizieren gedient, um zu wissen, dass sie keinen Spaß verstanden, wenn man ihre Verbote missachtete. Mit Mumien zu handeln war verboten, obwohl gerade die Engländer zu den besten Kunden zählten, wie ihm der Anführer der Beni Amar verraten hatte. Und dass Ali Suleiman den Erlös aus dem Mumienhandel benutzte, um einen Teil der Steuern an die englischen Besatzer seines Landes zu zahlen, würde ihnen erst recht nicht gefallen. Gewiss würden die Engländer dann auch entdecken, dass er einen weiteren Teil der Steuern mit dem Geld bezahlte, das er für gefälschte Antiquitäten erzielte. Nicht mit Kleinigkeiten wie Schmuck oder Uschebtifiguren. Damit sollten die Siwaner ihren Verdienst aufbessern. Er handelte mit großen und aufwendigen Fälschungen wie Statuen oder Barken, die eine Menge einbrachten. Auf diese Weise machte er es beiden Seiten recht – seinen siwanischen Landsleuten, die keine Abgaben zahlen wollten, und den geldgierigen Engländern, die davon nicht genug bekommen konnten.

Das Schlimmste jedoch drohte, wenn die Engländer herausfanden, dass einer ihrer Landsleute in Siwa verschwunden war. Dann würde er nicht nur im Gefängnis landen und womöglich sogar gefoltert werden, sondern er verlor vor seinen Landsleuten das Gesicht. Sie würden sich seinen Besitz aneignen, und seine

Frau und sein Kind wären schutzlos und völlig abhängig vom guten Willen mildtätiger Verwandter.

Er sah auf, als sich leichte Schritte näherten. Seine Frau stand vor ihm. »Es muss endlich ein Ende haben«, sagte sie eindringlich.

Entnervt warf er die Arme empor. »Quäle du mich auch noch!«

Sie setzte sich neben ihn. »Die Fremde hat ein Recht zu wissen, was mit ihrem Mann geschehen ist.«

»Ich wusste nicht einmal, dass er eine Frau hat. Wenn sie erfährt, was passiert ist, haben wir die Engländer auf dem Hals!«, rief Ali Suleiman aus. »Kannst du dir überhaupt vorstellen, was die Engländer dann mit uns machen?«

»Wenn die Frau des Engländers die Wahrheit erfährt, wird sie uns glauben und die Engländer werden nicht kommen«, erwiderte die Sheika ruhig. »Wir haben nichts getan. Wir sind unschuldig, aber es sieht immer mehr danach aus, als seien wir schuldig. Wie soll unser Sohn dein Nachfolger im Maglis werden, wenn Schimpf und Schande auf unserer Familie lasten?«

»Aber wie können wir das Schicksal noch aufhalten?« Ali Suleiman nahm seine Brille ab und rieb sich mit Daumen und Zeigefinger die Stirnfalte.

Sanft legte sie eine Hand auf seinen Oberschenkel. »Lass uns Allah um Hilfe bitten. Sagt er nicht: ›Richtet eure Bitten an mich, so erhöre ich euch‹? Allah wird uns zeigen, was richtig ist.« Sie senkte den Kopf und hob die Handflächen vor das Gesicht: »O Allah, du bist der Friede und der Friede ist von dir. Gesegnet bist du, o Herr von Erhabenheit und Ehre ...«

Larissa träumte, dass sie sich in der Halle der vollständigen Wahrheit befand. Das Sternenkleid der Himmelsgöttin erfüllte den hohen weiten Saal mit silbernem Licht. Sie blickte auf Ernest. Reglos verharrte er vor dem mannshohen Wiegebalken in der Mitte des Raumes. Seine Aufmerksamkeit richtete sich auf Anubis, der vor der linken Waagschale stand und ein pulsierendes Herz in den Händen hielt, Ernests Herz.

»Dudumm«, hörte Larissa den gleichmäßigen Rhythmus des Herzens. »Dudumm, dudumm.«

Ihr Blick wanderte zur rechten Waagschale. Dort lag der Teller aus Binsenstroh, den die alte Fellachin angefertigt hatte. In der harten Lehmoberfläche erkannte Larissa schemenhaft die eingeritzten Hieroglyphen: die drei Schilfhalme mit der Schlange und den auf einer Liege ruhenden Menschen. Neben der Schale hockte die Alte und starrte aus milchigen Augen ins Nichts. Zu ihren Füßen hatte sich die schwarze Schlange zusammengerollt. Sie war zu einem riesenhaften Ungeheuer angewachsen. In ihren kalten Augen spiegelte sich das Sternenlicht.

»Du willst, dass wir den Fremden richten?«

Überrascht drehte Larissa den Kopf in Richtung der Stimme und erblickte Osiris. Der mumiengestaltige Gott des Jenseits und der Wiedergeburt saß auf einem vergoldeten Thron. Auf dem Kopf trug er die weiße Krone des Südens, eine hohe, steife Haube, die nach oben schmal zulief. In den vor der Brust gekreuzten Armen hielt er Krummstab und Geißel. Seine Haut schimmerte bleich wie der Mond. Hinter ihm stand sein Sohn Horus, der Gott mit dem Falkenkopf.

Zu Füßen von Osiris hockte Thot, der ibisköpfige Gott der Magie und der Weisheit. In seiner rechten Hand hielt er eine Binse, deren vorderes Ende zerfasert war, sodass es einem Pinsel glich. Auf seinen gekreuzten Beinen lag ein Schreibbrett mit einem Stück Papyrus, daneben ein rotes Klümpchen Ocker.

Hinter Osiris und Thot hatten sich die zweiundvierzig Götter des Totengerichts versammelt. Jeder besaß eine andere Gestalt. So trug einer einen Widderkopf auf den Schultern, ein anderer hatte das Aussehen eines Esels, einer war ein mit Lotusblüten geschmückter Jüngling und wieder ein anderer ein Kind mit dem Sistrum, der heiligen Rassel, in der Faust. Die Aufmerksamkeit aller zweiundvierzig richtete sich auf den Wiegebalken.

»Was hat er getan?«, wollte Osiris wissen.

»Er hat sich genommen, was mein Eigen ist«, sagte eine anklagende Stimme, »und meinem Herz den Frieden geraubt.« Larissa fuhr erschrocken zusammen und sah Madu. Er kauerte, seiner Mumienbinden beraubt, wie ein dunkler Schatten in einer Ecke der Halle. Der Seelenvogel saß auf seiner Schulter.

Der Kopf der schwarzen Schlange fuhr züngelnd in Ernests Richtung. Die alte Fellachin zog eine Feder aus ihrem Gewand und tippte damit leicht an den Binsenstrohteller.

Osiris hob seinen Krummstab. »Wiege seine Sünden, Anubis!«

Daraufhin legte der Schakalköpfige Ernests Herz in die leere Waagschale.

Einen Atemzug lang stand die Schale still, dann sackte sie langsam abwärts. Gleichzeitig hob sich die Schale mit dem Binsenstrohteller. Als beide im Gleichgewicht standen, richtete Osiris seinen Krummstab auf Ernest. »Beweise, dass du ein reines Leben geführt hast!«

Ernest trat einen Schritt vor. »Ich habe kein Unrecht gegen einen Menschen begangen!«, verkündete er mit fester Stimme.

Die Waagschale mit seinem Herzen senkte sich ein Stück.

Ernest blickte erschrocken auf den Wiegebalken. Dann fuhr er unsicher fort: »Ich habe nichts Böses getan! Ich habe kein Tabu der Götter gebrochen! Ich habe ...«

Madus Seelenvogel kreischte höhnisch und flatterte mit den Schwingen. Die Waagschale mit Ernests Herz sackte tiefer und immer tiefer.

»Leg den Skarabäus, den ich dir geschenkt habe, auf das Herz!«, rief Larissa Ernest zu. »Dann kann es dich nicht mehr verraten!«

Hektisch durchwühlte er seine Taschen. »Ich finde ihn nicht!« Er drehte sich zu Larissa. »Weißt du, wo er ist?«

Bevor sie antworten konnte, setzte die Waagschale mit einem dumpfen Geräusch auf dem Boden auf.

»Er spricht nicht mit der Stimme der Wahrheit«, verkündete die alte Fellachin und richtete ihre blinden Augen auf Osiris.

Der mumiengestaltige Gott schlug mit dem Krummstab auf den Boden. »Richter der Unterwelt! Sprecht euer Urteil!«

»Er hat gelogen«, sagte der Gott mit dem Widderkopf. »Er kann nicht weitergehen.«

»Er hat gestohlen«, fügte der mit Lotusblüten geschmückte Jüngling hinzu. »Er kann nicht weitergehen.«

»Er hat den ewigen Frieden eines Toten gestört«, sagte der Gott in Eselsgestalt. »Er kann nicht weitergehen.«

Ein Gott nach dem anderen sprach. Einige hatten gute Taten von Ernest zu berichten, andere nicht. Währenddessen kratzte Thots Schreibbinse unablässig über den Papyrus.

Als alle ihr Urteil verkündet hatten, herrschte so tiefe Stille, als wäre die Zeit stehen geblieben. Schließlich trat Horus auf Ernest zu und führte ihn vor den mumiengestaltigen Gott.

Osiris sagte: »Nicht alle haben gegen dich gerichtet. Aber um in die jenseitige Welt zu gehen, muss ihr Urteil einstimmig sein. Sechet-iaru, die leuchtenden Gefilde der Binsen, bleiben dir verwehrt.«

Madus Seelenvogel stieß einen triumphierenden Schrei aus und die alte Fellachin zielte mit ihrer Feder in Ernests Richtung: »In die ewige Verdammnis muss er! Übergebt ihn der großen Fresserin!«

Zischend richtete die riesige Schlange sich auf. Larissa sah ihre nadelspitzen Giftzähne in dem aufgerissenen Maul. Dann schlängelte das Reptil auf Ernest zu.

Voller Angst rief er: »Das Urteil ist falsch! Ich bin ein guter Mensch!« Seine Augen suchten Larissa. »Hilf mir! Bitte!«

Tränen schossen ihr in die Augen. Sie trat neben Ernest und nahm seine Hand. »Wenn ich das Gleichgewicht des Schicksals wieder herstelle, wird mein Mann dann freigesprochen?«, fragte sie Osiris.

Das fahle Gesicht des Gottes war unbewegt. Er schien tief in sich versunken. Endlich sagte er: »Du musst Madu zurückgeben, was dein Mann ihm geraubt hat. Dann darf er noch einmal vor das Gericht der Götter treten.« Er schlug mit seinem Krummstab dreimal nachdrücklich auf den Boden.

Die Halle der vollständigen Wahrheit verschwamm vor Larissas Augen und löste sich auf. Sie hörte nur noch das Pochen des Krummstabes, laut und immer lauter.

»Mrs Wood!« Semiramis rüttelte Larissa an der Schulter. »Wachen Sie auf! Jemand klopft an die Tür.«

»Barke noch nicht fertig«, sagte Jussuf, als Wellink vor ihm auftauchte. »Noch ein paar Tage. Danach ich lege Blattgold auf.«

»Die Hauptsache ist, dass sie fertig wird. Ich brauche sie nämlich, um einer jungen Dame die Freiheit zu kaufen«, erklärte Wellink. »Aber heute bin ich nicht wegen der Barke hier. Ich benötige eine Amphore, eine schmale, ungefähr so hoch.« Er zeigte eine Höhe von ungefähr zwei Händen an. »Wo finde ich eure Töpfer?«

»Töpferwaren machen unsere Frauen«, erklärte Jussuf. »Arbeiten zu Hause. Aber ich dir zeigen, weil Waren werden hier verpackt.« Er legte einen Ibis, an dessen Flügel er gerade geschnitzt hatte, beiseite und verschwand in einem der Lagerräume.

»Wie die Amphore aussieht, ist egal!«, rief Wellink ihm hinterher. »Aber sie muss einen wasserdichten Verschluss haben!«

Als Jussuf zurückkam, hielt er in einer Hand ein schlankes Gefäß, in dessen Öffnung ein Korkpfropfen saß. Unten wurde das Gefäß leicht bauchig und lief dann spitz zu. Der rote gebrannte Ton war mit einer Götterfigur bemalt, die einen Löwenkopf besaß.

Wellink nahm die Amphore und betrachtete sie von allen Seiten. »Das ist ja Schesemu, der Gott des Weines!«, rief er erfreut, als er die Figur sah.

»Willst du dafür haben Dattelwein?«, erkundigte Jussuf sich.

»Heute nicht.« Wellink schüttelte den Kopf. »Was kostet die Amphore?«

»Diese Amphore hat gemacht meine Frau«, erklärte Jussuf. »Du kannst kaufen bei mir für gute Preis, für …« Er überlegte.

»Ich biete dir zwanzig Piaster«, sagte Wellink.

Jussuf starrte ihn an. »Warum du so viel zahlen?«

»Damit du keine neugierigen Fragen stellst.« Wellink legte vier silberne Fünfpiaster-Münzen neben den halb fertigen Ibis. »Ma a salama!«

Eine halbe Stunde später stand Wellink an der Sonnenquelle. Erleichtert registrierte er, dass er allein war. Kinder und erst recht Erwachsene, die ihn beobachteten, konnte er jetzt nicht brauchen.

Er hockte sich in den Schutz einer buschigen Palme und öffnete die Amphore. Dann zog er zwei Kerzen und ein Päckchen Zündhölzer aus der Innentasche seiner Jacke, ließ alles in das Gefäß gleiten und drückte den Stopfen fest auf den Hals. Als Nächstes zog er sich bis auf die Hosen aus. Seine Kleidung versteckte er unter ein paar größeren Steinen. Stiefel und Hut bedeckte er mit Wedeln, die er von dem Palmbusch schnitt. Er sah sich noch einmal prüfend nach allen Seiten um, fasste die Amphore und glitt ins Wasser der Sonnenquelle.

Als er am Eingang der unterirdischen Kammer wieder auftauchte, schüttelte er die Tropfen von seinen Händen. Dann zog er den Korken von der Amphore und ließ Kerzen und Zündhölzer in seine Hand gleiten. Erleichtert stellte er fest, dass sich alles trocken anfühlte und kein Wasser aus der Amphore rann.

Er riss ein Streichholz an und wartete, bis zischend eine kleine Flamme emporzüngelte. Rasch hielt er die erste Kerze an das Feuer und sah sich gespannt um. Nachdem seine Augen sich an das schwache Licht gewöhnt hatten, erkannte er eine kleine Kammer. Sie war vielleicht drei Meter breit, dreieinhalb Meter lang und so hoch, dass er gerade aufrecht darin stehen konnte.

»Verdammt noch eins«, flüsterte er heiser. »Da hat dieser Machmut doch tatsächlich recht gehabt.«

Die Kammer war vollgestopft. Er konnte zwar nichts erkennen, denn alles war unter Leinentüchern verborgen, trotzdem war er überwältigt. Seine Augen wurden feucht und zum ersten Mal in seinem Leben überkam ihn das Bedürfnis, vor Dankbarkeit auf die Knie sinken zu müssen.

Vorsichtig legte er die freie Hand auf das erste Leinentuch, das er erreichen konnte. Doch bevor er es entfernte, drehte er sich noch einmal um. Seine feuchten Fußabdrücke hatten Spuren auf dem mit einer dünnen Sandschicht bedeckten Boden hinterlassen. Tempelpriester hatten den Sand vor langer Zeit hier verstreut und glatt gefegt. Ihre Besenspuren waren noch deutlich sichtbar.

»Ich bin der erste Mensch, der diesen Raum seit zweitausend Jahren oder mehr betritt. Ich bin der Erste, der dieses Leinen berührt, seit die Priester es über ihre Schätze gebreitet haben«, dachte Wellink feierlich und zog langsam das Tuch herunter.

Er erblickte eine Stele aus Kalkstein. Darauf war ein ägyptischer Pharao dargestellt, der mit einem weit ausholenden Hieb des Krummschwertes seine vor ihm kauernden Feinde niederstreckte. In der Kartusche unter der Szene stand der Name des Pharaos.

»Alexandros, Beschützer Ägyptens, Bezwinger der Fremdländer«, entzifferte Wellink im flackernden Licht der Kerze.

Er entzündete die zweite Kerze und klebte sie mit ein paar Wachstropfen auf der Stele fest.

Dann zog er das zweite Tuch herunter und entdeckte ein Fries, das Alexander zeigte, wie er Amun einen Stier opferte.

Der junge König hatte die Hände vor dem Gott in Opferhaltung erhoben. Der Stier trug die Sonnenscheibe zwischen seinen Hörnern.

Unter dem dritten Tuch fand er eine Truhe aus Palmholz, auf der ebenfalls Alexander abgebildet war. Dieses Mal saß er in der traditionellen stolzen Haltung eines ägyptischen Pharaos auf seinem Thron. Auf dem Kopf trug er das gestreifte Nemes-Kopftuch mit der Uräusschlange über der Stirn. Am Kinn prangte der Zeremonialbart. Behutsam strich Wellink mit den Fingerspitzen über das seidig glänzende Holz. Die Wachsbeschichtung ließ die Farben auch nach langer Zeit noch wunderbar leuchten.

Dann hob er den Deckel von der Truhe und fuhr fast erschrocken zurück: Vor ihm lag eine edelsteinbesetzte Schwertscheide, aus der der Griff einer Waffe ragte, daneben der Helm des Makedoniers mit dem eingravierten Löwenhaupt und dem roten Rosshaarbusch. Unwillkürlich wandte Wellink den Kopf, um zu schauen, ob der Makedonier im Eingang der Kammer stand. Doch dieses Mal war Wellink allein. Er erlebte keine Vision, sondern die Wirklichkeit. Er beugte sich vor, ließ die Rechte über den Rosshaarbusch gleiten und fuhr mit dem Zeigefinger über die Linien des Löwenhauptes. Dann schloss sich seine Hand um das kühle Bronzeblech und er hob den Helm aus der Truhe. Nachdem er den Deckel wieder auf die Truhe gelegt hatte, stellte er den Helm darauf. Danach bahnte er sich vorsichtig seinen Weg durch die kleine Kammer. In einer Hand trug er die Kerze. Mit der anderen zog er ein Tuch nach dem anderen von den Schätzen. Er sah Statuen mit den Namen von Oasenkönigen auf dem Sockel und eine bemalte Holzstatuette der Göttin Mut, die er an der Geierhaube und der Doppelkrone Ägyptens erkannte. Neben ihr lagen Widderköpfe aus Alabaster, ein Hinweis auf ihren Gemahl Amun. In einer Truhe entdeckte er Musikinstrumente, die bei Prozessionen und Festen gespielt worden waren, in einer anderen stapelten sich prall gefüllte Lederbeutel. Als er einen öffnete, glitzerten darin Gold-, Silber- und Bronzemünzen aus ptolemäischer Zeit. In weiteren Truhen gab es all die Dinge, mit denen die Priester ihren Gott in seinem Heiligtum versorgt hatten: Feuerbecken zum Abbrennen von Weihrauch und Myrrhe, ein bauchiger goldener Nemset-Krug für das Trankopfer, goldene Schalen und Karaffen, in denen dem Gott Brot und Fleisch, Wein, Bier und Milch serviert worden waren, und Leinengewänder, um ihn zu kleiden. In Gefäßen aus Alabaster und Obsidian fand Wellink Spuren von Ölen, mit denen die Götterstatue gesalbt worden war. Als er mit einem Finger darüberrieb und daran schnupperte, roch er noch ganz leicht die Düfte von Lotus und Papyrus, den heiligen Pflanzen Ober- und Unterägyptens.

Ganz hinten in der Kammer standen zwei große schrankartige Kästen. Als Wellink die Leinenbedeckungen entfernt hatte, sah er, dass es vergoldete Schreine aus Palmholz waren. In die Außenwände hatten unbekannte Künstler Darstellungen des Gottes Amun geritzt. Die Flügeltüren wurden von Kupferringen verschlossen, durch die jeweils ein Palmholzriegel geschoben war.

Wellink atmete tief durch, bevor er den Riegel des ersten Schreins löste und die Flügeltüren vorsichtig öffnete. Im schwachen Kerzenlicht glitzerte ihm der schlanke vergoldete Leib eines Schiffes aus dem Dunkel entgegen. Als er die Kerze etwas hob, erkannte er mehrere Paar langer Ruder und eine kastenartige Kabine in der Mitte der Barke. Bug und Heck waren in der Form von Lotus- und Papyruspflanzen geschnitzt.

Er öffnete den zweiten Schrein und stand dem Gott selbst gegenüber. Sein bronzener Körper leuchtete im Kerzenschein tief und warm wie die untergehende Sonne; die Smaragdaugen blickten aus einem Gesicht, das Macht und Würde ausstrahlte.

Fast scheu legte Wellink eine Hand auf die glatte Bronzehaut, die in dünnen Blechen um den geschnitzten Holzkörper des Gottes lag, und ließ die Kerze über die ungefähr einen Meter große Figur wandern. Der Gott saß auf einem vergoldeten Thron aus Zedernholz. Sein Kopf war mit zwei bronzenen Straußenfedern geschmückt, am Kinn trug er den schmalen, unten aufwärts gebogenen Götterbart. Um den Hals lag ein breiter Kragen aus Gold und Edelsteinen, in der einen Hand hielt er das Ankh, in der anderen das Was-Zepter, die Symbole seiner göttlichen Macht.

Auf dem Sockel stand in Hieroglyphen: »Ich bin der Gott, der im Verborgenen wirkt, keiner kommt mir gleich. Ich bin das Licht der Welt und der Leib der Erde. Ich bin der Ewige.«

Wellink starrte auf die im Kerzenlicht glänzende Schrift. Ihm war ein bisschen schwindelig von dem Wunder, das ihm gerade widerfuhr, und er schloss die Augen.

Ein Saal mit Schaukästen, in denen die Kleinode des Tempelschatzes von Siwa präsentiert wurden, tauchte vor ihm auf. Menschen gingen von Vitrine zu Vitrine. In ihren Gesichtern zeigte sich tiefes Staunen, wenn sie sich vorbeugten, um die wertvollen Stücke von allen Seiten zu bewundern. Die Statue Amuns und seine heilige Barke bildeten den Mittelpunkt. Der Gott war umringt von Besuchern. Von Professoren, die vor ihren Studenten über ihn referierten, von Künstlern, die mit Block und Stift zu seinen Füßen saßen, von Fotografen, die ihn für die Ewigkeit festhielten, und von vielen Leuten, die teilweise von weither angereist waren, nur um ihn zu bewundern. Und manchmal, wenn sie sich unbeobachtet fühlten, erbaten die Menschen flüsternd Rat und Schutz des ewigen Gottes.

Wellink atmete tief durch. Er öffnete die Augen und blickte die Statue des Amun lange an.

»Ich habe dich verstanden«, sagte er leise.

Er verschloss den Schrein sorgfältig und wandte sich zum Gehen. Er nahm noch den Helm Alexanders von der Truhe, bevor er endgültig verschwand. Wenig später lag die Schatzkammer des Amun wieder in tiefer Dunkelheit.

17

Maat

Die Göttin Maat verkörperte Gerechtigkeit, Weltordnung, Wahrheit, Staatsführung und Recht. Die Feder der Maat hatte besonders für die Toten große Bedeutung, die sich vor dem Gericht der Götter für ihr Leben rechtfertigen mussten. Bei diesem Totengericht wurde das Herz des Verstorbenen gegen die Feder der Maat gewogen, welche Wahrheit und Ordnung symbolisierte. Nur ein Mensch, der hier vollständig bestand, konnte in die Duat übertreten.

Larissa drückte Ernests Jacke an ihre Brust. »Ich habe geträumt, mein Mann ist tot«, sagte sie mehr zu sich selbst als zu Semiramis.

Die junge Nubierin hockte neben ihrer Pritsche. »Es tut mir so leid, Mrs Wood«, sagte sie mitfühlend. »Die Geister der bösen Träume müssen sehr stark sein, wenn nicht einmal die Kraft des Nazar-Amuletts dagegen hilft.«

»Ich will, dass mein Mann lebt«, erwiderte Larissa traurig. »Aber ich glaube nicht mehr daran.«

Es klopfte erneut. Larissa blickte zur Tür. »Könnte das Max sein?«

Semiramis schüttelte den Kopf. »Ich glaube nicht. Nachdem Sie sich hingelegt hatten, wollte er noch einmal fort. Er sagte, dass er vielleicht erst zum Einbruch der Dunkelheit zurückkommt. Aber der Muezzin hat noch nicht einmal zum Nachmittagsgebet gerufen.«

»Vielleicht ist es der Scheich, der endlich mit mir sprechen will.« Larissa erhob sich, strich sich mit beiden Händen das Haar und dann das Kleid glatt und schlüpfte in ihre Schuhe. Als sie die Tür öffnete, stand der sudanesische Diener vor ihr.

»As-salamu alaikum«, sagte sie überrascht.

»Wa-alaikum us-salam, Saida«, antwortete er und deutete eine Verneigung an. Dann sprach er weiter.

»Er bittet uns mitzukommen«, übersetzte Semiramis. »Er sagt, seine Herrin erwartet Sie, Mrs Wood.«

Die beiden Frauen folgten dem Sudanesen quer über den Hof in den Wohnflügel des Scheichs, wo er sie in einen langen rechteckigen Raum führte.

Larissa sah sich um. Die schmucklosen Salzlehmwände waren mit Kalk geweißt. Kleine Mauerdurchbrüche zum Hof dienten als Fenster. Die Zimmerdecke war ebenfalls aus weiß gekalktem Salzlehm und wurde von stabilen Palmholzbalken gehalten. An einer Wand befand sich ein Schrank aus gemauertem Karsif, in dem buntes Keramikgeschirr ausgestellt war. Den gestampften Boden bedeckten Ziegenhaarteppiche. An den Wänden standen mehrere mit bestickten Kissen bedeckte Bänke, die ebenfalls aus Karsif gemauert waren und davor niedrige Tische aus geschnitztem Palmholz.

Auf einer der Bänke saß die Frau des Scheichs. Als Larissa gefolgt von Semiramis eintrat, erhob sie sich und ging ihren Gästen entgegen. Sie war eine kleine Frau, ungefähr in Larissas Alter, und trug ein weites bodenlanges Gewand aus blauer Baumwolle und bestickte Pantoffeln. Am Hals und an den Handgelenken klimperten schwere silberne Reifen. Sie war nicht verschleiert, aber ihr schwarzes Haar wurde von einem blauen Seidenschal bedeckt.

»Guten Tag, Mrs Wood«, begrüßte sie Larissa in makellosem Englisch und wies auf eine der Bänke. »Bitte nehmen Sie Platz.«

»Guten Tag, Sheika«, erwiderte Larissa völlig verblüfft und setzte sich. Semiramis blieb neben ihr stehen.

Die Frau Ali Suleimans murmelte dem Diener etwas zu. Als er verschwunden war, setzte sie sich neben Larissa.

»Ich bin sehr froh, Sie endlich in meinem Haus begrüßen zu können«, sagte sie freundlich und neigte lächelnd den Kopf. Kleine Grübchen zeigten sich auf ihren runden Wangen und ihre Haut verströmte einen sanften Blütenduft.

Larissa verspürte Misstrauen. Die unerwartete Einladung konnte nur mit Ernests Verschwinden zu tun haben. Gleichzeitig regte sich ein Fünkchen Hoffnung, dass ihr Mann doch noch lebte. Am liebsten hätte sie sofort gefragt. Doch sie erinnerte sich gerade noch rechtzeitig, dass es im Orient als sehr unhöflich galt, mit der Tür ins Haus zu fallen.

Also fragte sie stattdessen: »Wo haben Sie die englische Sprache so gut gelernt, Sheika?«

»Meine Familie stammt aus Kairo«, erwiderte die Sheika zu Larissas Überraschung. »Mein Vater ist ein fortschrittlicher Mann. Da seit einigen Jahren die Engländer die Herrschaft über Ägypten innehaben, hielt er es für vorteilhaft, wenn seine Kinder die Sprache der neuen Machthaber lernen.«

»Dann haben Sie Ihren Mann also in Kairo kennengelernt?«, fragte Larissa.

Die Sheika nickte. »Seit er zum Distriktkommissar in Siwa ernannt wurde, leben wir jedoch hier. Aber ich vermisse meine Familie und das Leben in Kairo.«

»Spricht Ihr Mann auch englisch?«, wollte Larissa wissen.

»Sehr gut sogar«, nickte die Sheika. »Aber es war nicht nötig, weil der Deutsche in Ihrer Begleitung das Arabische beherrscht.«

»Mir gegenüber wäre es höflich gewesen, aber Ihr Mann spricht ohnehin nicht mit Frauen«, erwiderte Larissa ein wenig schnippisch.

»Bitte verstehen Sie das nicht als Unhöflichkeit, Mrs Wood.« Besänftigend berührte die Sheika ihren Arm. »Das Gegenteil ist der Fall. Mein Mann wollte Sie nicht entehren, indem er das Wort direkt an Sie richtete.«

Die Tür wurde geöffnet und der Diener erschien mit einem Tablett, auf dem ein Kupferkessel und kleine Gläser in silbernen Haltern standen. Er stellte alles auf den Tisch und verschwand wieder.

Die Sheika goss Tee ein. »Ihr Mann hat meinem Sohn das Leben gerettet«, sagte sie so übergangslos, dass Larissa fast das Glas entglitten wäre. Semiramis stieß einen erschrockenen kleinen Schrei aus.

»Es ist wahr«, bekräftigte die Sheika. »Ohne Ihren Mann wäre Aladin nicht mehr bei uns. Bitte entschuldigen Sie, dass ich Ihnen nicht eher meinen Dank ausgesprochen habe. Aber glauben Sie mir, mein Mann und ich werden Ihrem Mann bis ans Ende unserer Tage dankbar sein. Aladin ist unser einziges Kind. Er ist unser Augenlicht.«

Larissas Gedanken überschlugen sich. Sie verstand nicht, warum die Sheika ihr eine so wichtige Nachricht so lange vorenthalten hatte, und sie konnte sich auch nicht erklären, warum der Scheich nicht anwesend war.

»Ich glaube Ihnen nicht!«, rief sie aus. »Wissen Sie, was ich glaube? Dass Sie und Ihr Mann etwas verbergen. Sie wissen, was Ernest zugestoßen ist und warum er verschwunden ist. Aber statt mir zu helfen, versuchen Sie, mich in die Irre zu führen. Erst behauptet der Scheich, dass Ernest abgereist ist. Jetzt tischen Sie mir Märchen von irgendwelchen Heldentaten auf. Doch das lasse ich mir nicht länger bieten. Sobald ich zurück in Kairo bin, werde ich das englische Generalkonsulat informieren!« Larissa stellte ihr Teeglas mit einem Knall auf das Tablett und stand auf.

Die Sheika schoss ebenfalls in die Höhe. Sie wirkte zu Tode erschrocken. »Ich schwöre bei Allah, dass ich die Wahrheit sage!«

»Warum ist der Scheich dann nicht anwesend?«, gab Larissa zurück. »Nur jemand, der etwas verbirgt, muss sich verstecken!«

»Manchmal ist es besser, die Weisheit einer Frau sprechen zu lassen.« Die Sheika klang flehentlich. »Meine Einladung an Sie ist mein Wunsch und der des Scheichs. Uns trifft keine Schuld an den Ereignissen.«

»An welchen Ereignissen?«, rief Larissa alarmiert. Alle ihre Befürchtungen erwachten aufs Neue. »Ist mein Mann tot?«

»Bitte setzen Sie sich wieder, Mrs Wood«, antwortete die Sheika. »Ich werde Ihnen alles erzählen.« Sie holte tief Atem und begann: »Es war der dreiundzwanzigste Tag des Dschumada l-ula, des fünften Monats im Jahre 1306 nach der Auswanderung des Propheten nach Medina. Ihr Christen nennt den Monat Januar.«

Ernest zog seine Jacke aus und legte sie unter den Türsturz, der in die Sarkophagkammer führte. In die Oase Siwa zu reisen, war die beste Entscheidung seines Lebens gewesen. Er war seinem Traum einen gehörigen Schritt näher gekommen, und das lag an dem kleinen Aladin. Dieser folgte ihm, wohin er auch ging, und hatte ihm den Begräbnisort Alexanders des Großen gezeigt.

Natürlich verstand der Kleine kein Englisch, aber er verstand das Wort »Alexander«, denn immer, wenn Ernest dieses Wort aussprach, hatte der Junge nachdrücklich genickt.

Außerdem war das Grab, in das Aladin ihn geführt hatte, größer als alle anderen. Und es war mit den prächtigsten und schönsten Malereien geschmückt. Aber Ernest hatte noch mehr Indizien gefunden: Da waren die Kartuschen an den Wänden der Kultkammer. Ernest konnte zwar keine Hieroglyphen lesen, aber er wusste, dass man im alten Ägypten nur die Königsnamen in Kartuschen geschrieben hatte. Und dann war da noch das große Horusauge an der hinteren Wand der Sarkophagkammer. Es war nicht nur ein magisches Schutzsymbol, Horus war in der ägyptischen Mythologie auch der Gott der Könige – ein weiterer Beweis, dass dieses Grab das von Alexander dem Großen war.

Ernests Euphorie hatte zwar einen winzigen Dämpfer erhalten, als er entdeckte, dass keine Mumie mehr in dem Sarkophag hinter der Kultkammer lag, doch dann hatte er sich erinnert, dass die Pharaonen zum Schutz vor Schändung durch Grabräuber häufig umgebettet worden waren.

Mit dem Makedonier musste es sich genauso verhalten. Nachdem es in Alexandria zu Unruhen gekommen war, hatte sich die Spur seiner Grabstätte für fast zweitausend Jahre verloren. Jetzt war sie in Siwa wieder aufgetaucht. An dem Ort, den er selbst als letzte Ruhestätte ausgewählt hatte. Und die Leiche Alexanders würde Ernest auch noch finden. Bestimmt war sie zum Schutz vor Dieben versetzt worden und befand sich ganz in der Nähe, in einer der unzähligen anderen Kammern im Labyrinth des Gebel el Mauta.

Wenn erst die Grabungserlaubnis aus Kairo eingetroffen war, würde er den Leichnam des großen Feldherrn suchen. Bis es so weit war, würde er weitere Beweise sammeln, die die Echtheit seines Fundes untermauerten, und sie fotografieren. Von der Kultkammer hatte er bereits Aufnahmen gemacht. Nun wollte er den schwarzen Granitsarkophag vor der Wand mit dem Horusauge fotografieren.

Lächelnd drehte er sich zu dem kleinen Jungen, der ihm die Kerze hielt, damit er beim Aufbau seiner Kamera Licht hatte. »Du weißt nicht, was es mir bedeutet, das verschollene Grab eines der größten Feldherren der Geschichte zu entdecken, aber ich danke dir, dass du mich hierher geführt hast.« Er fuhr dem Kleinen durch das wuschelige Haar. »Diese Entdeckung wird mein Leben verändern. Mein Name wird in allen Geschichtsbüchern stehen und für immer mit dem Alexanders verbunden sein. Und ich werde dafür sorgen, dass dein Name auch in den Geschichtsbüchern steht. Du hast mich schließlich hierher gebracht, nicht wahr?« Er zwinkerte Aladin zu. Der Junge nickte eifrig, obwohl er kein Wort verstanden hatte.

Ernest öffnete die Dose mit dem Magnesiumpulver und füllte ein wenig in seine Blitzlichtlampe. Dann stellte er das Behältnis etwas weiter entfernt zu seiner Jacke unter den Türsturz. Anschließend vergewisserte er sich noch einmal, dass die Kamera ordentlich am Stativ festgeschraubt war.

»Nanu, was ist das denn?« Er fuhr mit dem Zeigefinger über die Deckplatte der Kamera. Das Holz war mit einer feinen weißlichen Staubschicht bedeckt. Er blickte nach oben und pfiff leise. Der Querbalken des Türsturzes war von einem Riss durchzogen. Er verlief durch die ganze Länge des Steins und war fast so breit wie Ernests kleiner Finger. Wieder rieselte es von oben. Ernest blinzelte und schüttelte den Kopf, als ihm Staub in die Augen fiel.

»Es wird wohl besser sein, etwas zurückzugehen.« Er fasste das Stativ mit der Kamera und die Blitzlampe und trug beides zwei Schritte nach hinten. Dann beträufelte er ein Bällchen Schafwolle mit Benzin aus einem mitgebrachten Fläschchen, schob es in das dafür vorgesehene Magazin und legte die Zündhölzer bereit. Zum Schluss zog er den Deckel vom Objektiv.

»Du kannst jetzt bis drei zählen, Aladin!«, rief er dem Jungen zu, der unter dem Türsturz stand und ihn schweigend beobachtet hatte. Als Ernest drei Finger in die Luft streckte, nickte Aladin ernst. Im Bewusstsein seiner wichtigen Aufgabe hob er den linken Arm. Seine rechte Faust umfasste die Kerze. Ernest riss ein Streichholz an und hielt es an die Schafwolle. Als er seine Aufmerksamkeit wieder auf den Eingang zur Sarkophagkammer richtete, bemerkte er, dass er vergessen hatte, die Dose mit dem Magnesium wieder zu verschließen. Das hochexplosive Pulver stand gefährlich nahe vor dem Jungen mit der Kerze.

»Komm hierher, Aladin!«, rief Ernest. Der Junge schaute ihn verwirrt an und ließ den Arm wieder sinken.

»Komm!« Ernest winkte heftig.

Jetzt begriff der Junge. Er machte einen hastigen Schritt und stolperte über die Dose. Ernest stöhnte entsetzt auf. Gleich darauf brach die Hölle los. Ein Knall wie von hundert Gewehrsalven übertönte das erschrockene Schreien des Jungen. Ein Feuerball schoss empor und zerstob in einem glühenden Funkenregen. Hitze schlug Ernest entgegen. In seinen Ohren dröhnte die Explosion und die gleißende Helligkeit machte ihn blind. Dann krachte und polterte es erneut ohrenbetäubend. Grauweißer Staub erfüllte die Luft, machte das Atmen schwer und jede Sicht unmöglich. Hilflos fuchtelte Ernest mit den Armen und stieß dabei die Kamera um. Irgendwo in den wabernden Schwaden hörte er das Kind wimmern. Es war ein furchtbares Geräusch, hoch, schrill und schmerzerfüllt, und es jagte Ernest Schauer über den Rücken. Blindlings stolperte er darauf zu, blieb mit einem Fuß an der auf dem Boden liegenden Kamera hängen und stürzte der Länge nach hin. Sein ganzer Körper schmerzte, aber er rappelte sich sofort wieder hoch. Er musste dem Jungen helfen.

Durch den langsam zu Boden sinkenden Staub erkannte er schemenhaft den Eingang zur Sarkophagkammer. Der durch den Riss bereits geschädigte Querbalken war unter der Wucht der Explosion eingestürzt und blockierte den Durchgang. Der Junge lag auf dem Bauch neben dem Schutthaufen. Ernests Erleichterung, dass er nicht darunter begraben worden war, wich der Angst, dass er lebensgefährliche Verletzungen durch herabstürzende Trümmer davongetragen haben könnte. Er stürzte neben dem Kind nieder und drehte es auf den Rücken. Es war bewusstlos, wimmerte jedoch vor Schmerzen und sein Gesicht war von Brandwunden bedeckt. Entsetzen packte Ernest. Aber er zwang sich, nicht darauf zu achten. Vorsichtig umfasste er Aladin, hob ihn hoch und hastete Richtung Ausgang. Rauch und Staub waberten immer noch in der Kultkammer. Er hustete und konnte kaum sehen. Plötzlich stoppte ihn ein enormer Schlag vor die Stirn – er hatte völlig vergessen, wie niedrig das Tor war, das aus der Kultkammer auf den Gang führte. Halb betäubt taumelte er zurück und mühte sich, auf den Beinen zu bleiben. In seinem Kopf wütete ein stechender Schmerz, Blut lief über seine Stirn und tropfte in sein rechtes Auge. Aber er stolperte weiter. Er hatte nur im Sinn, das Kind in Sicherheit zu bringen.

»Wenn Ihr Mann Aladin nicht nach Hause gebracht hätte, wäre unser Sohn gestorben«, schloss die Sheika leise. »Wir wussten nicht, wo Aladin war, und bis wir ihn gefunden hätten, wäre es zu spät gewesen.«

»Und Ernest?«, fragte Larissa nervös. »Warum weiß ich immer noch nicht, was mit Ernest geschehen ist?«

Die Sheika sah auf ihren Schoß. Ihre Finger drehten an einem Zipfel ihres Schleiers. »Ihr Mann blutete aus einer Wunde am Kopf. Nicht sehr stark, nur ein dünnes Rinnsal«, fuhr sie fort. »Wir wollten, dass der Hakim, der unseren Sohn versorgte, auch Ihren Mann behandelt, aber Ihr Mann lehnte ab. Er sagte, er habe nur etwas Kopfschmerzen und wolle sich ausruhen. Am Abend schickten wir unseren Diener mit Essen zu ihm. Als er nicht öffnete, holte der Diener meinen Gemahl. Er fand Ihren Mann auf dem Bett. Er atmete nicht und war weiß wie Wachs. Mein Mann ließ sofort den Hakim kommen, aber auch er konnte nur noch den Tod Ihres Mannes feststellen.«

»Ich habe es geahnt«, flüsterte Larissa. Tränen schossen ihr in die Augen. Sie versuchte zu sprechen, doch die Worte wollten ihr kaum über die Lippen. »Warum haben Sie mir nicht gleich die Wahrheit gesagt? Warum hat der Scheich behauptet, Ernest sei abgereist?«

»Wir haben nicht gewusst, dass Ihr Mann eine Ehefrau hat. Für uns war er ein Fremder. Dann standen Sie plötzlich vor meinem Mann und wir bekamen Angst, dass wir nun

Schwierigkeiten mit dem englischen Militär bekommen. Ihr Mann war Engländer und er ist unter Umständen gestorben, die man uns vielleicht nicht glauben würde.«

Larissa nickte stumm. Dann fragte sie tonlos: »Wo ist mein Mann jetzt?«

»Wir haben ihn in Ehren bestattet«, erwiderte die Sheika. »Dann haben wir die Fotoausrüstung aus dem Totenberg geholt und mit allen seinen Dingen im Stall verstaut. Wir wussten nicht, was wir sonst damit tun sollten. Aladin hat sich heimlich das Fernglas genommen und damit gespielt.«

»Als ich ihn mit dem Fernglas gesehen habe, hat mein Gefühl mir zum ersten Mal gesagt, dass etwas Unerklärliches passiert ist«, erklärte Larissa. »Als wir dann heute Morgen Ernests Jacke und die Dose für das Magnesium im Berg gefunden haben, war ich sicher, dass er nicht mehr lebt.« Sie bedeckte das Gesicht mit den Händen. »Ach, Ernest«, schluchzte sie. »Wärst du doch noch bei mir.«

Die Sheika zögerte einen Moment. Doch dann legte sie einen Arm um Larissa und zog sie an ihre Brust. »Inna lillahi wa inna ilayhi rajioun«, flüsterte sie. »Wir kommen von Gott und zu ihm kehren wir zurück.«

Der Wind fuhr in die Höhlen und Kammern des Gebel el Mauta und begleitete die regelmäßigen dumpfen Schläge eines Hammers mit pfeifendem Gesang. Ali Suleimans sudanesischer Diener stand im Gang, der zur Kultkammer des Madu führte, und schlug mit einem Hammer auf das Mauerwerk ein. Er beseitigte die Steine aus dem verschlossenen Durchbruch, der Wellink bereits gestern aufgefallen war. Als wieder ein Steinbrocken zu Boden polterte, hob Ali Suleiman die rechte Hand.

»Die Lücke dürfte jetzt groß genug sein«, sagte er zu Wellink. An Larissa richtete er das Wort nach wie vor nicht, aber immerhin sprach er jetzt Englisch.

Der Sudanese legte den Hammer auf den Erdboden und rollte die letzten Brocken aus dem Weg. Dann trat er keuchend beiseite.

Wellink musterte Larissa besorgt. Sie war blass und schweigsam. Semiramis hatte ihm erzählt, dass Larissa die ganze Nacht geweint hatte. Aber als sie jetzt als Erste durch die Lücke trat, wirkte sie gefasst. Dicht hinter ihr folgten Semiramis und die Sheika, die ihren dunkelblauen Tarfottet übergeworfen hatte, einen Umhang, den in Siwa alle Frauen trugen, wenn sie das Haus verließen, und der sie vollkommen verhüllte.

»Ich möchte den Ort sehen, an dem mein Mann zur letzten Ruhe gebettet wurde«, hatte Larissa die Sheika bereits gestern gebeten. Am nächsten Morgen nach dem Frühgebet war die kleine Gruppe, die aus ihr, Wellink, Semiramis, dem Scheich und seiner Frau sowie deren Diener bestand, zum Gebel el Mauta aufgebrochen.

»Du wusstest die ganze Zeit, wo Mrs Woods Mann ist«, sagte Wellink leise grollend zu dem Sudanesen, der sich gerade mit einem Arm den Schweiß von der Stirn wischte.

»Mein Herr und ich haben den Inglesi hierher gebracht. Noch in derselben Nacht, nachdem wir entdeckt hatten, dass er gestorben war. Wir haben ihn ehrenvoll bestattet und dann den Durchbruch verschlossen«, erwiderte der Diener ruhig.

»Warum zum Teufel hast du nichts gesagt?«, knurrte Wellink. »Du hättest Mrs Wood viel Leid erspart.«

Der Sudanese blickte ihm in die Augen. »Hättest du deinen Herrn verraten, Fremder?«

Wellink schnaubte nur und schlüpfte durch die Lücke. Das Licht der Laternen, die die Gruppe mitgenommen hatte, flackerte auf den nackten Felswänden einer kleinen quadratischen Kammer mit einer niedrigen, grob behauenen Decke. Allein der einzelne Sarkophag aus schmucklosem Kalkstein zeugte davon, dass dieser Raum vor langer Zeit als Grabkammer genutzt worden war. Die Wanne war noch intakt, aber der Deckel größtenteils zerstört. Plünderer, vermutete Wellink, hatten ihn auf der Suche nach Gold und Schätzen zerschlagen. Die untere Hälfte lag noch auf dem Sarkophag. Die Trümmer der anderen Hälfte hatte jemand in einer Ecke der Kammer säuberlich aufgeschichtet.

Larissa stand allein vor dem Fußende des Sarkophags und hob ihre Laterne, damit das Licht in das Innere fiel. Sie hatte erwartet, Ernest zu sehen, doch stattdessen erblickte sie ein großes, sorgfältig über einen menschlichen Körper gebreitetes Tuch. Von der Hüfte abwärts verdeckte der Rest des Deckels die Sicht, aber die Konturen des Oberkörpers zeichneten sich deutlich unter dem weißen Leinen ab. Ihre Augen blieben an dem einfachen Kreuz aus verschnürten Palmholzstäben hängen, das jemand oberhalb des Kopfes an die Wand des Sarkophages gelehnt hatte. Dann wanderten sie abwärts über Wangenknochen, Nasenspitze, Lippen und Kinn des Toten, die sich leicht durch das Laken drückten. Sie musterte die Schultern und verharrte schließlich bei den über der Brust gekreuzten Armen. Wenngleich sie nicht erkennen konnte, ob Ernest unter dem Tuch lag, merkte sie, wie das letzte Fünkchen Hoffnung in ihr erstarb.

Sie atmete tief durch, ging zum Kopfende des Sarkophags und zog das Leinentuch zurück. Ihre Hand fuhr zum Mund, als sie ihren Mann sah, und sie schluchzte trocken. Sie war schockiert, wie verändert Ernest wirkte – nicht nur durch den Tod. Irgendwer hatte ihm ein langes weißes Hemd angezogen. Sein Haar war länger, als sie es in Erinnerung hatte, und auf Wangen und Kinn war ihm ein Bart gewachsen. Seine gebräunte Haut erinnerte sie an brüchiges Leder. In der Wüstenluft war sein Körper nicht verwest, sondern ausgetrocknet.

Sie war unendlich erleichtert, als sie merkte, wie friedlich er wirkte. Augen und Lippen waren geschlossen. Auf der Stirn entdeckte sie einen kleinen dunklen Fleck. Dort hatte er sich den Kopf gestoßen, als er Aladin gerettet hatte. Die Verletzung wirkte äußerlich harmlos, dennoch hatte sie vermutlich Ernests Tod verursacht.

Der Schmerz, ihn verloren zu haben, traf sie so heftig, dass sie es kaum ertragen konnte. Sie schloss die Augen und beschwor die Bilder ihrer ersten Begegnung im Fotoatelier seines Vaters herauf. Sie erinnerte sich an seine lachenden Augen, an seine Stimme, als er ihr beim Abschied zugeflüstert hatte, dass er sie gerne wiedersehen würde, und an seine Hände, die ein bisschen gezittert hatten, als er ihr seine Visitenkarte zugesteckt hatte. Diesen Ernest wollte sie in ihrem Herzen bewahren. Den anderen Ernest, der sie in Kairo allein gelassen hatte, zerfressen von der Sucht nach Ruhm und Anerkennung, wollte sie vergessen.

In diesem Moment hörte sie die Stimme ihres Mannes, so laut und klar, als stände er neben ihr: »Du musst noch etwas tun, mein Liebling. Du weißt, dass es noch nicht zu Ende ist.«

»Ja«, dachte sie. »Es ist noch nicht zu Ende.«

Sie öffnete die Augen wieder und ihr Blick fiel auf einen kleinen Gegenstand zwischen Ernests Händen. Es war der Skarabäus, den sie ihm auf dem Khan el Khalili gekauft hatte. »Du hast ihn also doch bei dir, Ernest«, sagte sie leise.

»Er hatte das Amulett in der Hand, als wir ihn gefunden haben«, bemerkte die Sheika. Sie war neben Larissa getreten. »Es war ihm wichtig, nicht wahr? Deshalb haben wir es auf seine Brust gelegt.«

Larissa fragte: »Haben Sie meinen Mann hergerichtet?«

Die Sheika nickte stumm.

»Ich danke Ihnen.«

Larissa beugte sich wieder über den Sarkophag. Sie legte die Finger ihrer rechten Hand an die Lippen und berührte sacht den dunklen Fleck auf Ernests Stirn. Dann zog sie das Tuch wieder hoch.

»Soll dieser Ort das Grab Ihres Mannes bleiben?«, fragte die Sheika.

»Nein«, Larissa schüttelte den Kopf. »Er wird nicht hierbleiben.«

»Inschallah«, erwiderte die Sheika. »So soll es sein.«

Ende März waren Larissa, Wellink und Semiramis wieder in Kairo.

»Wie schön ist die Stadt doch im Frühling«, freute sich Semiramis und blickte auf einen kleinen Schwarm von Schwalben, der am leuchtend blauen Himmel übermütige Loopings flog. Überall duftete es nach den Orangen- und Zitronenbäumen, die in den Innenhöfen der Häuser gediehen. Längs der Boulevards flanierten die Menschen unter den goldgelben Blüten der Nil-Akazien, während die der immergrünen Sissobäume bereits wie winzige Schneeflocken auf die Trottoirs rieselten. Als die Kutsche die Esbekia-Gärten passierte, spielte gerade eine Kapelle am Teich und heitere Operettenmelodien wehten durch die Luft. Die Zuhörer saßen in den Cafés oder picknickten auf Decken im Gras und Kinder spielten zwischen Weidenkätzchen und Orchideenbäumen.

Gegen Mittag waren Larissa, Wellink und Semiramis mit ihrer Karawane in Kerdasa angekommen. Wegen des Gepäcks hatte Wellink keine Reitesel, sondern eine Kutsche für die Fahrt ins Zentrum von Kairo gemietet. Inzwischen war es früher Nachmittag und die drei Reisenden hatten die Pension von Mrs Potter fast erreicht.

»Ich möchte niemals in der Wüste leben, auch nicht in einer Oase«, erklärte Semiramis mit Nachdruck. »Geht es Ihnen nicht auch so, Mrs Wood?«

»Ja«, erwiderte Larissa nur. Dann lehnte sie sich wieder mit geschlossenen Augen gegen die Rückwand der Kutsche.

Die junge Nubierin warf Wellink einen beunruhigten Blick zu. Aber er schüttelte nur stumm den Kopf. Lass sie in Ruhe, sollte das heißen, sie wird schon wieder in Ordnung kommen.

Insgeheim aber machte er sich ebenfalls Sorgen. Während der einwöchigen Wartezeit auf ihre Karawane in Siwa und auch im Laufe der zweieinhalbwöchigen Rückreise durch die Wüste war Larissa schweigsam und in sich gekehrt gewesen. Es war ihm nur selten gelungen, Zugang zu ihr zu finden.

Der Kutscher parierte sein Pferd mit einem lang gezogenen Ruf am Rand der Fahrbahn durch. Dann drehte er sich zu seinen Fahrgästen: »Wir sind da. Hina bass.«

Mrs Potters Pagen, die neben dem Hauseingang in der Sonne gedöst hatten, sprangen auf, um beim Abladen des Gepäcks zu helfen. Wellink bezahlte den Kutscher. Dann reichte er den Frauen zum Aussteigen die Hand. Semiramis verschwand in der Pension. Larissa aber blieb neben Wellink auf dem Gehweg stehen.

»Du hast viel Zeit geopfert, um mich auf diese Reise zu begleiten«, sagte sie. »Dafür kann ich dir nicht genug danken.«

Ein weiches Lächeln umspielte seinen Mund. »Ich werde diese Wochen mit dir nie vergessen.«

In diesem Moment krachte es hinter ihnen. Einer der Pagen hatte eine von Wellinks Kisten fallen lassen. Wie von der Tarantel gestochen fuhr Wellink herum. »Um Himmels willen, Vorsicht!« Er stürzte davon.

Larissa sah ihm kopfschüttelnd nach. Der Junge hatte die Kiste wieder geschultert. Wellink ging neben ihm und hielt die offensichtlich wertvolle Fracht mit beiden Händen fest. Larissa hatte bemerkt, dass er beim Aufbruch aus Siwa zwei zusätzliche Gepäckstücke auf sein Lastkamel geladen hatte. Sie hatte ihn gefragt, was er transportierte, aber er hatte nur geantwortet: »Manchmal, liebste Larissa, liegt mehr unter dem Wüstensand verborgen, als man glaubt.«

Als Larissa die kleine Empfangshalle betrat, wartete ihr Gepäck vor dem Tresen. Daneben stand Semiramis.

»Ich kann nicht auspacken. Mrs Potter erlaubt mir nicht, auf das Zimmer zu gehen«, sagte sie anklagend.

Die Hauswirtin stand hinter dem Tresen und blätterte in ihrem Gästebuch. Als sie Larissa sah, blickte sie auf. »Mrs Wood, willkommen zurück in Kairo!« Sie eilte um den Tresen und streckte Larissa die Rechte entgegen. Semiramis beachtete sie nicht. »Sie haben Glück, dass ich etwas frei habe«, fuhr die Hauswirtin fort. »Bis gestern war ich ausgebucht.«

»Sie können Semiramis ruhig auf das Zimmer lassen. Sie steht immer noch in meinen Diensten und wird das Zimmer bis zu meiner Abreise mit mir teilen«, informierte Larissa sie.

»Und wo wird Ihr Mann wohnen?«, erwiderte Mrs Potter schmallippig. »Wo ist er überhaupt?« Sie blickte an Larissa vorbei zum Eingang.

»Ernest ist tot.« Larissas Stimme klang gepresst. »Bitte ersparen Sie mir vorläufig, ins Detail gehen zu müssen.«

Die Hauswirtin starrte sie betroffen an. »Natürlich«, stammelte sie. »Selbstverständlich. Mein tiefes Beileid, Mrs Wood.« Dann hellte ihr Gesicht sich auf. »Fast hätte ich es vergessen! Ich habe noch einen Brief für Sie.« Sie verschwand wieder hinter dem Tresen, zog eine Schublade auf und wühlte darin herum, bis sie den Umschlag gefunden hatte. »Hier, bitte. Der ist schon vor ein paar Tagen angekommen.«

Als Larissa die Schrift auf dem Kuvert erkannte, begann ihr Herz heftig zu schlagen. Zum ersten Mal seit Ernests Tod spürte sie wieder so etwas wie Freude.

»Der Brief ist von meinen Eltern! Danke, Mrs Potter.«

»Setzen Sie sich doch in den Hof und lesen Sie ihn in Ruhe«, schlug die Hauswirtin vor. »Ich lasse Ihnen Tee bringen.«

»Und ich packe die Sachen aus«, sagte Semiramis.

»Eine Tasse Tee wäre jetzt fein«, stimmte Larissa zu. »Aber erst helfe ich Semiramis, das Gepäck nach oben zu tragen.«

Semiramis ließ die Kleiderbürste, mit der sie gerade Larissas Hut bearbeitet hatte, sinken. »Werden Sie nun zurück nach England fahren, Mrs Wood?«

Larissa sah von der Kiste mit Ernests Fotoausrüstung auf. »Ich habe während der letzten Tage immer wieder darüber nachgedacht, ob ich Mr Cooks Auftrag allein zu Ende bringen kann, aber ehrlich gesagt möchte ich das ohne Ernest gar nicht. Außerdem hat die Reise nach Siwa meine Kasse sehr geschmälert.« Sie seufzte leise und fuhr fort: »Ich werde morgen in das Büro der Firma Cook gehen und mich um meine Rückreise kümmern. Warum fragst du?«

Die junge Nubierin trat nervös von einem Fuß auf den anderen. »Weil ich Sie gerne bis Paris begleiten würde. Ich könnte mich um Ihre Sachen kümmern und um Sie natürlich auch, Mrs Wood. Sind Sie einverstanden?«

Larissa musste nicht lange überlegen. »Eine gute Idee. Wir haben ja einige Erfahrung im gemeinsamen Reisen. Ich werde Ernests Ticket auf dich umbuchen lassen. Aber verrätst du mir auch, was du in Paris vorhast?«

Semiramis' Augen glänzten. »Ich möchte endlich meinen Vater wiedersehen und seine neue Familie kennenlernen. Irgendwie ist das ja auch meine Familie, nicht wahr?«

»Eine großartige Idee!« Larissa ging zu der jungen Frau und umarmte sie.

Semiramis lächelte unter Tränen. »Gehen Sie ruhig in den Hof und trinken Sie Ihren Tee. Ich schaffe das Auspacken auch allein.«

»Ich werde morgen früh nach Sakkara fahren.«

»Max!« Larissa zuckte zusammen, als sie Wellink bemerkte. Sie war so in Gedanken versunken gewesen, dass sie ihn nicht gehört hatte.

»Es ist höchste Zeit, dass ich wieder bei meiner Ausgrabung nach dem Rechten sehe. Schließlich warten die Gemahlinnen des Pharaos Unas noch auf ihre Entdeckung.« Er ließ sich in den freien Korbstuhl neben Larissa fallen, schnappte sich einen der Kekse, die Mrs Potter mit dem Tee serviert hatte, und schob ihn in den Mund.

»Wenn du so bald abreist, werde ich dich zum Bahnhof begleiten«, erklärte Larissa.

»Wirst du mich vermissen?«, fragte er scherzhaft, aber seine Augen blickten sie ernst an.

»Natürlich werde ich das! Schließlich warst du fast zwei Monate mein Reisegefährte«, betonte Larissa. »Werden wir uns heute beim Abendessen sehen?«, fügte sie nach einer kleinen Pause hinzu.

Er schüttelte den Kopf. »Heute Abend bin ich in einer geschäftlichen Angelegenheit unterwegs, die ich nicht verschieben kann.« Er nahm einen Keks und rollte ihn wie ein Rad zwischen Daumen und Zeigefinger. »Mehr war ich nicht? Nur ein Reisegefährte?«

Sie blickte in ihren Schoß. Tatsächlich hinterließ die Vorstellung, ihn nun bald nicht mehr tagtäglich in ihrer Nähe zu wissen, ein schmerzliches Gefühl von Leere und Einsamkeit. Aber durfte das sein, so kurz nachdem Ernest gestorben war?

»Du weißt, dass du mehr für mich geworden bist«, erwiderte sie zögernd.

Er beobachtete sie und wartete, dass sie die Dinge sagte, nach denen er sich sehnte: dass er einen Platz in ihrem Herzen hatte und sie nicht mehr ohne ihn sein wollte. Gleichzeitig ahnte er, dass er solche Worte, nur wenige Wochen nach dem Tod ihres Mannes, nicht hören würde.

»Du hast Post bekommen?«, wechselte er das Thema und wies mit dem Kinn auf den Briefumschlag in ihrem Schoß.

Sie nickte und strich mit den Fingern über das Kuvert. »Von meinen Eltern. Sie wollen mich in London besuchen, sobald ich zurück bin.«

»Ich nehme an, das sind gute Nachrichten.«

Ein kleines Lächeln huschte über ihr Gesicht. »Ich habe sie viel zu lange nicht gesehen.«

Am nächsten Morgen standen Larissa und Wellink auf dem kleinen Bahnhof von Bulak, weit weg von den lärmenden Touristen, die einen Ausflug nach Sakkara unternehmen wollten.

Wellinks Augen hielten Larissa fest. »Ich möchte dich wiedersehen.«

»Ich weiß, was du meinst«, antwortete sie. »Und ich werde unsere gemeinsame Zeit gewiss nie vergessen! Aber etwas anderes kann ich mir ...«

»Pst.« Er legte einen Zeigefinger auf ihre Lippen. »Sag jetzt einfach gar nichts mehr.«

Ohne sich noch einmal umzudrehen, stieg er in den Waggon.

Larissa blickte dem Zug nach, bis sie nur noch die schwarze Qualmwolke der Lokomotive am Horizont sah. Dann drehte sie sich um und ging zu den wenigen Droschken, die vor dem Bahnhof auf Kundschaft warteten.

Sofort warf der vorderste Kutscher seine Zigarette in den Rinnstein und baute sich eilfertig neben seinem wackeligen kleinen Gefährt auf. »Wollen einsteigen, Madame?«

Sie ergriff seine hilfsbereit ausgestreckte Rechte und kletterte in den Wagen. »Zum Khan el Khalili, bitte.«

Die alte Fellachin saß noch genau an derselben Stelle des Basars, zwischen Ständen, die Ansichtskarten, Souvenirs und Erfrischungen verkauften.

Larissa stand ein wenig entfernt und beobachtete sie. Gerade ließ sich eine junge Frau in einer langen schwarzen Abaja und einer Nikab, die bis auf die Augen ihr ganzes Gesicht bedeckte, weissagen. Im rechten Arm hielt sie ein leise greinendes Baby. Immer wieder beugte sie sich über ihr Kind, schaukelte es sanft oder streichelte seine Wange mit einem Finger. Obwohl Larissa ihr Gesicht nicht sehen konnte, bemerkte sie die Sorge der jungen Mutter um das Kleine.

Die Alte hatte die Augen geschlossen. Daumen und Zeigefinger ihrer Rechten lagen um eines der winzigen Ärmchen des Babys. Ihre Miene war konzentriert, die scharfen Falten ihres sonnengegerbten Gesichts schienen wie in Stein gemeißelt. Sie wirkte uralt, wissend und Respekt gebietend, aber nicht so unheimlich, wie Larissa sie in Erinnerung hatte. Vielleicht lag es daran, dass eine junge Mutter den Rat der Alten suchte, aber heute jagte nicht einmal die zwischen die Brauen tätowierte Schlange Larissa Angst ein.

Die Alte ließ das Baby los, öffnete die blinden Augen und sagte etwas. Die junge Mutter nickte mehrmals ehrerbietig. Dann suchte sie ein paar Münzen aus den Tiefen ihrer Abaja und ließ sie in den Tonbecher der Alten fallen.

»Shukran«, hörte Larissa sie noch sagen, bevor sie mit ihrem Kind im Getümmel des Basars verschwand.

Larissa war verwirrt. Wer war diese alte Frau wirklich? Eine Hexe, die den bösen Mächten diente, eine Bäuerin, die gutgläubigen Touristen Märchen über ihre Zukunft erzählte, oder eine weise Seherin, die den Menschen half?

»Du!«

Beim Klang der harschen Stimme fuhr Larissa zusammen.

»Du wieder da. Allein«, stellte die Alte in ihrem gebrochenen Englisch fest. Sie klang, als habe sie die Besucherin längst erwartet. Und wie bei ihrer ersten Begegnung waren die blinden Augen direkt auf Larissa gerichtet.

Larissa bekam eine Gänsehaut. »Sie weiß es«, dachte sie. »Sie weiß, dass Ernest tot ist.« Tapfer kämpfte sie gegen den Drang an, davonzulaufen, und trat vor.

»Ich möchte dir eine Frage stellen«, sagte sie mit zitternder Stimme.

Die milchigen Augen wanderten suchend über Larissas Gestalt. »Wo ist Apparat, um zu machen Bilder?«

»Ich habe ihn nicht dabei«, versicherte Larissa. »Aber ich möchte dich etwas fragen.«

Die Alte überlegte. Doch dann wedelte sie zustimmend mit einer Hand. »Gut. Stell Frage!«

Larissas Gedanken flogen von Thomas Cooks Geburtstagsfeier vor mehr als vier Monaten bis zu jenem Tag im Gebel el Mauta, als sie vor ihrem toten Mann gestanden hatte.

»War alles vorherbestimmt?«, fragte sie und konnte nicht verhindern, dass ihre Stimme zitterte. »Oder hätte ich irgendetwas ändern können?«

Die alte Fellachin nahm einen der Binsenstrohteller von dem Stapel neben sich, legte ihn in ihren Schoß und ergriff die Feder. Dann ritzte sie etwas in die glatte, lehmige Fläche.

»Schau!« Sie hielt den Teller hoch.

Verwirrt betrachtete Larissa die Zeichnung eines unregelmäßigen Dreiecks, das entfernt an eine Pyramide erinnerte. »Das verstehe ich nicht.«

»Schicksal von Mensch ist wie sehr alter Berg«, erklärte die Fellachin. »Steht fest, bevor Mensch geboren. Solange Mensch lebt, er wandert auf Berg. Wenn erreichen Gipfel, Leben ist vollendet und Mensch darf sterben. Aber kann wählen«, die Greisinnenstimme senkte sich zu einem heiseren Flüstern, »ob gehen schnelle Weg oder langsame Weg. Am Ende Bestimmung immer erfüllt.«

»Ernest hat den schnellen Weg gewählt«, murmelte Larissa. »Ich habe versucht, ihn davon abzuhalten, aber ich konnte es nicht.«

Tränen füllten ihre Augen. Sie öffnete ihre Umhängetasche, nahm ihre Geldbörse heraus und legte ein paar Münzen in den Becher der Alten. Dann griff sie noch einmal in ihre Tasche und zog den Binsenstrohteller hervor, in den die Wahrsagerin einst die Schilfhalme und die liegende Figur geritzt hatte. »Dieses Schicksal hat sich erfüllt«, sagte sie und legte den Teller vor die alte Fellachin.

Als sie sich wieder aufrichten wollte, umfasste die Alte ihr Handgelenk. Einige Momente saß sie ganz still und fühlte Larissas Pulsschlag.

»Mann hat entschieden für seinen Weg«, sagte sie. »Aber du wähle Weg, wo Glück auf dich wartet.«

18

Sechet-iaru

Sechet-iaru (auch Gefilde der Binsen) ist in der ägyptischen Mythologie ein Teil der Duat und markiert die hell erleuchtete Region. Das altägyptische Totenbuch beschreibt in mythologischen Erzählungen die Vorstellungen vom Leben nach dem Tod. Sechet-iaru wurde einem Elysium gleichgesetzt und als Gruppe von weizenbedeckten Inseln innerhalb von Flüssen beschrieben.

Der Wächter im Mumienraum des Britischen Museums von London beobachtete die Besucherin schon eine ganze Weile. Er war ein erfahrener, älterer Herr, der seit langen Jahren in den Diensten des Museums stand und schon die verschiedensten Menschen gesehen hatte.

»Was ist das nur für eine Welt, die junge Frauen zu Witwen macht?«, dachte er und musterte die kleine, schwarz gekleidete Gestalt mitfühlend.

Er war ziemlich sicher, dass die junge Witwe nicht zu jenem Typus Schaulustiger gehörte, die sogar an diesem sonnigen Ostersonntag Mitte April kamen, um die Mumien zu begaffen. Er konnte ihr Gesicht hinter dem schwarzen Schleier des Hutes zwar nicht gut erkennen, aber er hatte sofort gespürt, dass sie ihre ganz eigenen Gründe für den Besuch hatte.

Die zahlreichen Sehenswürdigkeiten, die der Saal bot, hatte sie nicht beachtet. Weder die vielen Mumien, die in drei Etagen übereinander in Glasvitrinen ruhten, noch die Statuen aus der reichen ägyptischen Götterwelt, die an den Seitenwänden gezeigt wurden, schienen sie zu interessieren.

Sie war zielstrebig auf die größte Attraktion zugesteuert, die der Mumiensaal bot: den Hauptmann Alexanders des Großen, der in seinem eigenen Glaskasten in der Mitte des Saales ausgestellt wurde.

Der Reiseunternehmer Thomas Cook und sein Sohn John Mason Cook hatten ihn dem Museum gestiftet, und die Mumie hatte seitdem mehr als vier Monate nahezu unbeachtet in einer Vitrine in der Ecke verbracht. Der Wächter erinnerte sich gut, dass Direktor Thompson anfänglich nicht begeistert von diesem Geschenk gewesen war. Das Britische Museum besaß spektakulärere Mumien in seiner Sammlung als diese nach einer Auswickelparty übrig gebliebene, traurige Gestalt. Aber die Cooks waren wichtige Mäzene seines Hauses, deshalb hatte Thompson nicht gewagt, das Geschenk abzulehnen.

Dann war vor einer Woche die Geschichte mit dem Skarabäus durch die Presse gegangen und hatte das Nischendasein des Toten schlagartig beendet. Der namenlose Mann, von dem weder Details zu seinem Leben noch dem Ort seines Begräbnisses bekannt waren, entwickelte sich zur Berühmtheit und lockte auch Menschen an, die nie zuvor ein Museum betreten hatten.

Der Wächter warf einen Blick auf seine Taschenuhr. »Viertel nach fünf«, bemerkte er halblaut in Richtung der jungen Witwe. »Wir schließen gleich.«

Sie reagierte nicht und er überlegte, ob sie ihn überhaupt gehört hatte. Nach kurzem Zögern durchquerte er den Saal und stellte sich ihr gegenüber an das Kopfende der Glasvitrine. »Das ist schon eine seltsame Geschichte mit diesem alten Gesellen«, bemerkte er und schaute die Mumie an.

Der Tote schien seinen Blick aus den nicht ganz geschlossenen Augen zu erwidern, so als warte er darauf, mehr zu hören.

Rasch wandte der Wächter sich ab und fuhr fort: »Als die Herren Cook ihn dem Museum stifteten, erwähnten sie einen Skarabäus, den sie beim Auswickeln gefunden hatten. Unglücklicherweise verschwand das Amulett noch am selben Abend. Aber Monate später, als niemand mehr damit rechnete, tauchte es wieder auf.«

Er beugte sich vor und tippte mit dem Zeigefinger auf den Deckel der Glasvitrine, dorthin, wo auf der linken Brustseite des Toten der Skarabäus lag. Er war knapp handtellergroß, aus rot und weiß geädertem Karneol geschnitten, und mit winzigen Hieroglyphen bedeckt.

»Hat in der Post vom Direktor gelegen, mit einem Brief, in dem steht, dass der Skarabäus dem alten Jungen hier gehört und auf sein Herz gelegt werden muss. Eine seltsame Anweisung, nicht wahr? Klingt für mich, als wollte irgendjemand dem alten Madu einen Dienst erweisen. Vielleicht seine Freunde, die sich aus dem Jenseits gemeldet haben?« Er lachte meckernd über seinen Scherz und blickte erwartungsvoll zu der jungen Frau. Doch die reagierte immer noch nicht. Er war enttäuscht, weil die Lady ungefähr so schwatzhaft war wie die Toten hier. Gewöhnlich brannten die Besucher darauf, ihn mit Fragen über Madu und seinen Skarabäus zu löchern.

»Nun ja …« Er räusperte sich. »Die Herren Cook waren jedenfalls ganz schön platt, als Thompson mit dem Brief und dem Käfer bei ihnen auftauchte. Wer den Brief geschrieben hatte, wussten sie leider auch nicht. Doch immerhin konnten sie die Echtheit des Amuletts beweisen. Am Abend der Geburtstagsfeier war nämlich ein Fotograf anwesend und der hat auch ein Bild von dem Skarabäus gemacht.«

Wieder suchten seine Augen die junge Frau. Nun musste sie ihn doch endlich etwas fragen! Doch sie schwieg weiterhin hartnäckig.

»Thompson verglich also die Schriftzeichen des Käfers in dem Brief mit denen des Käfers auf dem Foto«, spann er seine

Geschichte nach einem tiefen Seufzer weiter. »Und siehe da – es waren dieselben. Jetzt steht auf dieser Erklärungstafel nicht mehr ›Ägyptische männliche Mumie unbekannter Herkunft‹, sondern ›Mumie des Madu, Hauptmann Alexanders des Großen, gestorben im Jahre 331 vor Christus in der ägyptischen Oase Siwa‹.« Er zeigte auf die rechteckige Plakette am Fußende der Vitrine. »Aber was erzähle ich Ihnen, Lady? Sie haben wahrscheinlich schon alles in den Gazetten gelesen. Sehr großzügig von Mr Cook senior, dass er den Skarabäus dem Museum geschenkt hat, nicht wahr?«

Sie wandte den Kopf, sodass er ihre dunklen Augen durch den Tüll des Schleiers erahnen konnte. »Wieso großzügig?«, fragte sie. »Der Skarabäus gehört doch Madu.«

Als Larissa an diesem Abend schlafen ging, fühlte sie sich wie von einer Last befreit. Sie hatte ihre Aufgabe erfüllt und Madu sein Eigentum zurückgegeben. Jetzt war ihr sehnlichster Wunsch zu erfahren, ob es für ihren Mann ein Leben in der Ewigkeit gab.

In dieser Nacht träumte sie wieder, dass sie in der Halle der vollständigen Wahrheit stand. Osiris erwartete sie auf seinem Thron vor dem Göttergericht sitzend. Zu seiner Rechten hockte Thot, das Schreibbrett auf den gekreuzten Beinen. Auf der anderen Seite warteten Madu und der falkenköpfige Gott Horus.

Larissas Augen suchten Ernest. Er kniete vor der Waage. Die riesige schwarze Schlange hatte sich um seinen Körper gewickelt, sodass er sich kaum noch bewegen konnte. Die Waagschale mit seinem Herzen lag unverändert auf dem Boden und wurde von Anubis bewacht. Die alte Fellachin hockte vor der Schale mit dem Binsenstrohteller, die hoch in der Luft hing. Madus Seelenvogel saß auf dem senkrechten Mittelbalken der Waage. Als er Larissa entdeckte, schrie er heiser und spreizte die Schwingen.

»Da bist du ja endlich«, keuchte Ernest und drehte mühsam den Kopf in ihre Richtung.

Seine Qual trieb ihr Tränen in die Augen. Aber als sie vor Osiris trat, war ihre Stimme klar und fest: »Ich habe meine Aufgabe erfüllt!«

Der bleiche Gott des Jenseits wandte sich an Madu: »Spricht sie die Wahrheit?«

Der Hauptmann Alexanders des Großen legte die rechte Hand auf seine Brust und neigte leicht den Kopf: »Sie hat meinem Herzen den Frieden wiedergegeben.«

»So kehre denn zurück nach Sechet-iaru!« Osiris schlug mit seinem Krummstab auf den Boden.

Die rückwärtige Wand der Halle wurde durchsichtig und löste sich auf. Larissa sah ein fruchtbares, von der Sonne beschienenes Land. Goldene Getreideähren wiegten sich auf den Feldern und Vieh graste auf saftigen, grünen Weiden. Ein glitzernder Fluss schlängelte sich durch die sanft gewellte Landschaft. Im Uferschilf wartete eine Barke.

Madus Seelenvogel erhob sich mit einem glücklichen Aufschrei in die Luft und flog in das Land Sechet-iaru.

Madu trat vor Larissa. Er neigte leicht den Kopf und sagte: »Ich danke dir.«

Dann wandte er sich um und folgte seinem Seelenvogel in die paradiesischen Gefilde der Binsen. Larissa sah noch, wie er in die Barke stieg, die am Ufer des Flusses auf ihn gewartet hatte, dann schloss die Wand sich wieder.

»Und Ernest?«, fragte sie bestürzt. »Darf er nicht weitergehen?«

Sie spürte einen leichten Luftzug im Nacken. Als sie sich umdrehte, hob die alte Fellachin ihre Feder und tippte mit der Spitze an den Wiegebalken. Das Holz knarrte, dann hob die Schale mit Ernests Herz sich langsam nach oben. Die mit dem Binsenstrohteller sank ebenso langsam abwärts. Doch als nur noch eine Handbreit die Schalen davon trennte, im Gleichgewicht zu sein, stockte die Waage.

Anklagend drehte Larissa sich zu Osiris: »Du musst meinen Mann freigeben!«

In der Halle herrschte tiefe Stille. Nur die Binse des ibisköpfigen Thot kratzte leise über den Papyrus auf seinem Schreibbrett. Die zweiundvierzig Götter des Totengerichts saßen reglos hinter Osiris und schienen auf sein Urteil zu warten.

Osiris wies mit seinem Krummstab auf die alte Fellachin: »Sprich, du weise und unbestechliche Herrin der Wahrheit! Ist dieser Mann frei?«

Die Alte tippte noch einmal mit der Spitze ihrer Feder an den Wiegebalken: »Das Gleichgewicht wurde nicht wiederhergestellt.«

Die schwarze Schlange zischte triumphierend und wand sich so fest um Ernests Leib, dass er stöhnend zusammensank.

Larissas Gedanken überschlugen sich. Verzweifelt überlegte sie, was sie tun konnte, um ihm zu helfen.

Doch da nahm Ernest seine ganze Kraft zusammen und richtete sich selbst wieder auf.

»Ich habe ein Kind gerettet«, ächzte er. »Ich habe mein Leben gegeben für das Leben eines Kindes!«

Kaum hatte er das letzte Wort gesprochen, da knackte der Wiegebalken und die beiden Schalen standen im Gleichgewicht.

Die schwarze Schlange schrumpfte zur Größe einer Natter und fiel vor Ernests Füße. Er stand auf und streckte mit schmerzverzerrtem Gesicht seine Gliedmaßen.

Die alte Fellachin drehte sich zu Osiris: »Nun ist dieser Mann frei.«

Thot legte die Binse auf die Seite, rollte den Papyrus zusammen und überreichte ihn Osiris.

»Sohn der Erde!«, verkündete der bleiche Gott des Jenseits und hielt die Rolle empor. »Hier steht es geschrieben: Du bist nun rein und magst weitergehen in die Ewigkeit.«

Wieder wurde die rückwärtige Wand der Halle unsichtbar. Doch dieses Mal sah Larissa keine liebliche Landschaft mit

Getreidefeldern, grünen Wiesen und einem glitzernden Fluss. Dieses Mal sah sie goldenes Licht. Es breitete sich überall aus, funkelte und vibrierte und erfüllte die Halle der vollständigen Wahrheit mit unendlicher Liebe.

Larissa blickte zu Ernest. Seine Gestalt leuchtete, als wäre sie ganz in dieses goldene Licht getaucht. Er kam zu ihr und legte beide Hände auf ihre Wangen: »Lebe ein erfülltes Leben, mein Liebling.«

Dann ging er durch das offene Tor ins Licht.

Larissa schlug die Augen auf und es dauerte ein paar Sekunden, bis sie begriff, dass sie sich nicht mehr in der Welt ihres Traumes befand, sondern in London. Sie lag in einem der breiten, weichen Betten des Savoy Hotels. Als ihre Eltern vor einer Woche zu Ernests Beerdigung angereist waren, hatten sie eine Suite mit zwei Schlafzimmern in dem Luxushotel gemietet.

Nach ihrer Rückkehr aus Kairo war Larissa erst wieder in das kleine Haus ihrer Schwiegereltern gezogen. Doch sie hatte rasch gemerkt, dass sie es dort nicht mehr aushielt. Sie fand keine Ruhe in dem kleinen Schlafzimmer, das sie mit Ernest geteilt hatte, und ertrug es auch nicht, tagtäglich dem jungen Fotografen zu begegnen, den Paul als Ernests Vertretung angestellt hatte. Der junge Mann hatte inzwischen erklärt, dass er das Fotoatelier kaufen wolle, und Paul und Catherine waren einverstanden. Es blieb ihnen auch nicht viel anderes übrig. Nach dem Tod ihres Sohnes hatten sie keinen Nachfolger mehr.

Am wenigsten jedoch hielt Larissa die Trauer ihrer Schwiegereltern aus. Sie war selbst vollkommen niedergeschlagen, hatte aber das Gefühl, für die beiden stark sein zu müssen. Es brach ihr fast das Herz, zu sehen, wie Paul und Catherine versuchten, tapfer zu sein. Doch Larissa hatte Paul schon ein paar Mal ertappt, wie er zusammengesunken in einer Ecke seines

Ateliers saß und Löcher in die Luft starrte. Catherine bekämpfte ihren Kummer, indem sie jeden Tag mit dem Pferdeomnibus zum fünf Meilen entfernten Friedhof nach Brompton fuhr, um Ernests Grab zu besuchen. Sie fragte ihre Schwiegertochter jeden Tag, ob sie sie begleiten wolle. Hatte Larissa abgelehnt, weil sie sich gerade um den Laden kümmerte, hatte sie nachher das schlechte Gewissen geplagt.

Als Larissa jetzt in ihrem Zimmer im Savoy über ihren Traum nachdachte, beschloss sie, Paul und Catherine davon zu erzählen. Vielleicht tröstete sie der Gedanke, dass ihr Sohn an einen Ort gegangen war, an dem es ihm gut ging – auch wenn dieser Ort vielleicht nur in Larissas Fantasie existierte.

Ihre Wangen kribbelten noch ein wenig an der Stelle, wo Ernest sie im Traum berührt hatte. Als sie die Haut mit den Fingerspitzen betastete, stellte sie fest, dass sie nass von Tränen war. Sie blickte durch die Fenster auf den schwachen Schein der Laternen, die von der Straße in ihr Zimmer leuchteten, und überlegte, was sie mit dem Rest der Nacht anfangen sollte. Sie war hellwach und das Bett, in dem sie lag, erschien ihr einsam und viel zu groß. Schließlich knipste sie ihre Nachttischlampe an, zog ihren Morgenrock über und ging barfuß in den Salon. Als sie den Lichtschalter neben der Tür andrehte, knackte er laut, dann flammten die Kerzen des Kronleuchters an der Decke auf. Sie tappte über den weichen Teppich und kauerte sich auf einen der beiden Polstersessel vor dem Kamin. In der Esse lag nur noch Asche. Aber die Wärme des Feuers und der würzige Geruch nach Holz hingen noch im Raum.

Sie hatte gerade ihre Beine seitlich auf das Sitzpolster gezogen und die Füße unter dem Morgenrock versteckt, als die Tür des Schlafzimmers ihrer Eltern geöffnet wurde.

Ihr Vater stand groß und hager, in Morgenmantel und Pantoffeln, im Türrahmen. Sein grau meliertes Haar war vom Schlaf zerzaust.

»Ich wusste doch, dass ich Geräusche gehört habe!« Er rückte die runde Brille auf seiner Nasenspitze mit einem Finger zurecht.

»Vater! Ich hoffe, ich habe dich nicht geweckt.«

»Doch, das hast du.« Leise schloss er die Schlafzimmertür und setzte sich in den Sessel neben seiner Tochter. »Aber das macht nichts. Es sind gerade schwere Zeiten für dich.« Er beugte sich vor und tätschelte ein wenig ungeschickt ihre Hand. »Eltern sorgen sich immer um das Wohl ihrer Kinder, egal, ob sie noch klein sind oder schon längst erwachsen. Das Leben nimmt keine Rücksicht auf unsere Befindlichkeiten. Wir müssen am Ball bleiben, sonst überrollt es uns.«

»Sorgt euch nicht um mich. Ich werde ›am Ball bleiben‹ und mein Leben gut meistern. So würde Ernest es wollen.« Larissa dachte an die letzten Worte, die er im Traum zu ihr gesagt hatte, und ihre Kehle wurde eng. Rasch fuhr sie fort: »Ihr habt meinen Mann leider nicht kennengelernt, aber ich freue mich, dass ihr zu seiner Beerdigung gekommen seid und wenigstens seine Eltern getroffen habt.«

»Sie sind anständige Leute. Ich muss eingestehen, dass ich ihnen Unrecht getan habe.« Larissas Vater räusperte sich. »Willst du nicht doch mit uns nach Hause kommen?«

Sie schüttelte den Kopf. »Nein, Vater. Aber ich danke dir für dein Angebot.«

Skeptisch schüttelte er den Kopf. »Was willst du denn noch in London? Du hast hoffentlich nicht vor, in das Haus deiner Schwiegereltern zurückzukehren und dich dort wieder hinter die Ladentheke zu stellen?«

Larissa konnte ein Lächeln nicht unterdrücken. Sie und ihre Eltern hatten sich wieder versöhnt, aber sie wusste, dass ihr Vater Ernest nie ganz als Schwiegersohn akzeptiert hätte. Er wollte für seine Tochter ein Leben in Wohlstand, unbelastet von den Sorgen um einen täglichen Broterwerb.

»Paul und Catherine würden mich mit offenen Armen aufnehmen, doch ihr Haus ist voll von Erinnerungen, an die ich im Moment nicht denken möchte. Wie soll ich in die Zukunft blicken, wenn ich in Traurigkeit versinke?« Sie schüttelte den Kopf und fuhr sich mit einer Hand durchs Haar. »Nein, wenn ihr übermorgen abreist, ziehe ich zu Claire und ihrem Mann. Ich kann so lange bei ihnen bleiben, wie ich möchte, und in Ruhe überlegen, wie es für mich weitergehen soll.«

»Das kannst du zwar auch in Leipzig, aber wenigstens wohnst du bei deiner Freundin in einem vernünftigen Haus«, knurrte ihr Vater.

»Dann wird dich wahrscheinlich auch nicht freuen, dass ich mir meinen künftigen Lebensunterhalt als Fotografin verdienen will«, offenbarte Larissa. »Ich möchte mich auf Reisefotografie spezialisieren. In Ägypten habe ich festgestellt, wie viel Spaß mir das macht.«

Ihr Vater starrte sie entsetzt an. »So viele junge Frauen müssen arbeiten und beneiden dich aus tiefster Seele um das privilegierte Leben, das du führen könntest. Und du erzählst mir, dass du eine Abenteurerin werden und damit auch noch Geld verdienen willst?« Er wirkte so ehrlich verzweifelt, dass sie beinahe Mitleid mit ihm verspürte. Aber sie entgegnete unbeirrt: »So ist es, Vater. In drei Tagen habe ich einen Termin bei Mr Cook junior. Er sprach mich auf Ernests Beerdigung an und bat mich in sein Büro. Er möchte etwas mit mir besprechen, sagte er. Ich hoffe natürlich, dass er mir einen neuen Auftrag anbietet.«

»Oder er zieht dich zur Rechenschaft, weil du und dein Mann ihm nicht alle vereinbarten Fotos geliefert habt!«

»Darüber haben wir bereits gesprochen«, entgegnete Larissa. »Gleich nach meiner Ankunft in London habe ich Mr Cook aufgesucht und ihm erklärt, was passiert ist. Er gab zwar zu, dass mich keine Schuld an den Ereignissen trifft, aber er war auch nicht gerade erfreut.«

»Dann darf ich also hoffen, dass er dir keinen neuen Auftrag gibt?«

»Vater!« Sie richtete sich empört auf.

»Es gefällt mir eben nicht, dass du dich all den Gefahren aussetzen willst, die es in fremden, unzivilisierten Ländern so reichlich gibt«, verteidigte er sich.

Sie streckte eine Hand aus und berührte ihn am Arm. »Ich bin sehr froh, dass wir wieder miteinander reden, Vater, auch wenn wir oft verschiedener Meinung sind.«

Er umfasste ihre Finger und presste sie. »Ich liebe dich, meine Tochter. Und ich hoffe, du weißt, dass du jederzeit nach Hause kommen kannst.«

Doch vier Monate später, es war inzwischen Anfang September, hielt Larissa sich weder in London noch in Leipzig bei ihren Eltern auf. Sie befand sich im Ägyptischen Saal des Neuen Museums Berlin und las aus ihrem Buch »Wüstenabenteuer – auf einer alten Karawanenstraße von Kairo in die Oase des Amun« vor.

Ende Mai hatte die Lesereise begonnen, die Larissa von London über die Britischen Inseln und mehrere Länder des europäischen Kontinents bis in die Hauptstadt des deutschen Kaiserreiches geführt hatte.

Den Einfall hatte John Mason Cook gehabt. Nachdem er die Fotos gesehen hatte, die Ernest von der Libyschen Wüste und in Siwa gemacht hatte, und dazu Larissas Bericht lauschte, war er so begeistert, dass er ihre Tour als »Abenteuerreise auf dem Kamelrücken« in sein Angebot aufnahm. Er bat Larissa, ihre Reise aufzuschreiben, und machte ein Buch daraus, das er mit den besten von Ernests Fotos illustrieren ließ. Dann hatte er die Lesereise initiiert, um so interessierte Kunden zu gewinnen.

Die Lesung in Berlin veranstaltete die Firma Cook zusammen mit der Archäologischen Gesellschaft. Um möglichst viel Publikum anzulocken, fand sie an einem Sonntagnachmittag statt, als zahlreiche Besucher durch das Museum schlenderten. Auch der Ort hätte nicht besser gewählt sein können. Der Ägyptische Saal war nämlich nach dem Vorbild des Ramesseums entworfen, eines Tempels, den der große ägyptische Pharao Ramses II. für seinen Totenkult hatte bauen lassen. Es gab bunt bemalte Säulen mit den Kartuschen der Erbauer in Hieroglyphen: die König Friedrich Wilhelms IV. und seiner Frau Elisabeth. Die Wände waren mit Panoramabildern ägyptischer Landschaften und Kulturgüter bemalt. In Vitrinen wurden Kunstschätze aus pharaonischer Zeit ausgestellt.

Für Larissas Lesung hatte man die Vitrinen an die Seitenwände gerückt und im Saal Stuhlreihen aufgebaut. Für die vielen Zuhörer reichte der Raum allerdings nicht aus. Sogar auf »Stehplätzen« zwischen den Säulen drängten sich Leute. Nicht einmal von dem Wetter, das für diese Jahreszeit ungewöhnlich heiß und schwül war, hatten sie sich abhalten lassen. Sie alle wollten die Geschichte der jungen Fotografin hören, die ihrem Mann in eine entlegene Oase am äußersten Rand der Libyschen Wüste gefolgt war, nur um dort herauszufinden, dass er auf tragische Weise gestorben war.

Larissa bemühte sich bei jeder ihrer Lesungen, das Publikum nach besten Kräften zu unterhalten. Auch heute hatte sie eine Stunde aus ihrem Buch vorgelesen und beantwortete nun schon fast ebenso lange die Fragen ihrer Zuhörer.

Ein älterer Herr erhob sich von seinem Stuhl: »Ich gebe zu, es war sehr interessant und lehrreich, Ihnen zuzuhören. Aber war es wirklich nötig, dass Sie, eine Frau, sich dieser ungeheuren Strapaze ausgesetzt haben? Wäre es nicht besser gewesen, Sie hätten die ganze Unternehmung einem erfahrenen Mann überlassen?«

Unter den weiblichen Zuhörern wurde empörtes Gemurmel laut. Frauen waren stets besonders zahlreich bei Larissas Lesungen vertreten. Sie hatten eine gute Bildung genossen. Manche hatten sogar in der fortschrittlichen Schweiz ein Studium absolviert und verdienten sich ihren Lebensunterhalt selbst.

»Ein Mann verfügt nicht, nur weil er ein Mann ist, über mehr Fähigkeiten als eine Frau«, rief eine aufgebrachte Zuhörerin. »Was die Männer uns Frauen an Körperkraft voraushaben, machen wir durch Zähigkeit und Willenskraft wett.«

»Und durch Klugheit!«, meldete sich eine zweite Dame zu Wort.

Jetzt wurde im Publikum gelacht.

Auch Larissa lächelte. Es war nicht das erste Mal, dass im Publikum ein Herr der Schöpfung auf die Idee kam, ihr diese Frage zu stellen.

»Ich bin eine ganz normale Frau und habe diese Reise bewältigt«, sagte sie, nachdem sie einen Schluck aus ihrem Wasserglas getrunken hatte. »Natürlich ist eine Wüstendurchquerung oft sehr anstrengend. Dennoch bin ich überzeugt, dass jeder, ob Mann oder Frau, der gesund ist, sich kräftig fühlt und den Mut besitzt, diese Tour schaffen kann.«

Wenig später näherte sich die Fragestunde dem Ende und Ernst Curtius betrat mit einem großen Blumenstrauß im Arm das Podium. Der weißhaarige Herr war seit fast dreißig Jahren Vorstand der Archäologischen Gesellschaft und wurde mit kräftigem Applaus begrüßt.

»Meine liebe Frau Wood, ich danke Ihnen für einen überaus interessanten Nachmittag.« Er verbeugte sich vor Larissa und überreichte ihr den Blumenstrauß. »Und Ihnen, verehrtes Publikum, danke ich, dass Sie so zahlreich erschienen sind.« Er drehte sich in Richtung Bühne um und wies auf mehrere Staffeleien mit großformatigen Fotografien, die im Halbkreis auf dem Podium standen. »Sie haben nun Gelegenheit, die wunderbaren Bilder von Frau Woods verstorbenem Mann zu betrachten. Vielleicht möchten Sie auch den Reisebericht mit weiteren Fotografien ihres Mannes erwerben und sich persönlich signieren lassen.« Er zeigte auf einen Tisch an der Seite, auf dem mehrere Bücherstapel aufgebaut waren. Dahinter warteten zwei Angestellte der Verlagsbuchhandlung Georg Reimer, die die deutschsprachige Ausgabe des Reiseberichtes herausgebracht hatte.

In wenigen Minuten hatte sich eine lange Schlange vor dem Bücherstand gebildet, die sich von dort weiter zu Larissas Tisch schob.

Wieder hielt ihr jemand ein Buch unter die Nase. Dann sagte eine vertraute Stimme: »Ich möchte folgende Widmung: ›Für Max, der gern mit Larissa durch die Wüste gereist ist‹.«

»Max!« Völlig verdattert blickte sie auf. »Wie kommst du denn hierher? Warum bist du nicht in Ägypten? Was machst du in Berlin?«

»So viele Fragen.« Er stand schmunzelnd vor ihr, offensichtlich sehr zufrieden, dass ihm die Überraschung gelungen war. »Heißt das, du hast mich vermisst?«

Larissa konnte nicht anders, als ebenfalls zu lachen. Sie freute sich unbändig, ihn zu sehen, gleichzeitig war sie völlig durcheinander. Seit ihrem Abschied auf dem Bahnhof von Bulak hatten sie nichts voneinander gehört, sich nicht einmal geschrieben. Aber es war kein Tag vergangen, an dem Larissa nicht an ihn gedacht und sich gefragt hatte, wie es ihm ging. Um ihr Gefühlswirrwarr zu überspielen, schraubte sie ihren Füller auf und beugte sich tief über das Buch.

»Ich weiß schon länger, dass du heute hier eine Lesung hältst«, hörte sie Wellinks Stimme. »Überall in Berlin hängen die Plakate. Auf den Veranstaltungsseiten der Zeitungen wurdest du auch angekündigt. Ich bin überrascht, welche Wendung dein Leben genommen hat. Aber sie gefällt mir sehr gut.«

»Mir gefällt sie auch.« Sie schraubte den Füller zu und pustete vorsichtig über die feuchte Tinte. »Bist du extra wegen meiner Lesung ins Museum gekommen?«

»Fast. Ich hatte auch einen Termin bei Generaldirektor Schöne. Den habe ich allerdings so gelegt, dass ich danach deine Lesung besuchen konnte.« Er bedachte sie mit einem langen Blick. »Deine Worte haben viele Erinnerungen geweckt.«

»Ich weiß, was du meinst«, erwiderte sie und fügte leise hinzu: »Und ich erinnere mich gern daran.«

Sie klappte das Buch zu und reichte es ihm zurück. Er klemmte es unter den Arm und fragte: »Hast du Lust, heute Abend mit mir zu essen? Ich glaube, wir haben uns viel zu erzählen.«

»Eine wunderbare Idee!« Sie strahlte. »Aber wenn ich hier fertig bin, muss ich noch einem Reporter der Vossischen Zeitung Rede und Antwort stehen. Willst du so lange warten?«

»Mit Vergnügen. Ich stehe am Ausgang des Museums.« Er tippte mit der Rechten an seine Hutkrempe und schlenderte davon. Sie sah ihm mit klopfendem Herzen hinterher und bemerkte nicht einmal, dass ihr schon wieder ein Gast sein Buch hinhielt.

»Warum hast du mir nicht gesagt, dass wir hierher gehen? Für das Hiller bin ich wirklich nicht passend angezogen«, klagte Larissa, als die Droschke vor einem eleganten Palais, nicht weit vom Brandenburger Tor, hielt.

Zweifelnd sah sie an sich herunter. Unter einem hellen Staubmantel trug sie ein hochgeschlossenes Nachmittagskleid aus dunkelgrünem Taft mit kleinen Spitzenbesätzen. Auf Schmuck hatte sie fast völlig verzichtet und auch mit einer auffallenden Frisur konnte sie nicht glänzen. Das Restaurant Hiller aber war für seine noblen Gäste bekannt. Sogar Mitglieder der Kaiserfamilie kamen zum Essen hierher.

Wellink sprang aufs Trottoir. »Ich trage ja auch keinen Frack. Aber lasse ich mir deshalb die Gelegenheit entgehen, dich in das beste Restaurant der Stadt einzuladen?« Er streckte eine Hand aus und half ihr beim Aussteigen. In seinem grauen

Flanellanzug mit Weste, Seidenkrawatte und dem tief in die Stirn gezogenen Filzhut wirkte er ebenso ungezwungen wie elegant.

»Gefalle ich dir?«, fügte er hinzu, als er merkte, dass sie ihn musterte. »Ich hoffe, dir fällt auf, dass ich sogar eine Krawatte umgebunden habe.«

»Bilde dir nur nichts ein«, erwiderte sie schnippisch, aber ihr Herz klopfte heftig, als sie an seiner Seite das Lokal betrat.

Das Hiller war bereits gut besucht. Die männlichen Gäste trugen auffallend häufig ordengeschmückte Galauniformen und die Damen glänzten in ihren vornehmen Abendkleidern mit ihren funkelnden Brillanten um die Wette. Die Tische waren mit weißem Damast, Chinaporzellan und schweren Kristallgläsern gedeckt. In der Mitte standen silberne Kerzenleuchter. An den Wänden hingen Spiegel und Gemälde mit italienischen Landschaftsimpressionen. Marmorsäulen unterteilten den länglichen Speiseraum in intime Separees.

Larissa blickte dem Oberkellner, der sich energischen Schrittes näherte, beklommen entgegen. »Man wird uns wegschicken«, flüsterte sie Wellink zu.

Doch zu ihrer Überraschung strahlte der schwarz befrackte Maître über das ganze Gesicht.

»Willkommen im Hiller, Frau Wood! Was für eine Ehre, Sie bei uns begrüßen zu dürfen!«, rief er so laut, dass sich die Gäste an den Tischen in der Nähe neugierig umdrehten. »Erlauben Sie mir, Sie persönlich zu Ihrem Buch zu beglückwünschen!« Er beugte sich vertraulich vor. »Meine Frau hat es gelesen und schwärmt seither von Ägypten.«

»Vielen Dank«, stammelte Larissa perplex. »Bitte übermitteln Sie Ihrer Gattin meine herzlichen Grüße.«

»Mit dem größten Vergnügen. Ich habe übrigens einen wunderbaren Platz für Sie reserviert. Völlig ungestört, wie Sie es bestellt haben.« Der Maître lächelte in Wellinks Richtung und eilte zu einem kleinen runden Tisch, der vor einem prachtvollen Marmorkamin stand. Wegen des warmen Wetters brannte kein Feuer. Dafür stand ein üppiges Gesteck aus Rosen und Lilien vor der Esse.

»Wünschen die Herrschaften Champagner zum Aperitif?«, erkundigte er sich und rückte mit elegantem Schwung Larissas Stuhl zurecht.

Wellink bejahte und wenig später hielten sie gefüllte Gläser in den Händen. Ein silberner Kühler, aus dem ein dunkelgrüner Flaschenhals ragte, stand vor ihnen auf dem Tisch.

»Gefällt es dir hier?«, fragte Wellink. »Ich habe schon so viel über die hervorragende Küche des Hiller gehört.«

Larissa nickte. »Ich freue mich sehr über deine Einladung.«

Beschwingt hob er sein Glas. »Wollen wir auf die erste Europäerin, die durch die Libysche Wüste gereist ist, trinken? Wenn ich nicht irre, steht es so auch auf deinen Werbeplakaten.«

Sie lächelten sich zu und stießen miteinander an. Der Champagner war eiskalt und schmeckte so leicht und beschwingt wie eine laue Sommernacht. Larissa erzählte Wellink, wie es zu der Lesereise gekommen war.

»Cooks Rechnung scheint aufzugehen«, kommentierte er. »Zumindest, wenn alle Veranstaltungen so gut besucht sind wie die heute im Neuen Museum.«

»Ich kann mich über mangelndes Interesse nicht beklagen«, gab sie stolz zu. »Und Mr Cook freut sich über viele Reisebuchungen.«

Er drehte sein Glas in der Hand, ein amüsiertes Lächeln auf den Lippen. »Konntest du ihm denn noch die versprochenen Fotos aus einem Harem liefern?«

Sie schüttelte den Kopf. »Seltsamerweise hat ihn das nicht überrascht. Er hat gesagt, er habe im Orient nichts anderes erwartet. Aber ihm habe so gefallen, wie entschlossen ich war, Ernest zu begleiten. Deshalb hat er seinen Auftrag spontan auf mich ausgedehnt.«

»Du hättest Semiramis in ihrem Tanzkostüm fotografieren können.«

»Semiramis!«, rief Larissa aus. »Du weißt ja noch gar nicht, dass sie jetzt in Paris lebt.«

Der Kellner kam und servierte als ersten Gang gebackene Seezunge. Danach berichtete Larissa, warum Semiramis Kairo verlassen hatte.

»Eine riskante Unternehmung, einfach so nach Paris zu gehen«, sagte Wellink. »Vielleicht wollte ihr Vater gar nichts mehr von ihr wissen.«

»Oh nein«, erwiderte Larissa. »Er hat sie gut aufgenommen und seine Familie offenbar auch. Sie lernt jetzt, wie man ein Hotel führt – ich wohnte im Hotel ihrer Familie, als ich in Paris Lesungen gehalten habe. Und wie ist es dir ergangen?« Sie sah ihn erwartungsvoll an. »Wirft die Archäologie so viel ab, dass du mich zu diesem Feinschmeckeressen einladen kannst?«

»Leider nicht«, seufzte er. »Ich bin ja nicht Lepsius, dem der König eine dreijährige Einkaufstour finanziert, damit er die ägyptische Abteilung im Neuen Museum füllt.« Er schob sich ein Stück Fisch in den Mund. »Ich habe es nicht geschafft, bis Ende Mai die Gräber der Gemahlinnen des Unas zu finden, und mein Mäzen hat seine Unterstützung eingestellt.«

»Das ist meine Schuld«, seufzte sie betroffen. »Hättest du mich nicht nach Siwa begleitet, hättest du mehr Zeit gehabt.«

»Das war es mir wert«, versicherte er. »Ich möchte diese Zeit um nichts in der Welt missen. Und dank einer glücklichen Fügung besitze ich seit heute mehr Mittel als jemals zuvor in meiner Laufbahn.«

Larissa betupfte sich die Mundwinkel mit der Serviette und trank dann einen Schluck von dem Riesling, den der Kellner zu der Seezunge serviert hatte. »Meinst du damit die Tipps, die du vermögenden Kunstsammlern gibst? Ich persönlich würde deinen Empfehlungen allerdings nicht trauen.«

»Was höre ich da?« Er sah sie entrüstet an. »Womit habe ich denn solch ein Misstrauen verdient?«

Sie lächelte schelmisch. »Ich bin ziemlich sicher, dass die Totenbuchpapyri des Unas, die du Monsieur Kleczkowski verkauft hast, nicht echt sind. Du hast dich verraten, als du sagtest, dass solche Papyri erst später gebräuchlich wurden.«

»Natürlich sind die Papyri echt!« Seine Mundwinkel zuckten. »Sie wurden wirklich und wahrhaftig von meinen Geschäftspartnern, den Beduinen von Sakkara, angefertigt. Aber findest du es nicht auch besser, wenn die echten Fundstücke in Museen allen Menschen zugänglich gemacht werden und private Sammler wie Kleczkowski, die sie ohnehin nur für sich behalten wollen, Kopien bekommen?«

»Wäre es nicht fair, wenn sie wüssten, dass es sich um Kopien handelt?«

»Das finde ich nicht. So, wie es ist, haben alle Beteiligten am meisten davon. Die Beduinen haben ein gutes Einkommen, ich kann viel mehr Geld vom Käufer verlangen und der sonnt sich in dem befriedigenden Gefühl, etwas Wertvolles und Einzigartiges zu besitzen.«

»Du verrichtest also ein gutes Werk«, kommentierte Larissa spöttisch. »Nun gut, ehrlich gesagt habe ich auch überhaupt kein Mitleid mit Kleczkowski. So wie er Semiramis behandelt hat.«

»Mitleid wäre völlig überflüssig. Er hat sich nämlich wie ein Kind über die Barke aus dem Amuntempel in Siwa gefreut«, erwiderte Wellink unschuldig.

»Die Barke aus dem Amuntempel in Siwa?«, wiederholte sie ungläubig.

»Ein sehr begabter Kunsthandwerker hat sie dort für mich angefertigt«, erwiderte er leichthin. »Ich habe sie Kleczkowski für die Zusage verkauft, Semiramis nicht der Polizei auszuliefern.«

»Das war also die großzügige Gegenleistung, mit der du Kleczkowski den Mund wässrig gemacht hast«, erinnerte sich

Larissa an ihre Unterhaltung kurz nach dem Aufbruch von Kerdasa. »Aber woher wusstest du, dass es in Siwa Kunsthandwerker gibt, die so eine Arbeit anfertigen können?«

»Ich wusste es nicht«, räumte er ein. »Hätte ich in Siwa niemanden gefunden, hätten die Beduinen von Sakkara einspringen müssen.«

Sie streckte eine Hand aus und berührte seinen Arm. »Diese gute Tat rechne ich dir sehr hoch an.«

Er sah sie lange an. »Wir beide zusammen. Das hat mir gefehlt.«

Sie wurde rot. »Mir auch.«

Der Kellner trug den Hauptgang, einen Rehrücken, auf. Dazu servierte er Kastanienmus und einen schweren Burgunder. Als sie wieder allein waren, hob Wellink sein Glas, sodass der Wein im Licht der Kerzen wie dunkelrote Rubine leuchtete. »Ich möchte mit dir auf etwas ganz Besonderes trinken«, sagte er und machte eine feierliche Pause. »Darauf, dass ich den Schatz der Amunpriester von Siwa gefunden habe. Ich erzähle keine Märchen«, versicherte er, weil sie ihn völlig entgeistert anstarrte. »Dieser Schatz ist so echt, wie ein Schatz nur sein kann.«

»Aber wo?«, stammelte sie und schüttelte verwirrt den Kopf. »Und wann? Stimmte denn diese Legende von dem Schatz im See?«

»Das Ganze ist eine lange und komplizierte Geschichte. Du weißt ja, dass in einer Legende immer ein Körnchen Wahrheit steckt. Und wenn mir nicht etwas in die Sonnenquelle gefallen wäre, das ich unbedingt wiederhaben wollte, wäre der Schatz noch heute unentdeckt.« Er lehnte sich auf seinem Stuhl zurück und berichtete ihr, wie ein glücklicher Zufall ihm geholfen hatte, und sie lauschte so fasziniert, dass sie fast vergaß, zu essen.

»Du weißt ja, dass ich mit zwei zusätzlichen Kisten aus Siwa zurückgekehrt bin«, schloss Wellink seinen Bericht. »In der einen befand sich die Barke für Kleczkowski und in der anderen ein Bronzehelm aus dem Tempelschatz. Ich bin ziemlich sicher, dass er einmal Alexander dem Großen gehört hat.«

»Dann muss sein Wert unermesslich sein«, murmelte Larissa.

»Tatsächlich ist er so groß, dass ich seit heute einen Mäzen habe, der die Bergung des Tempelschatzes finanzieren wird: das Neue Museum Berlin. Generaldirektor Schöne ist so versessen auf meinen Fund, dass er sogar mit der ägyptischen Regierung über eine Änderung der Teilungsvereinbarung verhandeln will, nur um nichts von dem Schatz abgeben zu müssen.«

»Und du hast mir kein Sterbenswörtchen von diesem sensationellen Fund gesagt.« Larissa versuchte immer noch, die Neuigkeit zu verkraften.

»Ich habe damals niemandem etwas gesagt. Auch der Scheich hat keine Ahnung«, erklärte Wellink. »Bis heute weiß außer uns beiden nur noch Schöne von diesem Fund.«

Sie musterte ihn neugierig. »Jetzt weiß ich zwar alles über den Schatz der Amunpriester, aber noch nicht, was dir in die Sonnenquelle gefallen ist.«

Er lächelte geheimnisvoll, griff in die Innentasche seines Jacketts und holte ein längliches Etui hervor. Als er es öffnete, sah sie ein Armband aus mehreren Reihen winziger Türkis- und Amethystperlen. Sie leuchteten blaugrün wie das Wasser der tausend Quellen von Siwa und dunkel wie der Nachthimmel über der Wüste.

Er nahm ihren rechten Arm und streifte das Schmuckstück über ihr Handgelenk. »Das habe ich in Siwa für dich gekauft«, sagte er und streichelte mit dem Daumen über die zarte Haut auf der Innenseite ihres Armes. »Weil ich will, dass du etwas besitzt, das dich immer an mich erinnert.«

Als sie das Restaurant verließen, war es fast Mitternacht. Trotz der späten Stunde herrschte draußen noch drückende Hitze.

Blitze zuckten am pechschwarzen Himmel und über der Stadt rumpelte der Donner. Aber noch regnete es nicht.

»Ich werde eine Droschke organisieren«, sagte Wellink.

Sie hielt ihn zurück. »Ich möchte lieber zu Fuß gehen. Es ist nicht weit. Ich wohne im Hotel du Parc am Potsdamer Platz.«

Doch nach wenigen Metern fielen schon die ersten schweren Tropfen. Gleich darauf zuckte ein Blitz quer über den Himmel und tauchte das Brandenburger Tor und die Gebäude längs des Boulevards in grelles Licht. Der Donner krachte ohrenbetäubend. Dann ergoss sich eine Sintflut aus dem Himmel.

Wellink packte Larissa an der Hand, mit der anderen raffte sie ihre Röcke, dann spurteten sie los. In wenigen Augenblicken waren sie völlig durchnässt. Wasser lief ihnen in den Kragen und spritzte bei jedem Schritt aus den Pfützen auf. Dazu blitzte und donnerte es ununterbrochen.

Wellink steuerte auf das am nächsten liegende Wachhaus des Brandenburger Tores zu und zog Larissa mit sich unter den Säulengang. Hier war es einigermaßen trocken und geschützt, aber die Luft hatte sich abgekühlt und Larissa zitterte.

Er schlang beide Arme um sie und zog sie an seine Brust. »Besser?«, fragte er leise.

Sie schmiegte sich an ihn. »Wunderbar.«

Er strich mit dem Zeigefinger einen Wassertropfen von ihrer Wange. »Ägypten war nicht dasselbe ohne dich. Ich war hin- und hergerissen zwischen meiner Vernunft, die mir riet, dich loszulassen, und meinem Herzen, das das nicht konnte. Als ich Anfang Juni in Berlin ankam und einen Zeitungsartikel las, in dem über dein Buch und deine Lesereise berichtet wurde, beschloss ich, auf mein Herz zu hören.« Er beugte sich vor und küsste sanft ihren Hals. »Ich habe die Tage bis zu deiner Lesung im Neuen Museum gezählt, zum Schluss sogar die Stunden und die Minuten.« Sein Mund tastete sich zu ihren Lippen und sie empfing ihn leidenschaftlich.

»Heute war mein letzter Termin«, sagte sie, als sie sich ein wenig atemlos voneinander lösten. »Meine Lesereise ist vorbei.«

»Das nenne ich einen wunderbaren Zufall«, freute er sich. »Dann bist du also frei und kannst mit mir zurück nach Siwa fahren!«

»Kommst du gar nicht auf die Idee, dass ich schon andere Pläne haben könnte?«, erwiderte sie kopfschüttelnd.

Er umfasste mit beiden Händen ihre Schultern. »Was auch immer du für Pläne hast, bitte ändere sie.«

»Das kann ich nicht so einfach. Meine Eltern erwarten mich in Leipzig. Danach wollte ich nach London und mit Mr Cook über einen neuen Auftrag sprechen.«

»Dann trennen unsere Wege sich also wieder auf unbestimmte Zeit.« Er klang enttäuscht.

»Muss ich wirklich hier und jetzt im Regen entscheiden, ob ich mich schon wieder binde?«, gab sie ein wenig patzig zurück.

»Ja! Denn irgendwann wirst du bereuen, es nicht getan zu haben«, antwortete er heftiger als beabsichtigt.

Sie nahm seine Hand. »Lass uns nach diesem schönen Abend nicht streiten. Bitte bring mich zum Hotel, ich muss mir trockene Kleider anziehen. Für alles Weitere werden wir eine Lösung finden.«

Schweigend gingen sie entlang des Tiergartens zum Potsdamer Platz. Das Gewitter hatte sich entfernt und der Wolkenbruch war zu einem Regenschauer geworden. Sie waren fast allein auf der Straße. Hin und wieder begegnete ihnen eine Droschke, ein halb leerer Pferdeomnibus oder ein einsamer Nachtschwärmer. Aber die meisten Berliner hatten wegen des Unwetters Schutz in ihren Häusern gesucht.

Nach zehn Minuten hatten sie den Potsdamer Platz erreicht, in dessen Zentrum das mehrstöckige Hotel du Parc stand.

Wellink wandte sich Larissa zu und sah sie eindringlich an: »Komm mit mir nach Siwa. Lass uns unser Leben von nun an zusammen verbringen.«

Sie hob eine Hand und malte mit der Spitze ihres Zeigefingers die Linien seines Mundes nach. »Gib mir noch etwas Zeit, alles zu bedenken.«

»Du konntest darüber nachdenken, seit wir uns in Kairo verabschiedet haben.«

Sie ließ die Hand sinken und legte sie flach auf seine Brust. »Wie lange bist du noch in Berlin?«

»Morgen früh um zehn geht mein Zug vom Anhalter Bahnhof Richtung Süden.« Er nahm ihre Hand und küsste sie. Dann drehte er sich um und ging.

Als Wellink am nächsten Morgen vor dem Anhalter Bahnhof aus der Droschke stieg, zeigte die große Uhr über dem Haupteingang Viertel vor zehn. Er winkte einen Gepäckträger heran und trug ihm auf, seine Koffer zum Zug zu bringen. Dann eilte er in die Bahnhofshalle.

Immer wieder blickte er sich prüfend im Gewimmel der Reisenden um, doch er konnte Larissa nirgends entdecken. Schließlich trat er bedrückt auf den Bahnsteig. Hier verabschiedeten sich Reisende von ihren Familien, Zugbegleiter warteten vor den offenen Waggontüren, um den Passagieren auf der Suche nach dem richtigen Abteil behilflich zu sein, und Träger verstauten die letzten Schrankkoffer und Postsäcke im Gepäckwagen. Auch hier sah Wellink keine Spur von Larissa.

Die Lokomotive pfiff durchdringend und stieß eine Rußwolke empor. Das Zugpersonal begann, die Waggontüren zu schließen. Wellink stand verloren auf dem sich allmählich leerenden Bahnsteig und wehrte sich gegen das immer stärker werdende Gefühl von Hoffnungslosigkeit.

»Sie müssen jetzt einsteigen, mein Herr. Wir fahren ab«, mahnte der Schaffner.

»Sofort«, erwiderte er. Aber er rührte sich nicht von der Stelle.

»Letzter Aufruf, mein Herr!« Der Schaffner klopfte nachdrücklich an die Waggontür.

Wellink nickte und seufzte. Er fühlte sich so traurig und leer wie noch nie in seinem Leben. In diesem Moment tippte ihn jemand von hinten auf die Schulter.

Er fuhr herum: »Larissa!«

Sie stand direkt hinter ihm in ihrem grauen Reisekostüm. Neben ihr wartete ein keuchender Gepäckträger mit zwei Koffern und der Kiste mit ihrer Fotoausrüstung.

»Guten Morgen, Max«, sagte sie und strahlte über das ganze Gesicht. »Ich nehme an, du kannst noch eine erfahrene Fotografin für deine Ausgrabung in Siwa gebrauchen?«

GLOSSAR

Abaja – Überwurf
al-Hamdu li-Llah – Allah sei Lob und Dank
Allahu akbar – Gott ist am größten
Almanie – Deutscher
Almeh – orientalische Unterhaltungskünstlerin
Amentet – altägyptische Totengöttin
Amphore – bauchiges, enghalsiges Gefäß der Antike mit zwei Henkeln (zur Aufbewahrung von Wein, Öl, Honig usw.)
Amset – Kind des Horus (Mensch)
Amun – König der Götter, Wind- und Fruchtbarkeitsgott
ana asif – es tut mir leid
Ankh – Henkelkreuz
Anubis – schakalköpfiger Gott der Totenriten
Apis-Stier – heiliger Stier von Memphis
Apophis – Schlangengott, Gott der Finsternis und des Chaos
as-salamu alaikum – Friede sei mit dir/euch!
aye – positiv gemeinter Ausruf

Baba – Papa
Bakschisch – Trinkgeld
barakah – Allah segne dich
Bastet – Göttin in Katzengestalt, Beschützerin der Mütter und Schwangeren
Beduine – nomadisierender arabischer Wüstenbewohner

Chepesch – heiliges Krummschwert
Chepesch-em-pet-mehtit – Sternbild Großer Wagen – Stierschenkel am nördlichen Himmel

Dahabije – langes, schmales Nilschiff mit Kajüte
Diwan – niedriges Liegesofa
Dragoman – Reiseleiter im Nahen Osten
Duat – Jenseits
Duamutef – Kind des Horus (Schakal)

Effendi – osmanische Anrede »Herr«
el Saida – Anrede »Frau«
enta meen? – wer bist du?

Fadschr – islamisches Morgengebet
Fellache – Angehöriger der bäuerlichen Bevölkerung im Vorderen Orient
Felucke – kleines ein- oder zweimastiges Handelsschiff des Mittelmeers und des Nils
Fez – kappenartige Kopfbedeckung aus rotem Filz
Frangi – Ausländer
Ful – Püree aus Saubohnen

Galabija – langes Gewand der arabischsprachigen Bevölkerung des Vorderen Orients
Ghawazee – ägyptische Tänzerin
Geb – Erdgott

Hades – Totengott, Herrscher über die Unterwelt, die ebenfalls Hades genannt wurde
Hakim – Arzt
Hapi – Kind des Horus (Pavian)
Hem-netjer-tepi – altägyptischer Hohepriester

Henu-Krone – Straußenfederkrone
hina bass – gleich hier
Horus – Himmelsgott
Horusauge – altes ägyptisches Schutzsymbol
hunaka – dort

Inglesi – Engländer
inna lillahi wa inna ilayhi rajioun – Wir kommen von Gott und zu ihm kehren wir zurück
Inschallah – wenn Allah will

Kaaba – Haus Allahs in der Heiligen Moschee in Mekka
Kamandscha – viersaitige Geige
Karsif – Baumaterial aus Lehm und Salzschlamm
Kartusche – ovale Umrahmung der Namen von Pharaonen
Karwan-Baschi – Anführer einer Handelskarawane
Kebechsenuef – Kind des Horus (Falke)
Khan el Khalili – berühmter Basar in der Altstadt von Kairo
Khedive – Vizekönig von Ägypten

la – nein
Lagbi – Saft aus dem Herz der Dattelpalme

ma a salama – auf Wiedersehen
Maat – Göttin der Wahrheit und Gerechtigkeit
Maglis – Dorf- oder Stadtrat
masbuut – etwas süß
Mastaba – altägyptischer Grabbau
Medina – Altstadt in orientalischen Städten
Meryamun Setepenra – Geliebter von Amun und Auserwählter von Re
Mihrab – Gebetsnische in einer Moschee
Minarett – Turm einer Moschee

min fadlik – bitte
Muezzin – Ausrufer zum Gebet
Mut – Göttin, Gemahlin des Amun

Naos – Schrein für die Statue des Amun
Nazar-Amulett – blaues nordafrikanisches Amulett aus Glas
Neb-taui – Königstitel – Herr beider Länder (Ober- und Unterägypten)
Nekropole – Totenstadt
Nemes-Kopftuch – Kopfbedeckung der Pharaonen
Nemset-Krug – Krug, der beim altägyptischen Mundöffnungsritual verwendet wurde
Nikab – orientalischer Gesichtsschleier
Nut – Himmelsgöttin

Osiris – Gott des Jenseits und der Wiedergeburt
Ostraka – Tonscherben (Plural)

Ptah – Gott, Weltenschöpfer

Re, Ra – Sonnengott
Reteh-qabet – in der ägyptischen Mythologie das Land hinter dem Sternenhimmel, in dem absolute Finsternis herrscht

saada – ungesüßt
Sadiq – Freund, Gefährte
Sais – nubische Läufer, begleiteten in Ägypten vornehme Kutschen
Samum – Sandsturm in Nordafrika
Schesemu – Gott des Weines
Sechet-hemat – Salzfeld
Sechet-iaru – Gefilde der Binsen, Teil des altägyptischen Totenlandes

Serapeum – Begräbnisstätte der heiligen Stiere in Sakkara
Serdab – Statuenschrein in altägyptischen Privatgräbern
Seth – Wüstengott, Mörder des Osiris
Sheika – Frau des Scheichs
Shisha – Wasserpfeife
shukran – danke
Sirwalhose – orientalische Pluderhose
Sistrum – kultische Rassel
Sphinx – altägyptisches Mischwesen, meist in Löwengestalt mit Menschenkopf
Surah – Foto

Tarbusch – s. Fez
Tarfottet – traditioneller Überwurf der Siwanerinnen
Thot – Gott der Weisheit und der Magie

Ud – arabische Laute
Ummi – Mama
Uschebti – altägyptische Grabbeigabe, kleine Statuette

wa-alaikum us-salam – Der Friede sei auch mit dir/euch!
Wadjet – Schutzgöttin Unterägyptens
Was-Zepter – Stab, im alten Ägypten Macht- und Glückssymbol

Zaggala – siwanische Landarbeiter
ziyaada – sehr süß
Zitadelle – kleine Festung innerhalb einer größeren Festung

Nachweis der Eingangszitate

Kapitel 1
»Ein Leben nach dem Tod war im alten Ägypten ohne intakten Körper nicht möglich …« nach http://www.selket.de/mumien-und-totenkult/mumifizierung/

Kapitel 2
»In die Mumienbinden eines verstorbenen Ägypters wurde oft ein Herzskarabäus gewickelt …« nach http://www.selket.de/mumien-und-totenkult/amulette-und-schutzsymbole/

Kapitel 3
»Der Nil ist mehr als fünfmal so lang wie der Rhein …« nach http://www.planet-wissen.de/natur_technik/fluesse_und_seen/nil/

Kapitel 4
»Der Khan el Khalili gilt als der größte Basar Afrikas …« nach http://de.wikipedia.org/wiki/Chan_el-Chalili

Kapitel 5
»Von der ersten Dynastie bis in die Spätzeit …« nach http://de.wikipedia.org/wiki/Sakkara

Kapitel 6
»Von besonderer Bedeutung für die ägyptische Archäologie …« nach http://de.wikipedia.org/wiki/Archäologie

Kapitel 7
Nach der altägyptischen Überlieferung hat Thot, der Gott der Weisheit, die Hieroglyphen geschaffen …« nach http://de.wikipedia.org/wiki/ägyptische_Hieroglyphen

Kapitel 8
Die Barke war ein wichtiges Fortbewegungsmittel …« nach http://de.wikipedia.org/wiki/Sonnenschiff; http://de.wikipedia.org/wiki/Userhat_Amun

Kapitel 9
»Anubis ist der altägyptische Gott der Totenriten …« nach http://de.wikipedia.org/wiki/Anubis

Kapitel 10
»Amentet ist eine altägyptische Totengöttin …« nach http://de.wikipedia.org/wiki/Amentet

Kapitel 11
»Im alten Ägypten wurde die Schlange gefürchtet …« nach http://www.aegypten-geschichte-kultur.de/schlange

Kapitel 12
»Um den Thron zu erobern, ermordet Seth seinen Bruder Osiris …« nach https://de.wikipedia.org/wiki/Seth_(ägyptische_Mythologie)

Kapitel 13
»Die ältesten Tempel in Ägypten …« nach http://www.selket.de/tempel-aegypten/lage-und-architektur/

Kapitel 14
»Amun bezeichnete den Stadtgott im ägyptischen Theben …« nach http://www.amun.de/amun_re.htm

Kapitel 15
»Das Horusauge, auch Udjat-Auge oder Udzat-Auge …« nach http://de.wikipedia.org/wiki/Horusauge

Kapitel 16
»Osiris ist der ägyptische Gott des Jenseits …« nach http://de.wikipedia.org/wiki/Osiris)

Kapitel 17
»Die Göttin Maat verkörperte Gerechtigkeit …« nach http://de.wikipedia.org/wiki/Maat_(ägyptische_Mythologie)

Kapitel 18
»Sechet-iaru (auch Gefilde der Binsen) ist in der ägyptischen Mythologie ein Teil der Duat …« nach http://de.wikipedia.org/wiki/Sechet-iaru

Nachwort und Dank

Napoleon Bonapartes Expedition nach Ägypten von 1798 bis 1801 löste in Europa eine Welle der Begeisterung für die Kultur und Geschichte der Pharaonen aus. Nicht nur Wissenschaftler und Abenteurer machten sich auf, um die antiken Schätze des Landes am Nil zu erforschen und auszubeuten. Auch Scharen von Touristen kamen. Der englische Reiseunternehmer Thomas Cook, der Mitte des 19. Jahrhunderts schon die Pauschalreise erfunden hatte, veranstaltete 1869 die erste Nil-Kreuzfahrt, die die Menschen damals zu genau denselben Sehenswürdigkeiten führte wie uns heute.

In Europa erfreuten sich Mumienpartys, auf denen vor den Augen der Festgesellschaft eine echte Mumie ausgewickelt wurde, großer Beliebtheit. Eine solche »Party« fand beispielsweise im Jagdschloss Dreilinden statt, wo der Preußenprinz Friedrich Karl eine Mumie, die er auf seiner Orientreise erworben hatte, auspacken ließ.

Auch bei Fotografen war Ägypten ein beliebtes Motiv. Dem französischen Journalisten Maxime Du Camp verdanken wir die ersten, um 1850 entstandenen Reisefotografien. Auch der deutsche Afrikaforscher Gerhard Rohlfs wurde 1873 bei seiner Expedition durch die Libysche Wüste von einem Fotografen begleitet. Philip Remelé hielt das Unternehmen in zweihundert Fotografien fest, die er in einhundertzehn Prachtalben zusammenstellte.

Im Interesse des Handlungsflusses haben wir einige Details der ägyptischen Mythologie für unseren Roman ein wenig verändert. So spielt die Schlange bei uns die Rolle der »großen Fresserin« Ammit. Nach dem Glauben der alten Ägypter war dieses Monster, das die Seelen der Menschen verschlang, die nicht reinen Herzens gestorben waren, jedoch eine Kreuzung aus Krokodil, Nilpferd und Löwe.

Die Göttin Maat, die im alten Ägypten das Prinzip der Wahrheit und Gerechtigkeit personifizierte, wurde durch eine klassische ägyptische Frauenfigur mit einer Straußenfeder im Haar dargestellt. Wir haben ihr die Gestalt einer alten ägyptischen Bäuerin gegeben.

Auch bei der Wiedergabe historischer Details haben wir uns kleine Freiheiten erlaubt: So spielten sich die Whitechapel-Morde zwar zwischen 1888 und 1891 ab, aber für den Beginn des Jahres 1891 ist kein Mord dokumentiert.

In Kairo war die Oper im Jahr 1889 wegen Geldmangel geschlossen und wurde erst in den 1890er-Jahren wieder eröffnet.

In der Oase Siwa gibt es für das späte 19. Jahrhundert keine Belege über den Handel mit Mumien und gefälschten Antiquitäten. Außerdem konnte man die Ruinen des Amuntempels von Aghurmi nur unter großen Schwierigkeiten besichtigen. Der Berg und die Ruinen wurden bewohnt und die Siwaner schätzten den Besuch Fremder dort nicht. Auch der Tempelschatz war zur Zeit unseres Romans schon lange geplündert und der Fundort dieses Schatzes ist ebenfalls unserer Fantasie entsprungen.

Im späten 19. Jahrhundert hätten Max Wellink und Larissa sich generell gesiezt. Als Zugeständnis an moderne Zeiten und Umgangsformen gehen sie bei uns mit zunehmender Nähe zum »du« über.

Die Pyramidentexte des Pharaos Unas haben wir nach folgender Quelle zitiert: http://www.studenten-foerdern.de/info/Pyramidentexte_1/.

Hinsichtlich des Zusammenhangs zwischen der Bauweise der Pyramiden von Gizeh und dem Sternbild des Orion beziehen wir uns auf den belgischen Schriftsteller Robert Bauval. Mit seiner Meinung liegt er für viele Forscher im Bereich der Pseudowissenschaft; wir finden aber, dass sich an seinen Theorien zeigt, wie sehr die rätselhafte Kultur der alten Ägypter bis heute unsere Fantasie beschäftigt und unsere Neugier weckt.

Bedanken möchten wir uns bei Karen Stuke vom Landesmuseum Detmold für ihre fotogeschichtliche Beratung und die sehr interessante Anekdote über die Wiederentdeckung des ältesten Fotos der Welt durch Helmut Gernsheim.

Außerdem danken wir Tarek Aziz, Aladin Kotb und Alaa Mohsen, die uns mit großem Engagement die Geschichte und Kultur ihres wunderbaren Heimatlandes Ägypten vermittelt haben.

Leseproben

JULIA DROSTEN
DIE LÖWIN VON MOGADOR

Teil 1: Die blaue Perle am Atlantik (1835 bis 1840)

Kein Schicksal trifft ein, außer mit Allahs Erlaubnis. Und wenn du an Allah glaubst – leitet er dein Herz. Denn Allah weiß alle Dinge. (Koran)

Kapitel eins – London im Juni 1835

»Wo ist mein Vater?«

Den fünfzehn Angestellten, die im Kontor der Reederei Spencer & Sohn Mittagspause machten, blieb vor Überraschung fast der Bissen im Halse stecken.

Sibylla Spencer stand sichtlich außer Atem in der Tür, drückte einen Briefumschlag an ihre Brust und blickte von einem zum anderen. Gewöhnlich kam die dreiundzwanzigjährige Tochter des Chefs nur einmal im Jahr zur Reederei, und zwar wenn sie zusammen mit ihrer Stiefmutter Weihnachtsgeschenke an die Arbeiter und Angestellten verteilte.

Doch jetzt war nicht Weihnachten, sondern Juni. Und wenn Sibylla unangekündigt, völlig aufgelöst und offenbar ohne Begleitung in der rauen Männerwelt des Londoner Hafens auftauchte, konnte das nichts Gutes bedeuten. Das jedenfalls befürchtete Mr Donovan, der leitende Buchhalter der Reederei. Zögernd trat er hinter seinem Pult hervor.

»Ihr Vater ist im Ledgerhaus bei einer Versammlung der Dockgesellschaft, Miss Spencer. In spätestens einer halben Stunde müsste er wieder hier sein. Wünschen Sie auf ihn zu warten? Peter«, er winkte einem der Schreiberlehrlinge, »hol Miss Spencer einen Stuhl!«

Sibylla schüttelte ungeduldig den Kopf, da ertönte von einem Pult am Fenster eine andere Stimme: »Die Angelegenheit scheint eilig. Wenn Sie erlauben, Miss Spencer, bringe ich Sie hinüber. Ich wollte ohnehin gerade zu den Docks.« Ein hochgewachsener junger Mann mit auffallend gebundener Seidenkrawatte, modisch enger Weste und auf Hochglanz polierten Schuhen nahm eine Ledermappe von seinem Pult, ging zu Sibylla und verbeugte sich knapp, was aufgrund seiner Größe wirkte, als klappte ein Taschenmesser zusammen.

»Benjamin Hopkins«, verkündete er mit leicht näselnder, arrogant klingender Stimme. »Wenn Sie erlauben, leitender Einkäufer Ihres verehrten Vaters.«

Der Buchhalter zog sich erleichtert zurück. In Benjamins Rücken erhob sich Gemurmel. Er spürte die Blicke der anderen wie Nadelstiche im Rücken. Mit gerade achtundzwanzig Jahren war es Hopkins gelungen, sich zur rechten Hand des Reeders und Kaufmanns Richard Spencer hochzuarbeiten. Aber genau das machte ihn zu einem unbeliebten Kollegen. Nie versäumte er, dem Chef von Fehlern zu berichten, die einem von ihnen unterlaufen waren. Dazu kamen sein gelacktes Äußeres und seine affektierten Reden, die er wohl für vornehm hielt, die die anderen aber lächerlich fanden.

Doch wenn Benjamin jetzt unter seinem hohen weißen Hemdkragen warm wurde, lag das nicht daran, dass ihn die Feindseligkeit seiner Kollegen gestört hätte. Vielmehr musterten

Sibyllas saphirblaue Augen ihn so durchdringend, dass er sich zwingen musste, ihrem Blick standzuhalten. Lange betrachtete sie ihn stumm, und gerade als er fürchtete, sie würde sein Angebot ablehnen, nickte sie. »Einverstanden, Mr Hopkins.«

Benjamin atmete auf, halb erleichtert, halb triumphierend. »Dann hoffe ich nur noch, dass Sie Ihrem verehrten Vater keine schlechten Nachrichten überbringen müssen«, sagte er und blickte auf den Brief in ihrer Hand.

»Das dürfte Sie wohl kaum etwas angehen, Mr Hopkins.« Sie machte kehrt und lief die Treppe hinunter. Benjamin nahm rasch seinen Gehrock vom Haken neben der Tür und schlüpfte hinein, als er eine Stimme hörte – leise, aber doch klar und deutlich: »Schaut euch nur den Speichellecker an! Jetzt kriecht er der Tochter vom Alten unter den Rock.«

Aus dem Erdgeschoss ertönte Sibyllas Stimme. »Wo bleiben Sie, Mr Hopkins? Ich habe es eilig!« Hocherhobenen Hauptes schritt er durch die Tür.

Sibylla saß bereits auf der Bank ihres eleganten zweirädrigen Gigs, die Leinen in einer Hand, und klopfte mit der anderen auf den freien Sitzplatz neben sich. »Nun kommen Sie schon, Mr Hopkins! Oder schätzen Sie es nicht, wenn eine Frau die Zügel in der Hand hält?«

»Um Gottes willen!«, rief er aus und kletterte neben sie. »Es ist mir eine Ehre, von Ihnen gefahren zu werden!«

»Übertreiben Sie nicht, Mr Hopkins!« Sie schnalzte kurz, und die braune Hackneystute zog so schwungvoll an, dass er das Gleichgewicht verlor und gegen die Rückenlehne fiel. Sibyllas Mundwinkel zuckten spöttisch. Aber so etwas konnte Benjamin nicht verunsichern.

Seit Jahren beobachtete er bei den Weihnachtsfeiern im großen Kontor der Reederei, wie Sibylla vom flachbrüstigen Backfisch zu einer reizvollen jungen Frau wurde. Anfangs hatten die Bewerber um ihre Hand Schlange gestanden. Aber mit ihrem Eigensinn und ihrem scharfen Mundwerk hatte sie einen nach dem anderen in die Flucht geschlagen. Bald eilte ihr der Ruf voraus, dass sie eine Frau wäre, die die Männer beherrschen wollte, und das schreckte viele ab. Benjamin allerdings sah darin seinen entscheidenden Vorteil. Der Reedereitratsch behauptete nämlich, dass Richard Spencer langsam fürchtete, seine Tochter könnte als alte Jungfer enden. Und je mehr er das fürchtete, desto weniger würde er gegen einen Schwiegersohn wie Benjamin einwenden, der weder einen illustren Stammbaum noch ein beeindruckendes Vermögen aufwies.

JULIA DROSTEN

DIE HONIGPRINZESSIN

Wir widmen dieses Buch den Bienen, ohne die die Pflanzenwelt auf unserem Planeten um vieles ärmer wäre, allen Imkerinnen und Imkern und allen Menschen, die sich für das Überleben dieser kleinen Insekten einsetzen.

I
Mai

Der Wabenbau ist in vollem Gang, um Platz zu schaffen für die Honigeinlagerung und für das immer größer werdende Brutnest. Immer mehr junge Bienen schlüpfen und stehen bereit, die Brut zu pflegen. Ein Anreiz für die Königin, noch mehr Eier zu legen. In einem vitalen Volk schafft sie bis zu 2000 an einem Tag! (nach http://www.bienenzuechter-zabo.de; Bienenzüchter-Vereinigung Nürnberg und Umgebung e. *V.)*

»Pass auf!« Aus heiterem Himmel rollte der Mann auf dem Fahrrad vor Alinas Inlineskates.

Erschrocken rammte sie die rechte Hacke mit der Bremse in den Asphalt. Die drei kleinen Mädchen, die auf dem Weg vor ihr Hüpfkästchen gespielt hatten, rannten kreischend auseinander. Aus dem Augenwinkel nahm Alina das verzerrte Gesicht des Radfahrers wahr, der laut fluchend in die Bremsen stieg, um den Zusammenstoß in letzter Sekunde zu verhindern. Doch der schwer beladene Anhänger an seinem Fahrrad schob ihn vorwärts, genau auf Alina zu. Hektisch zerrte sie an Lilos Leine. Der kleine Hund, genauso erschrocken wie sein Frauchen, sprang ihr vor die Füße. Im letzten Moment schwenkte Alina zur Seite.

Geschafft, dachte sie – doch fast gleichzeitig wurde sie aus vollem Lauf gebremst. Der Boden raste auf sie zu. Instinktiv kniff sie die Augen zusammen und streckte die Arme aus. Böse knirschend rutschte die Kunststoffoberfläche ihrer Hand- und Knieschoner über den Asphalt. Dann blieb sie bäuchlings am Rand des Inlineskater-Rundkurses im Berliner Volkspark Friedrichshain liegen.

Nach Luft ringend versuchte sie, sich zurechtzufinden. Ihre Rippen fühlten sich an, als seien sie gebrochen, auch alle anderen Knochen schmerzten. Sie hörte aufgeregte Stimmen rings um sich.

Es war bereits eine Menge los an diesem Sonntagmorgen im Mai. Der Volkspark diente Berlinern aus den angrenzenden Wohngebieten als beliebtes Erholungsgebiet. Skater liefen auf dem ovalen Rundkurs, Jogger auf dem parallelen Sandweg, Rentner führten ihre Hunde spazieren, Mütter schoben Kinderwagen, Studenten lernten im Gras liegend, Familien spielten Frisbee.

»Hören Sie mich? Können Sie sich bewegen?«

Neben Alina auf dem Erdboden hockte eine grauhaarige Frau in Laufkleidung und musterte sie aufmerksam.

»Ich weiß nicht. Meine Rippen tun ziemlich weh.«

Alina setzte sich stöhnend auf und schob Lilo zur Seite, denn der kleine Terriermischling leckte ihr unentwegt über das Gesicht. Vorsichtig spreizte sie beide Hände. Die Haut der Finger war abgeschürft und brannte wie Feuer, aber sie konnte alle zehn bewegen.

»Die scheinen heil geblieben.« Alina holte vorsichtig Luft und verzog schmerzhaft das Gesicht. »Ob das auch für meine Rippen gilt, muss sich noch rausstellen«, keuchte sie und strich Lilo über den struppigen grauschwarzen Kopf. Die kleine Hündin drückte sich dicht an ihr Frauchen, und jetzt gelang Alina sogar ein Lächeln. »Ich dachte, ich schaffe es noch vor dem Radfahrer.«

»Hätten Sie, wäre der da nicht gewesen.«

Die Joggerin zeigte vielsagend auf einen flachen runden Kiesel, der grau und unscheinbar bei den Hüpfkästchen lag, die die Mädchen mit Kreide auf die Laufbahn gemalt hatten. Der Asphalt des Rundkurses war nämlich schön glatt und damit einfach unwiderstehlich für Kinder, die Hüpfkästchen spielen wollten.

Alina betastete ihre Jeans. Am linken Bein wies der Stoff einen beachtlichen Riss auf.

»Wo ist eigentlich der Radfahrer? Hat der sich aus dem Staub gemacht?«

Sie drehte suchend den Kopf.

»Ich fürchte, dazu hatte er keine Gelegenheit. Dort drüben liegt er.«

Die Joggerin wies mit dem Kinn in Richtung einer jungen, nicht einmal besonders ausladenden Kastanie.

»Oh nein!«

Entsetzt schlug Alina eine Hand vor den Mund.

Das Fahrrad des Mannes lag samt Anhänger auf der Seite vor dem Baum. Das verschnürte Paket, genau genommen waren es drei gelb gestrichene und mit Gurten zusammengebundene Kisten, war vom Anhänger ein Stückchen weiter auf einen Grasstreifen geschleudert worden. Den Mann selbst sah sie nicht, dafür aber eine beachtliche Menschentraube rund um den Kastanienbaum.

Alina hatte nicht aufgepasst. Deshalb war es zu dem Unfall gekommen. Sie war schnell gelaufen, hatte die Geschwindigkeit genossen und sich obendrein ganz mit ihren eigenen Gedanken beschäftigt. Sollte der Radfahrer ernsthaft verletzt sein, war sie daran nicht ganz schuldlos.

»Ein Arzt!«, rief eine aufgeregte Stimme aus der Gruppe. »Ist hier ein Arzt?«

Alina stemmte sich ungeachtet ihrer Schmerzen in die Höhe und stolperte auf ihren Inlineskates zum Kastanienbaum. Sie musste sich unbedingt vergewissern, was mit dem Radfahrer passiert war. Als sie sich zwischen den Schaulustigen hindurchgezwängt hatte, sah sie ihn. Bewusstlos lag er zwischen den Grashalmen. Er hatte keinen Helm getragen und war vermutlich beim Sturz vom Fahrrad mit dem Kopf hart auf den Boden geprallt. Er mochte um die fünfzig Jahre alt sein und trug Freizeitkleidung, die vom Unfall mit grünbraunen Flecken übersät war. Die sonnengebräunte Haut wirkte fahl, wirre graue Haarsträhnen fielen ihm über eine blutende Schramme auf der Stirn. Das Hemd war an einer Schulter zerrissen, die zerfetzte Hose über dem rechten Knie blutgetränkt und der Fuß in einem unnatürlichen Winkel verdreht.

Alina schluckte heftig.

»Den kenne ich«, sagte eine Frauenstimme neben ihr. »Das ist doch der berühmte Schauspieler, der Amerikaner. Dreht der hier einen Film?«

Alina schaute den Bewusstlosen genauer an. Es stimmte, der Mann sah tatsächlich aus wie der berühmte amerikanische Herzensbrecher. *Oh Gott*, dachte sie, *ich habe George Clooney umgefahren.*

»Nee«, bemerkte eine andere Frau, die einen kleinen Jungen an der Hand hielt. »Dit is er nich. Der is mit seiner neuen

Flamme in seiner Villa in Italien. Jestern hab ick Bilder im Fernsehen jesehn, wie er mit ihr auf'm Markt einkofen war.«

Der kleine Junge krähte:

»Is der abjenippelt, Mama?«

»Pst, Sebastian. Halt'n Rand!«

Seine Mutter packte ihn und zog ihn trotz lautstarken Protests davon.

Mit zitternden Fingern holte Alina ihr iPhone aus der Gesäßtasche ihrer Jeans. Sie wollte den Rettungsdienst rufen, aber ein Mann mit Glatze und dickem Bierbauch schwenkte sein Handy vor ihrer Nase.

»Hab die Sanis längst alarmiert. Müssen jeden Moment hier sein. Die bringen ihn ins Vivantes. Dit is ja quasi nebenan.«

In diesem Moment stöhnte der Bewusstlose, zuckte einige Male hin und her und blinzelte. Alina kniete sich rasch neben ihn ins Gras.

»Bewegen Sie sich nicht. Hilfe ist auf dem Weg.«

Der Verletzte versuchte jedoch verbissen, sich aufzurichten.

»Meine Bie…, ahhh!«

Mit schmerzverzerrtem Gesicht sank er wieder in sich zusammen.

»Wat?« Der Dicke, der den Notdienst gerufen hatte, beugte sich vor. »Wat will er?«

»Der quatscht ja deutsch!«

Die Frau, die den Verletzten für den berühmten Filmstar gehalten hatte, sah enttäuscht aus.

Gleich darauf ertönte das durchdringende Heulen eines Martinshorns.

Alina schossen vor Erleichterung Tränen in die Augen, als sie den Krankenwagen über einen schmalen Fußweg kommen sah. Am Unfallort angekommen, sprangen zwei Sanitäter heraus und kümmerten sich um den Verletzten, schienten das gebrochene Bein und hoben ihn behutsam auf die fahrbare Trage. Als sie ihn zum Rettungswagen rollten, versuchte der Verletzte trotz Haltegurten, sich aufzurichten.

»Bienen«, keuchte der Mann, der wie George Clooney aussah, und drehte den Kopf suchend hin und her. »Wo sind meine Bienen?«

»Der hat en Delirium, so wie der mit der Birne uff'n Boden jeprallt is«, stellte der Dicke fest. Dann fiel sein Blick auf die zusammengegurteten gelben Kisten. »Dit könnten alladings Bienenkästen sein«, meinte er zu Alina.

Doch die krümmte sich zusammen.

»Oh, mir ist so schlecht.«

Sie lehnte sich an den Stamm der Kastanie und erbrach sich.

»Herr Sanitäter!«, rief der Dicke den Rettungsassistenten, der gerade den Erste-Hilfe-Koffer zusammenpackte. »Ick globe, hier ham wa noch ene Patientin!«

JULIA DROSTEN

DIE SEIDENROSE

Schönheit ohne Anmut gleicht einer Rose ohne Duft.
(Jamaikanisches Sprichwort)

Rosengelee
Ingredienzien: 1/8 Unze getrocknete Schwimmblase vom Stör (beste Qualität), 2 Unzen Glycerin, 6 Unzen Rosenwasser, 10 Tropfen Rosenöl
Störblase in Rosenwasser auflösen, Glycerin und Rosenöl hinzufügen und ruhen lassen, bis die Mischung geliert.

I

»Mirella! Ecco, la mia beniamina! Hier, meine Kleine!« Die Dame hinter der Absperrung winkte lebhaft. Als Mirella nicht sofort reagierte, nahm sie dem neben ihr wartenden Droschkenkutscher das Schild mit der Aufschrift »Mirella Rossi« aus der Hand und reckte es so hoch wie möglich über die Köpfe der wartenden Menge.

»Sehen Sie nur, Signorina, Ihre Tante erwartet Sie bereits.« Der Stewart, der die Fünfzehnjährige während der neuntägigen Atlantiküberquerung betreut hatte und jetzt ihren Koffer zum Ausgang des Piers trug, lächelte.

Mirellas braune Augen, Bernsteinaugen hatte ihre Mutter sie immer genannt, blieben an der Fremden hängen. Auf dem üppigen schwarzen Haar schwebte ein wagenradgroßer ebenfalls schwarzer Hut mit einer schwarz gefärbten Feder. In einem blassen Gesicht schimmerten dunkle Augen, denn die Freude über die Ankunft ihrer Nichte wurde vom Kummer über die traurigen Umstände dieses ersten Zusammentreffens überschattet.

In diesem Moment schob sich ein Herr vor Mirella, und sie verlor die Dame aus den Augen.

Das also war ihre Tante Antonietta, die ältere Schwester ihres Vaters. Mirella hatte sie noch nie getroffen, da Antonietta bereits viele Jahre vor ihrer Geburt nach Amerika ausgewandert war. Es hatte zu Hause zwar ein paar vergilbte Fotografien von ihr gegeben, doch die elegante ältere Dame, die sie hinter der Absperrung erwartete, hatte nur wenig mit der jungen, lebenslustig lachenden Frau auf den Fotos gemein. Antonietta hatte zwar immer an Weihnachten und Geburtstagen geschrieben und ab und zu Geld geschickt, doch die Tante aus dem fernen New York, bei der Mirella nun leben sollte, war für sie eine Fremde.

JULIA DROSTEN

DAS REVUEMÄDCHEN

Comic (posing as a candy butcher): »Candy! Bonbons!«
Straight Man: »Do you have nuts?«
Comic: »No.«
Straight Man: »Do you have dates?«
Comic: »If I had nuts, I'd have dates!«
(Morton Minsky und Milt Machlin, Minsky's Burlesque, 1986 Arbor House Publishing Company)

I

Die letzten Minuten vor Vorstellungsbeginn waren die schönsten, fand Amy. Auf Zehenspitzen tastete sich die Fünfzehnjährige ein paar Zentimeter weiter vor, auch wenn sie wusste, dass die Bühne bis auf einen einzelnen Mikrofonständer noch leer und dunkel war. Einen halben Meter vor ihr, wo der Seitenflügel endete, wartete bereits Oliver Dressler, der Conférencier. Elegant sah er aus in seinem schwarzen Frack. Den Zylinder drehte er zwischen den Händen, und als Amy sich neben ihn schob, bemerkte sie, dass er lautlos die Lippen bewegte.

»Hi Oliver, probst du deine Ansage?«, raunte Amy.

Er nickte. »Weißt du doch, Feuerkopf«, flüsterte er zurück, wobei er mit diesem Spitznamen sowohl auf ihre Haarfarbe als auch ihr Temperament anspielte. Dann nahm sein Gesicht wieder einen konzentrierten Ausdruck an, und er setzte sein stummes Rezitieren fort. Amy spähte nach oben, wo sie schemenhaft die Umrisse der Kulissen erkannte, die an Seilzügen über der Bühne hängend auf ihren Einsatz warteten. Blickte sie dagegen in Richtung Zuschauerraum, versperrte noch der schwere burgunderrote Samtvorhang die Sicht. Aber Amy wusste auch so, dass wieder alle siebenhundert Plätze des National

Wintergarden vom Parkett bis zum Balkon, vom rechten bis zum linken Seitenrang besetzt waren.

Durch den Vorhang hörte sie gedämpftes Stimmengewirr, erwartungsvolles Rascheln und Füßescharren, vereinzeltes Lachen. Sie schnupperte Tabakqualm, der sich mit den Parfüms der Frauen mischte. Aus dem Orchestergraben summte, klimperte und tutete es. Die vierzehn Musiker – außer einem Klavierspieler, einem Schlagzeuger und ein paar Streichern hauptsächlich Blechbläser – stimmten ihre Instrumente.

In den Gängen und Räumen hinter der Bühne herrschte währenddessen fieberhafte Aufregung. Immer wieder hörte Amy Türenschlagen, eiliges Füßetrappeln, gebellte Anweisungen, wenn eine Requisite nicht an ihrem Platz war oder ein Kostüm vermisst wurde.

Dann gingen die Scheinwerfer an, und die Bühne wurde in rosiges Licht getaucht – ein Licht, das gleich die Haut der Tänzerinnen so weich und samtig schimmern lassen würde wie die eines Babys. Amy kannte die Fähigkeiten der Techniker. Je nachdem, wie sie die Beleuchtung platzierten, konnten sie Falten wegzaubern, Beine verlängern und die Darsteller auf magische Weise um Jahre verjüngen. Deshalb versuchte sich auch jeder, der sein Brot auf einer Theaterbühne verdiente, mit den Zauberern am Leuchtpult gut zu stellen.

Nun ertönte aus dem Zuschauerraum vereinzeltes Klatschen. Der Dirigent hatte das Podium betreten. Der Conférencier setzte seinen Zylinder auf und nahm Haltung an.

»Toi, toi, toi«, wisperte Amy Oliver zu, und er hob zur Bestätigung den rechten Daumen.

Dann wurde es totenstill – die Stille vor dem Sturm, wie Amy die Sekunden nannte, in denen sich die Anspannung vor und hinter der Bühne ins Unerträgliche steigerte. Sie spürte selbst, wie sie vor Aufregung eine Gänsehaut bekam. Gleich darauf setzten die Musiker ein und stimmten das Publikum mit ihren mitreißend schnellen Rhythmen auf die nächsten zweieinhalb Stunden voller Spannung und Magie ein. Der schwere Samtvorhang glitt lautlos zu beiden Seiten auseinander und gab Amy den Blick auf den jetzt dunklen Zuschauerraum frei. Oliver schritt würdevoll zum Mikrofon, um die Gäste zu begrüßen und das Programm anzukündigen. Wieder einmal war es so weit: Die Show im berühmtesten Revuetheater New Yorks konnte beginnen!

15399118R00218

Printed in Poland
by Amazon Fulfillment
Poland Sp. z o.o., Wrocław